Cindy Holzapfel

Der Duft nach Lavendel

Viel Spaß
beim Lesen
wünschen dir
Reinhardt & Katrin

Cindy Holzapfel

Der Duft nach Lavendel

Roman

RediromaVerlag

Bibliografische Information der Deutschen Nationalbibliothek:
Die Deutsche Nationalbibliothek verzeichnet diese Publikation in der Deutschen Nationalbibliografie; detaillierte bibliografische Daten sind im Internet über http://portal.dnb.de abrufbar.

ISBN 978-3-98527-055-2

Umschlagillustration:
Feel good studio (shutterstock.com)

www.rediroma-verlag.de
15,95 Euro (D)

Für meinen Sohn Max und meinen Mann Helmut.
Danke für eure Unterstützung und eure Liebe!

Kapitel 1

Nervös und mit zittrigen Händen klopfte Julia an der Bürotür ihres Vorgesetzten. Der Geschäftsführer hatte ihr vor wenigen Minuten in einer kurzen E-Mail geschrieben, dass sie sofort zu ihm kommen solle. Was hatte sie denn nun wieder falsch gemacht? Und warum konnte ihr Boss nicht einfach von seinem Sessel aufstehen, zur Tür gehen und sie persönlich aufsuchen?

Martin war ein arroganter und unhöflicher Mensch, der eigene Fehler nie zugab. Aber er war sehr gut darin, die Erfolge anderer für sich einzuheimsen. Julia arbeitete für eine Wiener Eventfirma, die große Veranstaltungen für Unternehmen organisierte und war seine Assistentin.

Als sie vor vier Jahren den Job annahm, dachte sie, sie könnte beweisen, was alles in ihr steckt. Obwohl sie täglich sehr lange und gewissenhaft arbeitete, bekam sie nie ein Lob und von einer Gehaltserhöhung wagte sie nicht einmal zu träumen. Inzwischen war sie nicht nur für den gesamten Schriftverkehr zuständig, wofür sie ja eigentlich auch eingestellt worden war. Meist organisierte sie auch Events und erledigte mehr und mehr Martins Arbeit, die er ihr ohne Dank zuschob. Er ging tagsüber lieber golfen, als sich für Meetings vorzubereiten oder Kunden zu akquirieren. Dazu hatte er ja Julia. Martin erschien meist fünf Minuten vor einem Meeting, ließ sich von ihr die Details erklären und rauschte dann, natürlich ohne sich zu bedanken, in die Besprechung. Bei Events stand er mit einem breiten Grinsen am Rand und beanspruchte das Lob für den Erfolg für sich.

-

Doch was wollte Martin nun von ihr? Sie würde es wohl erst erfahren, wenn sie endlich die Tür zu seinem Büro öffnete. Julia atmete tief ein, klopfte und trat in den Raum.

Das Chefbüro war sehr modern, aber spärlich eingerichtet. Es gab einen Besprechungstisch mit futuristischen, unbequemen Sesseln, eine große Stehlampe, die Martin sicher in irgendeinem Designerladen für ein kleines Vermögen gekauft hatte und die in viel zu grellem Licht strahlte, und einen überdimensional großen Schreibtisch. Der Raum war sehr stark klimatisiert und es roch unangenehm nach Martins viel zu süßem Rasierwasser.

Er blickte nicht von seinem Handy auf, als Julia den Raum betrat. Nervös stand sie nun mit einem Block und einem Stift in der Hand an der Tür und wartete auf eine Reaktion. Martin wischte auf seinem Handy herum, um wahrscheinlich wieder einmal nach einem heißen Abenteuer auf einer Dating-App zu suchen und sagte unfreundlich zu ihr:

„Wir haben den Auftrag der Schuhfirma verloren, weil du offensichtlich vergessen hast, ihnen ein Angebot zu schicken. Hast du schon wieder nur Kaffee getrunken, statt deine Arbeit zu machen? Du hast gerade ziemlich viel Geld in den Wind geschossen. Wir werden bestimmt nie wieder einen Auftrag von ihnen bekommen. Ich bin mir nicht sicher, ob du das verstehst! Da verlasse ich mich ein einziges Mal auf dich und du schaffst es nicht einmal, die einfachsten Arbeiten zu erledigen."

Julia spürte, wie ihr Gesicht rot anlief und ihre Hände zitterten nun noch mehr. Mit brechender Stimme sagte sie: „Aber Martin, ich höre heute zum ersten Mal von einem möglichen Auftrag einer Schuhfirma. Welche sollte das gewesen sein? Du weißt doch, dass ich gerade mitten in den Vorbereitungen der großen Charity-Gala bin."

Nun endlich ließ sich Martin dazu herab, von seinem Telefon aufzublicken. Seine Augen verengten sich und Julia wagte kaum zu atmen.

„Du wirst doch wohl nicht versuchen, mir deine Fehler unterzuschieben, oder?! Pass auf, was du sagst!"

Verlegen stammelte sie eine Entschuldigung und verließ mit Tränen in den Augen den Raum.

Sie setzte sich an ihren Schreibtisch und durchstöberte ihre E-Mails. Sie konnte es nicht fassen, was gerade passiert war. Hatte Martin etwa recht? Hatte sie in ihrem Stress doch eine Anfrage übersehen? Noch nie war ihr so ein Fehler unterlaufen. Julia war eine sehr strukturierte Frau, die stets den Überblick bewahrte. Bei ihren Kollegen war sie dafür bekannt, sehr zuverlässig zu sein. Doch so gründlich sie auch suchte, sie konnte diese Anfrage nicht in ihrem Postfach finden. Martin verließ ohne Gruß das Büro und ließ die Tür lautstark ins Schloss fallen. Das hatte Julia nicht verdient. Mit einem Kloß im Hals arbeitete sie bis spät am Abend und war froh, als sie endlich zuhause ankam.

Als sie die Tür zu ihrer Wohnung aufsperrte, roch es noch nach dem Kuchen, den sie am Vortag gebacken hatte. Julia lächelte zum ersten Mal an diesem Tag. Ihre Wohnung war klein, aber sehr heimelig eingerichtet. In ihrem Wohnzimmer stand eine gemütliche Couch, auf der ihre beste Freundin Andrea an so manchen Abenden übernachtete. Meist endeten Julias Essenseinladungen mit zu viel Wein und so ersparte sich ihr Besuch die Taxifahrt. Auf dem großen, runden Esstisch nahmen gerne Freunde Platz, die sich von ihr bewirten ließen. Kochen war ihre große Leidenschaft. Gerade nach einem stressigen Arbeitstag konnte sie sich dabei entspannen und alle Probleme und Sorgen vergessen. Die liebevollen Vorbereitungen und der Küchendampf hatten eine beruhigende Wirkung auf Julia. So ging sie auch jetzt in ihre Küche und begann ganz automatisch Zutaten für ihr Abendessen aus den Schränken zu holen. Für ihre Gerichte benötigte sie keine Rezepte. Sie hatte ein Gefühl dafür, welche Zutaten miteinander harmonierten.

Nach so einem Tag verlangte ihr Körper nach einer guten Portion heißer Nudeln. Sie blanchierte Tomaten und schnitt die Zwiebeln und Knoblauch klein und machte daraus zusammen mit Kapern und Basilikum, eine herrlich duftende Sauce. Der Geruch beruhigte Julia und machte sie glücklich. Mit einem Lächeln im Gesicht vermengte sie nun alles mit den gekochten und heißen Nudeln. Mit einem Glas Rotwein und einem vollen Teller nahm sie auf ihrem kleinen Balkon Platz. Mit Blick auf den Park konnte sie beim Essen den Tag in Ruhe Revue passieren lassen.

Eigentlich war sie sich sicher, dass sie den Auftrag nicht übersehen hatte. Den ganzen Tag über hatte Julia bereits die Vermutung, dass Martin selbst die Anfrage übersehen hatte und ihr wieder einmal die Schuld in die Schuhe schob. Wie lange sollte das so weitergehen? Vielleicht wäre es an der Zeit, sich einen neuen Job zu suchen. Aber Julia hasste alle

Arten von Veränderungen. Vielleicht würde Martin doch noch einsehen, wie viel sie für ihn und die Firma tat. Sie wünschte sich Anerkennung im Beruf, aber tief in ihrem Inneren wusste sie, dass sie diese von ihm nie bekommen würde.

Um sich abzulenken, entschied sie sich, Andrea an diesem Wochenende zum Essen einzuladen. Im Gedanken versunken, was sie für ihre beste Freundin kochen würde, versuchte sie einzuschlafen.

Die nächsten Tage waren voller Anstrengungen und Martin machte keinen Hehl daraus, dass er Julia die Schuld für den nicht abgeschlossenen Vertrag gab. Sie konnte es nicht erwarten, bis die Arbeitswoche zu Ende ging.

Endlich war es Samstag und Julia begab sich in ihre Küche. Sie hatte sich dafür entschieden, eine knusprige Ente mit Kartoffelknödeln und einer guten, würzigen Sauce zu kochen. Als Nachspeise bereitete sie Tiramisu, Andreas Lieblingsdessert, vor. Sie füllte das Geflügel mit Äpfeln und Birnen und verschloss das Tier gekonnt, bevor sie dieses in das Backrohr schob. Die flockigen Knödel gab sie in wallendes Wasser, als es bereits an der Tür läutete. Julia nahm ihre Freundin erleichtert in die Arme. Andrea merkte sofort, dass ihr etwas auf dem Herzen lag.

Gemeinsam deckten sie den Tisch und Julia berichtete von den Geschehnissen und Martins Hinterlist, die sie ihm allerdings nicht beweisen konnte. Weder hatte sie Hinweise für seine Schuld noch für ihre Unschuld gefunden.

„Du verkaufst dich völlig unter deinem Wert! Dieser Martin kann dich gar nicht genug wertschätzen. Er ist ein Aufschneider und bekommt sein eigenes Leben nicht auf die

les hin. So wurde der Abend noch lustig und Andrea schlief schließlich wieder einmal auf Julias Couch ein.

Im Job arbeitete Julia nun noch härter als zuvor. Sie musste zwei neue Aufträge abarbeiten und zu allem Unglück wurde auch noch eine Kollegin krank. So musste sie auch deren Termine wahrnehmen. Martin kam tagelang nicht ins Büro. Aber das war ihr eigentlich recht, denn sie wusste immer noch nicht, ob sie ihn einfach darauf anreden sollte, dass er selbst den Auftrag vermasselt hatte oder nicht.

Gerade als sie mit den Planungen eines ihrer Events fertig war, läutete ihr Telefon. Es war ihre Mutter Clara. Julia starrte ihr Handy an, doch das Läuten hörte leider nicht auf. Sie hatte immer schon ein sehr unterkühltes Verhältnis zu ihrer Mutter, die kaum Gefühle zeigen konnte. Ihre Beziehung litt besonders ab dem Zeitpunkt, da Julia sich entschieden hatte, nicht in die Fußstapfen ihrer Mutter zu treten und gemeinsam mit ihr in einer Anwaltskanzlei zu arbeiten. Schweren Herzens nahm Julia schließlich mit einem Seufzen das Gespräch an. Es würde hoffentlich nicht allzu schlimm werden.
„Es tut mir leid, aber ich habe schlechte Nachrichten für dich. Deine Oma ist gestern gestorben. Sie hatte einen Herzanfall."

Es rauschte in Julias Ohren. Heiße Tränen kullerten über ihre Wangen und sie begann zu schluchzen. Ihre geliebte Oma Sophia war tot. Der einzige Mensch in der Familie, der ihr immer Wärme und Liebe gegeben hatte, war jetzt für immer verschwunden.

Julia stand unter Schock und bemerkte nicht, dass die Bürotür geöffnet wurde und Martin mit zwei anderen Männern den Raum betrat. Sie realisierte auch nicht, als er sie aufforderte, ihnen einen Kaffee zu bringen und mit den beiden Männern ins Büro verschwand. Erst als ihr Vorgesetzter wieder direkt vor ihr stand und sie anbrüllte, dass er ihre Eskapaden nicht länger dulde und ob sie gerade ihre Tage hätte, bemerkte sie Martin. Wie konnte er nur so unsensibel sein?! Das war nun zu viel für sie. Julia wusste, was sie zu tun hatte.

Sie packte ihre privaten Dinge zusammen, stand auf und sagte zu ihm voller Verachtung: „Ich kündige! Um die Aufträge kannst du dich nun selbst kümmern. Außerdem wissen wir beide, dass du die Anfrage der Schuhfirma selbst vergessen hast. Ich bin es leid, ständig für dein Versagen verantwortlich gemacht zu werden. Ich habe so eine Behandlung nicht verdient. Außerdem solltest du dir endlich ein besseres Rasierwasser kaufen. Dieser süße Geruch widert mich an!" Ohne zurückzublicken, verließ sie das Büro.

Ihre Großmutter wohnte in einem großen Haus auf dem Land. Julias Großvater war schon vor vielen Jahren gestorben. An ihn hatte sie keine wirklichen Erinnerungen, da er, seit Julia denken konnte, ein Pflegefall war. Er erlitt einen Schlaganfall, als Clara noch jung war, und leider hatte er sich davon nie mehr erholt. Gestorben war er schließlich an einer Lungenentzündung. Wenn Julia als Kind zu Besuch bei ihren Großeltern war, begrüßte sie ihren Opa nur kurz und verließ so schnell wie möglich das Zimmer, da sie Angst vor ihm hatte. Sie war noch zu jung, um zu verstehen, warum er nicht richtig reden konnte und nur im Bett lag. Die Krankenpflegerin, die täglich im Haus war und sich um ihn kümmerte, schickte Julia auch rasch wieder aus dem Raum, weil der Besuch ihren Großvater anstrengte. Ihre Großmutter hingegen war immer wie das blühende Leben. Sie war vital und unternehmungslustig. Von ihr lernte sie kochen und backen und gemeinsam machten sie gerne Ausflüge zum See. Im Gegensatz zu ihrer kaltherzigen Mutter war Julias Großmutter Sophia liebevoll und konnte sehr gut zuhören. Sie erzählte wunderbare Geschichten und roch nach Lavendel. Sophia liebte diesen Duft und meinte stets, dass Lavendel für sie nach Liebe roch. Doch nun war der wichtigste Mensch in Julias Leben für immer gegangen.

Traurig machte sie sich mit ihrem Auto auf den Weg zum Haus ihrer Großmutter, das sie nach einer nicht allzu langen Fahrt erreichte. Sie konnte es noch immer nicht fassen. Noch vor einigen Tagen hatten sie miteinander telefoniert. Tränen kullerten ihr über die Wangen, als sie die Einfahrt zum Haus hochfuhr. Da stand auch schon das Auto ihrer Mutter. Julia fühlte sich gleich noch schlechter. Mit einem Kloß im Hals öffnete sie die Haustür und ging in das große Wohnzimmer im Erdgeschoß. Man fühlte sofort, dass ihre Großmutter und die liebevolle Wärme verschwunden waren. Der Raum wirkte ganz plötzlich leer und kalt. Vielleicht lag das aber auch nur an Julias Mutter, die auf dem Sofa wartete, bis ihre Tochter zu ihr kam und sie begrüßte.

„Schwarz steht dir überhaupt nicht. Es macht dich noch blasser als du ohnehin schon bist!“, waren Claras Begrüßungsworte.

„Ich freue mich auch, dich wiederzusehen, Mama!“

Wie konnte ihre Mutter so hartherzig sein? Aber warum wunderte sich Julia nur darüber? Obwohl sie Claras Gefühlskälte gewöhnt war, schmerzte sie diese dennoch jedes Mal. Wie sehr sehnte Julia sich nach einer herzlichen Umarmung von ihr. Wenn sie doch nur ihren Vater gekannt hätte, vielleicht wäre ihre Kindheit anders verlaufen. Doch Julia konnte es ihrem Vater nicht verübeln, dass er ihre Mutter verlassen hatte, als sie schwanger geworden war. Wer sollte es schon mit Clara freiwillig lange aushalten?!
„Morgen früh müssen wir gemeinsam zur Bestattung fahren und alles für das Begräbnis vorbereiten. Heute Abend kommt Omas Anwalt zu uns. Er hat vorhin angerufen. Ich weiß nicht, was er so dringend mit uns besprechen möchte!“, sagte Clara.

Julia nickte und bezog in der Zwischenzeit ihr altes Zimmer. Der Raum war noch immer genauso eingerichtet wie vor zwanzig Jahren. Auf den Wänden klebten alte Teenie–Poster und die Alf–Bettwäsche im Bettkasten roch nach Lavendel. Wieder musste Julia weinen und sie erinnerte sich an die Gutenachtgeschichten, die ihr ihre Großmutter immer vorgelesen hatte.

Jeden Abend, bevor Sophia das Zimmer verließ, sagte sie zu ihrer Enkelin: *„Gute Nacht! Schlaft gut und träum was Schönes. Ich hab‘ dich lieb!“*
Der gleiche Spruch an jedem Abend, an dem sie hier bei ihrer Großmutter sein durfte. Ein kleines Ritual, das für Julia so viel bedeutete. Wie lange hatte sie diese Worte nicht mehr gehört. Sie würde sie nie wieder hören.

Haus bekommst. Früher oder später würdest du es ja ohnehin von mir erben. Aber ich verstehe nicht, was es mit ihrer Beisetzung auf sich hat. Welche Anweisungen sollst du wohl bekommen und wo befindet sich dieser ominöse Ort, an dem sie sich so wohl gefühlt haben soll?"

Noch nie hatte ihre Mutter so einfühlsam mit Julia gesprochen. Doch auch sie konnte sich keinen Reim darauf machen.

„Ich denke, das werden wir wohl alles noch rechtzeitig erfahren. Dass Oma ihre Bestattung vorgeplant hat, wundert mich allerdings sehr. Sie hat doch immer in den Tag gelebt und war eine so fröhliche und lebensfrohe Frau. Warum will sie nicht im Familiengrab bei Opa sein?", fragte Julia ihre Mutter.

„Sie war aber nicht immer fröhlich. Ich hatte manchmal das Gefühl, dass sie sich einfach mit ihrem Leben hier abgefunden hatte, weil es nicht anders ging", entgegnete Clara.

„Sie liebte doch Opa und das Leben hier! Wie kommst du darauf, dass sie nicht glücklich war?", fragte Julia verblüfft. Ihre Mutter zuckte nur mit den Achseln, wünschte ihrer Tochter eine gute Nacht und legte sich schlafen.

Julia saß noch lange im Wohnzimmer und dachte über ihre Großmutter nach.

„Oma, bist du eigentlich viel allein, wenn Opa immer nur im Bett liegt? Was machst du dann am Abend?" „Weißt du, mein Liebes, manchmal schaue ich in den Himmel und betrachte die Sterne. Dann denke ich, wie schön es ist, einmal richtig geliebt zu haben und bin glücklich, dass ich das erleben durfte. Es gibt da so ein Sprichwort: Wenn dir das Le-

ben Zitronen gibt, mache daraus Limonade. Aber ich mache lieber Zitronentarte daraus.“ Dann lachte ihre Großmutter fröhlich.

Am nächsten Morgen machten sich Julia und Clara bereits früh auf den Weg zur Bestattung. Es gab vieles zu organisieren. Sie mussten einen Sarg wählen, die Anzahl der Kerzen bestimmen, die Musik aussuchen, sich auf einen Text für den Partezettel einigen und im Gasthaus alles für das Essen nach der Beerdigung vereinbaren. Die Vorbereitungen waren sehr anstrengend und kräftezehrend. Clara hatte aber alles im Griff – genauso wie es Sophia prophezeit hatte. Julia bewunderte zum ersten Mal die Kraft, mit der ihre Mutter alle Angelegenheiten klärte. Sie selbst hätte sich am liebsten zurückgezogen, um einsam um ihre Großmutter zu weinen.

„Ich würde gerne ein eigenes Gesteck bestellen, das auf Omas Sarg gelegt wird, wenn das für dich in Ordnung ist“, sagte Julia zu ihrer Mutter.

„Wenn du das möchtest, habe ich nichts dagegen einzuwenden.“

So fuhr Julia nun allein zum Blumenladen. Es duftete herrlich nach frischen Rosen und Lilien. Sie atmete tief ein und genoss den Duft. Sie bestellte ein Gesteck voller bunter Frühlingsblumen. Lavendel durfte natürlich dabei nicht fehlen. Eine Schleife mit den Worten „Danke für deine Liebe, deine Julia“ ließ sie auf das Gesteck binden.

Traurig, aber mit dem Gefühl etwas Wichtiges für das Begräbnis beigetragen zu haben, machte sie sich wieder auf den Weg in das Haus ihrer Großmutter. Dort kochte sie für sich und ihre Mutter eine kräftige Hühnersuppe, die ihnen wieder Energie geben sollte. Clara öffnete am Abend eine gute Flasche Wein und zum ersten Mal in Julias Leben hatte sie eine angenehme Zeit mit ihrer Mutter. Sie erzählten sich gegenseitig lustige Geschichten über Sophia. Noch nie hatten die beiden einen so friedlichen Abend miteinander verbracht.

Schließlich war der Tag gekommen, vor dem sich Julia so sehr gefürchtet hatte. Ihre geliebte Großmutter wurde in der Dorfkapelle verabschiedet. Gemeinsam mit ihrer Mutter machte sie sich auf den Weg zur Totenfeier. Clara wirkte gar nicht so stark und selbstbewusst wie sonst, auch wenn sie elegant gekleidet war und ihre Haare wie immer perfekt gestylt waren. Beide sprachen während der Autofahrt kein Wort miteinander. Als sie bei der Kapelle ankamen, warteten bereits einige Trauergäste vor dem Eingang. Es fühlte sich für Julia sehr unwirklich an, dass sie an einem so schönen und warmen Frühlingstag ihre geliebte Großmutter verabschieden musste.

Sie atmete tief durch und die beiden nahmen die Beileidsbekundungen aller entgegen. Immer mehr Menschen kamen und Julia war erstaunt, wie viele Leute ihre Großmutter gekannt hatten. Auch Andrea war angereist und es war das erste Mal, dass Julia ihre Freundin sprachlos erlebte. Sie umarmten sich still und Julia war dankbar, eine Freundin wie sie zu haben. Andrea wusste genau, dass es im Moment keine richtigen Worte gab.

Die Kirche war geschmückt mit weißen Lilien und vor dem Altar stand Sophias Sarg mit dem Gesteck, das Julia bestellt hatte. Die Trauerfeier war sehr würdevoll. Der Pfarrer sprach tröstende Worte und auch der Bürgermeister hielt eine

Trauerrede. Julia war zu tiefst berührt. Im Anschluss wurden alle Trauergäste zu einem gemeinsamen Essen im Gasthaus eingeladen. Viele kamen dort zu Julia und ihrer Mutter, um mit ihnen über Sophia zu sprechen.

Zu Julias Überraschung war auch Thomas zur Trauerfeier gekommen. Als sie noch ein Paar waren, fuhr er oft gemeinsam mit ihr zu ihrer Großmutter. Die beiden waren immer noch gute Freunde und sie freute sich, dass er sich die Zeit genommen hatte, um sich von Sophia zu verabschieden.

Bevor Andrea wieder nach Hause fuhr, umarmte sie Julia innig und meinte: „Du weißt, wenn du etwas benötigst, reicht eine kurze Nachricht oder ein Anruf und ich bin so schnell wie möglich bei dir! Ich bin immer für dich da."

Die Trauergemeinde löste sich nach und nach auf und Julia und Clara saßen zusammen und ließen den Tag Revue passieren.

Da fiel Julia ein, dass sie ihrer Mutter noch etwas gestehen musste: „Mama, ich muss dir noch etwas sagen. Leider habe ich es durch die Trauer ganz vergessen. Ich habe gekündigt und im Moment keinen Job."

„So verantwortungslos kannst auch nur du sein! Dein alter Job war zwar ohnehin unter deiner Würde, aber ohne bereits einen neuen in Aussicht zu haben, kann man doch nicht kündigen. Aber es wundert mich nicht. Werde endlich erwachsen und stelle dich deinen Problemen!"

So kannte sie ihre Mutter. Clara fuhr an diesem Abend noch nach Hause, aber Julia blieb noch im Haus ihrer Großmutter, welches ja nun ihr gehörte. Am Abend fiel sie erschöpft ins Bett und schlief sofort ein.

Am nächsten Tag wurde sie durch die Türklingel geweckt. Julia hatte offensichtlich verschlafen und rannte noch etwas verwirrt zur Tür.
Da stand Dr. Hofer mit einem Kuvert in der Hand und sagte: „Guten Morgen! Ich hoffe, ich habe Sie nicht geweckt. Keine Sorge, ich störe Sie nicht lange. In diesem Kuvert finden Sie einen weiteren Brief. Darin werden sie aufgeklärt, was mit der Asche Ihrer Großmutter passieren soll. Sie hat mich auch beauftragt, Ihnen diesen Schlüssel zu überreichen. Im Brief werden Sie ebenfalls erfahren, was es mit diesem auf sich hat. Nochmals mein aufrichtiges Beileid. Ich melde mich bei Ihnen, sobald wir alles für die Verlassenschaft einleiten."

Nun stand Julia in ihrem Pyjama an der Haustür und hielt einen weiteren Brief ihrer Großmutter sowie einen Hausschlüssel, den sie noch nie zuvor gesehen hatte, in der Hand.

Kapitel 2

Julia ging ins Wohnzimmer, setzte sich auf die Couch und öffnete langsam und vorsichtig den Brief. Sie sah die vertraute Handschrift ihrer geliebten Oma und begann zu lesen:

„Meine liebste Julia, ich weiß, im Moment ist alles bestimmt sehr schwer für dich. Da ich Dr. Hofer angewiesen habe, dir meinen Brief am Morgen nach dem Begräbnis zu überreichen, weiß ich, dass der gestrige Tag sicher besonders mühsam für dich war. Aber bitte sei nicht allzu traurig. Ich hatte ein sehr erfülltes Leben und hatte keine Angst vor dem Sterben. Ich bin mir sicher, dass es ein Leben nach dem Tod gibt und dass ich nun, da du diese Zeilen liest, mit den Menschen wieder vereint bin, die ich schon so sehr vermisse.

Es ist mir klar, dass ich dir eine schwere Bürde auferlege, aber du bist der einzige Mensch auf dieser Welt, der mich versteht und mit dem ich eine so feste Bindung habe. Deshalb möchte ich gerne meinen allerletzten Weg mit dir allein gehen. Auch wenn du meine Bitte bestimmt nicht nachvollziehen kannst, hoffe ich, dass du meinen letzten Wunsch erfüllen wirst.

Bringe bitte meine Asche an den Ort, an dem ich mich eigentlich zuhause fühle. Ich möchte, dass du auf die kroatische Insel Krk fährst. Dort chartere bitte ein Boot, bringe mich hinaus aufs Meer und streue meine Asche ins Wasser.

Du weißt es nicht, aber ich hatte die schönste Zeit meines Lebens auf dieser Insel. Dr. Hofer hat dir auch einen Schlüssel überreicht. Er gehört zu einem schon alten Steinhaus in Porat unweit von Malinska. Das Haus gehört mir und da du meine Erbin bist, ist es nun deines.

Es würde mich freuen, wenn du es für dich renovierst und ab und an ein paar schöne Tage dort verbringst. Vielleicht denkst du dann an deine alte Oma, die im Himmel auf dich hinabschaut und auf dich aufpasst.

Julia, lebe dein Leben und sei offen für die Liebe. Ich weiß, dass du gut allein zurechtkommst, aber ich denke, mit einem Mann an deiner Seite bekäme dein Leben wieder die Leichtigkeit, die dir leider irgendwann abhandengekommen ist. Einen Rat gebe ich dir noch mit. Kündige bitte diesen grauenhaften Job. Du bist zu Größerem bestimmt. Vergiss nie, dass ich dich über alles liebe, deine Oma."

Wieder kullerten Tränen über Julias Gesicht. Ihre Großmutter fehlte ihr sehr, aber sie wunderte sich über die Zeilen, die sie gerade gelesen hatte. Weshalb hatte Sophia ihr verschwiegen, dass sie ein Ferienhaus in Kroatien besaß? Was hatte sie ihr sonst noch verheimlicht und warum hatte sie mit ihr dort nie einen Urlaub verbracht?

Julia kleidete sich an und ging mit einer Tasse Kaffee in der Hand in den Garten. Es war ein wunderbarer Frühlingstag. Die Sonne schien und die Vögel zwitscherten.

Da kam Magda, Sophias Nachbarin und engste Freundin, an den Zaun und begrüßte Julia: „Es tut mir unendlich leid, dass deine Oma gestorben ist. Sie wird mir sehr fehlen, aber alle hier im Dorf werden sie vermissen. Besonders im Bauernladen waren ihre leckeren Marmeladen und ihr eingelegtes Gemüse sehr beliebt. Niemand konnte das so gut wie sie. Sophia hatte ihre Geheimrezepte, die sie niemandem verraten wollte. Gestern habe ich ihre letzten Gläser gekauft."

„Das ist aber gar kein Problem. Ich bin ja noch ein paar Tage hier und kann gerne etwas davon machen. Mir hat sie ihre Rezepte nämlich verraten und so bin ich auch etwas abgelenkt", entgegnete sie.

Magda war von der Idee begeistert. Julia versprach, in den nächsten Tagen die Produkte im Bauernladen vorbeizubringen.

Nun wusste sie endlich, was sie mit ihrer Zeit anfangen sollte, bis sie Sophias Urne abholen konnte.

Gleich begann sie Kirschen zu pflücken und auch die Erdbeeren waren schon reif. Sie fand noch Rhabarber und verschiedene Gemüsesorten wie Bohnen, Erbsen und kleine Gurken. Zuerst begann sie die Kirschen zu entkernen und machte eine leckere Kirschmarmelade nach dem Rezept ihrer Großmutter. Die Küche duftete herrlich süß. Julia füllte die fertige Marmelade in frische Gläser und verschloss sie. In der Schublade fand sie alte Etiketten.

„Oma, hör mal, warum verwendest du noch immer handgeschriebene Etiketten? Das ist doch inzwischen veraltet. Ich habe ein tolles Programm dafür auf meinem Computer. Damit kann ich dir etwas Modernes entwerfen, was deine Produkte von den anderen abhebt. Vielleicht verkaufst du dann noch mehr Gläser als zuvor."

„Julia, meine Liebe, vielleicht verstehst du mich, wenn du etwas älter bist. Manchmal ist es besser, man geht nicht voll und ganz mit der Zeit. Meine Kunden kaufen meine Produkte nicht, weil sie etwas Modernes haben wollen. Sie wollen eine von Hand gemachte Marmelade, die sie an ihre Kindheit erinnert. Sie haben einen persönlichen Bezug zu mir und

meinen Gläsern und wissen, dass alles mit Liebe und Sorgfalt hergestellt wurde. Das wird durch das handgeschriebene Etikett symbolisiert."

Nun stand Julia mit dem Papier in der Hand und konnte ihre Großmutter endlich verstehen. Mit einem Lächeln nahm sie einen Stift und beschriftete die Marmeladen. Die Arbeit in der Küche war anstrengend, aber dennoch sehr befriedigend. Julia fühlte sich um vieles besser als zuvor.
Als nächstes kochte sie eine Erdbeer-Rhabarbermarmelade, die sie als Kind am liebsten hatte. Schließlich neigte sich der Tag dem Ende zu und erschöpft kuschelte sie sich in ihre Kinderbettwäsche.

An den nächsten Tagen füllte Julia viele Gläser mit verschiedenen, eingelegten Gemüsesorten und bereitete Chutneys zu. Sie war sehr eifrig und verarbeitete das reife Obst und Gemüse aus dem Garten. Zufrieden belud sie ihr Auto und brachte alles in den Bauernladen. Die Besitzerin staunte sehr, wie fleißig Julia während der letzten Tage war. Sie vereinbarten, dass sie den Erlös des Verkaufs auf ihr Konto überwiesen bekam. Als Arbeitsuchende war sie im Moment für jede Möglichkeit, Geld zu verdienen, dankbar.

Doch nun hatte sie keine Aufgabe mehr zu erledigen und ihre Gedanken wanderten wieder zum Brief ihrer Großmutter. Vielleicht würde sie im Haus einen Hinweis darauf finden, seit wann Sophia ein Ferienhaus in Kroatien besaß und warum sie niemandem davon erzählt hatte.

Voller Neugierde begann sie, alle Schubladen zu durchstöbern. Sie fand wundervolle Erinnerungsstücke, wie zum Bei-

spiel einen großen Stein, den sie als Kind bemalt und ihrer Großmutter zum Geburtstag geschenkt hatte. Auch viele Zeichnungen von ihr, die alles andere als gelungen waren, hatte Sophia behalten. Aber sie fand keinen Hinweis auf ein kroatisches Ferienhaus. Nun nahm sie eine Kiste voller alter Fotos zur Hand und kramte sich durch Sophias Vergangenheit. Es gab viele Fotos von Julia als Kind, auch Bilder von Clara und einige Hochzeitsfotos ihrer Großeltern. Nur auf einem einzigen Bild sah man Julia gemeinsam mit ihrer Mutter. Beide blickten sehr angespannt und traurig. Doch so sehr sie auch suchte, sie fand auch unter den Fotos keinen Anhaltspunkt für die Existenz dieses Ferienhauses mit Krk.
Im Schlafzimmer ihrer Großmutter fand sie eine Schmuckschatulle voller Ketten und Ohrringe. Am Nachtkästchen stand ein Bilderrahmen mit getrockneten Lavendelblüten und Sophias Lieblingskette mit einem goldenen Herzanhänger hing darüber. Schließlich gab Julia enttäuscht die Suche auf.

Noch immer musste sie auf die Urne ihrer Großmutter warten. Deshalb beschloss sie, für die restlichen Tage zurück in ihre Wohnung zu fahren und alles für ihre Reise nach Krk vorzubereiten. Als sie ihre Eingangstür aufschloss, merkte sie erst, wie sehr sie ihre Wohnung vermisst hatte.

Sie verabredete sich für den nächsten Abend mit Andrea und begann, eine Liste für die Reise zu erstellen. Sie suchte ihren Reisepass und buchte zur Sicherheit ein Hotelzimmer in der Nähe von Porat, da sie nicht wusste, ob das Ferienhaus in einem bewohnbaren Zustand war.
Dann studierte sie die Stellenanzeigen. Doch sie konnte sich nicht konzentrieren, da ihre Gedanken immer wieder zu ihrer bevorstehenden Reise wanderten. Darum checkte Julia das

Postfach ihres E-Mails. Sie scrollte sich durch viele Newsletter und beantwortete eine Nachricht ihrer Schulfreundin Tanja, die bald ihr erstes Kind erwartete.

Beinahe hätte sie eine E-Mail übersehen, die sie nun verblüfft las. Martin entschuldigte sich in einem sehr langen Text bei ihr für sein Verhalten und er wollte sich mit ihr treffen, um nochmals über die Kündigung zu sprechen. Anscheinend bereute er es, dass sie nicht mehr bei ihm arbeitete.

Julia überlegte lange, was sie tun sollte. Doch schließlich gab sie sich einen Ruck und rief ihn an. Sie erzählte ihm vom Tod ihrer Großmutter und erklärte ihm, dass sie deswegen geweint hatte. Voller Bestürzung bat er um Entschuldigung. Martin hatte doch tatsächlich ein schlechtes Gewissen. Schließlich nahm Julia seine Einladung zu einem gemeinsamen Abendessen an. Vielleicht hatte sie doch überreagiert und sollte ihre Kündigung zurückziehen. Im Moment hatte sie zwar noch finanzielle Rücklagen, aber früher oder später brauchte sie einen Job.

Am Abend trafen sich Julia und Martin in einem exklusiven Restaurant in der Stadt. Sie freute sich auf das Essen und hoffte, nebenbei ein paar Ideen zum Nachkochen aufzuschnappen. Dennoch war sie vor dem Treffen sehr nervös. Sie trug ein kurzes, schwarzes Kleid und hatte ihre Haare locker aufgesteckt. Die Perlenkette ihrer Großmutter, die sie sich vor einem Jahr geliehen und seither nicht mehr zurückgebracht hatte, passte sehr gut zu ihrem Outfit.

Am Empfang nannte Julia ihren Namen und ein Kellner geleitete sie zum Tisch. Martin wartete bereits auf sie und wirk-

te ebenfalls ein wenig aufgeregt. Er hatte einen Anzug an und duftete besonders gut. Da fiel ihr wieder ein, dass sie ihm bei ihrem Abgang im Büro vorgeworfen hatte, dass sein Rasierwasser widerlich roch. Mit schlechtem Gewissen und erröteten Wangen gab sie ihm angespannt die Hand und setzte sich.

Martin musterte sie ausführlich. „Du siehst heute sehr hübsch aus. Hast du das Kleid für mich angezogen?"

Nun fühlte sich Julia noch unwohler. Immerhin wollte sie nur mit ihm über den Job sprechen. Geschickt lenkte sie das Gespräch auf die Arbeit zurück:

„Wie geht es dir mit den Vorbereitungen für die Gala? Sie findet ja nächste Woche bereits statt."

„Ohne dich geht alles nur sehr schleppend voran. Marcel und Andreas haben sich deine Aufgabengebiete aufgeteilt. Natürlich haben sie bereits mit ihren eigenen Aufträgen viel zu tun, also kommen sie ziemlich ins Strudeln. Julia, willst du nicht zurückkommen? Es tut mir leid, dass ich dich so angeschrien habe. Das war nicht in Ordnung von mir."

Julia war von seiner Reaktion sehr überrascht. Sie entdeckte gerade eine neue Seite an ihm. Dennoch wollte sie sich eine Bedenkzeit erbeten.

„Im Moment benötige ich einfach ein wenig Zeit für mich. Ich fahre bald nach Kroatien, aber ich verspreche dir, dass ich mir dort überlege, ob ich zurückkommen möchte oder nicht."

„Das ist überhaupt kein Problem. Spann für ein paar Tage aus und gib mir dann Bescheid."

Julia konnte nicht glauben, wie einfühlsam ihr ehemaliger Vorgesetzter plötzlich war. Es tat gut, sich ein wenig von ihrer Trauer abzulenken und sie begann, den Abend zu genießen. Martin bestellte eine weitere Flasche Wein und sie unterhielten sich über ein neues Projekt, das er an Land gezogen hatte. Noch nie hatte sie so entspannt mit ihm sprechen können. Seine Arroganz war verschwunden und Julia freute sich über seinen Sinneswandel. Es wurde spät und Martin übernahm die Rechnung.

„Ich muss zugeben, du fehlst in der Arbeit sehr. Niemand hat das gleiche Knowhow wie du“, sagte er, als sie das letzte Glas Wein austranken.

„Mir fehlt die Arbeit auch. Ich denke, ich werde wohl doch wieder zu euch zurückkommen, aber vorher muss ich unbedingt meine Reise nach Kroatien antreten. Danach melde ich mich bei dir und wir besprechen alle Einzelheiten“, gab sie schließlich nach.

Im Moment passierte genug Verwirrendes um sie herum. Vielleicht lag es auch nur am Wein, aber sie wollte nicht noch mehr Veränderungen in ihrem Leben. Leicht beschwipst verließen die beiden gemeinsam das Restaurant und sie merkte, dass Martins Laune seit ihrem Versprechen noch besser geworden war. Doch auch sie fühlte sich nun erleichtert, denn sie konnte ohne Geldsorgen nach Kroatien fahren und ihrer Großmutter den letzten Wunsch erfüllen.

Es war inzwischen schon spät und die kühle Luft tat gut. Julia hatte eindeutig zu viel getrunken. Deshalb reagierte sie nicht schnell genug, als Martin sie in eine dunkle Hausecke drängte und sich an sie presste.

Seine Hände schoben sich unter ihr Kleid und er drückte seinen widerlichen Mund fest an ihren. Julia wurde blitzschnell wieder nüchtern und versuchte, ihn mit aller Kraft von sich zu stoßen. Aber er war zu stark für sie und je mehr sie versuchte, sich zu wehren, umso fester drückte er sie gegen die Wand. Er begann seine Hose zu öffnen und schob ihr Kleid über ihre Hüften. Seine Zunge steckte tief in ihrem Mund und fühlte sich steif und abstoßend an.

Julia versuchte zu schreien, doch sie musste würgen. Durch den Reflex biss sie ihm in die Zunge und schmeckte Blut in ihrem Mund.

Mit einem lauten Schrei ließ Martin von ihr ab.

„Bist du komplett verrückt geworden? Willst du mir meine Zunge abbeißen!“, schrie er sie an.

Julia wollte weglaufen, aber er hielt sie immer noch fest.

„Sag bloß, du willst es nicht auch! Immerhin hast du dich extra so für mich angezogen und lässt dich von mir teuer ausführen. Was denkst du eigentlich, warum ich heute mit dir hier war? Ob du für mich arbeitest oder nicht, ist mir egal. Ich kann dich schnell ersetzen“, entgegnete er und spuckte Blut auf die Straße.

„Wenn du mich so leicht ersetzen kannst, dann lass mich endlich los!“, schrie sie, so laut sie konnte.

Da hörten sie eine Gruppe junger Männer, die die Straße entlang schlenderten und sich ihnen näherten.

„Ist alles in Ordnung? Belästigt dich dieser Typ?“, fragte einer von ihnen und endlich ließ Martin ihre Hand los.

So schnell sie konnte, rannte Julia, ohne ein Wort zu sagen, weg und stieg eine Straße weiter in ein Taxi. Sie kam sich so dumm vor. Andrea hatte also recht.

Als sie zuhause ankam, versperrte sie schnell ihre Haustür und rückte eine Kommode vor diese. Das Kleid, das sie anhatte, warf sie in den Mülleimer und stellte sich unter die heiße Dusche. Vielleicht konnte sie ihre Erinnerungen an diesen Abend abwaschen. Es schauderte sie bei dem Gedanken, was alles passieren hätte können, wenn die Gruppe junger Männer nicht aufgetaucht wäre.

In dieser Nacht konnte Julia lange nicht einschlafen. Immer wieder kontrollierte sie wie im Wahn, ob die Haustüre auch verschlossen war. So etwas durfte ihr nie wieder passieren. Nach vielen, wachen Stunden schlief sie schließlich doch noch ein und träumte von der Autofahrt nach Kroatien und von Martin, der sich heimlich auf der Rückbank versteckt hatte.

Am nächsten Morgen wachte Julia wie gerädert auf. Sie hatte tiefe, schwarze Ringe unter den Augen und war sehr blass. Nach einem kurzen Frühstück fing sie an, ihre Sachen für ihre Reise zu packen. Sie wusste nicht, wie lange sie in Kroatien bleiben würde, aber sie hatte zum ersten Mal das Bedürfnis, für längere Zeit nicht in ihre Wohnung zurückzukehren. Vielleicht sollte sie für einige Zeit im Haus wohnen, bis sie die Geschichte mit Martin verkraftet hatte. Dem entsprechend viele Koffer mussten nun in ihr Auto passen. Sie veranlasste einen Nachsendeantrag ihrer Post und besorgte im Anschluss die Zutaten für das Essen für den Abend mit Andrea.

ıit dem Tod und der Trauer der Angehöri-

kein leichter Auftrag, den Sie von ihrer
ten haben. Ich habe aber die Erfahrung
storbene genau wissen, wen sie mit solchen
n. Ihre Oma wollte wohl ihren letzten Weg
sam gehen. Ich gehe davon aus, dass sie
ınige Beziehung zueinander hatten. Viel-
in Kroatien die Antworten auf Ihre unbe-
n. Ich wünsche Ihnen aber auf alle Fälle
letzte, gemeinsame Reise."

ı verabschiedete sich der Mitarbeiter und
ı Sorgen und ihrer Großmutter allein. Sie
auf die Urne, doch schließlich nahm sie
cher das Gefäß in die Hände und sagte:
nachen wir uns eben auf den Weg."

Gefäß sicher im Kofferraum, der bis oben
der Rückbank hatte sie nur noch wenig
ihre Großmutter nicht auf den Beifahrer-
schauderte bei dem Gedanken, die Asche
ɔen.

erdrängen, warum sie nun nach Krk fuhr
r, sie fahre in den Urlaub. Es war Freitag
Menschen auf den Straßen unterwegs in
n der slowenisch-kroatischen Grenze stau-
dauerte zwei Stunden, bis sie endlich auf
war. Während der Fahrt machte sie eini-

Julia entschied sich für ein Steak und Kartoffelpüree mit einer Ahornsirup–Zwiebelsauce. Das Fleisch verströmte einen angenehmen Duft in ihrer Wohnung und Julia beruhigte sich wieder ein wenig. Sie schnitt die Zwiebel, briet sie in einer Pfanne an und löschte sie mit Ahornsirup und Balsamicoessig ab. Die Sauce köchelte langsam am Herd, als Andrea an der Tür läutete. Beim Essen berichtete Julia ihrer besten Freundin von ihrem Vorabend. Andrea konnte es nicht fassen.

„Ich wusste immer schon, dass er ein Schwein ist. Hättest du mich doch bloß vorher um Rat gefragt! Dann hätte ich dir vom Treffen abgeraten. Aber das hilft dir jetzt auch nichts mehr. Ich bin froh, dass dir nichts Schlimmes passiert ist. Lass dich drücken!"

Julia fiel Andrea in die Arme und begann zu schluchzen. Das war wirklich alles zu viel für sie.

„Ich hoffe, du gehst zur Polizei und zeigst diesen Mistkerl an", sagte ihre Freundin entschlossen.

Doch Julia fehlte die Kraft für eine Aussage und sie wollte nur so schnell als möglich verschwinden.

„Nein, ich möchte einfach nur weg und ihn nie wiedersehen. Morgen bekomme ich endlich Omas Urne. Im Anschluss fahre ich gleich weiter nach Kroatien und versuche, alles was passiert ist, zu vergessen. Immerhin erwartet mich eine schwierige Aufgabe dort. Ich brauche im Moment ein wenig Abstand von allem hier.

Ist das alles nicht verrückt? Jetzt habe ich zwar keinen Job mehr, aber eine Wohnung, ein Haus und ein mysteriöses Ferienhaus. Außerdem muss ich die Asche meiner Großmutter ins Ausland bringen und dort verstreuen. Mein Leben wird im Moment fast täglich komplizierter", antwortete Julia.

„Wenn du willst, begleite ich dich. Ich kann jederzeit Urlaub nehmen“, meinte Andrea.

„Ich danke dir für dieses Angebot, aber ich denke, ich muss da allein durch. Außerdem muss ich mir klar werden, wer ich eigentlich bin und was ich aus meinem Leben machen möchte.“
So verabschiedeten sie sich nach dem Essen und Julia schlief erschöpft von den Ereignissen und der vergangenen Nacht ein.

Am nächsten Morgen wachte Julia früh auf. Sie putzte ihre Wohnung und bereitete alles für eine längere Abwesenheit vor. Sie hatte Andrea am Vorabend ihren zweiten Wohnungsschlüssel gegeben, damit sie nach dem Rechten schauen konnte. Julia hatte ihren Kleinwagen voll beladen und fuhr zur Bestattung. Ihr Herz klopfte, als sie am Parkplatz ankam. Sie konnte sich nicht überwinden, in das Gebäude zu gehen und dachte an Sophia.

„Julia, wieso weinst du denn? Ist etwas passiert?“ „Oma, die Katze ist tot! Ich habe sie gerade hinter dem Haus gefunden.“ „Das tut mir leid. Aber sei nicht traurig. Sie war schon sehr alt und hatte ein schönes und erfülltes Katzenleben. Ich freue mich für sie, dass sie jetzt im Katzenhimmel ihre Eltern und alle ihre Verwandten treffen kann. Dort machen sie sicher eine schöne Wiedersehensfeier.“ „Kommst du auch einmal in den Himmel?“ „Oh, das hoffe ich doch! Und dort treffe ich dann die Menschen wieder, die ich liebe. Aber keine Angst, das dauert bestimmt noch lange. Jetzt beerdigen wir die Katze und dann gehen wir zu Magda. Die hat nämlich gerade kleine Kätzchen und du darfst dir sicher eins aussuchen.“

ge Pausen und so war es schon fast Abend, als sie endlich von der Autobahn abfuhr.

Sie konnte es kaum glauben, als sie den wunderschönen Ausblick sah, den sie von der Serpentinenstraße über das Meer hatte. Langsam fuhr sie den kurvigen Weg entlang und ignorierte das Hupkonzert hinter ihr. Sie hatte keinen Stress und ihr voll beladener Kleinwagen bot ihr nicht die Sicherheit, schneller über die steile Serpentine zu fahren.

Um das Festland verlassen zu können, bezahlte sie eine kleine Maut und fuhr über eine hohe Brücke auf die Insel Krk. An einem Aussichtspunkt hielt sie ihren Wagen an und stieg aus. Die Fahrt war doch anstrengender, als sie gedacht hatte. Sie streckte sich und betrachtete das schimmernde Meer. Die untergehende Sonne spiegelte sich romantisch im Wasser. Fast vergaß Julia, dass sie aus einem traurigen Grund hier war. Der Blick war atemberaubend schön. Schließlich zwang sie sich aber zur Weiterfahrt und machte sich nun wieder auf den Weg. Nach wenigen Kilometern kam sie endlich an.

Ihr Hotel befand sich in einem kleinen Ort namens Malinska und lag direkt am Meer. Die Luft roch nach Salz und Pinien und es wehte ein leichter Wind. Das Hotel war sehr nett eingerichtet. Die Dame am Empfang sprach fließend Deutsch und begrüßte Julia freundlich.

„Sie haben für drei Nächte gebucht, wie ich sehe."

„Ja, aber wäre es eventuell möglich, dass ich meinen Aufenthalt verlängere? Ich habe mich gerade entschieden, doch länger auf der Insel zu bleiben. Ich benötige dringend ein paar Tage Entspannung", entgegnete Julia.

„Das ist überhaupt kein Problem. Für wie lange möchten Sie denn ihr Zimmer buchen? Wir können Ihnen ein Einzelzimmer mit Balkon und Meerblick für bis zu drei Wochen anbieten. Danach beginnt die Hauptsaison und ab dann sind wir leider ausgebucht“, meinte die Rezeptionistin.
„Gut, dann bleibe ich mal für eine Woche, aber bitte reservieren sie mir das Zimmer für länger. Vielleicht gefällt es mir ja so gut und ich verlängere weiter“, antwortete sie freudig.

Das Zimmer war frisch renoviert und hatte einen wirklich wunderbaren Ausblick auf das Meer. Erleichtert nahm sie eine Dusche und machte sich danach auf den Weg ins Dorf.

Am Hafen gab es kleine Restaurants, an denen man mit Blick aufs Meer essen konnte. Julia bestellte frittierte Calamari und ein Glas Wein und genoss den lauen Abend.
Zum ersten Mal seit Tagen fühlte sie sich frei und glücklich. Das Meeresrauschen hatte eine beruhigende Wirkung auf sie.

Nach dem Essen schlenderte sie zurück zum Hotel und ging auf ihr Zimmer. Dort nahm sie die Urne ihrer Großmutter und stellte sie auf die Fensterbank. „So hast du auch einen schönen Ausblick, Oma!“

Julia entschied sich für ein Steak und Kartoffelpüree mit einer Ahornsirup–Zwiebelsauce. Das Fleisch verströmte einen angenehmen Duft in ihrer Wohnung und Julia beruhigte sich wieder ein wenig. Sie schnitt die Zwiebel, briet sie in einer Pfanne an und löschte sie mit Ahornsirup und Balsamicoessig ab. Die Sauce köchelte langsam am Herd, als Andrea an der Tür läutete. Beim Essen berichtete Julia ihrer besten Freundin von ihrem Vorabend. Andrea konnte es nicht fassen.

„Ich wusste immer schon, dass er ein Schwein ist. Hättest du mich doch bloß vorher um Rat gefragt! Dann hätte ich dir vom Treffen abgeraten. Aber das hilft dir jetzt auch nichts mehr. Ich bin froh, dass dir nichts Schlimmes passiert ist. Lass dich drücken!“

Julia fiel Andrea in die Arme und begann zu schluchzen. Das war wirklich alles zu viel für sie.

„Ich hoffe, du gehst zur Polizei und zeigst diesen Mistkerl an“, sagte ihre Freundin entschlossen.

Doch Julia fehlte die Kraft für eine Aussage und sie wollte nur so schnell als möglich verschwinden.

„Nein, ich möchte einfach nur weg und ihn nie wiedersehen. Morgen bekomme ich endlich Omas Urne. Im Anschluss fahre ich gleich weiter nach Kroatien und versuche, alles was passiert ist, zu vergessen. Immerhin erwartet mich eine schwierige Aufgabe dort. Ich brauche im Moment ein wenig Abstand von allem hier.

Ist das alles nicht verrückt? Jetzt habe ich zwar keinen Job mehr, aber eine Wohnung, ein Haus und ein mysteriöses Ferienhaus. Außerdem muss ich die Asche meiner Großmutter ins Ausland bringen und dort verstreuen. Mein Leben wird im Moment fast täglich komplizierter“, antwortete Julia.

„Wenn du willst, begleite ich dich. Ich kann jederzeit Urlaub nehmen“, meinte Andrea.

„Ich danke dir für dieses Angebot, aber ich denke, ich muss da allein durch. Außerdem muss ich mir klar werden, wer ich eigentlich bin und was ich aus meinem Leben machen möchte.“

So verabschiedeten sie sich nach dem Essen und Julia schlief erschöpft von den Ereignissen und der vergangenen Nacht ein.

Am nächsten Morgen wachte Julia früh auf. Sie putzte ihre Wohnung und bereitete alles für eine längere Abwesenheit vor. Sie hatte Andrea am Vorabend ihren zweiten Wohnungsschlüssel gegeben, damit sie nach dem Rechten schauen konnte. Julia hatte ihren Kleinwagen voll beladen und fuhr zur Bestattung. Ihr Herz klopfte, als sie am Parkplatz ankam. Sie konnte sich nicht überwinden, in das Gebäude zu gehen und dachte an Sophia.

„Julia, wieso weinst du denn? Ist etwas passiert?“ „Oma, die Katze ist tot! Ich habe sie gerade hinter dem Haus gefunden.“ „Das tut mir leid. Aber sei nicht traurig. Sie war schon sehr alt und hatte ein schönes und erfülltes Katzenleben. Ich freue mich für sie, dass sie jetzt im Katzenhimmel ihre Eltern und alle ihre Verwandten treffen kann. Dort machen sie sicher eine schöne Wiedersehensfeier.“ „Kommst du auch einmal in den Himmel?“ „Oh, das hoffe ich doch! Und dort treffe ich dann die Menschen wieder, die ich liebe. Aber keine Angst, das dauert bestimmt noch lange. Jetzt beerdigen wir die Katze und dann gehen wir zu Magda. Die hat nämlich gerade kleine Kätzchen und du darfst dir sicher eins aussuchen.“

Julia atmete tief durch und öffnete die Tür der Bestattung. Sie hatte den klingenden Namen Engelreich. Im Hintergrund ertönte leise, klassische Musik und ein Mitarbeiter kam andächtig auf Julia zu.

„Guten Tag, mein Name ist Kaiser. Wenn Sie bitte kurz Platz nehmen?! Ich hole sofort ihre Großmutter."

Julia spürte ihr Herz pochen und ihre Hände wurden kalt. Sie setzte sich auf das große, schwarze Ledersofa und spielte nervös mit einem Kugelschreiber, der am Tisch lag.

Als Herr Kaiser das Zimmer wieder betrat, hatte er eine schwarze Urne mit goldener Umrandung und einer goldenen Rose darauf in der Hand. Er stellte das Gefäß andächtig auf den Tisch vor ihr ab.

„Sie können sich so viel Zeit lassen, wie Sie möchten. Es ist für viele Angehörige im ersten Moment schwierig, die Urne einfach mitzunehmen. Wissen Sie denn schon, was Sie damit machen werden?", fragte Herr Kaiser.

„Ja. Genauer gesagt wusste meine Großmutter, was ich mit ihrer Asche machen soll. Ich habe von ihr in einem Brief den Auftrag bekommen, nach Kroatien zu fahren und sie dort ins Meer zu streuen.

Ehrlich gesagt, bin ich mir nicht sicher, ob ich dazu bereit bin. Ich verstehe nicht, wie sie auf diese Idee kam und ich wusste bis vor Kurzem nicht einmal, dass sie dort ein Ferienhaus besaß. Im Moment fühle ich mich komplett überfordert."

Julia wusste nicht, warum sie einem fremden Menschen ihre Probleme anvertraute. Aber er wirkte vertrauenswürdig und er schien zu verstehen, wie schwierig ihre Situation war. Er

hatte Erfahrung mit dem Tod und der Trauer der Angehörigen.
„Das ist wirklich kein leichter Auftrag, den Sie von ihrer Großmutter erhalten haben. Ich habe aber die Erfahrung gemacht, dass Verstorbene genau wissen, wen sie mit solchen Dingen beauftragen. Ihre Oma wollte wohl ihren letzten Weg mit Ihnen gemeinsam gehen. Ich gehe davon aus, dass sie beide eine sehr innige Beziehung zueinander hatten. Vielleicht finden Sie ja in Kroatien die Antworten auf Ihre unbeantworteten Fragen. Ich wünsche Ihnen aber auf alle Fälle alles Gute für Ihre letzte, gemeinsame Reise."

Mit diesen Worten verabschiedete sich der Mitarbeiter und ließ Julia mit ihren Sorgen und ihrer Großmutter allein. Sie starrte noch lange auf die Urne, doch schließlich nahm sie seufzend und unsicher das Gefäß in die Hände und sagte: „Gut, Oma, dann machen wir uns eben auf den Weg."

Sie verstaute das Gefäß sicher im Kofferraum, der bis oben hin voll war. Auf der Rückbank hatte sie nur noch wenig Platz und sie wollte ihre Großmutter nicht auf den Beifahrersitz stellen. Julia erschauderte bei dem Gedanken, die Asche als Beifahrer zu haben.

Sie versuchte zu verdrängen, warum sie nun nach Krk fuhr und stellte sich vor, sie fahre in den Urlaub. Es war Freitag und so waren viele Menschen auf den Straßen unterwegs in Richtung Süden. An der slowenisch-kroatischen Grenze staute es sich und es dauerte zwei Stunden, bis sie endlich auf kroatischem Boden war. Während der Fahrt machte sie einige Pausen und so war es schon fast Abend, als sie endlich von der Autobahn abfuhr.

Sie konnte es kaum glauben, als sie den wunderschönen Ausblick sah, den sie von der Serpentinenstraße über das Meer hatte. Langsam fuhr sie den kurvigen Weg entlang und ignorierte das Hupkonzert hinter ihr. Sie hatte keinen Stress und ihr voll beladener Kleinwagen bot ihr nicht die Sicherheit, schneller über die steile Serpentine zu fahren.

Um das Festland verlassen zu können, bezahlte sie eine kleine Maut und fuhr über eine hohe Brücke auf die Insel Krk. An einem Aussichtspunkt hielt sie ihren Wagen an und stieg aus. Die Fahrt war doch anstrengender, als sie gedacht hatte. Sie streckte sich und betrachtete das schimmernde Meer. Die untergehende Sonne spiegelte sich romantisch im Wasser. Fast vergaß Julia, dass sie aus einem traurigen Grund hier war. Der Blick war atemberaubend schön. Schließlich zwang sie sich aber zur Weiterfahrt und machte sich nun wieder auf den Weg. Nach wenigen Kilometern kam sie endlich an.

Ihr Hotel befand sich in einem kleinen Ort namens Malinska und lag direkt am Meer. Die Luft roch nach Salz und Pinien und es wehte ein leichter Wind. Das Hotel war sehr nett eingerichtet. Die Dame am Empfang sprach fließend Deutsch und begrüßte Julia freundlich.

„Sie haben für drei Nächte gebucht, wie ich sehe."

„Ja, aber wäre es eventuell möglich, dass ich meinen Aufenthalt verlängere? Ich habe mich gerade entschieden, doch länger auf der Insel zu bleiben. Ich benötige dringend ein paar Tage Entspannung", entgegnete Julia.

„Das ist überhaupt kein Problem. Für wie lange möchten Sie denn ihr Zimmer buchen? Wir können Ihnen ein Einzelzimmer mit Balkon und Meerblick für bis zu drei Wochen anbieten. Danach beginnt die Hauptsaison und ab dann sind wir leider ausgebucht", meinte die Rezeptionistin.
„Gut, dann bleibe ich mal für eine Woche, aber bitte reservieren sie mir das Zimmer für länger. Vielleicht gefällt es mir ja so gut und ich verlängere weiter", antwortete sie freudig.

Das Zimmer war frisch renoviert und hatte einen wirklich wunderbaren Ausblick auf das Meer. Erleichtert nahm sie eine Dusche und machte sich danach auf den Weg ins Dorf.

Am Hafen gab es kleine Restaurants, an denen man mit Blick aufs Meer essen konnte. Julia bestellte frittierte Calamari und ein Glas Wein und genoss den lauen Abend.
Zum ersten Mal seit Tagen fühlte sie sich frei und glücklich. Das Meeresrauschen hatte eine beruhigende Wirkung auf sie.

Nach dem Essen schlenderte sie zurück zum Hotel und ging auf ihr Zimmer. Dort nahm sie die Urne ihrer Großmutter und stellte sie auf die Fensterbank. „So hast du auch einen schönen Ausblick, Oma!"

Kapitel 3

Nach einem ausgiebigen Frühstück erkundete Julia nun bei Tageslicht den Ort. Malinska war durchzogen von kleinen, schmalen Gassen. Die meisten Häuser waren auf einer kleinen Anhöhe erbaut worden. Der Hafen war klein, aber sehr idyllisch und Julia genoss den Spaziergang am Ufer des Meeres. Auf der kleinen Promenade betrachtete sie die Boote, die im Hafen ankerten. Kinder versuchten mit ihren Angeln einen Fisch zu fangen. An Ständen konnte man Souvenirs und kleine Spielsachen kaufen.

Julia besorgte sich einen großen, hellbeigen Sonnenhut mit großer Schleife, da die Temperaturen für einen Frühlingstag wärmer waren, als sie gedacht hatte.

Der kleine Hafen bildete das Zentrum des Ortes. Sie spazierte auf der Promenade weiter, die in einen kleinen Waldweg überging. Rechts von ihr glitzerte das Meer und sie hörte die Wellen leise rauschen. In der Luft hing ein Hauch von Pinien und Julia atmete tief ein. Als sie an einer kleinen, betonierten Badebucht ankam, setzte sie sich ans Ufer und hielt ihre Beine in das kalte und klare Wasser. Ein kleiner Fisch schwamm um ihren Fuß und sie beobachtete ihn entzückt.

Sie fühlte sich entschleunigt und ruhig und sie begann zu verstehen, warum ihre Großmutter sich hier so wohl gefühlt hatte. Entschlossen schlüpfte sie wieder in ihre Sandalen und machte sich auf den Rückweg. Julia war nun bereit, sich das Ferienhaus anzusehen.

Neugierig und ein wenig aufgeregt fuhr sie mit ihrem Wagen durch die Landschaft von Krk. An den Straßenrändern waren unendlich viele Mauern, die von Hand aus Steinen errichtet worden waren. Die Insel war sehr grün, aber es gab auf den Feldern dennoch viele Steine. Auf den Wiesen wuchsen alte Olivenbäume und Ziegen grasten unter deren Schatten. Die Menschen auf Krk wussten, wie sie mit den Beschaffenheiten der Insel umzugehen hatten. Schließlich kam Julia in dem kleinen Ort namens Porat an. Ihr Navigationsgerät lotste sie in eine enge Seitenstraße mit neuen, modernen, aber auch alten Einfamilienhäusern. Die Straße war eine kleine Sackgasse und die Stimme im Navigationsgerät dirigierte Julia zum letzten Haus. Sie stellte den Motor ab und stieg aus dem Auto.

Vor ihr stand ein altes, rustikales Steinhaus, das verlassen wirkte. Das Grundstück war sehr groß und von einer Steinmauer umringt. Der Garten war verwildert, aber Julia sah Oliven- und Feigenbäume, die noch in einem überraschend guten Zustand waren. Man sah dem Haus äußerlich an, dass es schon länger nicht besucht worden war. Die Farbe auf den geschlossenen Fensterläden blätterte ab, diese bräuchten dringend einen neuen Schliff. Aber das Haus hatte großen Charme und sie wollte unbedingt wissen, was sie im Inneren erwartete.

Gespannt holte Julia den Hausschlüssel aus der Tasche und versuchte die Tür aufzusperren. Der Schlüssel passte, aber das Schloss ließ sich nicht öffnen. Verzweifelt versuchte sie

den Schlüssel zu drehen, aber er bewegte sich kaum. Nun war sie den weiten Weg gekommen und konnte ihr Haus nicht besichtigen. Julia war frustriert.
„Das kann doch wohl nicht wahr sein! Wie viel Pech kann eigentlich ein einziger Mensch haben?“, rief sie laut aus.

„Kann ich dir vielleicht helfen?“, hörte sie eine Stimme hinter sich.

Erschrocken drehte sie sich um und sah eine Frau auf dem Nachbarsgrundstück, die sie anlächelte. Sie war Ende dreißig und hatte kurze, lockige, braune Haare. Ihrem Dialekt nach zu urteilen, kam sie anscheinend ebenfalls aus Österreich. Julia konnte im Moment jede Hilfe gut gebrauchen und so ging sie auf die freundlich wirkende Frau zu.

„Ich möchte gerne die Tür aufsperren, aber ich glaube, das Schloss ist eingerostet“, sagte Julia zu ihr.
„Das kann ich mir gut vorstellen. Hier war schon lange niemand mehr. Ich heiße übrigens Tina. Ich hole schnell mal meinen Mann. Er kann dir bestimmt helfen.“

Mit diesen Worten verschwand Tina im Haus und bereits wenige Minuten später tauchte sie mit einem Mann an ihrer Seite wieder auf.

„Hallo! Ich bin Markus. Hier auf der Insel rostet leider alles sehr schnell. Damit muss man leben. Es liegt an der salzigen Meeresluft. Ich habe einen Spray, mit dem wir dein Schloss bestimmt gleich wieder öffnen können“, sagte der Mann.

Markus hatte eine kurze Jogginghose, Badeschuhe und ein Bugs Bunny – T-Shirt an. Seine Haare waren etwas zerzaust und er trug einen Dreitagesbart. Julia musste schmunzeln, als sie sein Outfit genauer betrachtete. Er wirkte sehr nett, aber

auch ein wenig chaotisch. Seine Frau Tina trug einen kurzen Rock und ein schlichtes, enges Shirt.
Die beiden passten gut zu einander und wirkten sehr sympathisch. Julia stellte sich ihren Rettern ebenfalls vor. Markus sprühte sein Entrostungsmittel in das Schloss und bewegte den Schlüssel immer wieder hin und her. Er wiederholte den Vorgang so lange, bis sich das Schloss endlich öffnen ließ.

„Danke vielmals! Was hätte ich nur ohne euch gemacht?! Ich würde euch ja gerne auf einen Kaffee hereinbitten, aber wie ihr seht, ist das Haus nicht gerade in einem guten Zustand. Ich habe es von meiner Großmutter geerbt und ich wusste vor einigen Tagen nicht einmal, dass es dieses Haus gibt. Ich denke, wenn ich es behalten möchte, muss ich wohl einiges an Arbeit investieren“, sagte Julia zu ihren Nachbarn.

„Auch wenn du es nicht behalten möchtest, würde ich es an deiner Stelle etwas renovieren. Dann bekommst du beim Verkauf mehr Geld dafür. Meinst du nicht auch, Markus?“, sagte Tina.

„Auf alle Fälle! Solltest du Handwerker benötigen, kann ich dir ein paar Telefonnummern geben. Wir haben unser Haus schon seit fünf Jahren und daher kennen wir genügend Leute, die dir helfen können.“

„Danke vielmals. Ich denke, ich komme darauf zurück. Aber jetzt möchte ich mich mal etwas umsehen“, sagte Julia.

„Wir lassen dich jetzt wohl besser allein, damit du dich in Ruhe umschauen kannst. Solltest du wieder Hilfe benötigen, weißt du ja, wo du uns finden kannst. Markus grillt heute leckeren Fisch. Wir würden uns sehr freuen, wenn du mit uns essen würdest. Immerhin sind wir ja nun Nachbarn und können uns so ein wenig besser kennenlernen", antwortete Tina freundlich lächelnd.

„Das ist wirklich sehr nett von euch. Ich nehme die Einladung sehr gerne an!"

Händchenhaltend verließen Tina und Markus das Grundstück.

Julia war nun wieder allein und ging langsam in das Haus. Es war dunkel, da die Fensterläden geschlossen waren und es roch nach Staub und abgestandener Luft. Mit der Taschenlampe auf ihrem Mobiltelefon beleuchtete sie die Räume, um sich einen Überblick verschaffen zu können.

Ein kleiner Vorraum führte in ein geräumiges Wohnzimmer. Julia öffnete die Fenster und Außenläden und im Sonnenlicht konnte sie nun den Raum besser sehen. Die alte Couch war wohl nicht mehr zu retten, aber es gab eine schöne Eckbank aus Holz mit einem großen Tisch und auch einigen Sesseln, die noch sehr gut erhalten waren. Der alte Kachelofen wurde wohl in kalten Nächten zum Heizen benutzt.

Julia öffnete die Balkontür und stand auf der Rückseite des Hauses. Dort war eine gepflasterte Terrasse, aus deren Ritzen Gras und Unkraut wucherte. Auch wenn der Natur hier ihren freien Lauf gelassen wurde, war es sehr schön und idyllisch. Julia konnte sich gut vorstellen, dass dieser Platz früher einladend und gemütlich gewesen war. Sie spazierte über das große Grundstück hinter dem Haus, auf dem weitere Olivenbäume standen. In der Wiese wuchsen wilde Lavendelblüten und Julia pflückte eine Blüte. Vom Duft überwältigt erinnerte sie sich an den Bilderrahmen mit getrocknetem Laven-

del, den sie auf dem Nachtkästchen ihrer Großmutter entdeckt hatte. Ob Sophia die Blüten von diesem Grundstück gepflückt hatte?
Der Garten grenzte hinter dem Haus an einen wunderschönen und alten Olivenhain.

Julia ging wieder zurück ins Haus und führte ihre Erkundungstour fort. Vom Wohnzimmer aus gelangte man direkt in die angrenzende Küche. Die alte Landhausküche war sehr heimelig und Julia betrachtete den alten Gasherd. Sie fragte sich, ob er wohl noch funktionstüchtig war. Die Farbe der Küchenfronten blätterte bereits ab, aber mit einem neuen Schliff und etwas hellem Lack würde sie bestimmt wieder in altem Glanz erstrahlen.
Vom Wohnzimmer aus führte eine Treppe in das Obergeschoß. Dort gab es zwei Schlafzimmer, ein altes Badezimmer und eine Toilette. Die Räume im Obergeschoß mussten alle renoviert werden. Obwohl das Haus im Moment nicht bewohnbar war, fühlte sich Julia darin trotz Staub, Schmutz und alter Möbel bereits sehr wohl. Sie schloss die Fenster und alle Fensterläden und verließ das Haus wieder.

Sie spazierte zum kleinen Laden, den sie am Anfang der Straße entdeckt hatte und kaufte dort eine Flasche Wein. Mit ihrem Gastgeschenk in der Hand ging sie zu ihren neuen Nachbarn.
Das Haus der beiden war anscheinend neu gebaut und sehr hübsch. Es war von Feigen- und Olivenbäumen umringt und große Rosmarinbüsche verströmten einen herrlich würzigen Duft.

Julia hörte, wie jemand hinter dem Haus mit einem Ball spielte. Sie ging dem Geräusch nach und sah einen Jugendlichen, der mit einem Basketball abwechselnd durch seine Beine hindurch und dann wieder hinter seinem Rücken dribbelte. Der Jugendliche entdeckte Julia ebenfalls und mit einem verschmitzten Lächeln drehte er sich zu seinem Basketballkorb, warf und traf aus sehr weiter Entfernung zielsicher hinein. Dann kam er auf Julia zu und gab ihr die Hand.

„Hallo! Ich bin Philipp. Meine Eltern kommen bestimmt gleich in den Garten. Sie haben mir schon gesagt, dass wir eine neue Nachbarin haben."

„Hallo! Ja, ich bin Julia. Ich habe mir gerade mein Haus angeschaut. Ich werde wohl einiges zu tun haben. Es kann sein, dass es in nächster Zeit etwas laut wird", sagte sie lächelnd.

„Das macht doch nichts. In der Nacht wirst du wohl nicht arbeiten und ich hoffe, ich störe dich nicht mit meinem Dribbeln", entgegnete Philipp mit einem gewinnenden Lächeln.

Dieser junge Mann schien genauso nett zu sein wie seine Eltern.

Tina und Markus kamen mit Tellern und Gläsern beladen und stellten alles auf einen großen Holztisch, der unter einem Baum stand.

„Du hast also unseren Sohn Philipp schon kennengelernt. Ich hoffe, sein Basketballspielen stört dich nicht zu sehr. Er spielt in einem Verein und der Ball ist seine große Leidenschaft. Wir sind meistens sehr viel unterwegs und er spielt maximal eine halbe Stunde am Tag", erzählte Tina.

„Nein, das stört mich überhaupt nicht! Vielleicht zeigt er mir einmal, wie man Körbe wirft."

Julia überreichte Tina ihr Gastgeschenk, die sich offensichtlich sehr darüber freute.
„Das wäre doch nicht nötig gewesen. Aber wie ich sehe, hast du unseren Lieblingswein mitgebracht. Dieser Weißwein wird Zlahtina genannt und wird hier auf der Insel hergestellt. Danke vielmals! Ich kühle ihn gleich ein. Zum Essen habe ich für dich einen bereits gekühlten Wein zum Kosten."

Julia half Tina den Tisch zu decken, während Markus vier große Fische auf den Grill legte. Seine Frau hatte Salate vorbereitet und herrlich duftendes Weißbrot aufgeschnitten.
„Hier auf der Insel gibt es sehr leckeres Brot. Die Einheimischen tunken es als Vorspeise gerne in gesalzenes Olivenöl. Das schmeckt himmlisch!", erklärte Tina.
Julia versuchte sogleich ein Stück des noch warmen Brotes mit Öl und sie stimmte ihrer neuen Nachbarin zu. Noch nie hatte sie ein Olivenöl gegessen, dass so intensiv schmeckte.
„Das kaufen wir direkt beim Bauern. Dort verkaufen sie auch Ziegenkäse, eingelegte Oliven und getrocknete Feigen. Der Hain hinter deinem Haus gehört auch zu ihrem Hof", klärte sie Markus auf.
Anscheinend kannten ihre Nachbarn viele Geheimtipps auf der Insel und Julia hoffte, künftig noch weitere nützliche Informationen von ihnen zu bekommen.
Der Fisch war zart und schmeckte nach Rosmarin und auch die Salate waren einfach, aber köstlich. Der Zlahtina war ein trockener Weißwein und passte perfekt zum Fisch.

Julia genoss das Essen und die Gesellschaft sehr. Sie erfuhr, dass Tina in einem Büro arbeitete und Markus Abteilungsleiter in einer Firma war, die Autoteile herstellte. Philipp besuchte die Unterstufe eines Privatgymnasiums und war ein sehr guter Schüler. Die Familie kam meist an den Wochenenden nach Krk.

„Wir haben von Graz eine sehr kurze Anreise und während der dreieinhalb Stunden Autofahrt kann Philipp meist ausreichend für die Schule lernen“, berichtete Markus.

Auch Julia erzählte ihnen von ihrem Leben und erwähnte auch, warum sie eigentlich auf der Insel war.

„Deine Oma muss dich sehr geliebt haben. Sonst hätte sie dich nicht darum gebeten, sie hierher zu bringen“, sagte Tina.

„Aber ich verstehe nicht, warum sie mir verheimlicht hat, dass sie das Haus hier besitzt. Ich dachte, ich würde meine Großmutter kennen“, meinte Julia traurig und nachdenklich.

„Ich kann mir gut vorstellen, dass du hier auf Krk noch manche Antworten auf deine Fragen bekommen wirst. Deine Oma hat dich wahrscheinlich auf diese Reise geschickt, damit du hinter ihre Geheimnisse kommst. Lass dich einfach darauf ein. Und wenn du Hilfe benötigst, weißt du, wie du uns finden kannst. Ich gebe zu, ich bin ein sehr neugieriger Mensch und ich bin schon gespannt, was du hier in Erfahrung bringen wirst“, sagte Tina lächelnd.

Markus gab seiner Frau einen Kuss und meinte lachend: „Da hast du recht. Neugierig bist du wirklich, mein Schatz!“ Auch Philipp begann laut zu lachen und Tina schmunzelte.

Die beiden Frauen kümmerten sich nun gemeinsam um den Abwasch und trugen selbst gemachten Apfelkuchen als Dessert in den Garten.

„Das Essen auf der Insel ist wirklich gut, aber leider gibt es außer Palatschinken und Eis keine guten Desserts“, erklärte Tina, während sie die Nachspeise austeilte.
Der Apfelkuchen war mit Streuseln bedeckt und man schmeckte die Butter, mit der sie gemacht worden waren. Die Streusel waren herrlich knackig und die Äpfel hatten eine leichte Säure. Julia fühlte sich sehr wohl und war froh, neue Freunde gefunden zu haben. Sie öffneten eine weitere Flasche Wein und feierten auf eine gute Nachbarschaft.

Bald schon wurde es Abend und es war für Julia Zeit, sich zurückzuziehen. Da sie bereits zu viel getrunken hatte, bestellte Markus für sie ein Taxi. Tina versprach, sie am nächsten Tag abzuholen und sie zu ihrem Auto zu bringen.

Als Julia am Abend in ihrem Zimmer auf dem Balkon saß und aufs Meer schaute, dachte sie: „Oma, ich bin gespannt was mich in der nächsten Zeit noch alles erwartet. Ich hätte nie gedacht, dass ich hier so schnell neue Freunde finden kann. Irgendwie habe ich das Gefühl, dass es meine Bestimmung ist, hier zu sein. Ich denke, ich werde das Haus behalten und renovieren. So, wie du es dir gewünscht hast.“

Am nächsten Morgen holte Tina Julia am vereinbarten Treffpunkt ab und brachte sie zurück zum Steinhaus und zu ihrem Auto. „Kommst du noch mit auf einen Kaffee?“, fragte Tina, als sie angekommen waren.
„Sehr gerne! Ich habe gestern zu viel Wein getrunken und ein Kaffee ist wohl im Moment genau das Richtige“, antwortete sie lächelnd.

Tina führte sie durch den entzückenden Bungalow und Julia bewunderte die große, offene Wohnküche und die beiden Schlafzimmer. Das Haus war modern, aber gemütlich eingerichtet.

„Wir verbringen fast alle Wochenenden hier. Nur wenn Philipp ein Basketballspiel hat, können wir nicht kommen. Aber zum Glück ist die Meisterschaft spätestens im April vorbei. Wenn er etwas zu lernen hat, kann er das auch prima am Strand machen", erzählte Tina strahlend.

Wieder dachte Julia an ihre eigene Mutter, die sich nie für ihre Hobbys interessiert hatte und die niemals ihr Leben nach Julias Interessen geplant hätte.

Als Markus das Zimmer betrat, musste sie schmunzeln. Dieses Mal hatte er ein Bild von Road Runner auf seinem T-Shirt.

„Ah, wir haben Besuch! Guten Morgen! Weißt du schon, wie du mit den Renovierungsarbeiten starten willst? Du wirst Strom und Wasser anmelden müssen. Ich gebe dir die Adresse des Gemeindeamts. Dort solltest du unbedingt vorbeischauen. Auf der Hauptstraße bei Malinska ist ein Baumarkt und auch ein großer Supermarkt, der jeden Tag geöffnet hat. Wenn du möchtest, kann ich dir unseren Gartenschlauch für die nächste Woche auf den Grund legen, damit du fließendes Wasser hast", bot Markus an.

„Danke vielmals! Ich wäre ohne euch verloren. Heute werde ich wohl beginnen, das Haus zu putzen und am Montag erledige ich meine Amtswege. Wann fährt ihr denn heute nach Hause?"

„Bereits nach dem Mittagessen. Ich werde jetzt beginnen, alles für die Abreise vorzubereiten und in paar Stunden sind

wir bereits auf dem Weg. Nächstes Wochenende werden wir aber wieder zurück sein", sagte Tina, während sie begann, das Geschirr zu spülen.
„Danke nochmal für alles. Ich wünsche euch eine angenehme Heimreise und freue mich, euch bald wiederzusehen."

Mit diesen Worten verabschiedete sich Julia. Voller Tatendrang machte sie sich nun auf den Weg zum Supermarkt, den Markus erwähnt hatte. Dort besorgte sie sich dicke Gummihandschuhe, Eimer und weitere Putzutensilien. Auch Getränke, ein Weißbrot und Wurst kaufte sie ein.

Freudig und voller Elan fuhr sie zurück zu ihrem Ferienhaus. Dort öffnete sie die Fenster und Fensterläden. Im Sonnenlicht sah man den Staub in der Luft wirbeln und Julia musste niesen. Markus hatte zum Glück bereits wie versprochen den Gartenschlauch auf ihr Grundstück gelegt. Den neu gekauften Eimer füllte sie mit Wasser und begann den Boden kniend zu schrubben. Mit viel Kraft versuchte sie den vermutlich jahrzehntealten Schmutz zu beseitigen und war mit dem Ergebnis sehr zufrieden. Endlich konnte man die schöne Terrakottafarbe der Fliesen erkennen.

Nun begann sie die Eckbank vorsichtig zu säubern, ohne das Holz zu zerkratzen. Auch den Kachelofen nahm sie sich vor.
Erschöpft nahm Julia einen Wohnzimmerstuhl mit auf die Terrasse und genoss dort ihre einfache Jause. Wie gut doch ein simples Wurstbrot schmeckte, wenn man hungrig und müde war. Sie genoss die Sonnenstrahlen, die sie erwärmten und sah den Bienen zu, die sich am Lavendel erfreuten. Da läutete plötzlich Julias Telefon.

„Guten Tag! Hier spricht Dr. Hofer. Sind Sie inzwischen schon auf Krk angekommen?“, fragte Sophias Anwalt.

„Ja, ich bin gerade im Ferienhaus. Es ist sehr alt und renovierungsbedürftig und ich denke, ich werde viel Arbeit und Energie hineinstecken müssen. Ich habe gerade begonnen, das Haus zu reinigen. Es ist anstrengender, als ich gedacht hatte“, sagte Julia.

„Nun, dann rufe ich ja genau im richtigen Moment an. Es gibt noch etwas, das ich Ihnen berichten muss. Als Ihre Großmutter ihr Testament aufsetzte und mir die Briefe für Sie überreichte, wies ich Sophia darauf hin, dass das Haus nach so vielen Jahren bestimmt baufällig sei. Ich riet ihr, ein Sparkonto eigens für die Renovierung einzurichten. Ihre Großmutter hat mich beauftragt, für Sie ein Konto in Krk-Stadt zu eröffnen. Dieses Geld wird Ihnen bei der Renovierung dienlich sein. Wie Sie bestimmt wissen, war Sophia eine sehr sparsame Person. Sie hatte durch den Verkauf der Firma ihres Großvaters ein kleines Vermögen erhalten. Noch ist die Verlassenschaft nicht abgeschlossen, aber bis dahin sollte Ihnen das Sparkonto, das auf Ihren Namen lautet, helfen. Ich kann und möchte nicht zu sehr ins Detail gehen, aber bald werden Sie keine Geldsorgen mehr haben. Wenn Sie Hilfe benötigen, können Sie mich gerne jederzeit kontaktieren. Ich stehe Ihnen wie auch schon Ihrer Großmutter gerne zur Verfügung. Alles Gute und viel Kraft für die Renovierung!“

Damit hatte Julia nicht gerechnet. Sie wusste, dass ihr Großvater, als er noch gesund war, einen großen Eisenwarenhandel besessen hatte. Als er so krank wurde und ständig auf Pflege angewiesen war, versuchte Sophia das Geschäft für

eine Zeit lang weiterzuführen. Aber als Frau hatte man es früher in der Arbeitswelt nicht leicht. Besonders in einem von Männern dominierten Geschäftsbereich wollte man keine Frau als Chefin akzeptieren. Ihre Angestellten schauten nicht zu ihr auf und die Stimmung im Betrieb war nicht mehr wie zuvor. Schließlich verkaufte Sophia den Eisenwarenhandel, da sie keine Freude mehr am Geschäft hatte.
Julia wusste nicht, dass der Verkauf so lukrativ gewesen war. Clara konnte es ihrer Mutter nicht verzeihen, dass sie das Geschäft ihres Vaters nicht weiterführte und lieber zuhause kochte und sich um den Garten kümmerte. Julias Mutter hätte gerne den Eisenwarenhandel geführt, doch Sophia hatte ihre Tochter nicht in die Pläne einbezogen.

„Oma, ich habe mit Mama gestritten. Sie will, dass ich unbedingt Anwältin werde. Sie meint, ich solle etwas aus meinem Leben machen. Ich habe aber keine Lust zu studieren. Sie sagt, ich vergeude mein Leben."
„Ach Julia, deiner Mutter war ihre Karriere immer wichtig. Sie meint es nicht böse. Sie liebt dich und will dich fördern. Das darfst du nie vergessen. Aber natürlich musst du deinen eigenen Weg gehen."

Julia fiel ein Stein vom Herzen. Sie hatte bereits gegrübelt, wie sie die Renovierung bezahlen sollte. Erleichtert schrubbte sie das Haus weiter und überlegte, wie viel Geld sie wohl zur Verfügung haben würde.

Die Zeit verflog im Nu und bald schon wurde es zu finster, um weiter zu arbeiten. Julia schloss die Fenster und Türen und fuhr zurück in das Hotel. Dort nahm sie eine lange Dusche, um den Staub los zu werden, der ihr an ihrem ganzen Körper klebte. Am Abend ging sie wieder zum Hafen und aß

Spaghetti. Sie genoss die leicht kühle Brise, die vom Meer landeinwärts strömte und sie merkte, wie wohl sie sich bereits auf dieser Insel fühlte.

Krk-Stadt war ein sehr schöner und belebter Ort und die Bank befand sich in der Nähe des Hafens. Die Bankangestellte war sehr freundlich und hilfsbereit. Auf dem Sparkonto befanden sich 377.000 Kuna, was in etwa 50.000 Euro entsprach. Julia konnte es kaum glauben. Sie hatte nie darüber nachgedacht, womit ihre Großmutter ihren Lebensunterhalt verdiente hatte.
Sophia lebte nicht in armen Verhältnissen, aber sie war sehr sparsam und so hatte Julia immer vermutet, dass ihre Großmutter mit wenig auskommen musste. Mit dem Geld auf dem Konto würde sie nun ohne Sorgen das Haus renovieren können.

Nachdenklich spazierte sie durch die Gassen von Krk. Die Innenstadt war mit Steinen gepflastert. Sie spazierte durch die engen Gässchen, die teilweise steil bergauf gingen. Es gab viele kleine Souvenirläden, Restaurants und auch Modegeschäfte.
Die Stadt war sehr belebt und Julia genoss den Trubel. Schließlich kam sie an einer großen Kirche vorbei und ruhte sich im angeschlossenen Park aus. Von dort hatte man einen wunderbaren Blick auf die Bucht. Sie beobachtete die Boote, die im glitzernden Meer durch die Wellen glitten.

Wehmütig dachte sie an die bevorstehende Seebestattung ihrer Großmutter. Doch Julia war noch nicht bereit, Sophia für immer gehen zu lassen. Sie wollte sich zuerst auf die Renovierung des Ferienhauses konzentrieren und versuchte, ihren traurigen Auftrag zu verdrängen.

So spazierte sie wieder die Gassen hinab und kam nun zum Hafen. Hier warteten Ausflugsschiffe darauf, dass ihre Passagiere alle an Bord waren, um dann auf das offene Meer zu schippern. Auch Fischerboote und kleine Yachten lagen im Hafen. Das bunte Treiben der Stadt gefiel Julia sehr. Sie konnte sich vorstellen, dass es hier am Abend bestimmt sehr heiter zuging. Aber sie hatte keine Zeit, die schöne Stadt länger zu erkunden.

Das Gemeindeamt würde bereits bald schließen und so machte sie sich auf den Weg. Zu ihrer Überraschung hatte die Assistentin des Bürgermeisters bereits von Dr. Hofer alle nötigen Unterlagen gemailt bekommen und für Julia die Anmeldung von Strom und Wasser in die Wege geleitet. Auch an einen Sperrmüllcontainer hatte er gedacht. Dieser würde in einer Woche auf ihr Grundstück geliefert werden.

Erleichtert übernahm sie die Kopien der Anträge und schrieb ihrem Anwalt ein E-Mail, um sich bei ihm für seine Hilfe zu bedanken. Nun stand der Renovierung nichts mehr im Weg.

Zurück im Ferienhaus begann Julia sofort wieder mit der Reinigung. Sie ging schnurstracks in die Küche und schrubbte die Arbeitsplatte. Sie war aus Vollholz und benötigte dringend eine neue Lackschicht. Als Julia die Kästen öffnete, sah sie erstaunt, dass die Küche voll ausgestattet war. Dort gab es große und kleine Emaille-Töpfe, Pfannen, Auflaufformen, Teller, Gläser, Besteck und vieles mehr. Zum ersten Mal realisierte sie, dass ihre Großmutter an diesem Ort gekocht und gelebt hatte. Julia nahm nachdenklich einen Topf in die Hand und dachte an Sophia.

„Was hast du noch alles vor mir verheimlicht, Oma?“

Sie räumte behutsam alle Schränke aus und begann die Kästen zu reinigen. Das Geschirr musste noch auf eine Säuberung warten, bis sie fließendes Wasser hatte. So stapelte sie alles auf den Tisch im Wohnzimmer und blickte sich erstaunt um. Sie wusste, dass ihr noch viel Arbeit bevorstand.

Seufzend schloss sie die Tür hinter sich und fuhr zurück ins Hotel. Allein würde sie noch viel zu lange für die Renovierung brauchen und so griff sie zu ihrem Telefon.

„Hallo Julia! Wie geht es dir? Ich bin so froh, dass du anrufst. Ich habe dich schrecklich vermisst. Was gibt es Neues?“

„Hallo, Andrea! Mir geht es eigentlich sehr gut. Ich habe mich entschieden, das Ferienhaus zu behalten. Aber es ist doch eine größere Baustelle, als ich gehofft hatte. Ich denke, ich werde die Arbeit nicht allein schaffen. Kannst du vielleicht doch kommen und mir helfen? Ich habe vorhin an der Rezeption nachgefragt. Sie hätten für dich noch ein Zimmer frei“, sagte Julia und hoffte, dass ihre Freundin sie nicht in Stich lassen würde.

„Natürlich komme ich! Ich muss nur schnell meiner Chefin Bescheid geben, dass ich Urlaub nehme. Sie hat mir ohnehin den Hinweis gegeben, dass ich meinen Resturlaub wieder einmal abbauen sollte. Ich mache mich gleich morgen auf den Weg! Aber sag mal, wie willst du das alles bezahlen?“, fragte Andrea.

„Du wirst es mir nicht glauben…!“
Es war schön, jemanden zu haben, auf den man sich verlassen konnte. Nun sah Julia ein Licht am Ende des Tunnels. Zu zweit würden sie bestimmt schneller vorankommen.

Kapitel 4

Bereits am frühen Nachmittag kam Andrea in Malinska an. Als Julia ihre Freundin sah, fielen sich beide in die Arme.

„Du hast keine Ahnung, wie froh ich bin, dass du hier bist! Ich kann deine Hilfe wirklich gebrauchen", sagte Julia.

„Schau mal, ich habe einiges an Werkzeug mitgenommen. Mein Vater hat mir seine Schleifmaschine geborgt. Auch eine Bohrmaschine habe ich mit", antwortete Andrea.

„Du bist eine Wucht!"

Ihre Freundin bezog ihr Zimmer, das sich direkt neben Julias befand. Dann fuhren sie in Andreas Wagen zum Ferienhaus.

„Das ist ja ein richtiges Juwel! Wenn wir damit fertig sind, wird es prächtig aussehen. Da bin ich mir sicher. Jetzt, da Geld keine Rolle mehr spielt…", neckte Andrea ihre Freundin.

Sie holten das Werkzeug aus dem Auto und gemeinsam besichtigten sie das Haus und den Garten.

„Siehst du, ich habe im Untergeschoß bereits mit der Reinigung begonnen. Vielleicht könnten wir uns heute die Fenster vornehmen?!", meinte Julia stolz.

Andrea aber schüttelte entsetzt den Kopf. „Gut, dass ich gekommen bin. Man merkt, dass du keine Ahnung hast, worauf du dich eingelassen hast. Was hilft es dir, wenn du das Haus schrubbst und danach beim Schleifen, Stemmen und

Bohren alles wieder schmutzig machst? Wir müssen erstmal die ganzen alten Möbel aus dem Haus schaffen, Handwerker besorgen und überlegen, was wir beide selbst machen können. Also, gehen wir's an!", entgegnete sie voller Tatendrang in ihrer Stimme.

Julia wurde schlagartig bewusst, wie naiv sie die Renovierung begonnen hatte. Zum Glück war ihre Freundin gekommen und hatte ihr die Augen geöffnet.

So trugen die beiden Frauen gemeinsam die alte Couch aus dem Haus. Sie roch nach Staub und Schimmel und beide waren froh, als sie das große und unhandliche Möbelstück nicht mehr berühren mussten. Nun nahmen sie sich den ersten Stock vor. Sie schleppten die Matratzen aus den Zimmern und begannen die Betten abzubauen. Alles wurde vor dem Haus aufgestellt. Julia hoffte, dass der Sperrmüllcontainer bald käme.

Als sie nun die Kleiderschränke der Schlafzimmer ins Freie schaffen wollten, merkten sie, dass beide gefüllt waren. Sie öffneten die Schranktüren und fanden eine große Auswahl an Kleidern, Nachthemden, Strickjacken und Unterwäsche. Andrea hatte eine große Freude daran, sich jedes Teil genau anzusehen. Die Kleidung war noch gut erhalten.

In einem zweiten Kleiderschrank fanden sie auch Männerkleidung. „Das muss deinem Großvater gehört haben", überlegte Andrea, während sie einen Anzug aus dem Schrank holte. Also mussten ihre Großeltern das Haus schon viele Jahre besessen haben.

Doch warum wusste Clara nichts von dessen Existenz? Sie legten die Kleidungsstücke sorgfältig in große Säcke. Julia wollte das Gewand zu einem späteren Zeitpunkt sichten und sich überlegen, ob sie es in die Altkleidersammlung oder das eine oder andere Teil behalten wollte.

In einer Truhe befanden sich Kartons und Mappen. Auch diese räumten sie zur Seite.
„Vielleicht solltest du diese Möbel behalten. So schöne, alte Einlegearbeiten bekommt man heute nicht mehr“, meinte Andrea.

Zu zweit machte die Arbeit Spaß, aber schon bald war es Zeit, wieder ins Hotel zurückzufahren.
„So, und jetzt wird erstmal gefeiert! Ich bin sicher nicht nur wegen der Arbeit hier. Zeig mir doch die Insel! Was hast du bist jetzt schon alles erlebt?“, fragte Andrea aufgeregt.
„Um ehrlich zu sein, habe ich noch nicht viel gesehen. Abends bin ich immer nur in Malinska geblieben und hier ist es eher ruhig und idyllisch. Aber ich war gestern Vormittag in Krk–Stadt und ich habe das Gefühl, dass dort mehr Trubel ist“, meinte Julia.

So fuhren die beiden Frauen gestylt für den Abend nach Krk–Stadt. Julia parkte ihr Auto in der Nähe des Hafens und bereits am Parkplatz war zu erkennen, dass viele Menschen unterwegs waren. Am Kai saßen Einheimische und Touristen, die miteinander plauderten oder ein Eis aßen. Es gab viele kulinarische Stände, an denen Palatschinken, Mais oder Popcorn angeboten wurden. Ausflugsanbieter priesen ihre Fahrten an und auch Straßenkünstler versuchten hier ihr Glück. Ein Clown formte Luftballontiere für Kinder, Maler zeichneten Portraits und eine Gruppe von Akrobaten zeigten ihre Kunststücke. Einige Meter weiter spielte ein Alleinunterhalter kroatische Lieder und ein altes Ehepaar tanzte dazu.

Die Restaurants waren gut besucht und es herrschte eine ausgelassene Stimmung.

„Hier gefällt es mir! Hier steppt der Bär!“, rief Andrea fröhlich aus.

Julia musste lachen. Ihre Freundin hatte ein sehr temperamentvolles Wesen, das jeden sofort mitriss. Sie entschieden sich, in einem Restaurant direkt am Meer zu Abend zu essen. Sie bestellten beide eine Pizza und tranken Wein.

„Hier schmeckt es fast wie in Italien“, bemerkte Andrea begeistert.

Der Kellner erklärte ihnen, dass die Küche durch die Nähe zu Italien sehr ähnlich sei und beschrieb die kulinarischen Besonderheiten der Insel.

Die Spezialität dieser Gegend waren Surlice: Dicke, kurze Nudeln, die auf einen dünnen Stock gedreht wurden und so in der Mitte ein dünnes Loch hatten, waren beliebte Beilagen oder wurden mit einer deftigen Sauce serviert.

„Die muss ich unbedingt einmal probieren“, sagte Julia begeistert.

Gesättigt und gut gelaunt erkundeten die beiden Freundinnen nun das Nachtleben. Sie gingen an der alten Stadtmauer vorbei und wunderten sich, wohin die Leute verschwanden, die durch einen sehr schmalen Durchgang in der Mauer gingen. Neugierig schlüpften sie nun ebenfalls durch das niedrige Tor und Julia musste sich bücken, um sich nicht den Kopf zu stoßen.

Sie liefen einen sehr schmalen Gang entlang und als Andrea vor Julia um die Ecke bog, rief sie begeistert aus: „Hier ist ja ein Lokal unter freiem Himmel versteckt!"
Sie fanden sich in einem idyllischen Innenhof in mitten von alten Mauern wieder. Unter großen Bäumen saß man auf Bänken mit niedrigen Tischen und genoss Cocktails und Longdrinks. Eine Band spielte moderne Musik und einige Gäste hatten begonnen zu tanzen. Die beiden Freundinnen nahmen in der Nähe der Band Platz und bestellten Cocktails.

„Ist es nicht toll, wenn man unter freiem Himmel Party machen kann?! So lässt es sich leben", sagte Andrea und prostete ihrer Freundin mit einem Gin Tonic zu.
Julia genoss den Abend und wollte nicht mehr trauern, sondern endlich wieder das Leben genießen. Die beiden Freundinnen tranken einige Cocktails und sangen lautstark mit der Band mit.

Da es nun aber bereits kälter wurde, machten sie sich auf die Suche nach einem Lokal mit einem Innenbereich. Sie wurden fündig und tanzten mit Touristen und auch Einheimischen durch die Nacht.

Andrea flirtete um die Wette und bekam die Telefonnummern von mehreren Männern zugesteckt. Julia aber wies alle Annäherungsversuche ab. Ihr Leben war im Moment turbulent genug. Sie wollte weder eine Beziehung noch ein Abenteuer mit einem Fremden, aber sie freute sich für ihre Freundin, die den Abend in vollen Zügen genoss.
Als es schon beinahe wieder hell wurde, fuhren die beiden mit einem Taxi zurück nach Malinska und legten sich schla-

fen. Sie würden wohl am nächsten Tag erst später mit den Räumungsarbeiten beginnen können.

Mit einem leichten Kater wachte Julia auf und bemerkte, dass die Sonne bereits grell in ihr Zimmer schien. Der Blick auf die Uhr schockierte sie. Es war bereits dreizehn Uhr und Andrea schlief wohl auch noch.

Julia ging noch immer müde ins Bad und machte sich frisch. Mit ein wenig Kopfschmerz kleidete sie sich an und klopfte an der Zimmertür ihrer Freundin.

„Mach dich bitte fertig! Ich denke, wir gehen zuerst etwas essen, denn ich verhungere gleich. Ich warte in der Lobby auf dich“, rief Julia ihr zu.

Das Frühstück hatten sie bereits versäumt und so entschieden sie sich, gleich zu einem Mittagessen überzugehen. Im Hafen von Malinska nahmen sie an einem schattigen Tisch Platz und bestellten Cevapcici mit Pommes.

„Es ist bestimmt verrückt und nicht normal, gleich nach dem Aufstehen Cevapcici zu essen, aber ich habe einen wirklich großen Hunger und Lust auf ein warmes Mittagessen. Alkohol brauche ich heute aber keinen mehr“, sagte sie schmunzelnd, als sie sich über den Teller hermachte.

„Ich bin ganz deiner Meinung, meine Liebe! Wir sind sicher verrückt und nicht normal. Aber normal ist langweilig. Außerdem müssen wir heute noch weiterarbeiten und dafür brauchen wir Energie“, antwortete Andrea schmatzend.

Sie kicherten und verschlangen ihr Essen.

„Ehrlich gesagt, habe ich heute keine Kraft für weitere Räumungsarbeiten. Was hältst du davon, wenn wir nach Ri-

jeka fahren und dort ein neues Badezimmer und die restlichen Möbel bestellen?", fragte sie.
Andrea war begeistert und auch erleichtert, nicht schwer schleppen zu müssen.

Zuerst holten sie Julias Wagen, der noch immer in Krk–Stadt geparkt war und fuhren dann aufs Festland. In Rijeka fanden sie ein großes Möbelgeschäft, in dem sie hofften, fündig zu werden. Beschwingt gingen die beiden in die Badezimmerabteilung und stöberten durch das Angebot. Julia entschied sich für eine große Duschkabine und Badezimmermöbel im Landhausstil, die bestimmt gut in ihr altes Steinhaus passen würden.

Der Verkäufer war sehr hilfsbereit und gemeinsam planten sie auf dem Computer das Badezimmer in einer dreidimensionalen Ansicht. Auch eine Waschmaschine fand im Bad ihren Platz.
Da die Waren alle sofort lieferbar waren, unterschrieb Julia gleich den Auftrag. Bereits in einer Woche würde ein Installationsteam kommen und das Badezimmer aufbauen.

Nun gaben sich die beiden Frauen voll und ganz dem Kaufrausch hin und machten sich auf die Suche nach Schlafzimmermöbel. Andrea testete jedes Bett und das Kichern der beiden Freundinnen konnte man im ganzen Einrichtungshaus hören. Julia entschied sich für zwei große, schmiedeeiserne Betten mit Holzeinlagen und dazu passende Nachtkästchen. Sie fand auch eine große, gemütliche Couch und Lampen für jedes Zimmer. Für ihre Terrasse bestellte sie eine gemütliche Sitzecke und einen großen, weißen Schirm. Die Möbel würden in zwei Wochen geliefert werden.

„Ich fühle mich wie Julia Roberts in Pretty Woman", bemerkte Julia lachend, „Mit genügend Geld lässt es sich hervorragend shoppen. Jetzt suchen wir noch ein Fliesengeschäft für mein Bad."

Bald hatten sie einen entsprechenden Laden in der Nähe gefunden und betraten aufgeregt das Geschäft. Die Auswahl war beinahe zu groß, aber Julia entschied sich für dunkelblaue und graue Fliesen im Vintage-Look. Andrea flirtete mit dem Verkäufer und so ließ er sich dazu überreden, den Auftrag vorzuziehen.

Nachdem sie noch Malerfarbe und die dazu gehörenden Utensilien besorgt hatten, entschied Julia erschöpft:
„Ich denke, jetzt haben wir uns ein Eis verdient."

Die beiden fuhren in die Innenstadt und schlenderten durch die historische Altstadt. Hier reihte sich ein Modegeschäft an das andere und Touristen saßen kaffeetrinkend neben Einheimischen in den Cafés. Die Freundinnen konnten nicht widerstehen und deckten sich mit luftigen Sommerkleidern ein. Voll bepackt mit Einkaufstüten setzten sie sich in einen Gastgarten und bestellten Kaffee.

„So könnte ich mein ganzes Leben verbringen. Ich denke, ich brauche einen reichen Mann!", stellte Andrea lachend fest.

„Du brauchst zur Abwechslung einmal einen netten Mann. Mit den Machos, denen du immer verfällst, wirst du nicht glücklich werden", mahnte Julia ihre Freundin.

„In dieser Hinsicht bist du aber eine sehr schlechte Ratgeberin! Ich habe lieber einen Macho als gar keinen Mann“, neckte Andrea sie.

Kichernd bezahlten sie die Rechnung und schlenderten in Richtung Hafen. Dort sahen sie riesige Yachten und malten sich aus, welche berühmten Persönlichkeiten wohl darauf Urlaub machten. Solche Schiffe kannte Julia nur aus Zeitschriften und nun lagen sie mitten vor ihr im Hafen von Rijeka.

„Vielleicht sollte ich hier auf Männersuche gehen! Ich denke, da findet sich bestimmt ein passender Partner für mich“, jubelte Andrea.

„Komm mit, ich kaufe uns jetzt ein Eis und dann machen wir uns auf den Weg zurück. Ich denke, du hast bereits einen Sonnenstich.“

Julia zog ihre Freundin lachend mit sich. Sie spazierten am Wasser entlang und genossen das kühle Eis und die leichte Brise, die vom Meer wehte.

„Kannst du dir vorstellen, dass deine Großeltern auch hier spazieren gegangen sind?“, fragte Andrea, während sie einen Kieselstein ins Wasser warf.

„Ja, ich denke schon. Immerhin ist es die größte Stadt in der Nähe der Insel. Ich versuche allerdings verzweifelt, nicht an sie zu denken. Irgendwann muss ich die Seebestattung meiner Oma hinter mich bringen, aber ich schiebe es vor mir her.“

„Ich kann dich gut verstehen. Wenn ich an deiner Stelle wäre, würde ich auch nicht daran denken wollen. Willst du, dass wir es zusammen machen?“

„Nein danke. Ich denke, ich möchte dabei allein sein."
Schweigend gingen sie zurück zum Auto.
Am nächsten Morgen standen Julia und Andrea früh auf und machten sich auf den Weg nach Porat. Als sie die Straße zum Haus einbogen, juchzte Julia vor Freude, denn da sahen sie einen großen, blauen Abfallcontainer auf ihrem Grundstück stehen. Nie hätte sie gedacht, dass sie der Anblick eines Containers so freuen würde. Voller Tatendrang begannen sie die alten Sachen darin zu entsorgen. Die Arbeit war anstrengend und staubig, aber bald konnte man keine alten Möbel mehr am Grundstück sehen.

„Wir sollten beginnen, die Schlafzimmer zu streichen. Wenn deine neuen Möbel kommen, sollte alles fertig sein."

Andrea hatte zum Glück einen guten Überblick darüber, welche Arbeiten vorrangig waren.

„Versuch doch mal, das Licht einzuschalten! Vielleicht geht das auch schon", meinte Andrea.

Tatsächlich! Strom und auch Wasser waren bereits angeschlossen und so konnten die Renovierungsarbeiten endlich voranschreiten.

Die beiden deckten die Böden und Fenster der Zimmer ab und begannen mit weißer Farbe über die Steinmauer zu malen. Es war mühseliger als eine normale, verputzte Wand zu streichen, aber das Ergebnis sah fantastisch aus. Noch immer sah man die Struktur und die Beschaffenheit der Steine, doch der Raum wirkte nun freundlich und sauber.
Sie strichen auch die Wände des zweiten Schlafraums und schon bald wurde es dunkel und die beiden wurden müde.

Um sich vor der Rückreise ins Hotel etwas auszuruhen, setzten sie sich auf die Terrasse und entspannten sich. Ein wichtiger Schritt war nun getan. Julia konnte sich genau vorstellen, wie das Haus, wenn es fertig war, aussehen würde. Zufrieden damit, was sie geschafft hatten, genossen die beiden die untergehende Sonne.

Doch ihre Ruhe währte nicht lange. Im Olivenhain hinter dem Haus hörten die Freundinnen zwei Männer lautstark miteinander diskutieren. Sie sahen sich sehr ähnlich und so vermutete Julia, dass es sich um Verwandte handelte. Der Jüngere war noch fast ein Teenager. Er redete energisch und sah immer wieder wütend zu Julia und Andrea. Der Ältere, ein Mann in Julias Alter, versuchte ihn wohl zu beruhigen. Da die beiden kroatisch sprachen, konnte sie nur anhand ihrer Körpersprache erahnen, was hier vor sich ging.

Auch Andrea schien sich über diese Situation zu wundern. „Sag mal, schreit dieser Typ wegen uns so herum? Was ist eigentlich sein Problem?“, fragte ihre Freundin verärgert.

Sie war eine liebenswerte Person, konnte aber bei Meinungsverschiedenheiten sehr aufbrausend sein.

„Warum sollte er? Wir haben nichts mit ihm zu tun“, entgegnete Julia leicht verunsichert.

Der ältere Mann hielt den jüngeren am Arm fest und redete auf ihn kopfschüttelnd ein. Julia wurde immer banger. Der Jugendliche deutete nun mit seinem Zeigefinger wütend auf die beiden Frauen und schimpfte weiter. Nun stand es wohl fest. Der Streit galt ihnen. Andrea atmete tief ein, stand energisch auf und stapfte auf den jungen Mann zu.

„Bist du verrückt? Bleib hier!“, rief Julia ihrer Freundin nach.

„Hast du irgendein Problem mit uns?“, fragte Andrea zornig.

„Und ob! Ihr habt hier nichts zu suchen! Das Haus hätte uns gehören sollen“, schrie er ihr ins Gesicht.

Julia hörte seine Worte und machte sich auf den Weg zu den dreien.

„Sei still und rede nicht so einen Blödsinn, Mateo!“ Der Ältere versuchte ihn zu beruhigen.

„Das hier ist mein Haus“, sagte Julia verwirrt, „Ich habe es rechtmäßig von meiner Großmutter geerbt. Wie kommst du darauf, dass es euch gehören solle? Ich denke, es muss sich um ein Missverständnis handeln.“

„Entschuldigt bitte die Störung. Mein Bruder ist ein kleiner Hitzkopf. Wir belästigen euch nicht weiter“, antwortete er und zog seinen Bruder, der wieder begonnen hatte, kroatisch zu schimpfen, mit sich.

Die beiden Freundinnen blickten sich verwirrt an. „Was war das denn?“, fragte Andrea.

„Keine Ahnung. Er war ziemlich aggressiv. Ich hoffe, ich sehe diesen Mateo nicht wieder. Wie kommt er nur darauf, dass er Anspruch auf mein Haus hätte?“, überlegte Julia.

Kopfschüttelnd und ein wenig durcheinander schlossen sie die Fenster und Türen und fuhren zurück ins Hotel. Den Abend verbrachten die beiden Freundinnen in Njivice, einem Nachbarort von Malinska. Der Abend war lau und sie spazierten am Meer entlang. In einer kleinen Konoba nahmen sie Platz und bestellten einen herrlich duftenden, gebratenen

Fisch mit Bratkartoffeln. Sie genossen das gute Essen und hörten dem Rauschen des Meeres zu.

„Irgendwie geht mir diese Situation heute nicht aus dem Kopf. Warum war dieser Kerl so aufgebracht? Was will er von uns?“, fragte Julia gedankenverloren.

„Vielleicht hatte er gehofft, das leerstehende Haus kaufen zu können. Er hat bestimmt schon das große Geld dahinter gesehen und wollte es überteuert an Touristen verkaufen. Jetzt musste er feststellen, dass er es nicht bekommen kann. Vergiss doch den Typen und bestelle dir lieber eine Palatschinke“, antwortete Andrea, die gerade in der Dessertkarte nach einer guten Nachspeise suchte.

Julia bestellte eine Palatschinke mit einer süßen, leicht herben Nussfüllung und Schokoladesauce. Andrea entschied sich für eine Eispalatschinke. Genussvoll gaben sie sich ihren Süßspeisen hin und beendeten den Abend mit einem ruhigen und entspannten Spaziergang durch den Ort.

Nijvice war ein kleiner, idyllischer Ferienort, in dem vor allem Familien Urlaub machten. Sie schlenderten zum Hafen und gingen von dort aus dem Meer entlang. Etwas außerhalb des Ortes flanierten sie über eine schöne und gepflegte Strandpromenade, die zu einem Campingplatz führte.

„Möchtest du dein Ferienhaus eigentlich vermieten oder behältst du es für dich?“, fragte Andrea.

„Ehrlich gesagt, gefällt es mir auf der Insel immer besser. Ich fühle mich sehr wohl und bin trotz der anstrengenden Arbeit am Haus so entspannt wie noch nie. Ich habe mich dazu entschieden, das Haus für mich zu behalten.

Meine Nachbarn verbringen fast jedes Wochenende hier, obwohl ihr Sohn das Gymnasium besucht. Ich habe keinerlei Verpflichtungen, also wird es für mich noch leichter sein, meine Wochenenden und meinen Urlaub hier zu verbringen. Ich kann meine Großmutter immer besser verstehen. Diese Insel hat eine unglaubliche Anziehungskraft. Findest du nicht auch?“

„Natürlich ist es sehr schön hier, aber für mich gibt es viel zu wenige Partys und eindeutig zu viel Ruhe. Ich brauche einfach den Trubel der Stadt oder zumindest eine kleine Partymeile mit attraktiven Männern“, lachte Andrea und hackte sich beschwingt bei Julia ein.

Sie waren wirklich sehr gute Freundinnen, aber in ihrer Einstellung und Erwartung dem Leben gegenüber waren beide sehr unterschiedlich. Julia konnte Andreas Einwände nicht verstehen, denn sie liebte diese Ruhe.

„Lass uns mit dem Ausmalen weitermachen! Ich denke, wir können heute die Malerarbeiten im oberen Stock beenden. Dann erledigen wir am Wochenende das Erdgeschoß.“ Andrea war motiviert und schwang den Pinsel.

Inzwischen waren die beiden ein gut eingespieltes Team. Sie kamen rasch voran und Julia konnte es kaum erwarten, aus ihrem Zimmer im Hotel ausziehen zu können. Als die Wände des Obergeschosses in einem reinen Weiß erstrahlten, begannen sie, den Boden zu reinigen und die Lampen, die sie gekauft hatten, zu montieren.

„Hallo, Julia! Bist du gerade fleißig?“, hörten sie eine Stimme aus dem Erdgeschoß rufen.

„Hallo, Tina! Komm rauf in den ersten Stock! Wir sind hier...schön, dass ihr wieder zurück seid! Darf ich dir vorstellen: Das ist meine Freundin Andrea. Sie ist seit ein paar Tagen hier und hilft mir.“

„Hallo! Es freut mich, dich kennenzulernen. Ihr seid wirklich schon weit gekommen. Der erste Stock sieht bereits fantastisch aus!“, bemerkte Tina bewundernd.

„Hi! Ich freue mich auch, dich kennenzulernen. Für heute sind wir ohnehin fertig mit der Arbeit und bereit, die Nacht zum Tag zu machen“, stellte Andrea lächelnd fest.

„Da hätte ich eine Idee. Meine Familie und ich gehen heute am Abend in eine unserer liebsten Konobas. Sie liegt etwas außerhalb von Krk-Stadt. Begleitet uns doch!“, schlug Tina vor. Andrea und Julia freuten sich über den Vorschlag.

Sie fuhren zurück ins Hotel, um sich frisch zu machen. Julias Nachbarn holten die beiden Freundinnen zum vereinbarten Zeitpunkt ab.

„Danke, dass ihr uns mitnehmt. Andrea, darf ich dir Markus und Philipp vorstellen?“, sagte Julia, als sie in das Auto einstiegen.

„Das machen wir doch gerne! Außerdem mussten wir keinen großen Umweg machen. Schnallt euch gut fest! Die Fahrt wird kurvig und rasant“, lachte Markus.

Er hielt leider, was er versprach. Sie nahmen eine Strecke, die Julia ohne Navigationsgerät wohl kein zweites Mal finden würde. Markus kannte viele Schleichwege, die er oft und gerne benutzte. Er fuhr durch kleine Ortschaften, die in den Hügeln der Insel versteckt lagen und fuhr durch Gassen, die so schmal waren, dass Julia befürchtete, Markus Limousine würde stecken bleiben.

Tina hielt sich am Türrahmen fest und meinte mit roten Wangen: „So fährt er immer. Ich hasse es, aber er ärgert mich nur zu gerne und macht es absichtlich. Wenn ich laut aufschreie, hat er noch mehr Spaß daran."
Markus grinste schelmisch und fuhr weiter einen steilen, schmalen Hang hinauf. „Bald sind wir da."

Er führte sie durch ein kleines Bergdorf namens Vrh. An der Spitze eines Hügels bog er mit seinem Wagen in eine schmale Sackgasse ein und hielt an einer unscheinbaren Konoba.

Sie nahmen auf der überdachten Terrasse Platz und ein junger Mann kam auf den Tisch zu: „Hallo! Schön, dass ihr wieder da seid. Es freut mich, dass ihr uns heute Besuch mitgebracht habt. Wollt ihr die Speisekarten haben oder wisst ihr schon, was ihr möchtet?"

„Wir drei wissen zwar bereits, was wir essen möchten, aber bitte bringe unseren Freundinnen die Karte. Zum Trinken hätten wir gerne ein Cola, eine Flasche Zlahtina mit vier Gläsern und Wasser." Tina wusste wohl genau, was sie bestellen wollte.

„Die Familie hier macht einen traumhaften Prsut. Das ist ein kroatischer Rohschinken, der würziger ist als der italienische Prosciutto. Traditionell wird er von Hand geschnitten. Wenn es euch recht ist, bestellen wir eine Vorspeisenplatte mit Prsut, Käse und Oliven für uns alle", erklärte Markus.

Julia und Andrea fanden die Idee sehr gut. Sie studierten die Speisekarten und fanden viele Fleischgerichte, die sehr verlockend klangen.

„Die Cevapcici sind super hier! Aber heute esse ich Surlice. Ich finde, hier gibt es die besten der Insel", erzählte Philipp,

dem man seinen jugendlichen Hunger bereits ansehen konnte.
Andrea und Julia waren überzeugt. Auch sie wollten diese Spezialität probieren.

Tina übernahm die Bestellung und Julia war verblüfft, als ihre Nachbarin in der Landessprache bestellte.

„Ich habe mir ein paar Brocken Kroatisch angeeignet. Ich möchte die Sprache gerne lernen, aber bis jetzt hatte ich nie die Zeit für einen Sprachkurs."
Zur Vorspeisenplatte wurde selbst gebackenes Brot gereicht, in das Speck eingearbeitet worden war. Das frische, noch warme Brot schmeckte mit dem ebenfalls selbst produzierten Olivenöl fantastisch. Der Prsut war würzig und aromatisch. Besonders begeistert war Julia vom Käse, der aus einer Mischung aus Ziegen- und Kuhmilch hergestellt worden war. Er war sehr aromatisch und schmolz auf der Zunge.

Während des Essens berichteten Andrea und Julia von ihren Erfolgen der letzten Tage und von ihren weiteren Plänen. Die Surlice überraschten Julia sehr. Dicke, kurze Nudeln mit einem Loch in der Mitte wurden ihnen mit einer Sauce aus Schlagobers mit Pilzen, Trüffelöl und natürlich wieder Prsut serviert. Sie waren sehr deftig, aber überaus sämig im Geschmack. Julia hatte noch nie eine derartige Kombination gegessen, aber es schmeckte himmlisch.

Sie bestellten eine zweite Flasche Wein und die Stimmung am Tisch wurde immer ausgelassener. Im Hintergrund hörte man kroatische Musik und Tina und Markus begannen Arm in Arm zu schunkeln.

„Die zwei sind immer so", sagte ihr Sohn schmunzelnd.

So eine Beziehung wollte Julia auch. Sie bewunderte die beiden für die Leichtigkeit, mit der sie miteinander umgingen. Der Abend wurde noch lange und sie feierten ihre neue Freundschaft.
Sie verstanden sich alle sehr gut und sogar Philipp schien den Abend mit Erwachsenen zu genießen. Sie tranken noch einige Schnäpse und schließlich war es Zeit, die Heimreise anzutreten. Die Lokalbesitzer bestellen für sie zwei Taxis und Julia versprach, am nächsten Morgen gemeinsam mit Tina Markus Auto abzuholen.

Als Julia in ihrem Bett lag, dachte sie noch lange über den Abend und ihre Freunde nach. Eigentlich wünschte sie sich doch eine Beziehung mit einem Mann. Sie wollte einen Partner, der auch ihr bester Freund sein sollte und mit dem sie sich ohne Worte verstand. Sie wollte einen Mann, der ihre Interessen teilte. Einen Partner, der sie zum Lachen bringen würde, der aber auch für sie da wäre, wenn es ihr schlecht ginge. Ob sie so einen Mann wohl jemals kennenlernen würde?

„Oma, woher weiß man, ob man verliebt ist?“ „Wenn du in der Nacht nicht schlafen kannst, weil du sein Lächeln vor dir siehst. Wenn du nichts mehr essen magst, weil du das Gefühl hast, dass tausend Schmetterlinge in deinem Bauch fliegen. Wenn du immer an ihn denken musst, auch wenn du das gar nicht möchtest. Dann bist du verliebt, mein Engel.“ „Wie oft warst du so verliebt, Oma?“ „Nur einmal. Es war das beste, aber auch traurigste Gefühl, das ich je hatte.“ „Wieso war es traurig?“ „Das erzähle ich dir, wenn du größer bist. Jetzt ist es aber für dich Zeit, schlafen zu gehen. Gute Nacht! Schlaf‘ gut und träum‘ was Schönes. Ich hab‘ dich lieb!“

Kapitel 5

Während der Fahrt zur Konoba am nächsten Tag hatten Tina und Julia Zeit, sich zu unterhalten:

„Es gab einen komischen Zwischenfall. Im Olivenhain hinter meinem Haus tauchten vor ein paar Tagen zwei Männer auf. Der jüngere der beiden, ich denke, er heißt Mateo, meinte, er hätte einen Anspruch auf mein Haus. Er war sehr aggressiv. Zum Glück konnte sein älterer Bruder eingreifen und ihn wieder beruhigen. Dann verschwanden beide wieder gleich schnell, wie sie aufgetaucht waren“, erzählte Julia ihrer Nachbarin.

„Ich glaube, ich weiß, wen du meinst. Der ältere Bruder heißt Marian. Beide sind eigentlich sehr nett und immer höflich. Ich habe dir doch schon von ihrer Familie erzählt. Wir kaufen von ihnen immer unser Olivenöl und den Käse.

Soviel ich weiß, ist ihr Olivenhain schon lange in Familienbesitz. Die beiden Brüder leben gemeinsam mit ihren Eltern und der Großmutter in einem großen Haus am Rand von Porat. Soll ich einmal mit den beiden über den Vorfall sprechen?“

„Nein, danke. Ich möchte keine große Sache daraus machen. Andrea meinte, dass dieser Mateo vielleicht das verlassene Haus kaufen wollte und nun sauer ist, weil ich es renoviere.“

„Vielleicht.“

Julia beschäftigte dieser Streit sehr, denn sie war sehr harmoniebedürftig. Konflikten ging sie gerne aus dem Weg und sie wollte niemanden verletzen. Mateo war anscheinend sehr wütend auf sie, obwohl sie keine Schuld traf.

Als die beiden Frauen wieder in Porat ankamen, hörten sie laute Musik aus Julias Haus ertönen. Als sie das Wohnzimmer betraten, sahen sie Markus, Philipp und Andrea, die gerade dabei waren, die Wände des Erdgeschoßes zu malen.

„Wow, danke vielmals! Ihr seid ja richtig weit gekommen. Das sieht schon wirklich gut aus!“, schwärmte Julia.

Der Raum wirkte nun noch größer und freundlicher. Die Terrakottafliesen kamen wunderbar zur Geltung.

„Ihr macht jetzt hier mit den Wänden weiter und Philipp und ich nehmen uns die Küchenschränke vor. Wir werden sie schleifen und mit Klarlack bestreichen. Dann schauen sie bald wieder wie neu aus“, sagte Markus und drückte Julia die Malerrolle in die Hand.

„Wer hört denn bei euch ACDC?“, fragte Julia, während sie die Wand rund um den Kachelofen mit Farbe bestrich.

„Philipp hat anscheinend sein Handy dabei. Den Musikgeschmack hat er eindeutig von mir. Ich habe mich bereits früh darum gekümmert, dass er gute, ehrliche Rockmusik hört. Wenn er nach seinem Vater käme, würde Udo Jürgens laut aus den Boxen erschallen. Obwohl ich zugeben muss, dass ich diese Musik ab und an auch mag, aber das verrate ich Markus nicht“, lachte Tina schelmisch.

Die Arbeit machte allen großen Spaß und zu fünft kamen sie gut voran. Markus hatte sein Werkzeug geholt und mit Philipps Hilfe brachten die beiden Jungs die Küche wieder zum

Erstrahlen. Die Frauen wurden noch am selben Tag mit den Malerarbeiten fertig.
Julia freute sich sehr und war ihren Helfern äußerst dankbar. Nun konnten nächste Woche ihr Badezimmer und die Toilette eingebaut werden.

„Danke vielmals für eure Hilfe! Ich würde euch gerne heute Abend zu einem gemeinsamen Essen einladen. Habt ihr Lust?“, schlug Julia vor.
„Es tut mir leid, aber können wir das auf nächstes Wochenende verschieben? Philipp muss morgen den ganzen Tag lernen. Wenn wir wieder so spät ins Bett kommen, kann er sich nicht so gut konzentrieren. Nächste Woche hat er eine Schularbeit und auch noch ein Meisterschaftsspiel“, sagte Tina entschuldigend. Ihr Sohn warf ihr einen genervten Blick zu.
„Du musst lernen und hilfst mir heute den ganzen Tag? Danke vielmals! Natürlich verschieben wir das Essen auf nächste Woche. Dann können wir vor Andreas Abreise noch einmal richtig feiern.“

„Wir beide spannen jetzt ein paar Tage richtig aus, in Ordnung? Ich spüre jeden einzelnen Knochen in meinem Körper. Bis die Handwerker kommen, können wir uns doch die Zeit mit schönen Dingen vertreiben. Was haltest du von einem Tag am Strand?“, schlug Andrea am nächsten Tag vor.
Auch Julia war körperlich überanstrengt und freute sich, endlich ihren Aufenthalt genießen zu können.

Sie packten ihre Badesachen ein und machten sich auf den Weg nach Punat. Nach einer halben Stunde Autofahrt kamen sie am Strand an. Sie bezahlten am bewachten Parkplatz eine Gebühr und ein junger Mann wies ihnen einen überdachten Platz zu.

Julia und Andrea schnappten sich ihre Sachen und spazierten den Strand entlang, der in kleine Badebuchten unterteilt war. Hinter den Strandabschnitten gab es eine schöne, betonierte Promenade mit Restaurants und Bars.

Man konnte am Ufer Schirme und Sonnenliegen mieten, aber es gab auch freie Badebuchten, in denen die Leute auf eigenen Schaumstoffmatten oder Handtüchern lagen. Die beiden Freundinnen waren sich einig, dass sie den Luxus einer Sonnenliege bevorzugten.
Sie suchten sich einen schönen Platz an einer Bucht weiter hinten und breiteten ihre mitgebrachten Handtücher aus. Sie legten sich in ihren Bikinis in die Sonne und Andrea las ein Buch.

Julia beobachtete ein älteres Ehepaar. Der Mann schleppte zwei große, klobige Sonnenliegen und hinter ihm trottete seine Frau mit einem Sonnenschirm, einer Kühltasche und einer Badetasche auf dem Arm nach. Wütend schrie der Mann seine Frau an, weil sie nicht schnell genug nachkam. Anscheinend wollte er einen bestimmten Platz unter einem Baum, der bereits belegt war. Die arme Frau bekam seine Wut ab, obwohl die Leute, die auf seinem Lieblingsplatz lagen, offensichtlich schon länger dort waren. Julia hatte großes Mitleid mit der Frau.

Nachdenklich überlegte sie, wie wohl die Beziehung ihrer Großeltern gewesen war, bevor ihr Opa so schwer krank wurde. Sie wusste nicht viel von ihm, denn ihre Mutter sprach nie über ihn. Von ihrer Großmutter wusste sie, dass er gut für Sophia gesorgt hatte. Sie sprach oft von Liebe, also musste er doch ein guter Ehemann gewesen sein.

Julia hatte in ihrem Leben nie eine männliche Bezugsperson. Ihr Großvater war ein Pflegefall und ihren Vater hatte sie nie kennengelernt. Vielleicht war sie deshalb schon so lange allein.
Vor vielen Jahren hatte sie gedacht, dass sie in Thomas verliebt war, aber eigentlich wusste sie immer schon, dass er nicht ihre große Liebe war. Sie wünschte Thomas eine Frau, die ihn aufrichtig liebte. Seit sie kein Paar mehr waren, hatte er immer wieder kurze Beziehungen, doch er fand bisher nicht die richtige Partnerin. Es ging ihm also genau wie Julia.

„Träumst du?"
„Entschuldige. Hast du etwas gesagt? Ich war gerade in Gedanken."
„Das habe ich gemerkt. Ich habe dich schon zweimal gefragt, ob du dich ins Wasser traust."

Andrea hatte bereits ihre Badeschuhe angezogen und schaute Julia auffordernd an. Vorsichtig steckten sie ihre Zehenspitzen ins Meer. Es war ein wunderschöner Junitag und die Sonne schien schon sehr kräftig, aber das Meer war noch sehr kalt.
„Wer zuletzt im Wasser ist, bezahlt den Kaffee!", rief Andrea und lief dabei lachend ins kalte Nass.
Julia musste sich erst überwinden, aber als sie endlich mit dem ganzen Körper im Wasser war, genoss sie die Abkühlung. Sie schwammen gemeinsam aus der Bucht. Auf der

gegenüberliegenden Seite war eine kleine Insel. Sie waren beide gute Schwimmerinnen und so kamen sie rasch ans Ufer. Ein wenig außer Atem setzten sie sich auf große Steine und wärmten sich in der Sonne wieder auf.

„Schau mal, da gibt es Einsiedlerkrebse!" Julia fischte einen kleinen Krebs aus dem Wasser und legte ihn auf ihre Hand.

Nach einer kurzen Weile hatte er seine Angst überwunden und krabbelte auf ihrer Handfläche umher. Von ihrem Rastplatz aus hatten sie einen schönen Überblick über den Badestrand.

„Das ist hier größer, als ich gedacht hatte. Spazieren wir, wenn wir zurückgeschwommen sind, die Promenade entlang? Wer weiß, was wir hier alles noch entdecken können?!", meinte Andrea.

Julia brauchte noch eine längere Pause, denn es war ihr noch immer kalt vom Wasser. Sie entdeckten Fische und kleine Krabben im Meer. Eine Eidechse sonnte sich neben ihnen auf einem heißen Stein.

Schließlich schwammen die Freundinnen wieder zurück zur Badebucht. Sie trockneten sich ab und schlüpften in ihre Sommerkleider. So machten sie sich auf den Weg entlang der Promenade.

Sie schlenderten an Restaurants und Bars vorbei. Es gab kleine Stände mit Obst und Gemüse, aber auch mit Mehlspeisen, Eisverkäufer und Souvenirgeschäfte mit Strandspielzeug für Kinder. Sie kamen an einem Campingplatz vorbei und sahen, wie die Camper ihre Wägen aufbauten und einige bereits ihr Mittagessen vorbereiteten. Der Weg führte sie weiter zu netten Cafés. Andrea setzte sich grinsend auf einen gemütlichen Loungesessel.

„Jetzt bekomme ich den Kaffee, den ich gewonnen habe."

Sie tranken Cappuccino, hörten kroatische Lieder und betrachteten das glitzernde Meer.

„Ich bin von der Wasserqualität hier wirklich begeistert. So ein klares Meer habe ich bis jetzt selten erlebt", meinte Andrea begeistert.

Der Kaffee schmeckte sehr aromatisch und Julia war entspannt wie schon lange nicht mehr. Das Schwimmen hatte ihrem Körper, der von der Arbeit erschöpft war, gutgetan.

Doch Andrea wollte nicht lange stillsitzen und so schlenderten sie die Promenade weiter. Sie kamen zu einem Park, in dem Jugendliche und erwachsene Männer ihren Körper trainierten.

„Oh lala! Vielleicht sollten wir hierbleiben." Andrea war wirklich unmöglich. Sie konnte an keinem Mann vorbeigehen, ohne zu flirten.

Julia ließ ihre Freundin für kurze Zeit zurück und stöberte in einem Souvenirladen. Dort kaufte sie eine Ansichtskarte für ihre Mutter. Sie wollte ihr mitteilen, dass es ihr auf der Insel gut ginge.

Sie schlenderte ein wenig weiter und entdeckte einen Bootsverleih. Entschlossen ging sie darauf zu.

„Kann ich Ihnen irgendwie helfen? Möchten Sie vielleicht ein Boot leihen?" Der Mann war sehr freundlich und sprach ausgezeichnet Deutsch.

„Ich kann leider nicht selbst Boot fahren. Gibt es vielleicht die Möglichkeit ein solches mit Chauffeur zu leihen?"

Schmunzelnd antwortete er: „Sie meinen, Sie benötigen einen Skipper. Das ist kein Problem. Mein Sohn steht Ihnen gerne zur Verfügung. Haben Sie schon einen Wunschtermin, wann Sie ein Boot chartern möchten?"

„Eigentlich nicht. Ich bin mir noch nicht sicher."

„Die Hauptsaison beginnt bald und ich habe jetzt schon einige Buchungen. Vielleicht machen wir einfach einen Termin aus und wenn er Ihnen nicht passt, können Sie immer noch absagen. Zur Sicherheit gebe ich Ihnen meine Handynummer."

Julia haderte etwas mit sich, doch sie wusste, sie konnte die Bestattung nicht mehr lange aufschieben. Die Urne ihrer Großmutter stand immer noch auf der Fensterbank in ihrem Hotelzimmer. Die Reinigungskraft im Hotel dachte bestimmt, sie sei verrückt. Früher oder später musste sie sich von Sophia trennen. Also vereinbarte Julia einen Termin und nahm die Visitenkarte des Bootsverleihers mit.

Sie ging zurück zum Park und erblickte Andrea, die gerade mit einem Mann sprach und bewundernd seine Oberarme berührte.

„Du trainierst sicher sehr viel, damit die so groß sind."

Julia lief rot im Gesicht an, als sie sich den beiden näherte. Ihre Freundin war sehr direkt und extrovertiert. Julia war schüchtern und hätte nie im Leben so mit einem fremden Mann gesprochen. Aber ihre Freundin flirtete weiter, bis Julia sich räusperte.

„Ich muss jetzt gehen, aber ruf mich an, wenn du wieder zuhause bist. Wir wohnen ja nicht weit voneinander entfernt.

Ich denke, wir sollten unser Gespräch unbedingt zu einem späteren Zeitpunkt weiterführen. Bis dann!", sagte Andrea und ging mit Julia wieder zurück zur Badebucht.

„Du weißt, dass du unmöglich bist, oder?" Andrea antwortete nicht, sondern grinste über beide Ohren.

„Ich habe gerade einen Termin für die Seebestattung ausgemacht. Ein paar Tage nach deiner Abreise ist es soweit. Ich kann es nicht ewig vor mir herschieben."

„Es ist gut, wenn du es endlich hinter dich bringst. Es muss ziemlich gruselig sein, mit der Asche einer Toten im Zimmer zu schlafen."

Früher hätte Julia wahrscheinlich auch so darüber gedacht, aber sie hatte vor ihrer Großmutter keine Angst. Sie glaubte nicht an Geister und es war die Asche ihrer geliebten Oma. Irgendwie hatte sie inzwischen das Gefühl, ihr noch nahe sein zu können.

Sie legten sich wieder auf ihre Liegen und Julia wurde nachdenklich. Sie hatte den wichtigsten Menschen in ihrem Leben verloren und in ihrem Herzen fehlte seither ein Stück. Sie war unendlich traurig, aber dennoch hatte sie das Gefühl, dass sich alles ins Positive wandeln würde, solange sie die Veränderungen zuließ. Sie besaß nun ein großes Wohnhaus am Land, ein Ferienhaus auf Krk und anscheinend genug Geld, um sich keine Sorgen mehr machen zu müssen. Dennoch hatte sie keinen Job und sie wusste nicht, was sie mit ihrem Leben anfangen sollte. Julia beschloss fürs Erste, die Renovierung und die Seebestattung hinter sich zu bringen und danach weiter zu grübeln, welchen Weg sie künftig einschlagen würde. Die Stellenanzeigen konnte sie genauso gut in zwei oder drei Wochen studieren.

Da erregte das alte Ehepaar wieder ihre Aufmerksamkeit. Die beiden hatten anscheinend vor, im Meer zu baden. Die Frau zog ihre Badeschuhe an und der Mann ging bloßfüßig ins Wasser. Seine Frau wollte ihn daran hindern und schnappte sich seine Schuhe. Verzweifelt redete sie auf ihn ein und wollte ihn daran hindern, ohne Schutz an den Füßen ins Wasser zu gehen, doch er ging stur weiter. Warum ließen sich Frauen so behandeln? Liebte sie ihren Mann so sehr, dass sie seine schroffe und unmögliche Art akzeptierte oder war sie es nur gewöhnt, schlecht behandelt zu werden. Da schrie der Mann furchtbar auf.

„Was ist denn da los?" Andrea hob ihren Kopf aus dem Buch, das sie gerade las.

„Nichts. Ein böser, gehässiger Mann hat gerade seine verdiente Strafe bekommen und ist auf einen Seeigel gestiegen. Das hat er davon, wenn er nicht auf seine Frau hört, die er so schlecht behandelt." Julia grinste schadenfroh. Das Schicksal war manchmal doch gerecht.

„Dann bin ich ja erleichtert. Gehen wir noch einmal ins Wasser, bevor wir fahren?"

Julia und Andrea zogen grinsend die Badeschuhe an und kühlten sich im klaren Meer ab. Als sie anschließend ihre Sachen zusammenpackten, sah Julia, wie die Ehefrau ihrem Mann mit einer Pinzette die Stacheln aus dem Fuß entfernte. Julia bemerkte das Schmunzeln, das die Frau im Gesicht hatte und empfand in diesem Moment das Gleiche wie sie.

Am nächsten Morgen rief Julia Tina an, um einen Ratschlag von ihr einzuholen: „Andrea und ich haben Lust auf eine

Party. Weißt du eventuell, wo es hier auf der Insel ein wenig mehr Stimmung gibt?"

„Aber natürlich! Dafür müsst ihr unbedingt nach Baska fahren. Es liegt im südlichsten Teil der Insel. Nehmt besser ein Zimmer. Die Strecke ist ziemlich weit und kurvig. Ich wünsche euch viel Spaß!"

Andrea schüttelte belustigt den Kopf.

„Wir nehmen also ein Hotelzimmer, obwohl wir schon in einem wohnen? Wir werden wohl immer dekadenter!"

„Warum nicht? Man lebt nur einmal!", entgegnete Julia.

So machten sich die beiden Freundinnen auf den Weg nach Baska. Die Straße führte vorbei an Krk und Punat. Je weiter sie sich von Porat entfernten, desto schroffer wurde die Landschaft und aus den Hügeln wurden beinahe schon Berge. Sie fuhren durch Bergdörfer, in denen sicher keine Touristen wohnten.

„Ob wir hier richtig sind?", überlegte Andrea.

„Ja, schau mal, was uns da entgegenkommt!" Drei Reisebusse fuhren auf der anderen Straßenseite Richtung Festland.

„Hier ist anscheinend mehr Tourismus. Baska, wir kommen!", riefen beide gleichzeitig aus.

Nach einiger Zeit fuhren sie durch ein grünes Tal, das von felsigen Bergen umringt war. Sie konnten das Meer schon in der Ferne sehen. Ohne sich zu verfahren, fuhren die beiden geradewegs zu ihrem Hotel, das am Strand lag.

Julia und Andrea wurden freundlich an der Rezeption empfangen. Ihre Zimmer waren bereits bezugsfertig und so schlüpften sie in ihre Bikinis und machten sich auf zum Strand von Baska. Die feinen, vom Meer glatt geschliffenen

Kieselsteine fühlten sich wie kleine Kügelchen unter ihren Füßen an. Das Hotel hatte eigene Liegen am Strand, auf denen es sich die Freundinnen gemütlich machten.
„Also hier gefällt es mir bis jetzt am besten." Andrea war in ihrem Element.

Die Hotels und Restaurants waren nur durch einen Fußweg vom Strand getrennt. Auf dieser Promenade gab es unzählige Stände mit Souvenirs, Badeutensilien und Foodtrucks. Das Hotel hatte Boxen am Strand aufgestellt, die die Gäste mit Partymusik beschallten.

Andrea besorgte zwei Gläser Prosecco und die beiden stießen mit ihren Plastikgläsern auf einen spannenden Tag an.

„Das ist eine hervorragende Idee! Wo habt ihr denn diesen Prosecco her?", hörten sie eine Stimme fragen.

Zwei junge Frauen lagen auf den Liegen neben ihnen und lächelten sie an.

„An dem Stand dort vorne gibt es Prosecco. Er ist schön kalt und schmeckt sogar aus Plastikgläsern."

Kurze Zeit später tauchte eine der Frauen mit einer Flasche Prosecco und zwei Gläsern in der Hand wieder auf. Die beiden luden Andrea und Julia ein, mit ihnen zu feiern.

„Mein Name ist Silvia und das hier ist meine Freundin Kerstin. Wir kommen aus Berlin. Ich bin ihre Trauzeugin und wir verbringen hier ihren Polterurlaub. Leider sind drei unserer Freundinnen ausgefallen und so sind wir nur zu zweit hier. Habt ihr beiden vielleicht Lust, mit uns zu feiern?"

„Ja, klar! Wir lassen euch nicht im Stich! Ich heiße Andrea und das ist Julia."

So tranken die vier Frauen auf die Liebe und die Freundschaft. Der Schaumwein war prickelnd und überraschend gut.

Die Frauen verstanden sich blendend und lachten viel. Kerstin heiratete bereits in zwei Wochen und war schon furchtbar nervös. Sie liebte ihren Verlobten sehr, doch ihre künftigen Schwiegereltern waren reiche Snobs.

Leider waren sie mit der Brautwahl ihres Sohnes mehr als unzufrieden und zeigten Kerstin so oft es ging, was sie von ihr hielten. Für ihr einziges Kind hätten sie sich eine Frau aus ihren Kreisen gewünscht. Kerstin aber kam aus einfachen Verhältnissen. Trotzdem hatte sie studiert und während des Studiums auch ihren Zukünftigen kennengelernt. Ihre Schwiegermutter war stets perfekt gekleidet und veranstaltete Charity-Events. Sie erwartete das gleiche Auftreten auch von Kerstin.

„Vergiss die Alte! Dein Christoph liebt dich über alles, das merkt man sofort, wenn man euch beide zusammen sieht. Das ist doch das Einzige, das zählt. Und jetzt trink noch ein Glas und feiere mit mir zum letzten Mal als Junggesellin!“, sagte Silvia, die wohl schon einen leichten Schwips hatte, nachdem die vier Frauen bereits die zweite Flasche Prosecco getrunken hatten.

Sie mussten dringend etwas essen, bevor ihnen der Schaumwein zu sehr zu Kopf stieg. Beschwipst schlenderten sie die Promenade entlang und entschieden, dass ein Burger jetzt genau das Richtige sei. Hungrig stürzten sie sich ganz und gar nicht damenhaft auf das Essen. Die Burger waren saftig, fettig und genau die richtige Grundlage für eine Polterfeier.

„Jetzt geht es mir besser“, meinte Silvia, als sie sich mit einer Serviette den Mund säuberte.

Satt und glücklich gingen sie zurück zum Strand und kühlten sich im Wasser ab. Dort spielten sie Volleyball und hatten einen großen Spaß daran. Silvia war sehr ehrgeizig und ärgerte sich sehr über sich selbst, wenn sie den Ball nicht erwischte. Die anderen drei amüsierten sich darüber ungemein.

Da hatte Andrea eine Idee: „Warum gehen wir nicht auf diesen aufgeblasenen Wasserpark im Meer? Das wird sicher ein großer Spaß!“

Also bezahlten sie für eine Stunde Aufenthalt auf der Schwimminsel. Sie zogen sich über Seile auf das schwimmende Gebilde und mussten dort einen Hindernisparcours bewältigen. Andrea war sehr ungeschickt und fiel immer wieder ins Meer. Julia lachte über ihre tollpatschige Freundin, die sie als Dank am Bein ins Wasser zog. Sie hatten einen Riesenspaß und benahmen sich wie kindische Teenager. Die Stunde war sehr schnell vorbei und die vier Frauen schleppten sich erschöpft zurück zum Strand.

„Ich glaube, ich lege mich ein wenig hin und schlafe eine Runde. Ich bin wohl nicht so fit wie die Kids, die auf der Schwimminsel herumhüpfen und turnen. Ich denke, ich bin zu alt für solche Spiele“, meinte Kerstin keuchend.

Sie legten sich alle auf die Liegen und entspannten sich. Auch Julia merkte, dass sie sehr müde war und schlief ein.

Durch einen Ball, der auf ihrem Kopf landete, wurde sie munter. Ein Jugendlicher entschuldigte sich bei ihr und holte seinen Ball zurück. Erschrocken und noch ein wenig benommen schaute sie auf ihrem Handy nach, wie spät es bereits war. Andrea und die beiden Frauen schliefen noch tief und fest und Julia sah entsetzt, dass es bereits 17 Uhr war. Sie weckte die anderen Schlafmützen und noch immer müde vereinbarten sie für später einen Treffpunkt.

Vor dem Abend wollten sie sich noch frisch machen und dann gemeinsam bis in die Nacht feiern. Julia und Andrea zogen beide eines ihrer neuen Sommerkleider an und spazierten zum Treffpunkt. Die vier Frauen bestaunten gegenseitig ihre Outfits und machten sich auf den Weg zu einem Restaurant. Hungrig bestellten sie Nudeln mit Muscheln und Salate und genossen das gute Essen. Dann zogen sie weiter in eine Cocktailbar. Dort bestellten sie Pina Coladas und die Stimmung wurde immer lockerer. Im Hintergrund wurde Elvis gespielt und Andrea begann laut mitzusingen. Von den Cocktails beschwingt stand sie auf und schwang ihre Hüften. Julia bewunderte ihr Temperament und ihren Mut, mitten in einem Lokal als einzige zu tanzen.

Am Nebentisch saßen drei Männer, die nun immer näher rückten. „Seid ihr Hübschen ganz allein hier?"

„Wir sind nicht allein. Wir sind zu viert! Aber ihr dürft uns gerne Gesellschaft leisten. Kerstin hier wird in zwei Wochen heiraten und das ist ihr Polterurlaub. Ich heiße Andrea!"

Die drei Männer hießen Georg, Sebastian und Marvin. Sebastian hatte ein Auge auf Andrea geworfen und begann mit ihr zu tanzen.

Georg redete mit Silvia und Kerstin und Marvin fragte Julia: „Darf ich dich auf ein Getränk einladen?"

„Ich bin schon groß und kann mir meine Getränke selbst kaufen. Hast du das Gefühl, dass ich eine Frau bin, die du damit beeindrucken kannst?"

Julia hatte keine Lust, sich anbaggern zu lassen.

„Ich wollte lediglich nett sein und mit dir etwas trinken. Das ist kein Grund unhöflich zu sein. Meine beiden Freunde sind anscheinend beschäftigt und ich habe nicht vor, ihnen den ganzen Abend lang dabei zuzusehen. Wie es aussieht, ist zumindest eine deiner Freundinnen heute auch beschäftigt."

Andrea tanzte inzwischen eng umschlungen mit Sebastian. Julia bekam ein schlechtes Gewissen, weil sie so unhöflich zu Marvin gewesen war.

„Du hast recht, es war nicht nett von mir, so schnippisch zu sein. Es tut mir wirklich leid. Vielleicht können wir noch einmal von vorne beginnen."

„Gerne! Hallo, ich bin Marvin und meine Freunde baggern gerade deine Freundinnen an. Darf ich dich vielleicht ohne Hintergedanken auf ein Getränk einladen? Ich würde mich gerne mit dir unterhalten, damit ich mir nicht blöd vorkomme, wenn ich allein neben ihnen sitze."

Julia musste laut lachen. „Ich heiße Julia und nehme einen Gin Tonic."

Er bestellte beim Kellner die Getränke und setzte sich neben sie. Marvin erzählte ihr, dass er mit seinen beiden Freunden vor zwei Jahren eine kleine Werbeagentur eröffnet hatte und dass das Geschäft inzwischen recht gut lief. Sie hatten ihren Traum verwirklicht und sich selbstständig gemacht. Die drei Freunde waren mit einem Segelboot auf Krk und machten so etwas wie einen Betriebsurlaub, da sie im Moment keine Aufträge hatten. Dies war ihre letzte Nacht auf der Insel, denn bereits am nächsten Tag ging es weiter nach Zadar. Er liebte es durch die Weltmeere zu segeln und war sehr sportlich. Es gab wohl keine Sportart, die er nicht betrieb.

Julia konnte beim Thema Bewegung nicht mitreden, da sie noch nie viel für ihren Körper getan hatte, aber sie erzählte ihm von ihrer Leidenschaft, dem Kochen. Die beiden redeten über Julias Ferienhaus und die Renovierungsarbeiten. Sie bestellten noch einige Getränke und als der Kellner ihnen schließlich zu verstehen gab, dass er nun sein Lokal schließen möchte, merkten sie erst, wie schnell die Zeit verflogen war. Ihre Freunde waren inzwischen, ohne ein Wort zu sagen, verschwunden.

„Wie kann Andrea mir das antun? Kerstin und Silvia kenne ich erst seit ein paar Stunden. Wenn die beiden ohne Verabschiedung verschwinden, ist es mir eigentlich egal. Aber ich bin von Andreas Benehmen wirklich schockiert. Hast du bemerkt, dass alle weg sind?“, fragte Julia verwirrt und verärgert, während die beiden das Lokal verließen und die Promenade entlang schlenderten.
„Naja, ich habe nicht gesehen, wie Kerstin und Silvia gegangen sind. Aber Andrea ist mit Georg zusammen aus dem Lokal gegangen. Ich dachte, sie schnappen nur frische Luft, aber es ist mir nicht aufgefallen, dass sie nicht mehr gekommen sind. Um ehrlich zu sein, habe ich mich so gut mit dir unterhalten, dass ich nicht mehr auf die anderen geachtet habe“, antwortete Marvin verlegen.

Er war ein sehr netter Mann und auch sie hatte sich blendend mit ihm unterhalten. Aber Julia hatte kein Interesse an ihm.

Natürlich hatte sie gemerkt, dass er anders darüber dachte und hatte Angst, ihn zu verletzen.

Aber sie wollte ihm auch keine falschen Hoffnungen machen und so sagte sie in einem einfühlsamen Ton: „Marvin, du bist wirklich sehr nett. Ich hatte einen schönen Abend mit dir, aber ich empfinde leider nichts für dich. Bitte sei mir nicht böse, aber ich wäre wirklich gerne mit dir befreundet. Mehr wird sich aber zwischen uns nicht entwickeln."

Marvin kickte verlegen einen Kieselstein vor sich her.

„Das ist schon in Ordnung. Ich habe gemerkt, dass du kein tieferes Interesse an mir hast, aber wir verstehen uns sehr gut. Ich würde es traurig finden, wenn wir den Kontakt verlieren würden."

Es entstand eine merkwürdige Stille zwischen ihnen.

„Im Moment möchte ich aber nicht zurück aufs Boot. Ich habe das Gefühl, dass meine Freunde nicht allein dort sind. Wenn Sebastian mit Silvia und Georg mit Andrea beschäftigt sind, dann denke ich, dass ich erst in der Früh aufs Schiff gehen werde."

Julia war schon müde, aber sie hatte Mitleid mit Marvin. So blieben beide am Strand und erzählten sich gegenseitig Geschichten aus ihrem Leben. Marvins Eltern waren nicht vermögend, aber sie hatten ihm dennoch ein Studium ermöglicht. Nebenbei musste er aber ständig Jobs annehmen, um sich sein Leben finanzieren zu können. Er hatte eine langjährige Beziehung, die aber zerbrach, weil seine Freundin ihn mit ihrem Tanzpartner betrogen hatte. Seither war er Frauen gegenüber eher vorsichtig.

Julia erzählte ihm von ihrem Ex-Freund Thomas, von ihrer Arbeitslosigkeit und auch wie es dazu kam. Auch Clara, ihre Mutter, erwähnte sie. Natürlich sprachen sie lange über Julias Großmutter Sophia und welche schwierige Aufgabe ihr bevorstand.

„Wenn du möchtest, kannst du mit uns raus aufs Meer fahren. Ich bringe dich und deine Oma gerne in eine schöne und ruhige Bucht."

„Du bist wirklich sehr lieb. Danke vielmals für das Angebot, aber ich denke Georg und Sebastian sind nicht die Begleiter, die sich meine Großmutter für diese Reise gewünscht hatte." Julia musste beim Gedanken daran lachen.

„Ehrlich gesagt, ist mir inzwischen ziemlich kalt und ich bin müde. Wenn du mir versprichst, anständig zu bleiben, darfst du mit auf mein Zimmer kommen. Ich brauche dringend eine warme Dusche und ich möchte mich gerne etwas ausruhen", sagte sie mit klappernden Zähnen.

Marvin sah Julia verlegen an, was sie darin bestätigte, dass sie ihm vertrauen konnte. Also gingen sie gemeinsam in ihr Zimmer. Sie nahm eine warme Dusche und schlüpfte in ihren Pyjama. Marvin saß steif auf einem Sessel.

„Hör mal, du schaust ziemlich müde aus. Du kannst dich gerne duschen und die zweite Hälfte im Bett haben. Ich denke, wir sind erwachsen genug, um nebeneinander schlafen zu können. Ich bin jedenfalls hundemüde und muss mich hinlegen."

Julia kuschelte sich ins Bett. Marvin ging in das Badezimmer und stellte die Dusche an. Kurze Zeit später bemerkte sie nicht mehr, wie er sich leise und schüchtern ganz an den

Rand der anderen Bettseite legte, ohne Julia dabei anzusehen, denn sie war schon längst eingeschlafen.

Julia wurde von der Sonne geweckt, die ihr ins Gesicht schien. Sie machte die Augen auf und Marvin lag friedlich schlafend noch immer an der Kante des Bettes. Es war schade, dass sie für ihn nichts empfand, denn so einen liebenswerten und amüsanten Mann hatte sie noch nie getroffen. Julia beobachte ihn und überlegte, ob sie sich dazu bringen könnte, ihn zu lieben. Da wachte er auf und lächelte sie an.

„Guten Morgen, Schlafmütze. Ich hoffe, du hast gut geschlafen. Denkst du, deine Freunde sind auf dem Boot schon wach?", fragte sie.

„Das denke ich nicht. Sie stehen immer später auf als ich. Ich habe einen Bärenhunger. Was hältst du von einem gemeinsamen Frühstück in deinem Hotel? Ich bin mir sicher, ich kann es für mich extra aufbuchen", schlug er vor, während er sich streckte.

„Das ist eine hervorragende Idee."

Sie gingen gemeinsam in die Lobby und Marvin bezahlte für sich das Frühstück direkt an der Rezeption. Das Essen war sehr gut und es gab von allem etwas. Wie ein Gentleman brachte Marvin Gebäck und Säfte für sie beide an den Tisch. Sie genossen das gute Essen und unterhielten sich über alles Mögliche.

Da betrat Andrea ebenfalls den Speisesaal und setzte sich ohne viele Worte zu ihnen. Noch immer hatte sie das Kleid vom Vorabend an und ihre Haare waren zerzaust.

„Hattest du einen netten Abend?", fragte Julia mit einem ironischen Unterton.

„Ja, es war super. Aber anscheinend hattet ihr beiden auch eine schöne Nacht.“ Andrea grinste schelmisch.

Bevor Julia antworten konnte, sagte Marvin: „Wir haben als Freunde den Abend miteinander verbracht. Da ist sonst nichts gelaufen. Julia hat sich um mich gekümmert, denn das Boot war ja anscheinend besetzt.“

„Schade eigentlich. Ich dachte, ihr hättet euch amüsiert.“

Andrea holte sich Ham and Eggs und verschlang diese hungrig. „Es wäre übrigens nett, wenn du dich das nächste Mal von mir verabschiedest, bevor du verschwindest.“

„Natürlich, Mama!“ Andrea stopfte sich grinsend ihre Eier in den Mund.

Julia wollte noch am Vormittag zurück nach Malinska fahren. Andrea versprach, in einer Stunde zur Abreise in der Lobby bereit zu sein. Nach dem Frühstück begleitete Marvin Julia auf ihr Zimmer, da er dort sein Handy vergessen hatte. Sie tauschten Nummern aus und sie versprach, mit ihm in Kontakt zu bleiben. Zum Abschied umarmten sie sich kurz und Julia begann ihre Sachen zu packen. Es war wirklich ein schöner Abend gewesen. Sie bereute ihren Aufenthalt in Baska nicht, denn sie hatte neue Freunde gefunden. Sorgfältig kontrollierte sie, ob sie auch alles eingepackt hatte und schloss die Fenster, die zum Lüften geöffnet waren.

Da klopfte es an der Tür. Als Julia öffnete, stand Marvin nervös vor ihr.

„Ist irgendetwas passiert?“, fragte sie besorgt.

„Nein, außer dass ich mich wohl in dich verliebt habe. Ich weiß, dass es dir nicht so geht wie mir, aber vielleicht änderst du ja noch deine Meinung. Ich wollte nicht abreisen, ohne es dir zu sagen.“

Sprachlos stand sie an der Tür und blickte in seine braunen Augen.

„Ich bin die ganze Nacht neben dir gelegen, ohne dich zu berühren. Aber ich würde dich jetzt gerne ein einziges Mal küssen. Wenn das ein Problem für dich ist, dann musst du es mir jetzt sagen.“

Marvin schloss die Tür hinter sich und kam langsam auf sie zu. Julia sagte immer noch nichts. Behutsam nahm er ihr Gesicht in die Hände und schaute ihr tief in die Augen. Er küsste sie sanft auf die Lippen und wartete, ob sie sich dagegen wehrte. Es war ein langer und intensiver Kuss, doch Julia merkte traurig, dass sie für Marvin nichts als tiefe Freundschaft empfand. Langsam löste sie sich aus seiner Umarmung.

„Es tut mir unendlich leid und es ist mir bewusst, dass es klischeehaft klingt, aber ich wäre wirklich gerne mit dir befreundet. Für mehr reicht es bei mir leider nicht.“

Marvin lächelte traurig. „Zumindest habe ich es versucht. Wir bleiben bestimmt in Kontakt. Das haben wir uns ja schon versprochen. Ich hoffe, du findest den richtigen Mann, der dich glücklich macht. Schade, dass ich es nicht bin.“

Julia drückte Marvin ein letztes Mal und dann machten sie sich auf den Weg zur Lobby. Er verabschiedete sich und ging zurück zum Schiff.

Andrea kam mit etwas Verspätung zum vereinbarten Treffpunkt und die beiden Freundinnen fuhren schweigend zurück nach Malinska.

Beide freuten sich auf einen entspannten Nachmittagsschlaf in ihrem Zimmer, denn sie waren noch immer müde. Den Abend verbrachten sie im Restaurant des Hotels. Für den Moment hatten sie genug von Partys und Männern.

Kapitel 6

„Komm bitte endlich in die Gänge! Ich muss vor den Handwerkern da sein!" Julia klopfte ungeduldig an Andreas Tür. Endlich war es soweit! Die Fliesen für Julias Ferienhaus sollten geliefert und verlegt werden. Andrea hatte verschlafen und trödelte in ihrem Hotelzimmer herum.

„Ich bin ja schon da. Mach bitte keinen Stress!"

Aufgeregt fuhr Julia Richtung Porat. Sie konnte es kaum erwarten, endlich ein schönes, sauberes und funktionstüchtiges Badezimmer zu haben.

„Wir könnten uns doch heute die Fensterläden vornehmen. Sie brauchen dringend einen neuen Farbanstrich und bald hast du für die schweren Arbeiten keine Unterstützung mehr. Ich bin ja nur mehr bis Sonntag hier."

Zum Glück hatte Andrea immer den Überblick über die Renovierungsarbeiten.

Als sie am Haus ankamen, war von den Handwerkern noch nichts zu sehen. Also begannen die beiden Freundinnen, die Fensterläden zu demontieren. Die Farbe war an den meisten Stellen nicht mehr vorhanden und das Holz war spröde. Sie mussten achtgeben, um sich keine Splitter einzuziehen.

Hinter dem Haus richteten sie sich einen Platz zum Arbeiten ein und begannen mit der Schleifmaschine das Holz vorsichtig zu bearbeiten.

„Am besten teilen wir uns die Arbeit auf. Du könntest doch damit beginnen, diesen Fensterladen, den ich bereits geschliffen habe, zu streichen, während ich den nächsten vorbereite. Dann kommen wir schneller voran“, schlug Andrea vor, die ganz in ihrem Element war.

Eigentlich wollte sie immer einen handwerklichen Beruf ergreifen, doch ihre Eltern meinten, dass eine Frau keinen „Männerberuf“ ausüben dürfe. So arbeitete sie nun als Assistentin bei einem Tierarzt. Andrea liebte Tiere, aber sie litt darunter, wenn eines ihrer Schützlinge eingeschläfert werden musste.

„Vielleicht können die Handwerker das Haus nicht finden?! Wo sind sie denn nur so lange?“

„Julia, das sind kroatische Handwerker! Du kannst froh sein, wenn sie heute noch kommen“, meinte Andrea belustigt.

Julia wurde Angst und Bang. Sie hatte sich schon so darauf gefreut, ihr Badezimmer bald benutzen zu können. An die Möglichkeit, dass die Arbeiter nicht erscheinen könnten, hatte sie nie gedacht. Ein wenig nervös strich sie das Holz, das vor ihr lag, mit leuchtend blauer Farbe.

Wenig später hörte sie ein Auto, das vor ihrem Haus einparkte und kurz darauf Männer, die kroatisch sprachen. Erfreut eilte sie zum Eingang und empfing die Arbeiter.

„Ich zeige Ihnen das Badezimmer und die Toilette.“

Julia konnte ihre Freude nur schwer verbergen. Die drei Männer begannen gleich mit ihrer Arbeit und damit Julia ihnen nicht im Weg stand, fuhr sie mit dem Streichen fort.

„Siehst du, nicht alle Handwerker sind unzuverlässig“, sagte sie beruhigt zu Andrea. Die beiden Freundinnen arbeiteten nun weiter an den Fensterladen. Es war anstrengend, aber sie kamen rascher voran als gedacht.

Während einer Pause gingen sie in den oberen Stock und bewunderten die Fortschritte. Die Fliesen der Toilette waren bereits fertig verlegt und das Badezimmer war fast zur Hälfte verfliest.

„Heute verlegen wir alles und morgen kümmern wir uns um die Fugen“, erklärte einer der Arbeiter.

„Das trifft sich sehr gut, denn am Tag darauf werden die Sanitäreinrichtungen geliefert und montiert.“

Andrea war mit dem Zeitplan zufrieden. „Du hast wirklich Glück mit den Handwerkern! Ich bin wirklich beeindruckt.“

„Ich bin sehr froh, dass sich anscheinend für mich endlich das Leben zum Guten wendet.“

Julia hatte in den vergangenen Wochen genug Negatives erlebt. Sie war erleichtert, dass zur Abwechslung alles glatt lief.

Die beiden Freundinnen schufteten die nächsten drei Tage am Haus und waren erleichtert, als sie endlich den gröbsten Teil der Arbeit erledigt hatten.

„Ich denke, den Rest schaffst du ab jetzt auch allein. Dein Badezimmer und deine Toilette sind fertig. Die Küche ist auch bereit zum Kochen und von außen sieht dein Haus richtig hübsch aus. Jetzt musst du nur mehr alles gründlich reinigen und dich um den Garten kümmern. Die Möbel werden nächste Woche geliefert.“

Julia war ihrer Freundin überaus dankbar.

„Ohne dich hätte ich es sicher nicht geschafft. Du hast bei mir etwas gut. Morgen gehen wir gemeinsam mit meinen Nachbarn feiern. Ich freue mich schon sehr darauf!“

Die beiden entschieden sich, die letzten, gemeinsamen zwei Tage entspannt und ohne Schmutz und Arbeit zu verbringen. Sie nahmen ihre Badesachen und fuhren nach Crkvenica aufs Festland. Freudig erkundeten sie das Strandbad und staunten über das große Areal.

Am Sandstrand konnte man Liegen und Schirme ausleihen und für Kinder gab es Wasserrutschen. An kleinen Ständen wurden Luftmatratzen, Badespielsachen, Sonnenhüte und vieles mehr verkauft. Es gab auch einige Strandbars, an denen man im Schatten der Pinien auf gemütlichen Lounge-möbeln Platz nehmen konnte. Julia und Andrea mieteten Badeliegen für sich und genossen die warmen Sonnenstrahlen.

„Das wird mir am Montag sehr fehlen, wenn ich wieder in der Arbeit bin." Andrea wurde wehmütig.

„Du wirst mir fehlen, Andrea! Es wird hier ohne dich sehr langweilig werden."

„Nächste Woche kommen deine Möbel und du hast deinen Termin beim Bootsverleih. Dann kannst du ja wieder nach Hause kommen. Vielleicht fahren wir gemeinsam in ein paar Wochen nach Krk."

Aber Julia war sich nicht sicher, ob sie schon so bald wieder zurück in ihre Heimat wollte. Eigentlich hatte sie es nicht eilig. Ihr wurde bewusst, dass sie weder ihre Wohnung noch den Trubel der Stadt vermisste. Niemals hätte sie gedacht, dass sie je so empfinden würde.

„Soweit möchte ich im Moment nicht planen. Bis dahin vergeht noch einiges an Zeit. Jetzt will ich das Wochenende mit dir gemeinsam genießen und danach muss ich erst einmal die nächste Woche hinter mich bringen. Daran möchte ich aber im Moment wirklich nicht denken."

Die beiden Freundinnen setzten sich an eine der Strandbars und bestellten kühle Getränke. Es war ein sehr heißer Junitag und sie waren froh, einen schattigen Platz gefunden zu haben.

„Die schnuckeligen Männer werden mir jedenfalls auch fehlen. Wie kommt es, dass es bei uns nicht so viele, sexy Typen gibt?" Andrea zwinkerte dem Kellner zu, der ihnen prompt einen Aperol spendierte.

„Es ist halb elf. Wir können doch nicht jetzt schon Alkohol trinken!"

„Warum nicht? Denkst du, er schmeckt um zwölf besser?" Andrea lachte, trank einen Schluck und schrieb ihre Telefonnummer auf die Serviette.

„Hör mal, so kann es aber mit dir wirklich nicht weitergehen! Du wirfst dich reihenweise den Männern an den Hals! Möchtest du nicht endlich eine feste Beziehung?" Julia machte sich schön langsam Sorgen um ihre Freundin.

„Im Moment genieße ich das Singleleben. Was soll's?! Wenn ein Mann so lebt wie ich, dann ist er ein Gigolo und alle bewundern ihn. Ich, als Frau, darf nicht meinen Spaß haben? Verdreh deine Augen nicht! Es ist mir ernst. Aber ich gebe dir recht. Manchmal wäre es schön, eine fixe Partnerschaft zu haben. Eigentlich habe ich immer geglaubt, in einer ernsten Beziehung oder gar in einer Ehe ist man gefangen und langweilt sich gegenseitig. Seit ich aber Tina und Markus kenne, denke ich etwas anders darüber. Die beiden haben viel Spaß miteinander und engen sich nicht ein. So eine Beziehung könnte ich mir eventuell auch vorstellen."

Ihre Nachbarn hatten auch Julias Einstellung einer Beziehung gegenüber grundlegend verändert. Sie waren auch als Eltern ein gutes Vorbild, denn der Umgang mit ihrem Sohn Philipp war voller Respekt, Liebe und auch Humor. Aber Julia war erstaunt, diese Worte aus Andreas Mund zu hören. Ihre freiheitsliebende Freundin, die Meisterin des Flirts, dachte plötzlich über Liebe nach. Julia hatte das Gefühl, dass die Insel sie alle veränderte.

Schmunzelnd trank sie ihren Aperol und beobachtete die Möwen, die im Meer Fische fingen.

„Weißt du eigentlich schon, wie es bei dir beruflich weitergehen soll?", wollte Andrea wissen.

„Darüber habe ich mir noch keine großen Gedanken gemacht. Aber ich bin mir sicher, dass ich auf keinen Fall wieder in die Eventbranche zurückmöchte. Irgendwie zieht es mich auch nicht mehr in meine kleine Wohnung. Das hätte ich mir früher nie vorstellen können, aber ich habe überlegt, ob ich sie kündigen soll. Nun besitze ich ja das Haus meiner Großmutter und das Ferienhaus hier. Ich kann schließlich nicht überall wohnen."

Julia hatte den Gedanken schon länger, aber zum ersten Mal sprach sie nun auch darüber. Sie wusste, dass sie nicht einfach in ihr altes Leben zurückkehren wollte.

„Also lässt du mich allein? Das kannst du doch nicht machen!"

„Du wirst mich auch weiterhin jederzeit besuchen können, auch wenn du nun dafür eine längere Autofahrt in Kauf nehmen musst. Ich habe in meinen beiden Häusern immer genügend Platz für dich."

Julia umarmte Andrea innig. Sie war dankbar, eine so liebe und treue Freundin zu haben.

Andrea bot an, sich um den Verkauf der Möbel zu kümmern. Julia würde die Wohnung per E-Mail kündigen. Dann müsste sie nur mehr ihre Sachen abholen und sich zumindest nicht um die Haushaltsauflösung kümmern.

„Nimm dir ruhig, was du an Möbeln brauchen kannst. Ich schenke dir alles, was du willst."

„Deine gemütliche Couch würde ich schon gerne nehmen. Immerhin habe ich darauf einige Nächte verbracht. Sie hat für mich somit einen sentimentalen Wert."

Die beiden Freundinnen waren am nächsten Abend mit Tina, Philipp und Markus verabredet. Julia hatte ihre Freunde als Dank für ihre Unterstützung und Hilfe zum Essen eingeladen und wählte dafür ein besonders schönes Lokal. Sie trafen sich in Malinska in einem Hotelrestaurant direkt am Meer, das Julia während eines Spazierganges entdeckt hatte.

Die Tische waren feierlich gedeckt und im Hintergrund wurde moderne Musik gespielt. Der Tisch, den Julia gebucht hatte, stand direkt am Ufer. So hörten sie das Rauschen des Meeres und spürten eine angenehme Brise, die vom Meer her wehte.

„Wow, das sieht richtig romantisch aus! Danke für die Einladung! Ein Teller Cevapcici in einer Konoba hätte uns aber auch gereicht", meinte Tina verlegen.

Markus schien vom Ambiente begeistert und legte belustigt den Arm um seine Frau: „Bist du verrückt? Ich finde es hier perfekt. Ich muss sagen, du hast Stil und weißt, wie man mir eine Freude bereitet. Ich bin schon auf die Weinkarte gespannt."

Julia musste lachen. Markus hatte ein Talent, seine Meinung klar und deutlich zu sagen, ohne dass man ihm deswegen böse sein konnte.

Philipp schüttelte schmunzelnd den Kopf. „Papa, du bist schon wieder so direkt. Man könnte es auch dezenter formulieren."

„Das ist schon gut so. Ich freue mich, dass euch das Restaurant gefällt. Ohne euch alle würde ich noch lange in einem Hotelzimmer wohnen und mein Haus wäre eine Ruine. Nächste Woche werden die Möbel geliefert und ich ziehe bereits ein. Besonders dir, Andrea, möchte ich für alles danken. Du hast immer einen Platz in meinem Haus und in meinem Herzen."

Julia wischte sich eine Träne der Rührung aus dem Auge und bestellte eine Flasche Prosecco und Cola für Philipp.

„Lasst uns auf unsere Freundschaft trinken! Prost!"

Der Prosecco war trocken und prickelte angenehm. Als Vorspeise gab es eingelegte Sardellen und Sardinen, warmen Oktopus-Salat, Schafskäse, Prsut, Oliven und ofenwarmes Brot. Sie schlemmten sich durch die Platte und bestellten eine Flasche Zlahtina.

„Schade, dass du morgen schon wieder nach Hause fahren musst. Aber du kommst sicher bald wieder, oder?" Tina und Andrea verstanden sich inzwischen ebenfalls sehr gut.

„Ich komme bestimmt wieder. Aber fürs Erste kümmere ich mich um den Verkauf von Julias Möbel. Sie möchte ihre Wohnung kündigen. Deshalb werde ich wohl oder übel öfters auf die Insel kommen, damit ich sie sehen kann“, erklärte Andrea ein wenig traurig.

Der Kellner brachte das Essen und unterbrach damit das Gespräch. Die Hauptspeisen waren ein Gedicht. Julia und Andrea hatten sich für ein Risotto mit Meeresfrüchten entschieden. Philipp bekam eine Portion Surlice, Tina eine frische Goldbrasse und Markus gönnte sich ein Thunfisch-Steak.

„Ich helfe dir jederzeit gerne wieder. Bei diesem Lohn zahlt sich Nachbarschaftshilfe aus.“ Markus grinste schelmisch, während er seinen Fisch genoss.

„Ich auch!“, rief Philipp begeistert und mit vollem Mund.

„Ihr seid einfach nur unmöglich! Könnt ihr euch denn nicht ein einziges Mal benehmen und nicht immer so unhöflich sein?“ Tina war es sichtlich unangenehm, doch das verschmitzte Grinsen von Vater und Sohn brachte alle drei Frauen zum Lachen.

„Keine Sorge! Ich habe euch bewusst hierher eingeladen. Ich brauche sicher noch öfters Hilfe und jetzt weiß ich, wie ich mir Markus‘ Unterstützung erkaufen kann.“

Schließlich war auch Tina entspannt und konnte den Abend vollends genießen.

Sie tranken noch eine weitere Flasche Wein und als Nachspeise gab es Baklava und Palatschinken in verschiedenen Variationen. Markus schnappte sich Tina und begann mit ihr zu tanzen. Sie wirkten sehr verliebt und glücklich und kümmerten sich nicht darum, was andere von ihnen dachten. Julia und Andrea beobachteten sie und träumten beide von einer glücklichen Beziehung, so wie Tina und Markus sie hatten.

Schließlich tanzten alle fünf offen neben dem Meer und andere Gäste schlossen sich ihnen an.

Als Julia die Rechnung verlangte, bekamen sie eine Runde Gin Tonic auf Kosten des Hauses spendiert und Philipp freute sich über eine Kugel Eis.
„So eine Stimmung hatten wir hier im Restaurant noch nie. Sie haben die Gäste mit ihrer Laune mitgerissen. Ich hätte ja gerne mitgefeiert, aber ich denke, mein Boss hätte wohl etwas dagegen“, verriet der Kellner mit einem Lachen.

Am nächsten Morgen genossen Andrea und Julia ein letztes, gemeinsames Frühstück im Hotel. Sie kosteten sich durch das Büffet und saßen lange zusammen. Lächelnd ließen sie den Vorabend Revue passieren und vereinbarten, bald wieder mit ihren neuen Freunden gemeinsam zu feiern. Gut gesättigt ruhten sie sich noch ein wenig in Julias Zimmer aus.
„Ich habe absolut keine Lust, heute nach Hause zu fahren. Am liebsten würde ich kündigen und bei dir bleiben.“
„Wir werden uns schon bald wiedersehen. Ich habe dir bereits versprochen, dass ich in wenigen Tagen wieder heimkommen werde.“

Wenig erfreut über ihre Trennung räumten sie gemeinsam Andreas Sachen ins Auto.
„Was hältst du davon, wenn wir den restlichen Tag noch in Malinska am Strand verbringen? Du kannst genauso gut auch am Nachmittag heimwärts fahren.“ Also packten sie ihre Badesachen und legten sich an den Kiesstrand.

„Bist du eigentlich schon bereit für die Seebestattung deiner Oma?“ Die beiden Freundinnen lagen entspannt in der Sonne und ließen ihre Gedanken schweifen.

„Ich habe ehrlich gesagt gar nicht mehr daran gedacht. Die Zeit mit dir hat mich herrlich abgelenkt. Eigentlich bin ich für ihre Bestattung noch nicht bereit, aber ich muss es endlich hinter mich bringen. Denkst du, ich muss davor ein paar Worte sprechen?“

„Wenn du das so möchtest? Du bist allein und kannst es halten, wie du willst. Du wirst bestimmt das Richtige tun.“

Julia wurde traurig. Ihre geliebte Großmutter war von ihr gegangen und ihre beste Freundin würde bald auch nicht mehr bei ihr auf der Insel sein. Sollte sie vielleicht doch mit ihr gemeinsam nach Hause fahren?

Doch die Möbellieferung würde in ein paar Tagen kommen. Sie musste zumindest darauf warten und Sophias Bestattung hinter sich bringen. Dann könnte sie wieder in ihre Heimat reisen. Die beiden Freundinnen schwammen im kühlen Meer und tranken einen letzten, gemeinsamen Kaffee, bevor sich Andrea für ihre Heimreise umkleidete.

„Pass gut beim Fahren auf und melde dich, wenn du angekommen bist.“

„Das mach ich. Versprich mir, dass du den Kopf nicht hängen lässt. Komm bald wieder heim!“

Die beiden Freundinnen umarmten sich und Andrea stieg ins Auto. Julia winkte ihr nach, bis sie das Auto nicht mehr sehen konnte.

Nun war sie wieder auf sich allein gestellt. Ihre Nachbarn reisten heute ebenfalls ab.

Es war bereits Abend, als Julia nach einem kleinen Snack am Meer entlang spazierte. Sie dachte an die bevorstehende Seebestattung und versuchte, ihre Gedanken, die sie Sophia mitgeben wollte, in Worte zu fassen.

Da läutete ihr Telefon: „Hallo, Julia! Bist du noch immer in Kroatien? Was machst du denn so lange dort? Wie war die Seebestattung?“

Anscheinend hatte ihre Mutter Clara die Postkarte erhalten, die sie ihr von Punat geschickt hatte.

„Hallo, Mama! Ja, ich bin noch immer in Kroatien und nein, ich habe Omas Asche noch nicht im Meer verstreut. Ich habe für nächste Woche ein Boot gemietet.“

„Sag bloß, du sitzt die ganze Zeit mit der Urne in der Hand am Strand und weinst.“ Clara hatte ja eine hohe Meinung von ihr.

Julia erzählte ihr vom Ferienhaus, von ihren neuen Nach barn und von Andreas Hilfe.

„Sie wird für mich den Verkauf meiner Möbel veranlassen. Ich habe mich dazu entschlossen, meine Wohnung zu kündigen. Immerhin reichen zwei Wohnsitze völlig.“

„Das finde ich vernünftig, aber warum überlässt du eine so wichtige Angelegenheit einer Fremden? Immerhin bin ich deine Mutter und wer weiß, ob dir diese Andrea den gesamten Erlös weitergibt. Vielleicht behält sie sich etwas vom Geld. Ich denke, du solltest…“

„Mama, wie kannst du so etwas sagen? Andrea ist meine engste Freundin und das nicht erst seit gestern! Ich lasse nicht zu, dass du so schlecht von ihr redest.“

„Ganz wie du meinst. Ich rufe eigentlich an, weil wir einen Termin für die Verlassenschaft haben. Du musst dafür hier erscheinen. Bitte vergiss es nicht!"
Julia erhielt kurze Zeit später eine sachliche E-Mail von ihrer Mutter mit der Terminerinnerung und der Adresse von Dr. Hofer. Ein nettes Wort suchte Julia in der Nachricht vergeblich.

„Oma, warum verteidigst du Mama? Sie ist unhöflich und unverschämt zu dir gewesen. Du sagst immer nur, dass sie schon ihre Gründe dafür haben würde." „Sie ist meine Tochter und ich liebe sie über alles. Egal, was sie tut oder sagt, sie wird immer mein kleines Mädchen sein." „Dann hat sie deine Liebe nicht verdient! Du bist immer nett und sie benimmt sich wie eine Hexe." „Julia, sag so etwas nicht! Immerhin ist sie deine Mutter. Ich denke, sie hatte sich vielleicht gewünscht, dass ich mein Leben anders gelebt hätte. In ihren Augen war ich als Mutter ein abschreckendes Beispiel und kein Vorbild." „Ein abschreckendes Beispiel? Du? Ich kenne keinen liebevolleren Menschen als dich. Für mich bist du ein viel besseres Vorbild als meine Mutter."

Julia verbrachte die nächsten Tage mit der gründlichen Reinigung des Hauses. Bis zur Lieferung der Möbel wollte sie damit fertig sein. Sie schrubbte die Böden, putzte die Fenster und auch das Bad. Sie reinigte die Holztüren und räumte ihre Küche fertig ein. Der Installateur hatte den Gasherd überprüft und er war noch immer intakt und funktionsfähig. Sie hatte mit Markus' Hilfe eine neue Gasflasche besorgt und bereits angeschlossen. Nun fehlte nur noch der Möbeltransporter.

Julia verstaute die Kisten, die sie gefunden hatte, im Gästezimmer und betrachtete die alten Kleidungsstücke ihrer Großeltern. Zwei von Sophias Kleidern wollte sie behalten. Eines davon war aus einem schönen, geblümten Stoff und war knielang. Es wurde vorne mit großen Knöpfen geschlossen und hatte einen verspielten Gürtel um die Taille. Es war luftig geschnitten und passte Julia wie angegossen. Das zweite Kleid war um einiges auffälliger geschnitten. Es bestand aus einem seidenähnlichen Stoff in Cremeweiß. Das Kleid war ebenfalls knielang und hatte einen großen, weiten, A-linienförmigen Rock mit einigen Lagen Unterröcken. Das Oberteil war enganliegend und an der Taille war ein breites, rosarotes Band als Gürtel gebunden. Julia konnte es kaum glauben, dass das Kleid ihrer Großmutter gehört hatte. Sie sah Sophia in ihrer Erinnerung immer nur in einer Kleiderschürze. Julia fühlte sich in diesem Kleid wie ein Filmstar. Behutsam hängte sie die beiden Teile in ihren Schrank, packte die restlichen Kleidungsstücke in ihr Auto und fuhr zur nächsten Kirche.

Ehrfürchtig betrat sie das Gotteshaus und suchte den Pfarrer. Sie fand ihn schließlich im Pfarrhaus.

„Doberdan! Ich habe das Haus meiner Großeltern geerbt und habe einige, alte Kleidungsstücke gefunden. Sie sind nicht modern, aber sehr gut erhalten. Kennen Sie vielleicht eine bedürftige Familie, die die Sachen benötigt?“

„Das ist eine sehr nette Idee. Ich kenne tatsächlich Menschen, die sich darüber freuen werden. Hvala! Danke!“

Während die beiden die Kartons aus dem Auto räumten und in den Pfarrhof brachten, erzählte Julia von ihrer Erbschaft und auch von Sophia.

„Darf ich Sie etwas fragen? Der letzte Wille meiner Großmutter war es, dass ich sie hierherbringe und ihre Asche im Meer verstreue. Können Sie mir einen Rat geben, wie ich mich richtig von ihr verabschiede? Soll ich eine Ansprache halten oder sie einfach ins Meer schütten? Ich bin damit irgendwie überfordert.“ Julia war es peinlich, den Pfarrer um Rat zu bitten. Sie kam sich dumm und lächerlich vor.

„Die Aufgabe, die Ihnen Ihre Großmutter auferlegt hat, ist keine leichte, aber sie ist auch eine Chance. Dieser intime Moment gehört Ihnen allein. Sie können sich so lange Zeit lassen, wie Sie möchten. Vielleicht bereiten Sie ein paar Worte vor, die Sie vor der Zeremonie sprechen. Überlegen Sie, welche Eigenschaften Ihre Oma ausmachten und für was Sie dankbar sind. Vielleicht gibt es etwas, dass Sie Ihr noch sagen möchten. Was wollen Sie ihrer Großmutter als letzte Worte mitgeben? Vergessen Sie nicht, die Asche ist nur mehr die äußere Hülle. Ihre Großmutter ist nun bereits im Himmel bei Gott. Glauben Sie an Gott?“

„Ich denke, ja. Aber es ist schwer, an etwas zu glauben, was man nicht sehen kann.“

„Gott glaubt an Sie und daran, dass Sie für diesen Weg bestimmt sind. Wenn ich noch etwas für Sie tun kann, wissen Sie, wo Sie mich finden.“

Julia fuhr zurück in ihr Hotelzimmer und setzte sich mit einem Block und einem Stift auf ihren Balkon. Sie stellte die Urne ihrer Großmutter neben sich auf den Tisch und begann zu schreiben. Nun wusste sie genau, welche Worte sie Sophia mit auf ihre letzte Reise geben wollte.

Zufrieden legte sie einige Zeit später den Block weg und nahm die Urne in die Hand.
„Schon bald werde ich mich von dir für immer verabschieden. Ich bin gespannt, was mich noch alles auf meiner weiteren Reise erwartet, die du anscheinend für mich geplant hast."

Kapitel 7

Julia hätte beinahe verschlafen. Dabei war dieser Tag sehr wichtig, denn endlich sollte die Möbellieferung ankommen. Als sie in die kleine Sackgasse fuhr, seufzte sie. Der Möbelwagen stand bereits vor ihrem Haus und zwei Männer gingen genervt auf und ab und rauchten. Als Julia aus ihrem Wagen stieg, schnalzte einer der Männer missbilligend mit der Zunge.

„Es tut mir wirklich leid. Ich habe gestern wohl vergessen, meinen Wecker zu stellen. Ich verspreche, dass ich dafür mit dem Trinkgeld etwas großzügiger sein werde."

Gleich hellte sich die Miene der Männer wieder auf. Gestresst sperrte Julia die Haustür auf und zeigte den Arbeitern, wo sie welche Möbel aufstellen sollten.

Sie selbst ging aber gleich darauf in den Garten und begann mit der Motorsense, die sie sich gekauft hatte, den Rasen zu trimmen. Zuerst stellte sie sich etwas ungeschickt an, aber schon bald hatte sie den Dreh raus. Voller Euphorie beseitigte sie das Unkraut, das durch ihre Terrassensteine gewachsen war und kehrte das Gras mit einem Besen in die Wiese. Unter den Bäumen ließ sie den Lavendel aber weiterwachsen. Sie dachte an ihre Großmutter, die sich sicher darüber freuen würde.

Als Umrandung für die Terrasse pflanzte Julia Oleander und Rosmarin und genoss den wunderbaren Duft. Nun goss sie alle Pflanzen und auch die alten Bäume, die auf dem Grundstück standen. Sie betrachtete ihr Werk und war sehr zufrieden. Der Garten wirkte nun freundlich und einladend.
Inzwischen wurde es in der Sonne immer wärmer und so ging sie wieder ins Haus.

Die Arbeiter trugen gerade die Couch ins Wohnzimmer.

„So, wir sind dann bald fertig. Schauen Sie sich bitte inzwischen das Obergeschoß an?“, bat einer der Männer. Julia öffnete langsam ihre Schlafzimmertür.

Sie war überwältigt. Das Zimmer wirkte sehr einladend und heimelig. Das Bett passte perfekt zum ländlichen Stil, der sich durch das ganze Haus zog. Lächelnd schaute sie aus dem Fenster und betrachtete bewundernd ihren Garten, der aus der Ferne noch idyllischer wirkte als von Nahem. Das Gästezimmer war im gleichen Stil eingerichtet wie Julias Zimmer. Es war nur etwas kleiner und mit Blick auf die Straße.

Zufrieden ging sie wieder ins Erdgeschoß. Ihre Couch war inzwischen auf dem rechten Platz und auf der Terrasse standen ihre Gartenmöbel.

„Danke vielmals! Das ging wirklich schnell.“ Julia überreichte den Arbeitern ein Trinkgeld und verabschiedete sich von ihnen.

Als sie wieder allein war, hüpfte sie vor Freude auf und ab und rief begeistert: „Das ist jetzt alles meins! Endlich kann ich einziehen!“

Sofort fuhr sie zurück ins Hotel und packte ihre Sachen. Sie stopfte alles in ihren Kleinwagen und ging zur Rezeption.

„Ich möchte gerne auschecken.“

„Schade, dass Sie uns nun verlassen. Ich nehme an, Ihr Haus ist schon fertig, wenn Sie heute bereits abreisen möchten?"

„Ja, genau! Die Möbel wurden gerade geliefert und ich kann endlich die erste Nacht in meinen eigenen vier Wänden verbringen." Julia strahlte über das ganze Gesicht.

„Das freut mich sehr für Sie! Allerdings werden wir Sie hier vermissen."

„Danke! Ich werde Sie gerne weiterempfehlen. Ich habe mich sehr wohl bei Ihnen gefühlt."

Julia ging, mit der Asche ihrer Großmutter in der Tasche versteckt, aus dem Hotel und fuhr in ihr neues Zuhause. Als erstes brachte sie Sophias Urne in das Haus und stellte sie auf den Kaminsims.

„Ich hoffe, es gefällt dir, Oma!"

Dann räumte sie all ihre Sachen ein. Als nächstes musste sie einkaufen. Sie fuhr zum großen Supermarkt, der direkt an der Hauptstraße lag. Dort besorgte sie Lebensmittel, Toilettartikel, Grillutensilien und große Fackeln für den Garten.

Zuhause angekommen verstaute sie ihre Einkäufe.

„Nun kann ich endlich wieder kochen."

Sie ging in ihre Küche und briet sich zur Feier des Tages ein schönes Stück Steak mit Rosmarinkartoffeln. Dazu gönnte sich Julia ein Glas Rotwein und genoss ihr erstes Essen im neuen Haus auf ihrer kuschligen Terrasse. Julia machte ein Selfie und schickte es Andrea. Es dauerte nicht lange, da läutete auch schon ihr Telefon.

„Das ist gemein! Ich will auch so etwas haben. Bist du etwa schon im Haus?"

„Ja, das ist das erste Essen, das ich hier koche. Ich habe inzwischen auch den Griller in Schuss gebracht. Wenn du das nächste Mal hier bist, veranstalte ich einen Grillabend."

Julia konnte es kaum erwarten, bis Andrea wieder bei ihr zu Besuch war.

„Ich war auch fleißig. Deine Möbel sind alle fotografiert und bereits im Internet. Am Wochenende kommen schon die ersten Käufer. Ich denke, das Geld bringe ich dir lieber persönlich vorbei, wenn ich mir so dein Steak anschaue."

Andreas Magen knurrte so laut, dass man es durch das Telefon hören konnte.

„Ich merke schon, du bist hungrig. Dann hol dir schnell etwas zu essen, bevor du zur Bestie wirst", neckte sie ihre Freundin.

„Das mach ich. Ich wünsche dir alles Gute für morgen! Ich denke an dich."

Julia konnte an diesem Abend lange nicht einschlafen. Ihre Gedanken kreisten um den nächsten Tag.

Es war erst halb sechs Uhr morgens, aber Julia erwachte aus einem Alptraum und konnte nicht mehr schlafen. Sie hatte von einer Bootsfahrt mit ihrer Mutter geträumt. Als sie am offenen Meer waren, versuchte Clara ihre Tochter von Bord zu stoßen, denn sie wollte sie endlich loswerden. Julias Herz pochte noch immer heftig, als sie sich schweißgebadet in ihrem Bett aufsetzte.

So sehr sie es auch versuchte, aber sie konnte nicht mehr einschlafen. Sie ging ins Bad und nahm eine lange Dusche. Dann kochte sie mit dem alten Espressokocher ihrer Großmutter einen Kaffee. Bald schon duftete die Küche nach dem intensiven Geruch des starken Gebräus. Julia backte Brötchen vom Vortag auf und frühstückte mit Eiern, Wurst, Käse und frischem Gemüse. Sie würde die Energie für diesen Tag brauchen.

Bevor sie sich auf dem Weg nach Punat machte, checkte sie noch schnell ihre E-Mails. Die Kündigung ihrer Wohnung wurde bereits von ihrem Vermieter bestätigt. Sie musste eine Kündigungsfrist von drei Monaten einhalten, außer sie würde zuvor einen Nachmieter finden. So blieb Julia noch genügend Zeit, ihre Sachen zu holen und der Verkauf der Möbel musste auch nicht sofort erledigt werden.

Andächtig zog sie das geblümte Kleid, das sie im Kleiderschrank ihrer Großmutter gefunden hatte, an. Als sie die Kette, die sie als Jugendliche von ihrer Oma geschenkt bekommen hatte, umlegte, strich sie liebevoll über den Anhänger. Traurig dachte sie an Sophias freudige Augen, als sie ihr das Geschenk überreicht hatte. Vorsichtig nahm sie die Urne in die Hand.
„Ich bin nun bereit. Du auch? Gut, dann bringen wir es jetzt hinter uns."

Langsam fuhr Julia die Strecke nach Punat. Sie hatte es nicht eilig und wollte nicht, dass der Urne auf den letzten Metern etwas passierte. Bedächtig parkte sie ihren Wagen neben dem Park. Auch dieses Mal trainierten dort sportliche Männer ihren Körper. Julia musste trotz der traurigen Situation schmunzeln, da sie an ihre beste Freundin erinnert wurde. Sie atmete tief ein und nahm ihre Tasche und die Urne ihrer Großmutter in die Hand.

Langsam und andächtig machte sie sich auf den Weg zum Bootsverleih. Am Steg lagen nur noch zwei Boote. Eines davon war wohl für Julia reserviert. Sie ging in die kleine Hütte, in der der Besitzer bereits auf sie wartete.

„Hallo! Ich habe ein Boot reserviert."

„Ja, sicher! Mein Sohn ist heute Ihr Skipper. Er wird bald hier sein, aber ich bringe Sie inzwischen schon zum Boot." Offensichtlich verwundert sah er die Urne an, sagte aber nichts.

Julia ging vorsichtig auf den Steg. Er war aus dünnen Brettern gebaut und wackelte ein wenig beim Betreten. Über Julias Boot war ein weißes Sonnendach gespannt und es gab hellgraue Polster, auf denen man bequem sitzen konnte. Der Vermieter half ihr an Bord und erklärte ihr, auf welchen Sitzplätzen man die Fahrt am besten genoss. Dann ließ er sie mit Sophias Asche allein.

Julias Gedanken schweiften zur kirchlichen Verabschiedung ihrer Großmutter. Sie hatte sich zum ersten Mal mit ihrer Mutter gut verstanden. Ob sie jemals wieder einen so positiven Draht zueinander finden würden? Julia war so sehr in ihren Gedanken versunken, dass sie nicht bemerkte, wie ihr Skipper auf das Boot kam.

„Hallo! Ich stehe Ihnen für den heutigen Tag zur Verfügung. Möchten Sie an einen bestimmten Ort oder soll ich Ihnen die Insel zeigen?"

Julia blickte überrascht auf. Zwei große, braune Augen schauten sie erwartungsvoll an.

„Ich kenne dich. Du bist der Typ aus dem Olivenhain hinter meinem Garten."

Der Skipper schaute sie verlegen an.

„Ja, ich heiße Marian. Es tut mir leid, dass mein kleiner Bruder dich so belästigt hat. Er ist ein Dummkopf. Wenn er sich in eine Sache verrannt hat, ist er fast nicht mehr zu bremsen. Aber ich habe mit ihm gesprochen und er hat eingesehen, dass er sich falsch verhalten hat. Es tut ihm inzwischen sehr leid. Wenn du einen anderen Skipper möchtest, kann ich es verstehen. Ich kann meinen Vater fragen, ob er mit dir rausfährt."

Julia sah ihn verdutzt an. Marian war sehr nett und eigentlich war es ihr recht, den Skipper zu kennen, der sie auf diese Reise begleitete.

„Nein, es ist schon gut. Ich bin nicht nachtragend. Allerdings weiß ich nicht, wohin ich fahren möchte. Vielleicht kannst du mir eine schöne, ruhige Stelle empfehlen, die passend ist. Ich denke, diese Fahrt wirst du so schnell nicht wieder vergessen."

So erzählte Julia Marian, welchen Grund ihre Bootsfahrt hatte. Er hörte ihr kommentarlos zu, während sie ihm alles erklärte. Er nickte nur stumm und begann das Boot von den Leinen loszumachen. Langsam legten sie ab und Julia umklammerte schweigsam die Urne. Sie war froh, dass er so still war, denn in ihren Gedanken war sie weit weg.

Gemächlich schipperten sie aus der Bucht und fuhren in Richtung Norden. Sie wurden von Motorbooten und auch Segelbooten überholt, aber die beiden fuhren weiterhin langsam und andächtig. Julia betrachtete das Glitzern des Meeres und beobachtete Möwen, die sich im Wasser treiben ließen. Ab und an spritzte etwas Meerwasser auf ihre Haut und erinnerte sie daran, wie surreal diese Situation war. Den wunderbaren Ausblick konnte sie nicht genießen, denn sie fühlte sich traurig und wehmütig. Immer wieder fuhren sie an kleinen Buchten vorbei, in denen andere Boote lagen und die Menschen, die auf ihnen an Bord waren, sprangen vergnügt ins Wasser. Überall um sie herum wurde gelacht und gefeiert.

Auf der anderen Seite lag eine weitere Insel. Das musste wohl Cres sein. Marian fuhr darauf zu. Anscheinend wusste er genau, wohin er fahren wollte. Er steuerte eine kleine Bucht an. Sie waren das einzige Boot weit und breit und er warf schweigsam den Anker aus. Dann drehte er das Boot gekonnt, damit Julia einen atemberaubenden Blick auf das Meer hatte. Es verschlug ihr beinahe den Atem. Das Wasser sah aus, als ob tausend kleine Diamanten darauf tanzen würden. Die Insel Krk zeigte hier seine schroffe Seite. Julia sah die steilen Klippen, aber auch die wundervollen, grünen Wälder der Insel.

„Ich hoffe, dieser Platz ist für dich in Ordnung. Es ist ruhig und es ist eine der schönsten Stellen hier auf dem Meer." Marian hatte zum ersten Mal seit der Abfahrt etwas gesagt.

„Danke, es ist wirklich sehr schön und bestimmt der richtige Platz."

Sie setzte sich vorne auf den Bug und Marian reichte ihr behutsam die Urne. So saß sie für eine lange Zeit regungslos auf dem Boot. Sie spürte die Sonne auf ihrer Haut und roch die salzige Meeresluft. Das Schiff schaukelte sanft. Julia war nun bereit.

„Du warst ein Mensch, den jeder mochte, denn du warst immer freundlich und hilfsbereit. Für deinen Ehemann hast du dich aufgeopfert und hast dich liebevoll um ihn gekümmert. Für deine Freunde und Nachbarn hattest du immer ein offenes Ohr. Du hast es geliebt, für die Menschen zu kochen, denn du warst dir sicher, dass man die Liebe, mit der man kocht, beim Essen schmecken kann. Du hattest sehr viel Liebe zu geben.

Ich denke, die meiste Liebe durfte ich von dir empfangen. Du hast mich mein Leben lang begleitet und wann immer ich dich gebraucht habe, hast du, ohne eine Gegenleistung zu erwarten, alles in die Wege geleitet, damit ich wieder glücklich war. Durch dich habe ich gelernt, was Vertrauen und Liebe bedeuten.

Du warst nicht nur meine Großmutter, sondern auch mein Anker, wenn ich nicht mehr weiterwusste. Du warst meine Lehrerin, meine Vertraute und meine erste, beste Freundin. Das Loch, das dein Tod in mein Herz gerissen hat, werde ich wohl nie mehr stopfen können.

Aber mach dir keine Sorgen um mich. Ich habe verstanden, warum du mich auf diese Reise geschickt hast. Du wolltest, dass ich Veränderungen akzeptiere und aus meiner sicheren Umgebung ausbreche. Ich nehme mein Leben in die Hand und öffne mein Herz für Neues. Du wirst mir unendlich fehlen. Aber ich hoffe, du feierst gerade mit deinen Freunden da oben eine große Party. So, wie du es dir gewünscht hast. Mach's gut, meine geliebte Oma!“

Julia öffnete vorsichtig den Deckel der Urne. Sie betrachtete die Asche. Eine Träne tropfte darauf. Langsam stand sie auf und ließ Sophias Asche durch die Luft wehen.

Der Wind nahm einen Teil davon mit. Der andere Teil landete in den Wellen des Meeres und vermischte sich mit dem Wasser.

Julia schloss die geleerte Urne und stand regungslos und schweigend auf dem Boot. Sie erinnerte sich an ihre letzte Begegnung mit Sophia. Ihre Großmutter hatte sie lange im Arm gehalten. Noch immer konnte Julia die Berührung ihrer Oma spüren. Stille Tränen kullerten ihre Wangen hinab. Sie wischte sie weg und seufzte tief. Dann setzte sie sich stumm wieder unter das Sonnendach.

Nach einer Weile sagte Marian mit feuchten Augen: „Das hast du sehr schön gesagt. Sophia hätte es bestimmt gefallen."

Erstaunt schaute Julia ihn an. Hatte sie gerade richtig gehört?

„Woher kennst du den Namen meiner Großmutter? Ich habe ihn dir gegenüber nie erwähnt. Hast du sie gekannt?"

Marian wurde verlegen. „Ja, das habe ich. Ich war früher, als ich noch ein Kind war, öfters bei ihr im Haus in Porat. Ich habe von ihr ab und zu einen Apfelstrudel bekommen. Den habe ich geliebt."

„Du bist der Erste, den ich treffe, der davon gewusst hat, dass sie hier auf Krk ein Haus hatte. Meine Mutter und ich wussten nichts davon. Kanntest du meinen Großvater auch?"

„Nein, tut mir leid."

„Ach, stimmt! Er war ja damals schon ein Pflegefall. Du konntest ihn nicht kennen."

Dann schwiegen sie wieder. Julia starrte auf die Stelle, in der sie Sophias Asche gestreut hatte.

„Möchtest du zurück nach Punat oder soll ich dir noch ein paar andere Stellen zeigen? Wir können auch gerne in einer Stadt anlegen. Ganz wie du möchtest."

Julia wollte jetzt nicht allein in ihrem Haus sein. Sie war unendlich traurig und sie wollte sich nicht ständig mit dem Tod auseinandersetzen. Es tat ihr gut, mit jemandem zu reden.

„Wenn du noch Zeit hast, würde ich gerne ein wenig herumfahren. Eine Stadtbesichtigung wäre wirklich sehr nett. Ich denke, eine Ablenkung würde mir jetzt bestimmt guttun."

„Wenn es für dich in Ordnung ist, müssten wir dafür aber nun schneller fahren. Warst du schon einmal in Vrbnik?"

Marian lichtete den Anker und fuhr mit dem Motorboot langsam aus der Bucht. Wehmütig schaute Julia noch einmal zurück, doch dann richtete sie den Blick nach vorne.

„Halte dich bitte gut fest!"

Marian drückte den Gashebel langsam nach vorne. Das Boot stellte sich am Bug ein wenig auf und Julia hatte das Gefühl, als ob das Boot bald mit dem Heck im Meer eintauchen und untergehen würde. Doch dann nahmen sie Geschwindigkeit auf und der Bug senkte sich wieder. Sie glitten über das spiegelglatte Meer und der Fahrtwind wehte Julia ins Gesicht. Ihr stockte der Atem, doch bald schon fühlte sie sich frei wie nie. Sie schwebten über das Meer und salziges Wasser spritzte ihr immer wieder auf die Haut. Neben ihnen flogen die Möwen, als ob sie das Boot begleiten wollten. So etwas hatte Julia noch nie erlebt und sie genoss die rasante Fahrt.

Sie fuhren die Westküste der Insel entlang und umkreisten den Süden von Krk.
„In Baska war ich schon einmal!", rief Julia Marian laut zu, als sie an der Stadt vorbeifuhren. Durch den Fahrtwind musste sie sehr laut schreien.

Vrbnik war auf der Ostküste der Insel. Der Hafen lag in einer Bucht, die von hohen Hügeln umringt war. Die Stadt war auf einem dieser Hügel erbaut und wachte majestätisch über den Hafen. Marian befestigte das Boot an einer Anlegestelle und half Julia von Bord. Sie gingen einen gepflasterten Weg den Hügel hinauf.
„Vrbnik ist ein ganz besonderer Ort. Die Häuser und Gassen sind an die Felsen angepasst. Hier siehst du überall das wichtigste Baumaterial auf unserer Insel, den Stein. Die Stadt ist sehr verwinkelt und es gibt viele enge Gassen. Wenn du hier wohnst, musst du dein Auto an der Stadteinfahrt abstellen. In die Innenstadt kommt man nur zu Fuß. Aber solange du keine große Möbellieferung bekommst, ist das schon in Ordnung." Marian lachte.

Julia war von dem Städtchen fasziniert. Der Anstieg war nicht so leicht, wie sie gedacht hatte. Sie musste bei jedem Schritt darauf achten, nicht umzuknicken, da die Straßen sehr uneben waren. Zum Glück hatte sie ihre Stöckelschuhe zuhause gelassen.
Vrbnik war eine alte Stadt, die sehr viel Charme und Flair ausstrahlte. Julia konnte sich vorstellen, dass hier Künstler und Fotografen auf ihre Rechnung kamen. Die Einwohner lebten größtenteils in Stadtwohnungen ohne Gärten. Grün-

flächen sah man fast keine. Dennoch wirkten die Gässchen romantisch und wie aus einer anderen Zeit.

„Hier ist die angeblich engste Gasse der Welt. Versuch doch mal durchzugehen."
Julia quetschte sich durch den engsten Durchgang, den sie je gesehen hatte. An manchen Stellen war die Gasse so eng, dass die Hausmauern ihre Schultern streiften. Es war nun schon sehr heiß und so entschieden sich die beiden, in einem Lokal Halt zu machen.

Marian führte Julia in eine Konoba, die von außen unscheinbar wirkte. Als sie eintraten, wurde er von den Kellnern sehr freundlich begrüßt. Julia wollte an einem abgeschiedenen Tisch in einer Ecke Platz nehmen, doch Marian schüttelte den Kopf.

„Komm mit! Ich zeige dir meinen Lieblingsplatz hier."

Sie gingen die Treppe hinauf in den ersten Stock. Er setzte sich neben eine große Glasfront und Julia nahm ihm gegenüber Platz. Der Ausblick war atemberaubend. Sie konnten aufs Meer bis zum Festland sehen.

„Das Lokal gehört einem Freund von mir. Er und seine Familie sind Weinbauern. Sie machen einen Wein, der Zlahtina heißt."

„Den kenne ich! Ich habe ihn mit meinen Nachbarn getrunken."

„Mit Markus und Tina? Die beiden sind sehr nett. Ich weiß, dass sie den Wein hier sehr schätzen."

Er bestellte für sie beide ein Glas Wein und eine Platte mit Prsut und Käse sowie Oliven und Brot. Julia merkte erst jetzt, dass sie inzwischen sehr hungrig geworden war. Marian erzählte ihr während des Essens, dass seine Familie Olivenöl und Ziegenkäse produzierten. Er arbeitete allerdings die meiste Zeit in Punat beim Bootsverleih, der ebenfalls seiner Familie gehörte. Er liebte das Meer und genoss es, keine geregelten Arbeitszeiten zu haben. Aber seine Familie und er waren auf den Tourismus angewiesen und in Jahren, in denen nur wenige Urlauber kamen, war es nicht leicht für sie, mit dem Geld auszukommen. Doch seit einigen Jahren lief das Geschäft sehr gut.

Julia erzählte ihm, dass sie inzwischen in ihrem frisch renovierten Haus wohnte. Sie staunte, wie gut Marians Deutschkenntnisse waren.

Der Gesprächsstoff ging ihnen nie aus und sie konnten sich mit einer Leichtigkeit unterhalten. Julia betrachtete Marian zum ersten Mal genauer.

Er hatte große, braune Augen, die ihr bereits aufgefallen waren, als sie ihn zum ersten Mal gesehen hatte. Seine Haare waren ebenfalls braun, sehr dicht und er trug sie etwas länger. Er war sehr groß und hatte eine sportliche Figur. Mit seinen markanten, aber klaren Gesichtszügen und seinem entzückenden Lächeln war er sehr attraktiv. Sein Dreitagesbart ließ ihn etwas verwegen wirken.

Marian lächelte Julia an. Ob er bemerkt hatte, dass sie ihn so genau betrachtete? Verlegen fühlte sie, wie ihre Wangen zu glühen begannen.

„Marian, mein Freund! Wen hast du denn heute mitgebracht?"

„Darf ich dir vorstellen, das ist Julia. Julia, das ist mein Freund Dusko. Ihm gehört diese schöne Konoba."

„Sehr erfreut! Ich hoffe, mein Wein schmeckt dir."

Dusko brachte ihnen hausgemachten Strudel und setzte sich zu ihnen. Er erzählte von seinem Wein, der schon viele Auszeichnungen erhalten hatte und schwärmte vom Boden, den es rund um Vrbnik gab und der dem Wein seinen typischen Geschmack verlieh. Man hörte den Stolz aus seiner Stimme. Die Konoba hatte er fünf Jahre zuvor mit seiner Lebensgefährtin eröffnet. Sie war Köchin und so lag es nahe, beide Talente in einem Lokal zu vereinen. Ihr Essen und sein Wein bildeten die perfekte Verbindung.

„Seid ihr beiden mit dem Auto oder dem Boot hier?"

„Mit dem Boot, wieso?", antwortete Marian.

„Ich habe euch gerne hier als meine Gäste, aber ich denke, ihr solltet bald aufbrechen, bevor es finster wird."

Die beiden hatten total die Zeit übersehen. Julia wollte die Rechnung übernehmen, aber Marian protestierte lautstark. Er wollte sie unbedingt einladen.

Aber Dusko mischte sich in das Gespräch ein: „Es ist mir eine Ehre, euch beide einzuladen. Ihr könnt euch ja gerne ein anderes Mal bei mir revanchieren."

Julia war plötzlich sehr verlegen. Marian hatte seinen Freund offensichtlich im Glauben gelassen, dass er mit Julia privat zu einem Besuch hier war. Er wusste nicht, dass sie ihn als Skipper gebucht hatte.

Als sie die Konoba verließen, umarmte Dusko Julia zum Abschied und küsste sie auf die Wange. „Es hat mich gefreut, dich kennenzulernen. Das nächste Mal stelle ich dir meine bessere Hälfte vor. Maria und ich würden uns freuen, wenn du uns wieder besuchen kämst."

Sie bedankte sich und ging schweigend mit Marian zum Hafen.

„Warum hast du ihm nicht gesagt, dass ich dich dafür bezahle, dass wir einen Ausflug machen?“

Marian blieb abrupt stehen und sah sie verdutzt an. Enttäuscht schüttelte er den Kopf. „Du bezahlst mich, damit ich das Boot fahre, aber nicht für einen Ausflug. Julia, ich bin kein Touristenführer. Ich gehe nicht mit jedem meiner Kunden durch die Stadt und in ein Lokal.“

Ihr Gesicht lief rot an. Sie hatte das Gefühl, ihn beleidigt zu haben. Gerne hätte sie sich entschuldigt, doch ihr vielen nicht die richtigen Worte ein. Marian war so nett zu ihr gewesen und sie behandelte ihn wie einen Gigolo, den man für seine Begleitung bezahlte.

Schließlich schwieg Julia und stieg wieder auf das Boot. Noch immer enttäuscht legte er ab und fuhr rasant aus dem Hafen. Da die Sonne bereits unterging, war der Fahrtwind nun nicht mehr angenehm, sondern stechend kalt. Die Wasserspritzer, die auf Julias Haut landeten, fühlten sich nicht mehr erfrischend kühl, sondern unangenehm nass und kalt an. Das Meer war rauer geworden und so schwebte das Boot nicht über das Wasser, sondern sprang unangenehm auf und ab. Julia musste sich gut festhalten.

Als sie endlich den Hafen von Punat ansteuerten, war sie erleichtert, die Fahrt hinter sich zu haben. Ihre Haare waren zerzaust und ihr war kalt. Sie nahm die leere Urne und kletterte von Bord.

„Danke, dass du unser Boot gebucht hast. Ich hoffe, du empfiehlst unser Unternehmen weiter.“ Marian gab ihr nüchtern die Hand und ging wieder an Bord.

Verunsichert stand Julia am Steg und suchte nach den richtigen Worten. Er aber würdigte sie keines Blickes und so verabschiedete sie sich.

„Danke für den Tag.“

Sie ging zu ihrem Auto und schaute nicht zurück. Als Julia zuhause ankam, nahm sie eine heiße Dusche, um sich wieder zu erwärmen. Dann legte sie sich ins Bett und bereute ihre Worte zutiefst.

Kapitel 8

Julia wachte bereits früh am Morgen auf. Da sie die Ereignisse des vorherigen Tages noch lange beschäftigten, hatte sie sehr schlecht geschlafen. Sie fühlte sich leer und sehr einsam. Müde stand sie auf, machte sich eine Tasse starken Kaffee und setzte sich auf ihre Terrasse. Die Vögel zwitscherten und die Sonne strahlte, aber sie konnte sich nicht darüber freuen. Julia hatte das Bedürfnis, mit jemandem über ihre Gefühle zu sprechen, doch sie war allein auf der Insel. Ihre Nachbarn waren wieder nach Hause gefahren und sie kannte sonst niemanden auf Krk. Nur Marian.

Bedrückt nahm sie ihr Telefon und wählte Andreas Nummer. „Hallo, Julia! Ich habe gerade an dich gedacht. Wie ist es dir gestern ergangen?"

„Nicht sehr gut. Aber ich bin froh, dass ich die Bestattung meiner Großmutter nun hinter mich gebracht habe. Der gestrige Tag war alles andere als einfach für mich. Dazu kommt noch, dass ich Marian beleidigt habe. Ich denke, er wird nicht mehr mit mir reden wollen."

„Jetzt machst du mich aber neugierig. Wer ist Marian?"

Julia wurde gerade erst bewusst, wieviel sie mit ihrer Freundin bereden musste. Das alles wollte und konnte sie nicht am Telefon besprechen.

„Das ist eine längere Geschichte. Ich vermisse dich im Moment so sehr und ich fühle mich schrecklich einsam.

Weißt du was, ich denke, ich komme heute noch nach Hause. Dann kann ich auch gleich meine Sachen aus der Wohnung holen."

Andrea wollte zwar noch unbedingt wissen, wer Marian war und warum er nicht mehr mit Julia sprechen wollte, aber sie musste noch einiges für die Heimreise organisieren. Also beendete sie schon bald das Telefonat und begann, alles für eine rasche Abreise vorzubereiten.

Unruhig wirbelte sie durch das Haus und kontrollierte, ob sie an alles gedacht hatte. Sophias leere Urne packte sie zur Kleidung in den Kofferraum ihres Autos. Sie schloss die Fensterläden und Türen und machte sich auf den Weg nach Hause. Als Julia über die Brücke fuhr, die Krk mit dem Festland verband, wusste sie, dass sie wieder einmal vor ihren Problemen weglief. Aber sie konnte nicht anders und musste sich dringend mit ihrer Freundin beraten.

Andrea wartete bereits gespannt in Julias Wohnung, in der schon einige Möbelstücke fehlten. Die beiden Freundinnen umarmten sich innig, als sie sich wiedersahen.

„Du warst aber schon sehr fleißig! Die Möbel im Vorraum und im Badezimmer sind also schon verkauft? Vielen Dank! Die Couch hast du dir auch schon geholt, wie ich sehe. Das freut mich sehr."

Andrea überreichte Julia ein Kuvert mit den Erlösen.

„Ich habe hart verhandelt. Bevor wir gleich zu den wichtigen Themen kommen, wollte ich dich fragen, ob du heute Nacht nicht bei mir schlafen möchtest. Dann können wir morgen gleich in der Früh deine Sachen ins Haus bringen. Wie du ja weißt, habe ich seit Kurzem eine sehr bequeme

Couch, auf der du gerne übernachten darfst." Andrea grinste schelmisch.

„Das ist eine gute Idee. Aber wir werden mit unseren kleinen Autos sehr oft fahren müssen. Vielleicht sollten wir doch gleich heute noch ein paar Sachen ins Haus bringen."

Als sie an ihre gesamte Kleidung und ihre große Schuhsammlung dachte, wurde ihr schwindelig. Wie sollten sie das nur alles schaffen?

„Diesbezüglich habe ich bereits vorgesorgt. Ich habe Thomas gebeten, uns zu helfen. Er kommt morgen mit einem seiner Lieferwägen vorbei und liefert dir alles ins Haus."

Julias Exfreund hatte vor einem Jahr die Speditionsfirma seines Vaters übernommen.

„Das wird uns die Arbeit um einiges erleichtern! Es ist sehr gut, dass du an ihn gedacht hast. Auf diese grandiose Idee wäre ich nicht gekommen."

Die beiden Freundinnen setzten sich gemeinsam auf den Balkon und Julia berichtete ihrer Andrea über die jüngsten Ereignisse.

„Du musst, was Männer betrifft, wirklich noch viel lernen. Wie kommst du nur auf die Idee, dieser Marian würde dich zum Essen einladen, weil du ihn als Skipper gebucht hast? Es ist doch ganz klar, dass er im ersten Moment beleidigt ist. Manchmal stellst du dich wirklich seltsam an."

„Es ist sehr schön, wenn man eine so gute Freundin hat, die einem dabei hilft, sich besser zu fühlen", meinte Julia trocken. Sie hatte ohnehin ein schlechtes Gewissen. Da hätte sie gleich in Kroatien bleiben können.

„Schmoll doch nicht! Vielleicht siehst du ihn ja doch wieder. Ich bin mir sicher, er wird eine Entschuldigung akzeptieren. Immerhin hattest du einen harten Tag und warst nicht du selbst. Das kannst du zumindest als Ausrede verwenden. Er muss ja nicht gleich wissen, dass du immer so ungeschickt im Umgang mit Männern bist", neckte Andrea ihre Freundin.

Julia kniff ihr im Scherz ein wenig in die Seite und lachte. Vielleicht hatte sie recht und es war doch noch nicht alles verloren.

„Jedenfalls hatte Sophia eine sehr würdevolle Bestattung. Das hast du gut gemacht", sagte Andrea anerkennend.

Julia erinnerte sich wieder an die leere Urne in ihrem Auto. Auf keinen Fall durfte sie vergessen, bei der Bestattung vorbei zu fahren.

„Nun haben wir aber genug gequatscht. Ich fange am besten gleich an, meine Sachen zu packen, damit Thomas morgen nicht leere Kisten in sein Auto trägt."

So begannen die beiden Julias Hab und Gut in Taschen, Kisten und Säcke zu verpacken.

Am Abend fuhren sie gemeinsam in Andreas Wohnung, die am anderen Ende der Stadt lag. Julias Couch passte perfekt in ihr Wohnzimmer.

„Keine Angst, ich habe nicht vor, für uns zu kochen. Das tu ich dir nicht an und nein, du darfst auch nichts für uns richten. Du bist mein Gast, also bestellen wir uns eine Pizza."

Als der Bote gegangen war, schaute Julia ihre Freundin fragend an.

„Habe ich irgendetwas im Gesicht kleben oder warum schaust du mich so merkwürdig an?", fragte Andrea schroff.

„Bist du krank? Du hast dem süßen Pizzaboten nur das Geld gegeben und ihm als Dank keinen Kuss oder deine

Nummer angeboten. Was ist mit dir los?“, wollte Julia erstaunt wissen.

„Du tust so, als ob ich eine Nymphomanin wäre! Vielen Dank dafür! Nicht jeder Mann ist für mich interessant. Außerdem hast du mir doch erklärt, ich müsse etwas an meinem Verhalten ändern. Also lassen wir das Thema und reden wir doch lieber von Marian.“

Julia gestand ihrer Freundin, dass sie ihn attraktiv fand. Da er aber in Kroatien lebte und sie in Österreich, hatte es keinen Sinn, sich mehr vorzustellen. Eine Fernbeziehung käme für Julia nicht in Frage und ein kurzes Urlaubsabenteuer noch viel weniger. Also wechselten sie das Thema und sie besprachen den neuesten Klatsch ihrer gemeinsamen Bekannten. Die beiden Freundinnen hatten vieles zu bereden und schließlich schliefen sie erst spät ein.

Am nächsten Morgen wurde Julia vom Klingeln ihres Telefons geweckt. Schlaftrunken nahm sie das Gespräch an: „Sag mal, wo steckt ihr beiden eigentlich? Andrea hat mich für acht Uhr zu deiner Wohnung bestellt, damit ich euch helfe. Jetzt warte ich schon seit einer halben Stunde auf euch, aber niemand kommt. Ich hätte heute eigentlich ausschlafen können.“

Mist! Das war Thomas. Andrea und Julia hatten anscheinend verschlafen.

„Das tut mir so leid, Thomas! Ich habe vergessen, meinen Wecker zu stellen. Wir beeilen uns! Trink doch auf meine Rechnung einen Kaffee im Lokal an der Ecke, solange wir unterwegs sind.“

„Ich werde auch ein Frühstück auf deine Kosten essen.“ Thomas‘ Stimme wurde wieder freundlicher.

Julia versuchte Andrea durch heftiges Rütteln zu wecken, aber sie drehte sich müde wieder auf die andere Seite.

„Wir haben verschlafen. Steh bitte auf! Thomas wartet schon vor meiner Wohnungstür."

Langsam öffnete Andrea die Augen. „Geh du zuerst ins Bad. Ich brauche noch eine Sekunde."

Sie zogen sich schnell an und machten sich auf den Weg.

Julias Exfreund saß im Lokal und wartete mit je einer Tasse Kaffee für die beiden Freundinnen.

„Guten Morgen, ihr zwei Schlafmützen! Trinkt erstmal eine Tasse Kaffee und dann machen wir uns an die Arbeit."

Die drei Freunde besprachen, wie sie weiter vorgehen wollten. Julia und Andrea wollten die letzten Schachteln einräumen, während Thomas die bereits gepackten Koffer in den Lieferwagen tragen würde. Wie versprochen bezahlte Julia die Rechnung und sie verließen das Lokal.

Julia unterhielt sich angeregt mit ihren Freunden und achtete nicht, wohin sie ging. Da stieß sie mit einer Person zusammen.

„Verzeihen Sie bitte vielmals! Ich habe nicht geschaut, wohin ich gehe", stammelte sie eine Entschuldigung.

Als sie jedoch sah, mit wem sie kollidiert war, erstarrte sie verblüfft.

„Julia! Was machst du denn hier? Seit wann bist du wieder zurück?"

Langsam fasste sie sich wieder. Sie hätte hier jeden vermutet, aber dass sie ausgerechnet mit ihrer Mutter zusammenstieß, verblüffte sie sehr.

„Ich bin gestern angekommen und habe bei Andrea geschlafen. Thomas und sie helfen mir dabei, meine Sachen ins Haus zu bringen. Aber was machst du hier? Und wer…“

Clara unterbrach Julia nervös.

„Dann möchte ich dich nicht stören. Ihr habt bestimmt viel zu tun. Ruf mich doch an, wenn du fertig bist. Ich würde mich freuen, wenn wir gemeinsam zu Abend essen könnten.“

Mit diesen Worten ging Julias Mutter mit ihrem männlichen Begleiter ins Café und ließ ihre Tochter erstaunt zurück.

„Was war das denn?“ Andrea war wohl auch über Claras Auftreten erstaunt.

„Ich denke, die Frage sollte eher lauten, wer war das?!“, meinte Julia kopfschüttelnd. Ihre Mutter wollte ihr offenbar ihren Begleiter nicht vorstellen.

Er war ein großer und gutaussehender Mann Mitte fünfzig. Seinem Outfit nach war er Biker, denn er trug eine lässige Harley Davidson-Jacke und hatte Bikerboots an. Sein Haar und auch sein Bart waren hellbraun, aber auch schon leicht ergraut. Er wirkte sehr locker und passte absolut nicht zu Clara.

„Vielleicht war es ein Klient. Gehen wir in die Wohnung und fangen an zu arbeiten.“ Julia konnte sich nicht vorstellen, dass ihre Mutter diesen Mann privat getroffen hatte.

Sie versuchte, nicht mehr an das Zusammentreffen zu denken und so machten sich die drei Freunde an die Arbeit. Julia wies Thomas ein, welche Dinge sie mitnahm und was alles für den Verkauf in der Wohnung bleiben sollte. Während ihr Exfreund begann, ihre Sachen in seinen Lieferwagen zu bringen, hängte sie ihre Bilder ab und räumte die Küchenkästen

leer. Andrea half ihr dabei. Zum Glück hatten sie bereits am Vortag mit dem Räumen begonnen und so kamen sie rasch voran.
„Mit dem Verpacken des Geschirrs kommst du doch auch allein zurecht, oder? Ich helfe inzwischen Thomas beim Runtertragen.“

Die Wohnung wurde immer leerer und schon bald war alles im Wagen verstaut.
„Wir treffen uns bei dir im Haus. Ich muss mit dem Transporter langsamer fahren als ihr, aber ich kenne ja den Weg.“
„Das trifft sich gut, denn wir werden noch etwas zum Essen einkaufen, damit ich später kochen kann.“

So fuhren Andrea und Julia im Konvoi zum Supermarkt und besorgten Lebensmittel. Als sie schließlich am Haus ankamen, bewunderte Julia die Marillen, die auf den Bäumen auf ihre Ernte warteten. Sie war genau zum richtigen Zeitpunkt zurückgekehrt.
Die beiden Freundinnen gingen ins Haus und verstauten die Einkäufe. Wenig später traf Thomas hupend und schwer beladen ein. Gemeinsam luden sie die vielen Kisten, Taschen und Säcke aus und verstauten alles im Haus.

„Diese hier gehören bitte alle in die Küche, die Taschen müssen in mein Zimmer. Das ist im Obergeschoss die dritte Tür rechts. Diese Säcke hier nehme ich gleich mit ins Badezimmer.“
Julia hatte mehr Sachen, als sie dachte, aber das Haus war groß genug, um alles verstauen zu können.

„Danke vielmals für eure Hilfe! Auspacken kann ich in den nächsten Tagen auch allein. Ich koche uns jetzt etwas und ihr könnt euch inzwischen gerne ausruhen. Das habt ihr euch redlich verdient.“

Julia machte Limonade und brachte Andrea und Thomas etwas davon. Sie hatten es sich im Garten auf einer Bank gemütlich gemacht.

„Ich habe etwas zu trinken für euch, damit ihr nicht verdurstet.“

Julia ging in die Küche und klopfte das Schnitzelfleisch. Sie panierte es und stellte Reis auf. Dann briet sie es in Butterschmalz und bewegte dabei die Pfanne gekonnt. So wurden die Schnitzel kross und die Panier schlug Wellen.

„Du hast mein Lieblingsessen gekocht! Dein Schnitzel habe ich ehrlich gesagt sehr vermisst“, meinte Thomas, der das größte Stück bekommen hatte.

„Das war doch klar. Immerhin hast du mir aus der Patsche geholfen. Was gibt es bei dir eigentlich Neues? Wie geht es deiner Firma? Hast du dich schon gut eingearbeitet?“

„Mein Geschäft läuft sehr gut. Anfangs war es für meine Mitarbeiter schwer, mich zu akzeptieren. Sie waren meinen alten Herrn als Chef gewöhnt. Du weißt ja, mein Vater ist eine Respektsperson und alle hatten ein wenig vor ihm Angst. Dann übernahm ich die Firma und viele dachten, sie hätten ein leichtes Spiel mit mir. Sie haben aber schon bald gemerkt, dass ich etwas von meiner Arbeit verstehe und schließlich habe ich mir ihren Respekt durch Können und nicht wie mein Vater durch Angst verdient.“

„Das freut mich wirklich sehr für dich! Wie schaut es denn in der Liebe aus? Hast du zurzeit eine Freundin?“

Thomas wurde sehr verlegen und sein Gesicht lief rot an. Er konnte Julia nicht in die Augen blicken.

„Nein, ich habe keine Freundin. Aber um ehrlich zu sein, gibt es jemanden, für den ich etwas empfinde.“

„Das braucht dir aber nicht unangenehm sein. Wir sind doch gute Freunde und ich wünsche dir, dass du die Richtige findest.“

„Du solltest aber auch endlich glücklich werden“, mischte sich nun Andrea ein, „Sonst suchen Thomas und ich einen Mann für dich. Hast du keinen Freund für unsere liebe Freundin?“

„Du bist unmöglich!“ Julia wollte das Gespräch von sich ablenken, denn sofort kam ihr Marians Gesicht in den Sinn, den sie wohl mit ihrer Aussage vergrault hatte.

Thomas verabschiedete sich schon bald und die beiden Freundinnen waren wieder unter sich.

„Möchtest du heute Nacht hierbleiben?“

„Sehr gerne! Ich habe bis morgen Mittag Zeit.“

„Was machst du denn morgen?“

„Ich habe ein Date.“ Mehr wollte Andrea dazu nicht sagen. Julia wunderte sich sehr über ihre beste Freundin, die normalerweise alles mit ihr besprach und keine Tabus kannte. Aber sie wollte sie nicht bedrängen.

Da es sehr heiß war, fuhren sie an einen nahegelegenen Badeteich, um sich abzukühlen.

„Kann so ein einfaches Gewässer bei dir eigentlich noch mithalten, wo dir doch ein ganzes Meer zu Füßen liegt?“

„Ich bin gerne wieder hier, aber ich muss zugeben, dass ich mich in Kroatien wohler fühle, als ich gedacht hätte. Ich kann meine Großmutter wirklich gut verstehen. Ich genieße die gute Luft und die wunderschöne Natur. Wenn du auch noch dort wärst, würde ich wohl nicht mehr nach Hause kommen wollen."

„Hast du eigentlich schon eine Idee, wie es beruflich bei dir weitergehen soll?"

Dieses Thema war noch unangenehmer als die Liebe. Julia hatte ihr Problem, arbeitslos zu sein, völlig verdrängt. Sie hoffte insgeheim, dass sie genug Geld von ihrer Großmutter erben würde, um noch etwas länger in den Tag leben zu können. Inzwischen genoss sie ihre Auszeit sehr und konnte sich noch nicht vorstellen, wieder den ganzen Tag in einem Büro zu sitzen.

„Nein, aber es wird sich hoffentlich bald etwas ergeben. Ich studiere die Stellenanzeigen bereits fleißig", schwindelte sie.

„Schön, dass ich dich hier treffe! Deine Produkte im Bauern laden sind weggegangen wie die warmen Semmeln. Ich habe dir deinen Erlös bereits überwiesen. Kannst du dir vorstellen, noch etwas für uns zu machen?"

Die Besitzerin des Bauernladens plantschte gerade gemeinsam mit Magda neben den beiden Freundinnen im Wasser. Sophias engste Freundin und Nachbarin hatte einen Badeanzug mit großen, gelben Sonnenblumen an und trug dazu einen grellgelben Sonnenhut. Julia musste schmunzeln.

„Ich bin erst heute angekommen, aber ich kann gerne in den nächsten Tagen Marillenmarmelade herstellen. Die Früchte sind schon reif, habe ich heute gesehen."

„Das sind ja sehr gute Nachrichten“, sagte die Besitzerin und verabschiedete sich.

„Ich habe deinen Garten gegossen, während du weg warst. Ich hoffe, das ist in Ordnung für dich“, berichtete Magda.

„Danke, das ist sehr lieb von dir! Ich werde dir ein paar Gläser Marmelade als Lohn vorbeibringen, wenn ich damit fertig bin.“

„Damit machst du mir eine sehr große Freude!“

Nun hatte Julia wieder eine Aufgabe, die sie von ihren Sorgen ablenkte. Der Nebenverdienst kam ihr ohnehin sehr gelegen. Solange die Verlassenschaft nicht erledigt war, konnte sie jeden Euro brauchen.

Am Abend machte Julia in der Feuerstelle hinter dem Haus ein Lagerfeuer und die beiden Freundinnen machten es sich davor bequem. Sie wickelten Kartoffeln in Alufolie und warfen sie ins Feuer. Auch Bratwürstchen grillten sie auf langen Stöcken gespießt.

„Das habe ich früher oft im Sommer mit meiner Oma gemacht, wenn es am Abend noch schön warm war. Ich kann mich gut an den Duft erinnern. Einmal habe ich mich fürchterlich an einem der Spieße verbrannt. Meine Mutter hat sich schrecklich aufgeregt, als sie mich abgeholt hatte. Danach durfte ich für längere Zeit nicht mehr zu Oma.“

Das Essen war schlicht, aber es schmeckte sehr gut. Die Kartoffeln und Würstchen hatten eine angenehm rauchige Note.

Julia und Andrea hatten viel Spaß dabei, ihr Essen am offenen Feuer zu braten. Sie hörten Musik und begannen im Schein des Feuers zu tanzen. Das Leben war plötzlich einfach und schön. Julia vergaß für diesen Moment ihre Sorge, ob sie einen neuen Job finden würde und sogar ihre Trauer hinderte sie nicht am Glücklichsein. Nur Marian verschwand nicht aus ihren Gedanken.

Die Zeit mit Andrea verging viel zu schnell und schon war der Moment gekommen, sich von ihrer Freundin zu verabschieden.

„Ich wünsche dir viel Spaß bei deinem ominösen Date heute Abend."

„Mal schauen, ob ich überhaupt hingehe. Ich bin mir nicht mehr sicher, ob ich nicht einfach zuhause bleiben sollte."

„Was sind denn das für Töne? Seit wann bist du denn so unsicher? Geh zu deinem Date! Immerhin hast du ja nichts zu verlieren, oder?" Andrea wirkte nun noch verunsicherter.

„Ich denke darüber nach. So, jetzt mache ich mich aber wirklich auf den Weg. Bis bald!"

Andrea drückte sie zum Abschied und fuhr weg.

Julia begab sich in den Garten und begann mit der Marillenernte. Die Früchte waren gut gereift und es gab mehr Ertrag als in den letzten Jahren. Hungrig kostete Julia von den Früchten und genoss den herrlich süßen und auch ein wenig sauren Geschmack. Das Fruchtfleisch war zum Glück noch nicht zu weich. Der Erntezeitpunkt hätte nicht besser sein können. Es war ein sehr heißer Tag und Julia gönnte sich eine kleine Pause im Schatten unter dem Baum.

Als sie auf ihr Handy sah, entdeckte sie eine Nachricht ihrer Mutter: „Liebe Julia, ich hatte eigentlich deinen Anruf erwartet. Du möchtest dich anscheinend nicht mit mir zum Essen treffen. Melde dich. Deine Mutter."

Das Zusammentreffen mit Clara hatte sie völlig vergessen. Julia hatte versprochen, sich zu melden.

„Mama, es tut mir sehr leid. Aber ich bin erst jetzt mit dem Siedeln fertig geworden. Ich würde mich sehr freuen, wenn wir beide gemeinsam essen gehen könnten", schwindelte sie, als sie ihre Mutter anrief.

„Ich dachte, deine Freunde wären wieder einmal wichtiger als ich. Gut, dann treffen wir uns morgen Abend um neunzehn Uhr im neuen Restaurant an der Hauptstraße. Sei bitte pünktlich."

Als ob Julia es wagen würde, zu spät zu einer Verabredung mit Clara zu kommen. Sie wollte keine Moralpredigt über Zuverlässigkeit und Respekt bekommen, denn diese Art von Ansprache kannte sie nur zu gut.

Als sie noch ein Kind war, ließ der Klassenlehrer alle Schüler an einem Tag im Winter eine halbe Stunde nachsitzen, weil ein paar Buben einen dummen Streich gespielt hatten. Julia rannte danach so schnell sie konnte nach Hause. Als sie ihrer Mutter erklären wollte, warum sie sich verspätet hatte, ließ Clara keine Entschuldigung gelten. Julia bekam eine Woche Hausarrest, obwohl sie keine Schuld traf. Nach drei Tagen bat sie ihre Mutter um Aufhebung des Arrests, damit sie zur Geburtstagsfeier ihrer besten Freundin gehen konnte, aber Clara blieb eisern. Julia lief in dieser Nacht von zuhause fort und flüchtete ins Haus ihrer Großmutter.

„Oma, ich habe überhaupt nichts falsch gemacht und Mama lässt mich trotzdem nicht mehr zu meinen Freunden. Das ist unfair und gemein!"

„Ich verspreche dir, ich werde mit ihr darüber sprechen. Aber du darfst nicht einfach von daheim weglaufen! Es hätte dir etwas passieren können. Deine Mutter will nur das Beste für dich, da bin ich mir ganz sicher. Du gehst jetzt erstmal schlafen und ich rufe sie an und gebe ihr Bescheid, dass du hier in Sicherheit bist. Morgen sieht die Welt bestimmt wieder besser aus. Gute Nacht! Schlaf gut und träum' was Schönes. Ich hab' dich lieb!"

In den großen Töpfen köchelte es und in der Küche duftete es nach der süßen Marillenmarmelade. Julia verfeinerte einen Teil davon für Erwachsene mit Rum. Ihre Großmutter hatte ihr früher immer erlaubt, frische Briochekipferl in den fast leeren Topf mit noch warmen Marmeladeresten zu tunken. Mit einem Lächeln im Gesicht nahm sich Julia ein Kipferl, wischte damit den Topf leer und stopfte sich kleine Stücke, die mit der klebrig, süßen Masse getränkt waren, in den Mund. Manche Gewohnheiten sollte man auch als Erwachsene beibehalten, dachte sich Julia.

Sie wischte die Küche sauber und setzte sich mit einem kühlen Getränk in den Garten.

Müde, aber zufrieden wählte sie Andreas Nummer: „Na, wie war dein Date gestern? Du bist doch hingegangen, oder?"

„Ja, ich war dort. Aber ich bin mir nicht sicher, ob ich ihn wiedersehen möchte. Ich denke, es wäre besser, wenn ich ihn vergesse."

„Das ist schade. Gib nicht auf! Du wirst den Richtigen finden und dann bist auch du bereit für etwas Ernstes."

„Lass uns lieber über etwas anderes reden. Hast du die Marmelade schon gekocht?"

„Ja, ich war schon fleißig und habe bereits die Hälfte abgefüllt. Morgen mache ich weiter. Jetzt muss ich mich für das Essen mit meiner Mutter frisch machen."

Sie hatte so sehr gehofft, dass Andrea den richtigen Mann für eine ernsthafte Beziehung gefunden hatte. Es tat ihr leid, dass ihre Freundin wohl keinen Erfolg bei ihrer Verabredung gehabt hatte.

Julia bereitete sich für das Treffen mit Clara vor und fuhr pünktlich zum verabredeten Zeitpunkt weg. Sie war sehr froh, als sie es geschafft hatte, vor ihrer Mutter im Restaurant anzukommen. Das Lokal war ganz nach Claras Geschmack eingerichtet. Alles wirkte sehr vornehm und kühl. Es gab wenig Dekoration und auch die Einrichtung war spärlich. Die wenigen Möbelstücke, die es im Lokal gab, waren teuer, nobel und ungemütlich. Julia fühlte sich nicht wohl und fehl am Platz. Da hörte sie schon das Klackern von Claras Stöckelschuhen. Ihre Mutter trug ein beiges Chanel-Kostüm und hatte ihre Haare zu einem strengen Dutt zusammengebunden. Julia küsste ihre Mutter auf die Wange und setzte sich wieder hin.

„Schön, dass du doch noch die Zeit gefunden hast, dich mit mir zu treffen."

Nur Clara war so gemein und schaffte es, bereits bei der Begrüßung ihrer Tochter mit einer Spitze zu zeigen, dass sie in ihren Augen wieder einmal alles falsch gemacht hatte.

„Ich hatte sehr viel zu tun, aber ich freue mich, dass wir uns heute treffen können, Mama."

Der Kellner brachte die Speisekarte, auf der keine Gerichte standen, sondern nur die Zutaten, aus denen die Speisen bestanden. Der Gast durfte sich also überraschen lassen, in welcher Form das Essen schließlich serviert wurde. Julia bestellte ihre Menüauswahl und hoffte, dass sie nicht enttäuscht werden würde. Clara war sichtlich von dem Konzept und vom Lokal begeistert.

„Was machst du im Moment so? Hast du bereits einen neuen Job?“ Wie immer war Julias Karriere das erste und wichtigste Thema für ihre Mutter.

Genervt berichtete sie ihr von ihrem Vorhaben, eine kurze Auszeit zu nehmen, um sich darüber klar zu werden, was sie aus ihrem Leben machen wollte.

„Es war klar, dass es nicht gut für dich ist, wenn du Geld von deiner Großmutter erbst. Jetzt denkst du wohl, du musst gar nichts mehr aus deinem Leben machen. Sie hat dich immer schon verwöhnt und verzogen. Sogar im Tod schafft sie es, deine Faulheit zu unterstützen.“

Julia kochte vor Wut.

„Rede nicht so über Oma! Sie war im Gegenteil zu dir immer für mich da. Ich habe lediglich gesagt, dass ich mir eine kurze Auszeit für ein bis zwei Monate nehmen möchte. Außerdem habe ich mein Erbe, bis auf das Geld für die Renovierung des Hauses, noch nicht erhalten.“

„Ich finde, du solltest das Ferienhaus einer Agentur zur Vermietung übergeben. Du kannst damit nichts anfangen, aber so bekommst du Einnahmen von der Vermietung. Ich kümmere mich natürlich um die steuerlichen Angelegenheiten.“

Sie wurden vom Kellner unterbrochen, der ihnen ihre Vorspeise brachte, wenn man es so nennen konnte. Julia hatte auf eine Suppe gehofft, allerdings wurden ihr zehn kleine, orange Kügelchen auf einem Löffel serviert. Sie hätte es sich denken können, dass sie in einem Restaurant für Molekularküche war. Das Essen schmeckte zwar wirklich gut, aber satt würde sie wohl nicht davon werden.

„Ich hätte mir erwartet, dass du mich wenigstens nach der Seebestattung fragst. Anscheinend ist es dir egal, wie es mir dabei ergangen ist und wie die Bestattung abgelaufen ist. Ich kann dein Desinteresse nicht nachvollziehen, denn immerhin war sie deine Mutter."

Clara wurde nun still und spielte nervös mit ihrer Serviette. „Rede nicht so mit mir! Vergreif dich nicht im Ton! Aber du solltest doch wohl wissen, dass es mir keineswegs egal ist. Wie ist es dir dabei ergangen?", fragte sie um einiges leiser und bedrückter.

Julia erzählte ihr von der Bootsfahrt und der Bucht. Sie berichtete ihr vom glitzernden Meer, das aussah, als ob tausende Diamanten auf dem Wasser tanzten und von ihrer Ansprache, die sie vor der Bestattung gehalten hatte. Julia beschrieb ihr, wie sich Sophias Asche mit dem Wind und dem Wasser vermischt hatte und wie traurig sie danach war. Aber sie erzählte ihr nicht von Marian.

Clara hörte gespannt zu.

„Das hast du sehr gut gemacht. Ich bin mir sicher, das war in Sophias Sinn."

Hatte ihre Mutter sie gerade gelobt? Julia konnte es nicht glauben.

„Ich möchte das Ferienhaus für mich behalten und nutzen. Deshalb möchte ich bald wieder nach Kroatien zurückkehren. Könntest du bitte ab und an im Haus vorbeischauen? Ich bräuchte jemanden, der die Pflanzen gießt und nach dem Rechten schaut, während ich weg bin."

Julia nutzte die Gunst der Stunde und hoffte auf die Unterstützung ihrer Mutter.

„Sicher nicht. Dein Erbe bedeutet Verantwortung. Wenn du dieser nicht gerecht werden kannst, dann solltest du es nicht antreten. Du kannst dich nicht herumtreiben und hoffen, dass ich deine Aufgaben übernehme, meine junge Dame! So geht das nicht!"

Warum hatte sie nur gefragt?!

Julia brachte das Essen so gut es ging hinter sich und versuchte, ihre Mutter nicht mehr zu provozieren. Als Clara die viel zu hohe Rechnung bekam, knurrte Julias Magen laut.

„Was ist das für ein Benehmen? Schäme dich, Julia!"

Sie schämte sich aber keineswegs. Es war doch wohl die Schuld des Restaurants, wenn ein Gast nach sieben Gängen noch immer Hunger hatte.

Die beiden Frauen verließen das Lokal und gingen gemeinsam zu ihren Fahrzeugen.

„Es hat mich gefreut, dass du dir Zeit für deine Mutter genommen hast. Vergiss bitte den Termin bei Dr. Hofer nicht. Hast du ihn notiert?"

„Ja, Mama, das habe ich. Mach's gut und bis bald." Julia öffnete ihre Wagentür.

„Ach, ich habe doch glatt vergessen dich zu fragen, wer dieser gutaussehende Mann war, mit dem ich dich vor kurzem in der Früh gesehen habe."
Clara wurde rot im Gesicht und sagte hastig: „Niemand Wichtiges. Bis bald!"

Rasch stieg sie in ihr Auto und fuhr mit quietschenden Reifen vom Parkplatz, sodass nur eine Staubwolke zurückblieb. Julia schüttelte erstaunt den Kopf und fuhr nach Hause.

Am nächsten Morgen packte sie endlich ihre Kisten und Taschen aus. Die Küche ihrer Großmutter war allerdings sehr gut bestückt und so verstaute sie ihre Kochutensilien in den Keller. Dann begann sie die Kleidung ihrer Großmutter auszusortieren. Einige schöne Teile suchte sie für Magda aus, die sich sehr darüber freute. Alle anderen Kleidungsstücke spendete Julia einer Hilfsorganisation. Nur Sophias Lieblingsweste, eine dicke, silbergraue Jacke, die sie selbst gestrickt hatte, behielt Julia als Erinnerungsstück.

An den darauffolgenden Tagen bereitete sie noch mehr Marmelade zu und beschriftete die Gläser wieder mit der Hand. Auf jedes Etikett malte sie liebevoll eine kleine Marille. Bevor sie die gefüllten Gläser im Bauernladen ablieferte, nahm sie eine Kiste voller Marmeladen und ging damit zu Magda.

„So viele soll ich bekommen? Das wäre doch nicht nötig gewesen", sagte Sophias Freundin erfreut.

„Das habe ich doch gerne gemacht. Dürfte ich dich wieder bitten, im Haus nach dem Rechten zu sehen? Ich fahre wieder nach Kroatien zurück und ich habe leider niemanden, der

sich in der Zwischenzeit um das Haus kümmert. Du darfst natürlich alles für dich ernten, was du möchtest. Ich bin froh, wenn mein Obst und mein Gemüse nicht verderben."
„Das mache ich natürlich sehr gerne. Ich habe auch für deine Oma früher ab und zu das Haus gehütet. Das ist überhaupt kein Problem." Sie verabschiedete sich herzlich von Magda.

Auch wenn Julias Termin mit Dr. Hofer bald stattfinden würde, wollte sie nun wieder zurück nach Krk. Sie vermisste das Meer und ihr heimeliges Ferienhaus. Entschlossen packte Julia einen Großteil ihrer Kleidung ein und verließ das Haus. Bevor sie jedoch nach Kroatien fuhr, hielt sie für einen Zwischenstopp bei der Bestattung. Sie nahm die leere Urne in die Hand und betrat den Empfangsraum. Julia hörte wieder leise, klassische Musik. Wenig später stand der Herr, der ihr vor einigen Wochen Sophias Urne überreicht und ihr Mut zugesprochen hatte, vor ihr.

„Guten Tag! Ich hoffe, ich muss Ihnen nicht schon wieder mein Beileid ausdrücken?!" Er sah Julia mit Trauer und Entsetzen an.

„Oh, nein! Keine Sorge! Ich habe inzwischen die Asche meiner Großmutter im Meer verstreut. Nun weiß ich nicht, was ich mit dieser Urne machen soll. Wegwerfen kann ich sie nicht und aufbewahren möchte ich sie auch nicht. Da dachte ich mir, es gibt bestimmt bedürftige Menschen, die sich so eine schöne Urne für ihre Angehörigen nicht leisten können. Denken Sie, jemand hat dafür eine Verwendung?"

Julia kam sich sehr merkwürdig vor. Kleidung zu verschenken war etwas anderes als eine gebrauchte Urne.
„Das finde ich eine wunderbare Idee von Ihnen. Tatsächlich wird demnächst ein älterer Herr eingeäschert, dessen Witwe

leider nur sehr wenig Geld hat. Ich denke, Sie machen Ihr mit diesem Geschenk eine sehr große Freude.“

Nun war sie erleichtert und froh, diese Idee gehabt zu haben. Mit einem Lächeln im Gesicht und dem Wissen, jemandem etwas Gutes getan zu haben, stieg sie in ihr Auto und machte sich auf den Weg nach Kroatien.

Kapitel 9

Beim Anblick des glitzernden Meeres, den Julia während der Fahrt entlang der Serpentinen kurz vor Krk genoss, wurde ihr bereits warm ums Herz. Sie merkte, dass sie dem Charme der Insel bereits verfallen war. Irgendetwas an diesem Ort zog sie magisch an. Mit einem Lächeln bezahlte sie die Maut, um über die Brücke fahren zu können. Sie hielt am Supermarkt an und deckte sich mit Lebensmitteln ein.

Dann fuhr sie zu ihrem Ferienhaus und lud ihr völlig überfülltes Auto aus. Während sie ihre Einkäufe verstaute, läutete es an der Tür.

„Hallo, Julia! Ich bin so froh, dass du wieder hier bist. Ich hätte dich bereits vor einigen Tagen gerne angerufen, aber da ist mir aufgefallen, dass ich nicht einmal deine Telefonnummer habe. Morgen hat Markus nämlich seinen 40. Geburtstag und wir feiern ein großes Gartenfest bei uns. Wir möchten dich herzlich dazu einladen. Unsere Familie und Freunde sind extra angereist. Auch einige, liebe Bekannte von der Insel werden kommen. Da darfst du bei der Feier natürlich nicht fehlen!“, sagte Tina freudig.

„Danke für die Einladung! Ich komme sehr gerne vorbei. Möchtest du mit mir einen Kaffee trinken? Da könntest du mir dabei mehr über die Party erzählen.“

Tina war sichtlich erfreut über die Ablenkung und berichtete Julia von den Vorbereitungen. Sie hatte in den letzten Tagen das Haus durchgeputzt und Getränke in großen Mengen eingekauft. Ein großer Kühlanhänger war am Vortag angeliefert worden und unzählige Flaschen waren schon darin verstaut. Für den nächsten Tag erwarteten sie die Lieferung von Tischen und Bänken sowie ein riesengroßes Partyzelt.

„Ich helfe euch morgen gerne beim Aufbau!“, bot Julia an.

„Das Angebot nehme ich sehr gerne an. Bei der Dekoration könnte ich auch Hilfe gebrauchen. Ich habe Lampions und Lichterketten organisiert, mit denen ich den Garten schmücken möchte.“

So vereinbarten die beiden Frauen, dass Julia bereits in der Früh bei den Vorbereitungen helfen würde.

„Soll ich dir auch beim Kochen etwas abnehmen?“

„Nein, danke! Das Essen bekommen wir geliefert. Ich muss mich nur noch um die Torten kümmern.“

„Es wäre mir eine große Freude, Markus mit einer schönen Torte zu überraschen.“

„Darüber freut er sich bestimmt. Vielen Dank für deine Hilfe und für den leckeren Kaffee! Die kleine Pause habe ich gebraucht, aber jetzt muss ich wohl wieder nach Hause und mich weiter in die Vorbereitungen stürzen. Ich habe noch einiges an Arbeit vor mir. Außerdem möchte ich Markus und Philipp nicht allzu lange allein lassen, denn sonst waren meine Versuche, das Haus sauber zu halten, umsonst.“

Als Julia wieder allein war, fuhr sie nach Krk–Stadt, um für Markus ein Geschenk zu kaufen. Sie spazierte durch die engen Gassen und stöberte in den Geschäften. Für einen runden Geburtstag sollte es ein besonderes Geschenk sein, auch wenn sie sich erst kurz kannten.

Da entdeckte sie versteckt in einer Seitengasse eine kleine Galerie. Sie betrat interessiert das Geschäft und staunte über die Vielfalt der angebotenen Bilder. Die beiden kleinen Räume waren voller Kunstwerke in den unterschiedlichsten Größen und Stilrichtungen. Die Motive beschäftigten sich vorwiegend mit dem Meer, Hafenstädten und auch Fischern. Julia fand ein kleineres Ölbild mit einem Segelboot, das in einem Hafen lag. Die Farben waren intensiv und das Bild erinnerte sie an Vrbnik. Der Verkäufer machte ihr einen guten Preis und überreichte es ihr eingewickelt in Packpapier.

Nun musste sie nur mehr die Zutaten für die Torte besorgen. Julia hatte sich für einen einfache Schokoladentorte mit Marillenmarmelade entschieden. Sogar Fondant und Lebensmittelfarbe hatte sie im Supermarkt gefunden. Sie hatte viel Freude dabei, den Geburtstagskuchen für Markus zu backen und gab sich sehr viel Mühe, die Torte in die richtige Form zu bringen und zu dekorieren.

„Komm her, Julia! Heute bringe ich dir bei, wie man Eier richtig trennt. Schau genau zu! Du benötigst ein Gefäß wie diese Tasse, an dem du das Ei anschlagen kannst. Dann ziehst du es vorsichtig auseinander und schüttest das Eigelb abwechselnd von einer Schalenhälfte in die nächste. Siehst du, wie es geht? Jetzt bist du dran." „Oma, mein Ei ist zermatscht. Ich kann das nicht! Ich werde es nie können. Ich bin zu dumm dazu." „Zum Kochen und zum Backen braucht man Geduld, meine Liebe. Es ist noch kein Meister vom Himmel gefallen. Du wirst sehen, mit ein wenig Übung schaffst du es. So, und nun versuche es nochmal, aber diesmal mit Gefühl. Na bitte, das war doch nicht so schwer!"

Bereits früh am Morgen hörte Julia den Transporter, der die Bänke und Tische für Markus' Party anlieferte.

Sie betrat den Garten ihrer Nachbarn und hörte schon die Stimme des Geburtstagskindes: „Philipp, hilf mir bitte beim Aufstellen der Möbel! Wir müssen uns beeilen. Ich möchte damit fertig sein, bevor der Grill angeliefert wird."

Markus trug heute ein Alf – Shirt mit der Aufschrift „Null problemo!".

„Da komme ich ja genau richtig. Guten Morgen, meine lieben Nachbarn! Happy Birthday, Markus!"

„Danke, Julia! Wir können im Moment wirklich jede helfende Hand gebrauchen."

So begannen sie zu viert mit dem Aufbau der Gartenmöbel. Julia und Tina stellten die Bänke und Tische auf und Markus und Philipp kümmerten sich um das große Partyzelt. Dann dekorierten sie alles mit bunten Lichterketten und hängten Lampions und Luftballons im Garten auf.

Da hörten sie ein Auto vorfahren. Markus eilte vor das Haus und schob strahlend gemeinsam mit einem Mann einen großen Anhänger auf das Grundstück.

„Er hat sich immer schon sein eigenes Spanferkel gewünscht", klärte Tina Julia lächelnd auf.

Der Grill wurde aufgebaut und vorgeheizt. Bald schon drehte ein Ferkel seine Runden am Grill und es war alles für das Fest vorbereitet.

Der Garten wirkte sehr gemütlich und einladend. Julia ließ ihre Freunde allein und zog sich wieder zurück in ihr Ferienhaus. Sie verpackte ihr Geschenk liebevoll und schlüpfte in ein kurzes Boho-Chic-Kleid. Ihre Haare steckte sie zu einem lockeren Knoten auf. Sie betrachtete sich im Spiegel und war sehr zufrieden mit sich. Da es ein Gartenfest war, wollte sie nicht overdressed sein, sich aber dennoch schick machen. Mit dem Geschenk in der Hand machte sie sich auf zur Party.

Es waren bereits einige Gäste anwesend. Julia ging auf Markus zu und überreichte ihm das Geschenk.

„Danke! Das fühlt sich wie ein Bild an. Jetzt bin ich neugierig!“, sagte Markus, der ausnahmsweise kein Shirt mit einer Comicfigur trug. Julia vermutete, dass Tina ihn dazu überredet hatte.

„Aber reiß die Verpackung nicht wieder wie ein wilder herunter, sonst machst du es noch kaputt!“, mahnte Tina streng.

Julia konnte sich das Lachen kaum verkneifen. Markus bemühte sich sichtlich, das Geschenkpapier vorsichtig zu öffnen.

Als er das Bild sah, freute er sich sehr.

„Das schaut wirklich super aus, danke! Ich weiß auch schon, wo ich es hinhängen werde.“

Es freute sie, dass sie anscheinend seinen Geschmack getroffen hatte.

Tina stellte Julia einige der Gäste vor. Ihre Cousine war mit ihren beiden Kleinkindern und ihrem Lebensgefährten bereits am Vortag angekommen. Auch Tinas Tante hatten sie mitgebracht. Sie wohnten im Hotel in Malinska, das Julia bei ihrer Ankunft gebucht hatte und wollten noch für eine weitere Woche auf Krk bleiben.

„Leider sehe ich meine Familie viel zu selten, weil ich nach der Schulzeit aus meiner Heimatstadt weggezogen bin. Ich vermisse sie alle ganz schrecklich“, sagte Tina wehmütig.
Nun waren auch Markus‘ Eltern gemeinsam mit seinem Bruder und dessen Frau eingetroffen und begrüßten die Familie herzlich. Lautstark unterhielten sich alle und gratulierten dem Geburtstagskind. Philipp half Tina, die Gäste mit Getränken zu versorgen.

Da entdeckte Julia ein bekanntes Gesicht. Dusko ging in Begleitung einer hübschen, braunhaarigen Frau auf Markus zu und überreichte ihm eine große Holzkiste.

„Du weißt anscheinend, womit du mir eine Freude bereiten kannst! Genial!“, hörte sie Markus sagen.

Er öffnete sein Geschenk und holte eine Jumboflasche aus der Kiste. Diese Flasche wirkte sehr alt und war merkwürdig mit Muscheln verwachsen.
Markus zeigte sein Geschenk allen übrigen Gästen und erklärte: „Das ist ein Sekt, der zur Reifung im Meer versenkt wird. Eine Spezialität aus Vrbnik!“

Nun bemerkte Dusko Julia und setzte sich mit seiner Begleitung ihr gegenüber.

„Schön, dich zu sehen! Darf ich dir meine Frau Maria vorstellen? Maria, das ist Julia. Ich habe dir bereits von ihr erzählt. Sie war vor Kurzem mit Marian bei uns im Lokal.“

Maria lächelte sie freundlich an und küsste sie zur Begrüßung auf die Wangen.

„Freunde von Marian sind auch unsere Freunde.“
Julia spürte, wie ihre Wangen zu glühen begannen. Die beiden wussten nicht, dass sie Marian beleidigt hatte und er sie

bestimmt nicht als eine Freundin bezeichnen würde. Schmerzhaft wurde sie wieder an diesen peinlichen Moment erinnert.

Gekonnt lenkte sie vom Thema ab: „Du bist also Köchin? Ich koche auch sehr gerne, allerdings nur für mich und meine Freunde."

„Möchtest du vielleicht einmal mit mir zusammen ein Essen zubereiten? Zu zweit macht es gleich viel mehr Spaß!" Julia war von dem Angebot verblüfft.

Maria war sehr offenherzig und gab ihr das Gefühl, bereits jetzt mit ihr befreundet zu sein. „Ich habe nie professionell kochen gelernt. Meine Großmutter hat es mir beigebracht und ich habe einfach Freude daran."

„Großmütter sind die besten Lehrmeister! Ich habe von meiner baka auch viel gelernt. Es ist also abgemacht. An einem meiner freien Tage kommst du zu uns nach Hause und dann zeige ich dir kroatische Spezialitäten und du bringst mir ein typisch österreichisches Gericht bei. Wir werden bestimmt viel Spaß miteinander haben."

Julia freute sich sehr über die Einladung und hatte vor, sie auch anzunehmen.

Der Garten hatte sich inzwischen mit Gästen gefüllt und Markus klopfte mit einem Messer an sein Sektglas. Er erhob sich von seinem Platz und begann mit seiner Ansprache:

„Ich freue mich wirklich sehr, dass ihr alle zu meiner Feier gekommen seid. Viele von euch haben eine weite Reise auf sich genommen. Wir haben heute alles vereint, was mir wichtig ist. Die Familie, Freunde, gutes Essen und gutes Trinken. Wobei wir schon beim wichtigsten Thema wären: Das Spanferkel ist fertig. Bitte holt euch alle selbst zu essen und zu trinken. Mahlzeit!"

Mit diesen Worten stürmten Philipp und Markus zum Schwein und nahmen sich eine Portion. Tina blickte kopfschüttelnd zu Julia und die beiden Frauen begannen zu lachen. Auch Julia holte sich eine Portion Fleisch mit Brot. Es schmeckte himmlisch. Sie genoss die Gesellschaft und unterhielt sich mit Markus' Familie.

„Ist neben dir noch frei?", sagte eine Stimme hinter ihr.

„Ja, auf dieser Seite von mir sitzt noch niemand."

Sie drehte ihren Kopf und erblickte Marian mit seinem Bruder Mateo. Fast hätte sie sich an ihrem letzten Bissen verschluckt. Ein wenig verlegen begrüßte sie die beiden und rückte auf der Bank ein wenig zur Seite. Marian setzte sich neben sie und begrüßte Dusko und Maria herzlich. Mateo hingegen ignorierte Julia gekonnt.

Marian stieß seinen kleinen Bruder in die Seite, worauf dieser zu ihr sprach: „Es tut mir leid, dass ich dich und deine Freundin angeschrien habe. Es war dumm von mir."

„Mach dir darüber bitte keine Gedanken! Ich wusste nicht, dass ich jemanden störe, wenn ich das Haus renoviere. Ich hoffe, wir können dennoch Freunde werden?"

Mateo nickte und stopfte sich ein paar Bissen des saftigen Ferkels in den Mund.

Marian unterhielt sich mit Dusko und Maria auf Kroatisch und Julia versuchte sich auf ihr Gespräch mit Tinas Schwägerin Kathrin zu konzentrieren. Die beiden Frauen unterhielten sich über Musik und Konzerte, die sie besucht hatten. Julia erzählte ihr auch von ihrem Ferienhaus und ihrer Auszeit auf der Insel.

„Dann hast du also viel Zeit im Moment, oder?“ Marian hatte offensichtlich ihr Gespräch belauscht.

„Ja, eigentlich schon. Ich war gerade erst bei mir zuhause und habe meine Wohnung aufgelöst. Von meiner Großmutter habe ich nicht nur dieses Ferienhaus, sondern auch ihr altes Wohnhaus geerbt. Genauer gesagt, werde ich es erben, denn die Verlassenschaft wurde noch nicht abgewickelt. Ich möchte für einige Zeit hier auf Krk bleiben und mir überlegen, was ich aus meinem Leben machen möchte.“

„Das hört sich nach einem guten Plan an. Hast du schon eine Idee, was du tun möchtest?“

„Also jetzt möchte ich gerne noch ein Glas von diesem köstlichen Wein trinken. Mehr weiß ich im Moment noch nicht.“

Marian lächelte und blickte Julia intensiv in die Augen. Ihr wurde etwas schwindelig und sie hatte Schmetterlinge im Bauch. Sie konnte sich nicht erinnern, wann sie ein Mann zum letzten Mal so nervös gemacht hatte.

Duskos Stimme unterbrach den Moment: „Der Wein ist von mir! Es freut mich, dass er dir schmeckt. Ich schenke dir gerne nach.“

Nervös trank Julia einige Schlucke.

Markus klopfte wieder an sein Glas und Julia war froh über die Ablenkung. „Wie ihr seht, haben Philipp und ich in den letzten Tagen einen Tanzboden gebaut. Da unsere Nachbarin Julia nicht zu Hause war, konnten wir niemanden mit unserem Gehämmer stören. Marian war so nett und hat uns eine tolle Truppe organisiert, die heute für uns musizieren wird. Also Musikanten, spielt für uns auf!“

Vier Kroaten begann mit ihren Instrumenten zu spielen und Tina und Markus tanzten beschwingt. Auch Markus' Eltern und Dusko und Maria ließen sich nicht lange bitten und wirbelten auf der Tanzfläche umher. Die Stimmung wurde immer ausgelassener. Philipp zog sich mit Mateo zurück und bald schon hörte man entferntes Basketballdribbeln.

„Möchtest du auch gerne tanzen?“ Julia wurde wieder flau im Magen.

Marian führte sie auf den Tanzboden. Er legte seinen Arm sanft auf ihren Rücken und drückte sie leicht an sich. Er nahm ihre Hand in seine und begann sich mit ihr im Takt zu bewegen. Julia war wie Wachs in seinen Händen. Sein Rasierwasser roch verführerisch und sie hatte große Mühe, sich auf den Tanz und das Lied zu konzentrieren. Als die Musik endete, ließ Marian ihre Hand nicht los.

„Du möchtest hoffentlich noch nicht aufhören? Ich habe selten eine so gute Partnerin wie dich. Es macht sehr viel Spaß, mit dir zu tanzen.“

„Das Kompliment kann ich nur zurückgeben.“ Julia hatte das Gefühl, mit ihm zu fliegen.

Nach einigen Tänzen sagte sie aber erschöpft: „Ich glaube, ich brauche eine Pause. Es ist einfach zu warm heute.“

Sie setzten sich wieder an ihren Platz und tranken kühlen Wein. Da kam Tina auf Julia zu und meinte: „Wir wollen nun die Torten servieren. Wärst du so nett und würdest bitte deine holen?“

Die Gastgeber hatten bereits kleine Teller und Besteck gerichtet und Philipp trug vorsichtig einen Cheesecake aus dem Haus. Julia ging nach Hause und war froh, ein paar Minuten für sich allein zu sein. Nun konnte sie versuchen, ihre Gedanken zu ordnen. Sie versuchte einen kühlen Kopf zu bewahren, denn sie wollte Marian auf keinen Fall zeigen, wie sehr er sie beeindruckte. Vorsichtig nahm sie die Torte aus dem Kühlschrank und ging damit zurück zur Party. Sie war schon sehr gespannt, wie Markus darauf reagieren würde. Tina kam ihr entgegen und bestaunte die Torte.

„Die ist ja fantastisch! Du bist eine Wucht! Markus wird sich riesig darüber freuen."

Tina begleitete sie zum Partyzelt und rief laut in die Menge: „Schaut doch mal alle diese wunderschöne Torte an! Julia war so lieb und hat dieses Kunstwerk für uns gebacken."

Alle Gäste klatschten laut und Markus kam überrascht auf Julia zu.

„Ich kann es kaum glauben, dass du mir so eine fantastische Torte gebacken hast. Das ist ja eine Nachbildung eines Lamborghinis. Wusstest du, dass genau in diesem Modell Motorkomponenten von mir eingebaut sind? Also nicht von mir, sondern von meiner Firma. Danke vielmals! Die Torte ist fast zu schade zum Essen. Aber ich will unbedingt wissen, ob sie auch so gut schmeckt, wie sie aussieht."

Auch Philipp war begeistert von der Torte, vor allem als er die Schokoladenfüllung sah. Julia nahm sich zwei Stück Kuchen und setzte sich an ihren Platz.

„Ich habe dir ein Stück mitgebracht."

Marian freute sich über diese Geste. „Das ist sehr nett von dir! Ich habe gesehen, dass du richtig gut backen kannst. Ich habe noch nie eine solche Torte gesehen."

So viel Lob war Julia unangenehm.

„Es macht mir einfach Spaß, zu kochen und zu backen. Markus und Tina haben mir in den letzten Wochen oft geholfen und ich wollte mich revanchieren."

„Bei dieser schönen Torte bin ich auf unser gemeinsames Kochen gespannt. Ich denke, du stellst dein Licht unter den Scheffel", sagte Maria bewundernd zu ihr.

„Tinas Torten schmecken aber auch sehr gut. Ich habe ihren Cheesecake probiert und ich muss sagen, er ist sehr saftig", entgegnete Julia verlegen.

Die Sonne ging bald unter und es wurde ein lauer Sommerabend. Markus' und Tinas Familien feierten ausgelassen. Sie tanzten und lachten und die Stimmung wurde immer fröhlicher.

Auch Philipp tanzte mit seiner Mutter, die ihre Freude darüber nicht verbergen konnte. Stolz lächelte sie Julia an.

Als das Lied zu Ende war, bat Tina sie, ihr mit dem schmutzigen Geschirr zu helfen.

Sie trugen gemeinsam die leeren Teller ins Haus und Julia wollte mit dem Abwasch beginnen.

Doch ihre Nachbarin nahm ihr kopfschüttelnd den Teller aus der Hand.

„Das war doch nur eine Ausrede, um mit dir allein reden zu können. Ich mache das morgen in aller Ruhe. Du verstehst dich ja blendend mit Marian. Bist du verliebt?"

Nervös zupfte Julia an ihrem Kleid.

„Ich finde ihn interessant und anziehend, aber verliebt wäre etwas vorschnell. Sieht man es mir denn an?", fragte sie verunsichert.

„Ich würde sagen, ihr könnt es beide nur schwer verbergen. Marian hat nur mehr Augen für dich. Normalerweise ist er sehr gesellig, aber heute Abend ist er wie verwandelt. Ich denke, du hast ihm den Kopf verdreht."

Da waren wieder diese fiesen Schmetterlinge, die nicht aus ihrem Bauch verschwinden wollten. „Ich denke, du übertreibst maßlos. Natürlich redet er viel mit mir, weil wir ja nebeneinandersitzen", sagte Julia aufgeregt.

Sie wollte sich selbst keine falschen Hoffnungen machen, um nicht später enttäuscht zu sein.

„Wenn du meinst?! Ich habe jedenfalls gemerkt, dass sich etwas zwischen euch beiden entwickelt. Es würde mich sehr wundern, wenn mich mein Gefühl täuscht."

Tina hakte sich beschwingt bei ihr unter und die beiden kehrten zurück zu den übrigen Gästen.

„Die Muskanten spielen ein letztes Stück. Möchtest du noch einmal mit mir tanzen?", fragte Marian, als sie sich dem Tisch näherte.

Das Lied war ein langsames, kroatisches Liebeslied. Julia verstand den Text nicht, aber Marian sang leise mit. Sie versuchte zu verbergen, welche Wirkung dieser Moment auf sie hatte. Ihre Haare stellten sich im Nacken auf und ihr Herz begann wie wild zu pochen.

Als die Musik endete, sagte Marian zu Julia: „Ich muss mich nun leider verabschieden. Es ist Hauptsaison und somit muss ich morgen wieder arbeiten. Es hat mich sehr gefreut, dich heute hier zu sehen. Siehst du, ich tanze sogar mit dir, obwohl du mich dafür nicht bezahlst."

Julia starrte ihn schockiert an. Sie hatte ganz vergessen, wie ihre letzte Begegnung geendet hatte.

„Ich habe das damals nicht so gemeint. Es war furchtbar dumm von mir. Entschuldige!"

Marian begann zu lachen. Verunsichert versuchte sie zu lächeln.

„Du hattest damals einen schweren Tag am Schiff. Ich möchte mich bei dir entschuldigen, dass ich derart eingeschnappt reagiert habe. Das war mein gekränkter Stolz."

Marian blickte Julia wieder tief in die Augen und gab ihr einen Kuss auf die Wange. „Ich wünsche dir eine gute Nacht."

Er verabschiedete sich von den Gastgebern und ließ Julia mit weichen Knien zurück.

„Ich denke, ich gehe auch schlafen. Danke für die Einladung. Morgen helfe ich euch beim Aufräumen."

Sie wollte allein sein und über den Abend und die Erlebnisse nachdenken. Kurze Zeit später lag sie in ihrem Bett und hatte noch immer den Geruch seines Rasierwassers in der Nase. Wohlig kuschelte sie sich in ihre Bettdecke und schlief mit einem Lächeln ein.

Am nächsten Morgen fühlte sich Julia immer noch sehr beschwingt. Nach einer Tasse Kaffee ging sie in den Garten ihrer Nachbarn und begann das Geschirr, das noch auf den Tischen stand, auf einen Stapel zu türmen. Sie begann gerade die Bänke zu säubern, als Tina sich zu ihr gesellte.

„Das ist wirklich lieb von dir, dass du mir hilfst. Markus und Philipp schlafen noch."

Gemeinsam reinigten die beiden Frauen die Tische und Bänke und begannen sie wieder zusammenzuklappen. Mit einem Bud Spencer–T-Shirt bekleidet kam Markus aus dem Haus. Obwohl er offensichtlich einen schlimmen Kater vom Vorabend hatte, baute er das Partyzelt gemeinsam mit Tina und Julia ab.

Als Philipp zu Mittag zu ihnen stieß, waren die Aufräumarbeiten bereits beendet.

„Ich hätte ja gerne geholfen, aber so ist es mir ehrlich gesagt viel lieber", sagte er gähnend.

„Wir fahren heute mit unseren Familien gemeinsam an den Strand. Möchtest du mit uns kommen?", fragte Tina Julia.

„Das ist wirklich lieb von euch, aber ich möchte euer Familientreffen nicht stören. Ich werde mir heute einen entspannten Tag machen."

„Du störst uns nicht, aber ich kann dich gut verstehen, wenn du heute deine Ruhe möchtest. Die Sommerferien haben schon begonnen und wir sind nun länger hier. Wir werden uns also bestimmt öfters sehen."

Julia freute sich über diese Nachricht. Sie hatte in Tina eine liebe Freundin gefunden und Markus und Philipp amüsierten sie mit ihren lustigen Sprüchen und ihrer fröhlichen Art.

Da die Temperaturen bereits sehr warm waren, packte Julia nun ihre Badesachen ein und fuhr nach Malinska an den Strand. Der Parkplatz war schon sehr überfüllt, doch sie fand nach langem Suchen endlich einen Platz. Man merkte, dass während der Ferien mehr Touristen auf die Insel kamen. Sie sah Autos aus Österreich, Deutschland, Ungarn, der Slowakei und Slowenien.

Vollbepackt spazierte sie zum Strand, der sehr gut besucht war. Sie fand kaum eine freie Stelle für ihre faltbare Schaumstoffmatratze. Schließlich ließ sie sich etwas weiter vom Ufer entfernt nieder und machte es sich bequem. Endlich hatte Julia Zeit, sich zu entspannen und ein Buch zu lesen.

Gerade als sie sich auf die Geschichte konzentriert hatte, klingelte ihr Telefon.

„Wie geht es dir? Du hast dich noch nicht gemeldet, seit du wieder in Kroatien bist." Wegen der Party hatte sie ganz vergessen, sich bei Andrea zu melden.

„Entschuldige, aber Markus hat gestern seinen 40. Geburtstag gefeiert und ich war eingeladen. Außerdem habe ich ihnen geholfen und auch eine Torte gebacken. Leider hatte ich keine Zeit, mich bei dir zu melden."

„Bei dieser Party wäre ich gerne dabei gewesen! Hattest du Spaß?"

„Ja, sehr sogar! Marian war gestern auch dort. Wir haben den ganzen Abend lang getanzt."

„Oh, wie spannend! Höre ich da aus deiner Stimme, dass du ein wenig verliebt bist? Habt ihr euch geküsst?"

„Nein, er hat mir nur zum Abschied einen Kuss auf die Wange gegeben. Ich muss aber zugeben, dass ich ein wenig verknallt bin. Er ist humorvoll und charmant, außerdem riecht er so unglaublich gut. Ich kann nicht aufhören, an ihn zu denken."

„Du hast vergessen zu erwähnen, dass er verboten gut aussieht. Wann seht ihr euch wieder? Hat er sich schon bei dir gemeldet?"

Genau das war der Punkt, der Julia Sorgen machte.

„Er hat nicht nach meiner Nummer gefragt. Denkst du, er will mich wiedersehen?“

„Warum hast du nicht nach seiner Telefonnummer gefragt? Ich weiß, weil du wieder einmal zu schüchtern warst.“

„Ich bin keine Frau, die sich einem Mann an den Hals wirft und sich aufdrängt! Das weißt du genau. Aber erzähl du doch lieber, wie es bei dir und deinem Verehrer aussieht?“

„Ich bin mir immer noch nicht sicher, was ich will. Wir haben uns gestern Abend getroffen und ich habe mich gut amüsiert, aber ich denke nicht, dass eine Beziehung etwas für mich ist. Außerdem ist es sehr kompliziert mit ihm.“

„Du hast doch nichts zu verlieren. Lass dich einfach auf ihn ein und versuche dein Glück!“

„Ich bin mir da sehr unsicher. Egal, ich störe dich jetzt nicht länger bei deinem Sonnenbad. Bis bald!“

Dieser Mann musste etwas Besonderes sein, wenn Andrea plötzlich so unsicher war. Julia wünschte sich für ihre Freundin einen Mann, der ihre harte Schale knacken konnte und ihren sehr weichen Kern entdecken durfte.

Langsam wurde es ihr am Strand zu voll. Sie kühlte sich ein letztes Mal im Meer ab und packte ihre Sachen zusammen. Sie sehnte sich nach Ruhe, um nachdenken zu können und sich ihrer Gefühle klar zu werden. In ihrem Garten würde sie entspannt die Sonne genießen können.

Aber sie besaß noch keine Sonnenliegen und so machte sie sich auf den Weg zum Supermarkt, in dem sie beim letzten Einkauf zusammenklappbare Liegen entdeckt hatte. Dort angekommen entschied sie sich für zwei grüne Sonnenliegen mit dicken Auflagen und schleppte sie zum Auto. Sie legte die Sitze ihres Kleinwagens um und versuchte ihren überdimensionalen Einkauf zu verstauen. Doch leider hatte sie die Größe ihres Autos überschätzt. Julia begann zu schwitzen und suchte verzweifelt nach einer Lösung.

„Ich denke nicht, dass du die Liegen in dein Auto bekommen wirst." Marian stand grinsend neben ihr.

„Das habe ich gerade auch bemerkt", antwortete sie beschämt. Er schaffte es ständig, sie mit seinem Erscheinen zu überraschen.

„Für einen Kaffee bringe ich dir die Dinger gerne nachhause."

Das war ihre Rettung. Ein wenig verlegen, nahm sie das Angebot an. Schnell waren die Liegen in seinem Kombi verstaut und sie fuhren beide zum Ferienhaus.

Mit zitternden Händen öffnete Julia ihre Eingangstür und hoffte, dass Marian ihre Nervosität nicht bemerkte. Er trug die Sonnenliegen in ihren Garten und stellte sie unter einen der Olivenbäume auf. Inzwischen kochte sie einen Kaffee und ging zu ihm auf die Terrasse.

„Dein Garten ist sehr schön geworden. Es ist hier sehr idyllisch und friedlich."

„Danke, wenn du möchtest, zeige ich dir gerne das Haus. Ich bin sehr stolz darauf und fühle mich schon sehr wohl hier."

Sie zeigte ihm das renovierte Wohnzimmer und die Küche. „Hier habe ich eigentlich nicht viel geändert. Die Küchenkästen wurden geschliffen und lackiert, aber der Originalzustand ist unverändert."

Als sie ihm den oberen Stock und somit die Schlafzimmer zeigte, entstand eine merkwürdige Spannung zwischen ihnen. Julia ging rasch wieder ins Erdgeschoß und servierte Marian Kaffee auf der Terrasse.

„Das Haus ist sehr schön geworden. Du hast es geschafft, es modern einzurichten und dennoch den Charme, den es früher schon hatte, einzufangen. Es hätte Sophia bestimmt auch sehr gut gefallen."

„Ich hatte nicht mehr daran gedacht, dass du meine Großmutter kanntest. Warst du auch hier bei ihr im Haus?"

„Als ich noch klein war, habe ich oft hier auf der Terrasse gesessen und Apfelstrudel gegessen. Ich habe sie als eine sehr nette und freundliche Frau in Erinnerung. Als sie nicht mehr nach Krk kam, war ich sehr traurig."

„Ich verstehe immer noch nicht, warum sie mir nie etwas von ihrem Ferienhaus erzählt hat. Wir hätten gemeinsam hier Urlaub machen können."

„Sie wird ihre Gründe dafür gehabt haben. Warum bist du eigentlich bei diesem schönen Wetter nicht am Meer?"

Julia erzählte Marian vom überfüllten Strand und ihrem Vorhaben, es sich in ihrem Garten gemütlich zu machen.

„Ich muss jetzt leider wieder arbeiten. Mein Vater braucht Hilfe bei den Booten, aber morgen ist weniger los bei uns im Betrieb. Wenn du Lust hast, könnte ich dir einen ruhigeren Strand zeigen, den meist nur Einheimische besuchen."

Julias Herz machte einen Sprung. Er wollte mit ihr einen Ausflug ans Meer machen.

„Liebend gerne! Wo sollen wir uns treffen?"

„Ich hole dich hier ab. Ist dir elf Uhr zu früh?"

„Nein, das passt perfekt. Bis morgen!“

Marian gab Julia einen kurzen Kuss auf die Wange und verabschiedete sich von ihr. Aufgeregt teilte sie Andrea in einer Nachricht mit, dass sie mit Marian für den nächsten Tag verabredet sei und legte sich auf eine ihrer neuen Liegen in die Sonne. Sie versuchte die Wärme zu genießen und ihr Buch zu lesen. Doch sie musste die Seite immer wieder von vorne beginnen, da sie sich nicht konzentrieren konnte. Ihre Gedanken schweiften ständig ab. Schließlich gab sie das Lesen auf und dachte verträumt an Marian.

Kapitel 10

Lächelnd saß Julia am Frühstückstisch und dachte an Marian. Sie wusste, dass sie dabei war, sich in ihn zu verlieben. Eigentlich war sie kein impulsiver Mensch und hatte sich noch nie so in ihrer Gefühlswelt verloren. Als Thomas und sie ein Paar wurden, kannten sie sich schon einige Jahre, da sie die gleiche Schulklasse besuchten. Er war der große Schwarm aller Mädchen und sie beneideten Julia um ihre Beziehung mit ihm. Natürlich war sie anfänglich in Thomas verliebt, aber im Nachhinein betrachtet waren sie lange Zeit nur mehr sehr gute Freunde. Sie hätte die Beziehung schon Jahre zuvor beenden sollen. Noch immer waren sie freundschaftlich verbunden und Julia wünschte ihm alles Glück der Welt.

Bei Marian allerdings spielten ihre Hormone verrückt. Auch wenn sie es nicht wollte, sie musste immer wieder an ihren letzten, gemeinsamen Tanz denken. Auf ihrer Haut konnte sie seine Berührung noch spüren und hatte den Duft seines Rasierwassers in der Nase.

Um sich abzulenken, begann Julia den Garten zu gießen und Unkraut zu jäten. Sie pflückte etwas Lavendel und stellte ihn in eine Vase auf den Esszimmertisch. Der unvergleichliche Duft erfüllte den gesamten Raum.

„*Lavendel duftet für mich nach Liebe.*“ Ihre Großmutter fehlte ihr sehr. Sie sehnte sich nach Sophias Rat und ihre aufmunternden Worte.

Pünktlich zur verabredeten Zeit klingelte Marian an ihrer Tür. Er trug bereits Badeshorts und ein T-Shirt, aber sogar in diesem legeren Outfit sah er unwiderstehlich aus.

Julia hatte über ihren Bikini ein Strandkleid gezogen. Marian küsste sie auf die Wange und betrachtete sie ausführlich. Sie spürte, wie ihre Wangen zu glühen begannen.

„Das Kleid steht dir sehr gut. Gib mir doch deine Tasche.“ Er nahm Julia die Badetasche ab und sie gingen zu seinem Auto. Galant öffnete er die Beifahrertür und verstaute ihre Sachen im Kofferraum.

Sie fuhren durch enge Gassen, die an Olivenhainen und Gärten vorbeiführten. Eine Ziegenherde querte eine Straße und Marian musste halten, um zu warten, bis auch das letzte Tier seiner Herde gefolgt war.

„Das ist bei uns normal. Die Tiere fressen eine Weide ab und laufen dann zur nächsten. Abseits der Hauptstraßen muss man vorsichtig fahren, weil dir ständig Nutztiere vor das Auto laufen könnten.“

Entzückt beobachtete Julia ein Jungtier, das seiner Mutter nachlief. „Habt ihr auch Ziegen?“

„Ja, wir melken sie und machen daraus Käse. Meine Mutter kümmert sich gemeinsam mit meinem Bruder um die Tiere. Heute hilft Mateo allerdings meinem Vater bei den Booten, damit wir beide entspannt baden gehen können.“

Ob sein Bruder wusste, mit wem Marian den Tag verbrachte? Hatte er mit ihm über Julia gesprochen?

Als die letzte Ziege nun endlich die Straße gekreuzt hatte, fuhren sie weiter.

In einer Waldlichtung parkten einige Autos unter den Bäumen und auch Marian fand einen schattigen Platz. Julia konnte sich nicht vorstellen, wo sie hier mitten im Gestrüpp baden gehen sollten. Weit und breit war kein Meer zu sehen. Er nahm beide Badetaschen und ging auf einen Waldweg, der steil bergab führte, zu.

„Pass bitte mit deinen Badeflipflops auf. Es ist etwas uneben, aber der Weg ist gut ausgebaut und wir sind gleich am Meer."

Man hörte das Brummen der Insekten und der typische Geruch von Wald lag in der Luft. Einige lange Baumwurzeln wuchsen über den Weg und Julia musste darauf achten, nicht zu stolpern. Sie wurde unsicher, ob ihr dieser Ausflug tatsächlich gefallen würde. Da war ihr ein überfüllter Strand lieber als ein Bad an einer einsamen, aber verwilderten Stelle.

Doch plötzlich konnte Julia Kinderlachen und das Rauschen des Meeres hören. Der Weg machte eine kleine Kurve und dahinter befand sich der versprochene Strand. Auf einer kleinen Anhöhe befanden sich zwei Strandlokale. Die Tische und Bänke wurden mit Überdachungen aus Holz vor der Sonne geschützt und man hatte einen wunderbaren Blick auf die Bucht. Zum Kiesstrand führte ein leicht abfallender Weg. Für Sonnenhungrige gab es eine betonierte Fläche und unter den Pinien fand man schattige und ein wenig versteckte Plätze. Marian führte Julia aber an den Pinien vorbei und von der Badebucht weg.

„Wo gehen wir hin? Ist das hier nicht der Strand, an den wir wollten?", fragte sie überrascht.

„Vertrau mir einfach!“
Sie nahmen einen ausgetretenen Trampelpfad entlang der Klippen. Hinter einer weiteren, kleinen Anhöhe lag eine kleine Badebucht versteckt. Unter den Pinien geschützt vor der Sonne direkt hinter dem flachen Kieselstrand legte Marian zwei große Matratzen auf und breitete Badetücher darauf aus.

„Ich hoffe, es gefällt dir hier!“, sagte er mit erwartungsvollem Blick.
Julia war von der Badestelle, die er ausgesucht hatte, begeistert. Sie teilten sich den Strand mit nur zwei Pärchen, die weit von ihnen entfernt lagen. Trotz Hochsaison waren sie beinahe allein und weit weg vom Massentourismus.

Marian zog sein T-Shirt aus und legte sich auf eine der Matratzen. Er hatte einen gut durchtrainierten Körper und gebräunte Haut. Er wirkte nicht wie ein Bodybuilder, sondern man sah, dass seine Muskeln von Arbeit gestählt waren.
Julia wurde bewusst, dass sie seinen Körper anstarrte und versuchte verlegen wegzusehen. Sie zog nun ebenfalls ihr Strandkleid aus und spürte seine Blicke auf ihrer Haut. Zögerlich legte sie sich neben ihn. Man konnte die Spannung, die zwischen ihnen entstanden war, in der Luft spüren. Unsicher versuchte sie ein neutrales Gesprächsthema zu finden.

„Geht Mateo eigentlich noch zur Schule?“
„Er hat gerade die Matura abgeschlossen. Unserem Vater war es immer schon sehr wichtig, dass wir beide einen guten Schulabschluss haben. Eigentlich war es geplant, dass ich den Hof übernehme, aber mir macht die Arbeit mit den Booten mehr Spaß. Mein Bruder liebt die Landwirtschaft. Darum

möchte ich, dass er den Hof bekommt. Leider muss ich meinen Vater noch davon überzeugen, dass Mateo dafür geeigneter ist als ich. Er traut ihm nicht viel zu, weil mein Bruder ein solcher Hitzkopf ist. Das hast du ja leider schon erleben müssen."

Marian wirkte nachdenklich. Er machte sich wohl wirklich Sorgen um die Zukunft seines kleinen Bruders.

„Macht es ihm nichts aus, für dich heute einzuspringen?"

„Natürlich wäre er lieber bei den Ziegen, aber wir sind eine Familie und helfen uns gegenseitig, so gut wir können. Im Sommer arbeite ich beinahe jeden Tag in Punat, aber es ist meist keine schwere Arbeit. Morgens reinige ich die Boote, damit unsere Kunden alles sauber und intakt vorfinden. Den restlichen Tag kann ich mich entspannen und warten, bis alle Schiffe zurückgebracht wurden. Wenn Reparaturen anstehen, kümmere ich mich auch darum. Natürlich werde ich auch ab und an als Skipper gebucht, wie du ja bereits weißt. Das macht mir aber sehr viel Spaß. Ab Herbst ist die Touristensaison vorbei und ab dann haben wir am Hof mit der Ernte genug zu tun. Da ist jede helfende Hand willkommen."

Julia erzählte ihm von ihrem Leben, das sie noch vor Kurzem geführt hatte. Sie beschrieb ihm ihre Wohnung und erzählte ihm von Andrea. Auch über ihren alten Job redeten sie und warum sie ihn gekündigt hatte.

„Aber jetzt lässt dich dieser Martin in Ruhe, oder?" Julia musste schmunzeln, als sie Marians verärgerten Blick sah.

„Keine Sorge, ich habe seit diesem Abend nichts mehr von ihm gehört. Außerdem habe ich meine Wohnung gekündigt und er kennt meine neue Adresse nicht."

„Dann bin ich beruhigt. Sollte er dir je wieder Probleme machen, kümmere ich mich gerne um ihn.“
„Mir ist viel zu warm. Gehen wir ins Wasser?“

Julia wollte nicht mehr an Martin und alles Negative in ihrem Leben denken, sondern den Moment genießen. Das Wasser war angenehm kühl und sie schwammen weit aus der Bucht. Sie genoss die Abkühlung und Marian zeigte ihr Fische, die sich direkt unter ihnen tummelten.

„Machen wir ein Wettschwimmen? Der Verlierer zahlt die Getränke“, schlug Julia vor.
„Ich warne dich! Ich kann sehr gut schwimmen“, konterte er mit einem verschmitzten Lächeln im Gesicht.
Lachend drückte sie ihn unter Wasser und erschwindelte sich so einen Vorsprung. Marian hatte sie dennoch bald überholt und wartete mit einem gespielt beleidigten Blick am Strand auf sie.
Kichernd stieg Julia aus dem Wasser und trocknete sich ab. „Tut mir leid, aber ich musste mir diesen kleinen Vorteil verschaffen.“
„Ich wusste nicht, dass du mit unfairen Mitteln kämpfst. Als Strafe trinke ich jetzt aber zwei Getränke auf deine Rechnung“, neckte er sie.

Julia schlüpfte in ihr Strandkleid und sie spazierten zurück zur Bar. Der Kellner begrüßte Marian und die beiden unterhielten sich in ihrer Muttersprache. Julia setzte sich in der Zwischenzeit auf eine Bank und beobachtete ein Kind, das mit seinem Netz versuchte, eine Krabbe zu fangen.
„Entschuldige bitte, dass du warten musstest.“

„Das ist kein Problem. Kannst du mir etwas auf der Speisekarte empfehlen?“

„Ich esse hier eigentlich immer frittierte Calamari. Wenn es für dich in Ordnung geht, bestelle ich uns eine Platte für zwei Personen.“

Julia mochte die mediterrane Küche und sie war erstaunt, dass das Essen in diesem kleinen Strandlokal genauso gut schmeckte wie in einem richtigen Restaurant. Sie hatte eher den Stil einer Imbissbude erwartet, aber die Qualität der Speisen war hervorragend.

„Wir Kroaten legen großen Wert auf gutes Essen und gute Gesellschaft.“

Die beiden verstanden sich sehr gut und es gab keine Momente, in denen ein unangenehmes Schweigen auftrat.

Nach dem Essen spazierten sie wieder zu ihrem Platz. Julia cremte sich mit Sonnenmilch ein und beobachte dabei die kleinen Wellen, die sich an den Kieselsteinen brachen.

„Soll ich dir den Rücken eincremen?“, bot Marian an.

Julia reichte ihm nervös die Tube und drehte ihm den Rücken zu.

„Vielleicht legst du dich besser dabei hin.“

Langsam schob er ihr die Bikiniträger von den Schultern und begann behutsam die Sonnenmilch auf ihrer Haut zu verteilen. Julia war sich der Intimität des Moments nur allzu bewusst. Seine Berührungen fühlten sich gut an und sie genoss den Augenblick in vollen Zügen. Die Creme war längst schon eingezogen, doch Marian umkreiste immer noch mit seinen starken Händen ihren Rücken.

Gerade als sie sich dazu entschlossen hatte, sich umzudrehen und ihn erwartungsvoll anzusehen, klingelte jedoch sein Handy. Mit einem tiefen Seufzer nahm er seine Hände von ihrem Rücken und griff zu seinem Telefon.

„Es tut mir leid, mein Vater ruft mich gerade an. Ich muss das Telefonat leider annehmen."

Marian unterhielt sich mit ihm und war sichtlich wütend. Das konnte man an seinem Gesichtsausdruck und seiner Stimmlage merken. Doch leider verstand Julia nicht, worum es in der Diskussion ging.

Als er das Telefonat beendet hatte, sah er sie enttäuscht an und sagte: „Es tut mir wirklich sehr leid, aber wir müssen unseren Ausflug abbrechen. Der Motor eines unserer Boote ist kaputt und ich muss das Schiff abschleppen. Die Kunden sitzen auf Rab fest und warten auf mich. Ich fürchte, wir müssen sofort losfahren."

Gerade noch hatte sie gedacht, dass er sie vielleicht küssen würde, da war der schöne Moment schon vorbei. Auch Julia war enttäuscht, aber sie hatte Verständnis für die Situation.

Wehmütig packten sie ihre Sachen zusammen und gingen schweigend zurück zum Auto.

Marians Stimmung wurde nicht besser und Julia versuchte ihn zu beschwichtigen: „Du brauchst nicht wütend sein. Dein Vater kann ja nichts dafür, dass der Motor ein Problem hat. Wir können gerne ein anderes Mal wieder an den Strand kommen."

„Ich bin nicht wütend, weil der Schaden passiert ist, sondern weil mein Vater Mateo nicht zutraut, allein im Hafen auf die anderen Boote zu warten. Er ist 18 Jahre alt und

kennt sich genauso gut mit den Schiffen aus wie ich. Aber mein Vater denkt, er wäre noch ein kleiner Junge, dem er keine Verantwortung übertragen könnte. Jetzt muss ich unser Date abbrechen, nur weil er stur und egoistisch ist. Er hätte das Boot selbst in Rab holen können."
Marian hatte gerade ihren Ausflug offiziell als Date bezeichnet und Julia konnte ihre Freude darüber nicht verbergen. Sie lächelte ihn an und seine schlechte Laune wurde etwas besser. Mit einem Schmunzeln im Gesicht konzentrierte er sich wieder auf die Autofahrt. Als sie bei Julias Haus angekommen waren, begleitete er sie bis zur Haustür.

„Leider muss ich gleich weiterfahren, damit ich unsere Kunden so schnell als möglich von der Insel abholen kann. Ich würde dich gerne anrufen, aber dazu müsstest du mir deine Telefonnummer geben."
Julia tippte glücklich ihre Nummer in sein Handy und er küsste sie zum Abschied wieder auf die Wange.

Dann fuhr er mit quietschenden Reifen davon. Julia war zwar vom rapiden Ende ihres Dates enttäuscht, aber sie war verliebter als zuvor. Mit einem breiten Grinsen legte sie sich auf die Sonnenliege in ihrem Garten und träumte sich zurück an den Strand. Konzentriert versuchte sie sich an das Gefühl zu erinnern, als Marians Hände ihren Rücken fest und doch zärtlich berührten.

Summend goss Julia am nächsten Tag ihre Pflanzen im Garten, als Tina auf einen kurzen Besuch zu ihr auf die Terrasse kam.

„Du bist heute aber gut gelaunt. Ich habe gestern gesehen, dass du mit Marian weggefahren bist. Hat er vielleicht etwas mit deiner freudigen Stimmung zu tun?“, fragte ihre Nachbarin neugierig.

„Das könnte eventuell so sein. Wir waren gemeinsam am Strand und er hat mir seinen Lieblingsplatz gezeigt. Dort sind nur wenige Touristen und man hat seine Ruhe.“

„Oh, das hört sich spannend an. Ich habe es doch gewusst, dass es zwischen euch beiden gefunkt hat. Markus wollte es mir ja nicht glauben und meinte, ich soll mit meiner Kuppelei aufhören. Gibt es noch mehr Details zu erzählen?“ Tina wirkte sehr gespannt.

„Leider nicht. Ich denke, er wollte mich küssen, als er meinen Rücken eincremte, aber dann läutete sein Telefon und wir mussten sofort losfahren. Der Motor eines ihrer Boote hatte gestreikt und die Kunden saßen auf Rab fest.“

„Na immerhin besser, als sie hätten ein Problem auf dem offenen Meer. Er hat dir den Rücken eingecremt? Wie romantisch! Schade, dass noch nicht mehr zwischen euch war. Ich bin gespannt, wie es mit eurem Flirt weitergehen wird. Bist du verliebt?“

Julia erzählte ihr, dass sie ständig an Marian denken musste und sein Lächeln ihre Hormone verrücktspielen ließ. Hoffentlich meldete er sich bald, denn Julia wollte unbedingt ihr abgebrochenes Date nachholen.

„Das freut mich wirklich sehr für dich. Marian ist ein guter Mann, der ganz nebenbei fantastisch aussieht. Ihr wärt ein sehr hübsches Paar.“

Peinlich berührt winkte sie ab. Noch wollte sie nicht daran denken, dass mehr aus ihnen werden könnte. Es fiel Julia zwar schwer, einen kühlen Kopf zu bewahren, aber sie wollte sich nicht zu sehr den Träumereien hingeben.

„Sind eure Verwandten noch auf der Insel?"

„Meine Tante und meine Cousine samt ihrer Familie sind noch weitere drei Tage hier. Die Kinder sind zuckersüß und ich genieße die Zeit mit ihnen sehr. Meine Schwiegereltern, mein Schwager und meine Schwägerin fahren bereits morgen Abend wieder nach Hause. Wir hatten wirklich sehr schöne Tage mit der Familie. Heute fahren wir alle gemeinsam nach Punat. Die Kinder freuen sich schon auf die Wasserrutschen. Soll ich Marian von dir grüßen, wenn ich ihn sehe?", fragte Tina grinsend.

„Ich denke nicht, dass das notwendig ist. Er hat versprochen, sich bei mir zu melden."

„Ich drücke dir die Daumen, dass du bald deinen heißersehnten, ersten Kuss und noch viele weitere von ihm bekommen wirst. Solltest du übrigens heute Zeit haben, würden wir uns sehr freuen, wenn du zu einem Grillabend vorbei kommst. Je mehr wir sind, desto besser!"

„Das mache ich sehr gerne."

Fröhlich verließ Tina Julias Garten und eilte zu sich nach Hause. Sie wollte wohl rasch Markus die Neuigkeiten berichten.

Julia starrte auf ihr Telefon. Nein, sie wollte nicht den ganzen Tag damit vergeuden, auf eine Nachricht zu warten. Nachdem sie ihr Haus einer gründlichen Reinigung unterzogen hatte, fuhr sie in den Supermarkt, um ihre Vorräte aufzustocken und um ein Dessert für den Abend zuzubereiten. Zuhause angelangt machte sie Tiramisu für die Erwachsenen und Schokoladenmuffins für die Kinder. Ihr Haus duftete herrlich nach kleinen Küchlein und sie schaffte es zum Glück, einige Stunden lang nicht an Marian zu denken. Das Telefon blieb aber immer noch stumm.

Am Abend schnappte sie die Desserts und ging zu ihren Nachbarn. Bereits beim Eingangstor stürmten die beiden Kinder Lisa und Florian auf sie zu und freuten sich, als sie die Muffins entdeckten. Die Erwachsenen befanden sich im Garten und begrüßten Julia herzlich. Sie übergab der Gastgeberin ihre Mitbringsel und setzte sich neben Tinas Cousine Angelika und ihren Lebensgefährten Jakob. Die beiden waren junge Eltern und ihre Kinder waren wirklich so entzückend, wie Tina sie beschrieben hatte. Luise, Tinas Tante, war sehr offen und lachte gerne. Markus' Eltern Horst und Heidi waren ein humorvolles Ehepaar und Julia erkannte, dass ihr Nachbar seinen typischen Wortwitz eindeutig von ihnen vererbt bekommen hatte. Tinas Schwägerin hatte sie bereits bei der Geburtstagsfeier kennengelernt und sie freute sich, sie wiederzusehen. Markus und sein Bruder Christian lieferten sich zur Unterhaltung aller beim Federball einen erbitterten Kampf. Julia fühlte sich sofort wohl und freute sich über die nette Gesellschaft.

Markus hatte für die Erwachsenen Koteletts und Gemüse gegrillt. Die Kinder aßen Würstchen und Cevapcicis.

„Ich bin auch noch klein und möchte Cevapcicis!", sagte Philipp lachend und reichte seinem Vater den leeren Teller.

„Du hast gerade die größte Portion Fleisch von allen verdrückt. Willst du mir sagen, du bist noch immer hungrig?"

Kopfschüttelnd packte er eine weitere Portion auf den Teller seines Sohnes. Julia genoss die selbst gemachten Saucen und Salate. Sie merkte erst jetzt, wie hungrig sie eigentlich war, denn sie hatte den ganzen Tag noch nichts gegessen. Es schlug ihr auf den Magen, dass Marian sich noch immer nicht bei ihr gemeldet hatte.

„Ich habe früher an einem Stand Grillhühner verkauft. Das war eine sehr schöne Zeit und bei mir gab es die besten Hühner der Stadt zu essen“, berichtete Luise stolz.

„Das finde ich interessant. Ich koche auch sehr gerne für Menschen. Meine Großmutter hat mir das Kochen und auch die Liebe dazu beigebracht.“

„Die Gastronomie ist ein hartes Geschäft. In meinen jungen Jahren habe ich gekellnert. Man schuftet den ganzen Tag und ist am Abend erschöpft, aber ich habe meinen Beruf geliebt.“

„Hast du eigentlich schon ein neues Date mit Marian?“, unterbrach Tina die Unterhaltung.

„Nein, er hat sich nicht mehr bei mir gemeldet.“ Die Enttäuschung in ihrer Stimme war nicht zu überhören.

„Er wird dich bestimmt bald anrufen. Ich kann mir nicht vorstellen, dass er der Typ Mann ist, der sich nach einem Date einfach so aus dem Staub macht. Man hat ihm doch angemerkt, dass er dich mag. In Punat habe ich ihn heute auch nicht gesehen. Vielleicht war er als Skipper unterwegs.“ Tina versuchte Julia aufzumuntern und redete ihr gut zu.

„Misch dich bitte nicht immer in Sachen ein, die dich nichts angehen, Schatz.“ Markus schüttelte den Kopf.

„Ich möchte ihr doch nur helfen. Du bist ein Mann. Kannst du ihr nicht sagen, dass es nichts bedeutet, wenn er sich noch nicht gemeldet hat?“

Markus zögerte etwas, aber sagte schließlich: „Wenn er sich melden möchte, dann tut er es einfach. Wir Männer denken nicht lange darüber nach, sondern tun das, worauf wir Lust haben. Entweder hat er einen driftigen Grund, warum er nicht anruft oder er hat einfach keine Lust. Sorry, Julia!“

Geschockt schaute sie ihren Nachbarn an. Hatte er recht und Marian wollte sie nicht wiedersehen? Vielleicht hatte sie seine Blicke missverstanden und er hatte gar kein Interesse an ihr.

„Rede doch nicht so einen Blödsinn, Markus! Er wird sicher Stress haben und einen guten Moment abwarten, bis er sich wieder meldet. Hör bitte nicht auf meinen unsensiblen Mann!“

Doch es war zu spät für ihre aufbauenden Worte. Julia war nun klar, dass sie Marians Gefühle falsch eingeordnet hatte.
Es kam ihr sehr gelegen, dass die Kinder nun nach der Nachspeise verlangten, denn so wurde sie vom Thema abgelenkt. Sie saßen noch lange beisammen und schließlich bedankte sich Julia für die Einladung und verabschiedete sich von allen.

In der Stille ihres Ferienhauses dachte sie noch einmal an den Vortag und kam sich sehr dumm und naiv vor. Marian hatte nie versucht, sie zu küssen oder ihr näherzukommen. Natürlich hatte er ihr den Rücken eingecremt, damit sie keinen Sonnenbrand bekommen würde. Aber mehr war zwischen ihnen nicht passiert. Sie versuchte einzuschlafen, aber ihre Gedanken wollten sie nicht zur Ruhe kommen lassen. Aber

er hatte doch gesagt, dass unser Ausflug ein Date war, dachte Julia.
Weitere drei Tage vergingen und noch immer blieb ihr Telefon stumm. Inzwischen war ihr klar, dass es nicht mehr als ein netter Ausflug ans Meer gewesen war. Julia verbrachte die Tage in ihrem Garten und ab und zu trank sie mit Tina eine Tasse Kaffee und tratschte mit ihr über alles Mögliche, nur nicht über Marian.

Für heute hatte sie sich vorgenommen, an einen Sandstrand an der Ostküste der Insel zu fahren. Julia packte gerade ihre Strandsachen in ihr Auto, als ihr Telefon läutete. Nervös kramte sie in ihrer Tasche, doch sie konnte ihr Handy nicht finden. Gerade als das Klingeln erstarb, hatte sie es in der Hand.

„Oh nein! Nicht auflegen!“, rief sie laut aus.

Sie entsperrte das Telefon und blickte auf gespannt auf das Display. Enttäuscht wählte sie Andreas Nummer:

„Tut mir leid, aber du hast zu schnell aufgelegt. Ich musste erst meine Tasche durchsuchen. Wie geht es dir?“

„Danke, mir geht es sehr gut. Aber du hörst dich etwas enttäuscht an. Ist alles in Ordnung?“

„Ja, es passt schon. Ich Dummchen hatte kurz die Hoffnung, dass Marian mich doch noch anruft. Wie konnte ich mich nur so reinsteigern? Ich bin doch sonst nicht so naiv.“

„Meiner Meinung nach hast du die Situation nicht fehlinterpretiert. Dieser Mistkerl hat wahrscheinlich nur bereits eine andere Touristin gefunden, mit der er sich vergnügen kann und die dann praktischerweise in ein paar Tagen abreist. Dich wäre er nicht mehr so schnell losgeworden und das war ihm sicher zu unbequem.“

Julia seufzte tief. Ihre Freundin hatte bestimmt recht. Sie fühlte sich sehr einsam und vermisste Andrea.

„Schade, dass du keinen Urlaub bekommst. Es wäre schön, wenn du mir den ganzen Tag einbläuen könntest, dass er ein Schuft ist und mich gar nicht verdient hat. Dann würde ich vielleicht aufhören, ständig an ihn zu denken."

„Vielleicht kann ich in ein paar Wochen freinehmen. Bei uns ist im Moment viel los, weil manche Idioten ihre Tiere im Sommer aussetzen, bevor sie in den Urlaub fahren. Die armen Tiere werden dann von Autos angefahren und kommen verletzt und ängstlich zu uns. Es ist schrecklich!"

„Das ist wirklich grausam! Wie geht es dir eigentlich mit deinem Verehrer? Habt ihr euch wieder getroffen?"

„Ja, eigentlich schon. Ich mag ihn, aber es ist so unglaublich kompliziert. Ich sollte es beenden, bevor ich noch tiefere Gefühle für ihn entwickle."

„Das muss aber ein toller Mann sein, wenn er dich so verunsichert! Ich möchte ihn unbedingt mal kennenlernen. Warum nimmst du ihn nicht mit, wenn du zu mir nach Kroatien kommst? Dann kann ich mir meine eigene Meinung zu ihm bilden und dich besser beraten."

„Ich denke, das ist nicht so eine gute Idee. Ich möchte dich nicht teilen, wenn wir uns endlich wiedersehen. Ich muss jetzt wieder aufhören zu telefonieren. Zerbrich dir wegen diesem Typen nicht den Kopf! Er ist es nicht wert!"

Andrea beendete das Telefonat wie jedes Mal, wenn das Gespräch um ihren neuen Freund ging. So verschlossen war ihre Freundin bisher noch nie. Dieser Mann musste tatsächlich etwas Besonderes sein. Vielleicht nahm sie aber auch nur Rücksicht auf Julia, die im Moment so unglücklich war. Es wurde wirklich Zeit, dass die beiden Freundinnen sich trafen, um ausführlich darüber zu sprechen. Es war für Julia sehr wichtig, zu wissen, dass ihre beste Freundin glücklich war.

Sie stieg in ihr Auto und machte sich auf zum Strand von Silo. Der Weg führte durch kleine Bergdörfer, die sie noch nicht kannte. Auch hier fuhr sie auf schmalen Straßen, die auf beiden Seiten von handgelegten Steinmauern gesäumt waren. Endlich kam sie am weißen Sandstrand an und stellte ihr Auto auf den nahegelegenen Parkplatz.

Julia breitete ihr Liegetuch im Sand auf und steckte ihren mitgebrachten Sonnenschirm in den Sand. Erleichtert über die Abkühlung, genoss sie das klare, frische Wasser. Sie beobachtete viele kleine Fische, die um ihre Beine schwammen. Das Leben konnte so schön sein! Sie wollte sich nicht länger mit negativen Gedanken quälen, sondern jeden Moment genießen, solange sie die Möglichkeit hatte, hier auf der Insel zu bleiben.

Früher oder später würde sie der Ernst des Lebens einholen und sie musste sich dann einen neuen Job suchen.

Sie schwamm ein wenig um die Bucht und legte sich dann wieder auf ihr Liegetuch. Zwei kleine Kinder bauten in ihrer Nähe eine große Sandburg und Julia beobachtete die beiden, wie sie schwer schleppend Wasser für ihren Burggraben holten und mit Muscheln die Türme verschönerten.

Die warme Temperatur und die frische Luft machten Julia müde und so schlief sie im Schatten ihres Sonnenschirms ein.

Sie träumte von ihrer Großmutter, die mit ihr eine Schiffsreise machte. Sophia zeigte im Traum auf Möwen, die kreischend um das Boot flogen. Plötzlich ertönte eine Schiffshu-

pe. Das Geräusch hörte sich aber nicht tief an, sondern eher schrill. Das Hupen wollte nicht stoppen.
Da erwachte Julia und merkte, dass es ihr Telefon war, das sie im Schlaf wahrgenommen hatte. Etwas benommen nahm sie das Gespräch an, ohne darauf zu achten, wer der Anrufer war.

„Hallo, ich bin es, Marian! Ich hoffe, ich störe dich nicht?!"
Schlagartig wurde sie wieder hellwach. „Um ehrlich zu sein liege ich gerade am Strand", sagte sie knapp.
Sie wollte ihm nicht das Gefühl geben, dass sie auf seinen Anruf gewartet hatte, obwohl das natürlich der Wahrheit entsprochen hätte.
„Es tut mir sehr leid, dass ich mich erst jetzt bei dir melde, aber während der letzten Tage war bei uns wirklich die Hölle los. Wenn du mir die Gelegenheit gibst, würde ich dir gerne erklären, was passiert ist. Aber ich möchte mit dir persönlich darüber sprechen und nicht am Telefon."
Jetzt wurde Julia hellhörig. Sie erinnerte sich an Markus Worte: Wenn ein Mann sich melden möchte, dann tut er es einfach. Um eine kurze Nachricht zu schreiben, hätte er bestimmt Zeit gehabt. Was wollte er ihr also mitteilen?
Sie versuchte, ihm nicht zu zeigen, dass er sie sehr gekränkt hatte.
„Das ist doch überhaupt kein Problem. Wir hatten nichts Bestimmtes vereinbart. Ich habe nicht auf deinen Anruf gewartet, aber wenn du mir etwas erzählen möchtest, kannst du ja zu mir kommen. Du weißt schließlich, wo ich wohne."
Es entstand eine kurze Stille am Telefon. War er darüber enttäuscht, dass es ihr egal war, ob er sich meldete oder nicht? Julia fühlte ein wenig Genugtuung.

„Darf ich heute bei dir vorbeikommen? Ich möchte wirklich mit dir reden."

Nun begann sich ihr Herzschlag zu beschleunigen und das alt vertraute Flattern stellte sich wieder in ihrem Bauch ein. Julia ärgerte sich über sich selbst, weil sie ihre Gefühle immer noch nicht im Griff hatte.

„Wie gesagt, im Moment bin ich noch am Strand, aber wenn du möchtest, kannst du gegen acht am Abend vorbeikommen. Dann werde ich schon zu Hause sein."

„Danke, ich werde pünktlich sein! Bis am Abend!"

Nervös starrte sie auf das Display. Vielleicht lag Andrea mit ihrer Vermutung richtig und er hatte sich bis gestern noch mit einer jungen, hübschen Touristin vergnügt, die nun wieder nach Hause gefahren war. Jetzt brauchte er Ersatz und da kam sie gerade gelegen. Nein, so einfach war sie nicht zu haben! Sie wollte sich anhören, was er ihr zu sagen hatte und dann würde sie ihn wieder wegschicken. Auch wenn sie anfangs naiv und auf seinen Charme reingefallen war, jetzt war sie auf der Hut.

Julia wechselte viele Male ihr Outfit, denn sie wollte zwar gut aussehen, aber es sollte auch nicht gewollt und zu aufreizend wirken. Als sie sich endlich für das passende Styling entschieden hatte, klingelte es auch schon an der Tür. Bevor sie jedoch öffnete, atmete sie tief durch und setzte ein gekünsteltes Lächeln auf. Marian wirkte erschöpft und niedergeschlagen. Er ist ein guter Schauspieler, dachte sich Julia und führte ihn auf die Terrasse.

„Möchtest du einen Kaffee oder vielleicht lieber ein Bier oder Wein?“, fragte sie ihn locker.

„Ich hätte gerne ein Glas Wein, danke.“

Beschwingt ging sie in die Küche und holte eine Flasche Weißwein aus dem Kühlschrank. Er sollte nicht merken, dass sie ihn vermisst hatte und ständig an ihn dachte. Sie stellte die Flasche in den Weinkühler und nahm zwei Gläser mit in den Garten. Marian nippte still an seinem Glas und sah noch immer nicht besser aus. Verwirrt beobachtete sie ihn und überlegte, was er wohl im Schilde führe.

„Nun, worüber wolltest du mit mir sprechen?“

Julia wollte nicht mehr darauf warten, bis er anfing zu reden. Die Stille, die zwischen ihnen herrschte, war irgendwie bedrückend. Marians Blick erinnerte sie an einen traurigen Hund.

„Ich möchte mich bei dir ehrlich entschuldigen, dass ich mich nicht gemeldet habe, obwohl ich es dir versprochen hatte“, begann er unsicher, aber Julia unterbrach ihn rasch.

„Du bist mir absolut keine Rechenschaft schuldig. Das ist schon in Ordnung.“

Er sollte nicht wissen, dass sie ihr Telefon tagelang nicht aus der Hand gelassen hatte, vor lauter Angst, seinen Anruf zu überhören.

Mit traurigen Augen setzte er fort: „Wie du ja weißt, musste ich ein Boot in Rab abholen. Ich war auf meinen Vater sehr wütend, weil er Mateo nicht zutraute, sich um die Boote zu kümmern. Als ich am späten Abend endlich zuhause war, stellte ich ihn zur Rede. Wir wurden beide sehr laut und auch Mateo mischte sich ein. Ich finde es ihm gegenüber immer noch unfair. Er ist kein kleines Kind mehr und ich merke, wie sehr es ihn verletzt, dass mein Vater ihn nicht ernst nimmt. Also versuchte ich lautstark, Vater zu überzeugen, dass er mit seiner Meinung falsch lag. Meine Mutter probierte die Situation zu beruhigen, aber es half alles nichts. Es war wichtig, dass ich ihm endlich meine Meinung sagen konnte."

Julia war sich nicht sicher, was diese Geschichte damit zu tun hatte, dass er sich nicht gemeldet hatte, aber sie merkte, dass er sehr bewegt war. Sein müdes und trauriges Aussehen war wohl doch nicht gespielt. Es ging ihm wirklich nicht gut. Marian tat ihr plötzlich aufrichtig leid.

„Du musst wissen, dass meine Großmutter auch bei uns im Haus lebt. Sie ist eine liebe, alte Frau, die niemandem etwas zuleide tut. Eigentlich ist sie immer sehr still und redet wenig. Aber unser Streit hatte sie sehr bewegt und aufgeregt."

Marians Stimme wurde etwas zittrig.

„Mein Vater und ich beschimpften uns im Streit gegenseitig und wurden immer lauter. Das hatten wir bisher noch nie getan. Meine Oma konnte es nicht ertragen, uns so zu sehen. Sie schlug mit der Faust auf den Tisch und schrie, dass sie ein solches Benehmen von uns nicht dulde. Wir starrten sie alle erschrocken an. So hatte ich sie noch nie erlebt. Dann plötzlich wurde sie blass und griff sich verkrampft an die Brust. Zum Glück kam die Rettung gerade noch rechtzeitig. Sie hatte einen Herzinfarkt und hat in den letzten Tagen um ihr Leben gekämpft. Seit heute Mittag ist sie über den Berg. Jetzt weißt du, warum ich mich nicht bei dir gemeldet habe. Es tut mir wirklich leid."

Marian senkte traurig seinen Blick. Julia fühlte sich schrecklich. Sie hatte mit Andrea so schlecht über ihn gesprochen, während er unsichere Tage voller Angst und Schuldgefühle durchlebt hatte. Sie ging auf ihn zu und nahm ihn tröstend in die Arme. Julia spürte seinen Schmerz und sein schlechtes Gewissen.

„Du weißt, dass sie bestimmt früher oder später einen Infarkt gehabt hätte, auch ohne diesen Streit? Er war vielleicht der Auslöser, aber du bist nicht daran schuld!" Einfühlsam versuchte sie ihn zu trösten.

„Ja, das haben mir die Ärzte auch versichert. Dennoch war es schrecklich, meine Oma mit all den Schläuchen und Geräten am Körper zu sehen. Ich hatte ein furchtbar schlechtes Gewissen."

„Aber jetzt wird alles wieder gut. Sie wird sich bestimmt bald erholen und ihr könnt sie wieder mit nach Hause nehmen", sagte sie aufbauend.

Ohne etwas zu sagen, saßen sie nebeneinander und tranken Wein. Julia ging in die Küche und bereitete belegte Brötchen zu.

„Du siehst aus, als ob du etwas Energie gebrauchen könntest", sagte sie, als sie den Teller vor ihn stellte.

Mit einem dankbaren Lächeln nahm er sich von den Schnitten und begann zu essen. Erleichtert schenkte sie ihnen beiden etwas vom Wein nach und gesellte sich wieder zu ihm.

Still saßen sie auf Julias Terrasse und hörten dem Zirpen der Grillen zu. Bald merkte sie, wie er begann, sich endlich zu entspannen. Die Luft wurde kühler und Julia fror.

„Dir ist kalt, oder? Sollen wir in dein Wohnzimmer gehen oder möchtest du, dass ich dich allein lasse? Ich möchte dich nicht mit meinen Sorgen belästigen", fragte Marian bedrückt.

Julia lächelte ihn freundlich an.

„Du kannst mir gerne von deinen Sorgen berichten. Es stört mich überhaupt nicht. Allerdings ist mir wirklich kalt. Gehen wir lieber hinein."

Sie nahmen die Gläser mit ins Haus und machten es sich auf ihrer Couch bequem. Endlich wirkte Marian wieder lockerer und so lenkte sie das Thema auf etwas Fröhliches.
Sie erzählte ihm von der Einladung ihrer Nachbarn und deren Familie. Auch von ihrem Ausflug am Strand berichtete sie ihm. Marian konnte sogar wieder schmunzeln und freute sich sichtlich über die Ablenkung.

„Weißt du eigentlich, wie wunderbar du bist? Du musst gedacht haben, dass ich ein Schuft bin, aber dennoch hörst du dir meine Geschichte an und munterst mich auf."
„So wunderbar bin ich auch wieder nicht. Aber hat denn mein Versuch, dich ein wenig fröhlicher zu machen, funktioniert?", wollte sie wissen.

Marian sah ihr tief in die Augen und strich eine Haarsträhne aus ihrem Gesicht. Langsam kam er immer näher und Julia spürte seinen Atem. Er hielt kurz inne, als ob er auf ihre Erlaubnis warten würde, dann endlich berührten seine Lippen die ihren. Es war ein langer und zärtlicher Kuss und Julia fühlte sich unendlich glücklich.

Als er sich schließlich von ihr löste, lächelte er sie zärtlich an: „Daran denke ich, seit ich dich zum ersten Mal gesehen habe. Du hast mir ziemlich den Kopf verdreht."

Sie küssten sich wieder, doch nun wurden sie leidenschaftlicher. Julias Körper reagierte heftig auf seinen und sie wünschte sich, dass dieser Moment nie enden sollte.

Aber Marian bewahrte einen kühlen Kopf und räusperte sich.

„Auch wenn es mir schwerfällt, aber ich werde jetzt wohl besser gehen. Ich verspreche dir, dass ich mich morgen bei dir melden werde."

Julia atmete tief durch, um sich zu fassen und begleitete ihn zur Tür, wo er sie nochmals zum Abschied küsste.

Als sie die Gläser und Teller in die Küche räumte, nahm sie den Duft des Lavendels wahr, der durch die offene Terrassentür aus ihrem Garten strömte.

„*Lavendel duftet für mich nach Liebe.*" Nun verstand sie ihre Großmutter. In dieser Nacht konnte sie nur wenig schlafen. Immer noch spürte sie seine Lippen auf ihren. Sie war unendlich glücklich.

Kapitel 11

Als Julia am nächsten Morgen ihre E-Mails checkte, läutete ihr Telefon.

„Guten Morgen! Du hast dein Versprechen wirklich gehalten.“

„Natürlich, ich habe doch gesagt, dass ich mich bei dir melden werde. Ich hoffe, du hattest angenehme Träume. Seit meine Oma im Krankenhaus ist, habe ich nicht mehr so gut geschlafen wie in dieser Nacht. Ich denke, das hat mit dir zu tun.“

„Ich konnte ehrlich gesagt nicht so schnell einschlafen, aber das hatte auch mit dir zu tun“, gab Julia verlegen zu.

„Ich nehme das als Kompliment an. Heute Morgen hatte ich ein Gespräch mit meinem Vater. Wir haben uns versöhnt und er sieht ein, dass er Mateo mehr Vertrauen schenken muss. Er möchte in Split ein Boot kaufen und ich muss ihn begleiten. Wir fahren morgen sehr früh weg, damit wir am Abend wieder zuhause sein können.“

„Das sind aber keine guten Nachrichten für mich. Dann sehen wir uns wohl länger nicht. Ich muss nämlich übermorgen für ein paar Tage nach Hause, denn ich habe einen Termin mit unserem Anwalt. Endlich können wir die Verlassenschaft abschließen und ich trete offiziell das Erbe meiner Großmutter an. Außerdem möchte ich mich mit Andrea treffen. Ich habe das Gefühl, dass sie irgendetwas bedrückt.“

„Das ist sehr schade. Ich möchte dich aber unbedingt vor deiner Abreise noch sehen. Heute arbeite ich leider den ganzen Tag. Was hältst du davon, wenn du mir Gesellschaft leistest? Mein Vater besucht meine Großmutter und deshalb bin ich allein in Punat. Sobald alle Boote ausgefahren sind, habe ich Zeit für dich."

„Das ist eine gute Idee! Ich komme gerne zu dir."

Eilig packte sie ihre Badetasche und machte sich auf den Weg zur Anlegestelle. Marian half gerade einem Kunden beim Ablegen, als sie an der Promenade ankam. Im Schatten eines Baumes beobachtete sie, wie er geschickt vom Boot sprang und die Seile löste. Das vertraute Kribbeln in ihrem Bauch stellte sich wieder ein, als er sie erblickt hatte und mit einem Lächeln direkt auf sie zu kam. Ohne ein Wort zu sagen, zog er sie zu sich und küsste sie leidenschaftlich. Er löste sich von ihren Lippen und blickte ihr tief in die Augen.

„Schön, dass du gekommen bist. Du siehst heute sehr hübsch aus. Ich muss noch auf einen Kunden warten, aber dann habe ich den ganzen Tag Zeit. Wir müssen uns nur in der Nähe unseres Stegs aufhalten und die Einfahrtsschneise beobachten, damit ich bereit bin, wenn die Schiffe zurückgebracht werden."

Marian holte im Café nebenan einen Cappuccino für Julia und einen Espresso für sich und stellte die Getränke auf einen kleinen Tisch.

„An diesen Service könnte ich mich gewöhnen", sagte sie erfreut.

„Und ich könnte mich an deine Gesellschaft gewöhnen."

Sanft strich er ihr eine Haarsträhne aus dem Gesicht und küsste sie.

Dann erzählte er ihr begeistert über das Boot, das sein Vater kaufen wollte. Das Schiff war erst vier Jahre alt und hatte zwei sehr starke und neue Motoren. Es war für zehn Personen zugelassen und in einem erstklassigen Zustand.

„Damit würden wir größere Gruppen ansprechen oder Kunden, die lieber mehr Geld ausgeben, aber dafür auch mehr Platz an Bord haben wollen. Ich hoffe, der Zustand ist so gut wie beschrieben. Morgen mache ich eine Probefahrt und wenn alles passt, kann ich schon bald eine Spritztour mit dir machen."

Verschmitzt lächelte Marian sie an. Seine Begeisterung war hinreißend und er erinnerte Julia an einen kleinen Jungen, der von seiner Autorennbahn erzählte.

Er erklärte ihr alle technischen Details und die Besonderheiten des Bootes und obwohl sie nichts davon verstand, hörte sie ihm gespannt zu.

„Hoffentlich langweile ich dich nicht zu sehr. Manchmal denke ich nicht daran, dass Schiffe nicht für jeden so faszinierend sind wie für mich", fügte er etwas kleinlaut hinzu.

„Ich finde deine Begeisterung ansteckend und ich möchte gerne alles erfahren, was für dich im Leben wichtig ist. Vielleicht zeigst du mir irgendwann, wie man mit einem Boot fährt."

Endlich traf auch der letzte Kunde ein. Das ältere Ehepaar legte gekonnt vom Steg ab und nun hatten Marian und Julia

Zeit füreinander. Er hängte ein Schild mit seiner Handynummer an die Hütte und schloss alles ab.

Händchenhaltend schlenderten sie die Promenade entlang und suchten sich einen ruhigen Platz auf dem betonierten Ufer, von wo aus sie seinen Steg und die Hütte im Blickfeld hatten. Dort breiteten sie ihre Strandmatten aus, die sie dicht neben einander rückten.
Als Marian sein T-Shirt auszog, konnte Julia ihren Blick kaum abwenden. Seine braune Haut glänzte ein wenig und sie hatte das Bedürfnis ihn zu berühren. Sie versuchte dennoch die Fassung zu bewahren und schlüpfte aus ihrem Strandkleid. Marians Blick glitt über ihren Körper und er zog sie an sich. Leidenschaftlich drückte er seine Lippen auf ihre und seine Zunge erkundete forsch ihren Mund. Julia hatte das Gefühl, sich in seinem Kuss zu verlieren. Noch nie hatte sie solch ein Verlangen gespürt.

Von weitem hörte sie ein Kinderlachen und ihr wurde wieder bewusst, dass sie nicht allein waren. Schwer atmend löste sie sich langsam von ihm und blickte sich um.
„Hier sind Kinder. Wir sollten uns unbedingt etwas zusammennehmen“, seufzte sie.
„Stimmt, aber ich hoffe, wir machen irgendwann dort weiter, wo wir gerade aufgehört haben“, meinte er lächelnd, während er sich seine zerzausten Haare richtete, „Gehen wir ins Wasser? Ich würde mich gerne etwas abkühlen.“

Zwinkernd nahm er ihre Hand und sie gingen ins kühle Meer. Julia wollte ein wenig schwimmen, aber Marian konnte seine Finger nicht von ihr lassen. Immer wieder suchte er ihre körperliche Nähe und trug sie auf seinen starken Armen durch das Wasser.

„So sieht es also aus, wenn du versuchst, dich zu benehmen?“, neckte sie ihn und küsste seine Stirn.

„Es war dein Vorschlag, anständig zu sein, nicht meiner“, entgegnete er grinsend.

Da hörten sie, wie jemand seinen Namen rief. Ein Mann stand am Ufer und deutete auf Marians Steg, auf dem ein Pärchen wartete.

„Ich denke, ich muss kurz mit ihnen sprechen. Vielleicht wollen sie ein Boot chartern.“

Er küsste sie auf die Wange und ließ sie allein im Wasser zurück. Julia schwamm entspannt einige Längen und legte sich dann wieder auf die Strandmatte. Bereits kurze Zeit später war er wieder zurück und küsste liebevoll ihren Hals.

„Ich habe alles erledigt. Sie haben für morgen einen Termin ausgemacht. Jetzt sind wir ausgebucht und Mateo wird viel zu tun haben. Heute Abend wird mein Vater ihm verkünden, dass er den Betrieb für einen Tag allein führen darf. Ich muss unbedingt bei dem Gespräch dabei sein, damit es nicht wieder eskaliert, auch wenn ich viel lieber die Zeit mit dir verbringen würde. Du verstehst das hoffentlich.“

„Ich denke, wir haben noch öfters die Möglichkeit, uns zu treffen. Diese Aussprache ist sehr wichtig für dich und deine Familie. Wie geht es eigentlich deiner Großmutter?“, fragte sie vorsichtig.

Sein Blick wurde plötzlich ernst.

„Wir dachten, sie hätte das Schlimmste überstanden, aber leider hat sie nun eine Lungenentzündung dazu bekommen. Mein Vater ist deshalb heute im Krankenhaus, weil er mit den Ärzten reden möchte. Ich hoffe, sie erholt sich wieder."
Julia nahm ihn in den Arm. Sie wusste nur zu gut, wie es ist, die Großmutter zu verlieren und hoffte inständig, dass ihm dieses Gefühl noch eine Weile erspart blieb.

Sie verbrachten einen entspannten Tag am Strand und aßen gemeinsam in einem Restaurant nahe dem Ufer zu Mittag. Es gab so viel, worüber sie miteinander reden, aber auch lachen konnten. Julia fühlte sich in seiner Gegenwart sehr wohl.

„Ich werde dich vermissen, wenn ich nach Hause fahre, aber ich freue mich schon sehr auf Andrea. Noch vor Kurzem haben wir uns beinahe jeden Tag gesehen. Doch seit ich hier bin, ist alles anders. Wir telefonieren viel weniger, seit sie diesen ominösen Mann kennengelernt hat. Irgendetwas bedrückt sie und ich möchte gerne herausfinden, was es ist", erzählte sie ihm.

„Solange du wieder zu mir zurückkommst und nicht dortbleibst, warte ich gerne auf dich." Liebevoll legte er den Arm um sie.

„Natürlich komme ich wieder zu dir zurück!" Verliebt schmiegte sie sich in seine Arme.

Als schließlich alle Boote wieder in den Hafen gekommen waren, verabschiedete sich Julia schweren Herzens von Marian.

„Ich hoffe, du vergisst mich nicht, sobald du die nächste, hübsche Touristin siehst", hauchte sie ihm kess ins Ohr und legte ihre Arme um seinen Hals.

Ernst blickte er in ihre Augen und Julias Knie wurden wieder weich.

„Wie soll ich dich vergessen? Seit ich dich zum ersten Mal gesehen habe, gehst du mir nicht mehr aus dem Sinn. Ich werde dich sehr vermissen."

Sein zärtlicher Abschiedskuss sagte mehr als tausend Worte.

Als Julia am nächsten Tag ihre Sachen für die Heimreise packte, erhielt sie ein Foto von Marian, auf dem er mit dem neuen Boot zu sehen war. Das Schiff war sehr groß und er strahlte vor Freude.

„Wir kaufen es! Ich freue mich schon, wenn ich mit dir ausfahren kann. Fahr bitte vorsichtig! Kuss Marian!", stand unter dem Bild. Julia antwortete, dass sie sich schon sehr auf die erste Ausfahrt freue.

Mit einem Lächeln im Gesicht wählte sie Andreas Nummer.

„Ich habe dir so viel zu erzählen. Marian und ich sind nun tatsächlich ein Paar."

„Das sind ja gute Nachrichten! Das freut mich sehr für dich. Erzähl mir alles im Detail! Wie ist es dazu gekommen?"

„Die Geschichte ist zu lang, um sie am Telefon zu besprechen. Ich packe gerade meine Sachen, weil ich morgen heimfahre. Der Termin mit Dr. Hofer ist am Nachmittag und danach werde ich etwas Zeit mit meiner Mutter verbringen. Kommst du übermorgen zu mir? Du könntest auch bei mir übernachten."

„Gerne! Ich muss dir auch so einiges erzählen. Das trifft sich gut."

Andreas Stimme hörte sich bedrückt an. Irgendetwas war geschehen, das merkte Julia sofort.

„Du weißt, dass ich immer für dich da bin, oder? Du bist meine beste Freundin und ich merke, wenn etwas bei dir nicht stimmt."
„Ich weiß. Du bist zu gut für die Welt, Julia. Wir sehen uns übermorgen. Ich freue mich!"

Nun machte sie sich große Sorgen um ihre Freundin. Was konnte nur passiert sein, dass sie so niedergeschlagen wirkte? Hatte ihr Verehrer die Beziehung beendet, noch bevor sie richtig begonnen hatte? War etwas mit Andreas Eltern passiert oder hatte sie auch den Job verloren? Egal was es war, Julia nahm sich vor, für ihre Freundin da zu sein, so wie sie es umgekehrt auch immer getan hatte.

Den restlichen Tag verbrachte sie mit Arbeiten am und im Haus. Sie versuchte sich damit, ihre Gedanken von Andrea abzulenken.

Dr. Hofers Kanzlei lag in der Innenstadt in einem typischen Wiener Altbau mit hohen Wänden. Julia eilte durch die hohe, weiße Eingangstür und stellte sich der Assistentin schwer atmend vor.

Durch den Heimreiseverkehr der vielen Touristen kam es zu einem kilometerlangen Stau an der kroatisch-slowenischen Grenze, weshalb sich Julia verspätet hatte. Die Dame im Vorzimmer führte sie lächelnd in das Büro von Dr. Hofer. Der alte Fischgrätenparkett knarzte bei jedem ihrer Schritte.

Ihre Mutter Clara saß bereits auf einem großen Ledersessel und schaute ihre Tochter beim Betreten des Büros böse an.

„Ich muss mich bei Ihnen entschuldigen. Leider kam ich an der Grenze in einen Stau."

„Das macht doch nichts. Es freut mich, dass sie den Rat ihrer Großmutter befolgt und das Ferienhaus für sich renoviert haben. Schön, dass Sie damit eine Freude haben." Er lächelte Julia freundlich an.

„Wenn Sie nun bitte Platz nehmen würden? Ich verlese das Testament ihrer Großmutter und Mutter."

Hastig setzte sie sich neben Clara, die immer noch einen Gesichtsausdruck hatte, als ob sie in eine Zitrone gebissen hätte.

Dr. Hofer nahm ein Kuvert aus einer Aktenhülle und brach das Siegel, das den Brief verschlossen hielt, mit einem Brieföffner. Vorsichtig holte er ein Blatt aus dem Kuvert und entfaltete es bedächtig, als ob er befürchtete, er könnte es zerstören.

Dann begann er zu lesen: „Mein letzter Wille: Im Besitz meiner geistigen Kräfte vermache ich mein sämtliches Hab und Gut wie folgt: Meine Tochter Clara, die durch ihr geregeltes Einkommen abgesichert ist, erhält im Wohnhaus nur ein Wohnrecht. Weiters erhält sie einen Geldbetrag in der Höhe von 200.000 Euro."

Clara und Julia wirkten beide erstaunt. Sie hatten nicht gewusst, dass Sophia so viel Geld besessen hatte.

Dr. Hofer fuhr nun fort: „Mein Wohnhaus und mein Ferienhaus auf Krk in Kroatien gehen in den Besitz meiner Enkelin Julia über. Auch mein restliches Vermögen, das sich auf etwa 900.000 Euro beläuft, soll Julia erhalten."

„Wie bitte? Habe ich gerade richtig gehört?", stammelte sie geschockt.

„Ihre Großmutter hatte nach dem Verkauf des Geschäfts ein kleines Vermögen und legte es gewinnbringend in Aktien

an. Sie hatte ein Händchen für solche Dinge“, erläuterte der Anwalt.
Nun waren die beiden Frauen sprachlos. Sie konnten sich nicht vorstellen, dass Sophia im Umgang mit Aktien geübt gewesen war. Es gab wohl vieles, was sie nicht über ihre Mutter und Großmutter wussten.

„Hier sind noch zwei Briefumschläge beigefügt. Sophia hat für jeden von Ihnen eine persönliche Botschaft beigelegt, die ich natürlich nicht öffnen und verlesen werde.“
Er überreichte ihnen ihre Umschläge, die sie beide in ihren Handtaschen aufbewahrten.

„Somit ist die Verlassenschaft beendet. Sie werden in den nächsten Tagen den verfügten Betrag auf ihre Girokonten überwiesen bekommen. Ich wünsche Ihnen für Ihre Zukunft alles Gute und hoffe, weiterhin für Sie da sein zu dürfen.“

Die beiden Frauen verabschiedeten sich und verließen verblüfft die Kanzlei. Auf der Straße atmete Julia tief durch. Alle Sorgen um ihre Zukunft waren nun wie weggewischt. Sie konnte ihre Auszeit weiter verlängern, bis sie endlich ihren Platz im Leben gefunden hatte.

Clara betrachtete stumm das Kuvert in ihrer Hand. „Ist alles in Ordnung mit dir, Mama?“

„Ich habe mein ganzes Leben lang gedacht, dass meine Mutter sich nie um ihre Finanzen Gedanken gemacht hätte. Aber ich denke, ich habe sie wohl falsch eingeschätzt. Mein Leben lang hatte ich eine falsche Vorstellung von ihr. Ich habe das Gefühl, dass sie ein anderer Mensch war, als ich sie gekannt habe.“

Julia legte den Arm um ihre Mutter. Das machte sie sehr selten.

„Warum fahren wir beide nicht gemeinsam ins Haus und gehen nicht in ein Restaurant essen. Ich koche etwas für uns und wir können in Ruhe über alles sprechen."

„Das ist eine gute Idee."

Sie hatte nicht erwartet, dass Clara auf den Vorschlag eingehen würde. Auch sie hatte sich in ihrer Mutter getäuscht. Sie besorgten gemeinsam im Supermarkt alle Zutaten und machten sich auf den Weg ins Haus.

Julia war in der Küche wieder in ihrem Element. Eine innere Ruhe erfüllte sie, als sie begann, die Zutaten vorzubereiten. Sie schnitt Zwiebeln klein und briet die Rindsschnitzel in der Pfanne. Dann nahm sie das Fleisch beiseite, röstete die Zwiebeln und löschte alles mit Rotwein ab. Sie gab das Fleisch wieder in die Sauce und ließ das Gericht langsam köcheln.

„Zwiebelrostbraten hat meine Mutter immer für mich gemacht, wenn ich traurig war. Danke, Julia, dass du für mich kochst. Dieses Talent hast du von ihr geerbt. Ich bin eine furchtbare Köchin."

Ihre Mutter stand neben ihr in der Küche und beobachtete Julia. Die taffe Businessfrau wirkte plötzlich sehr betrübt und verletzlich.

„Ich koche sehr gerne für dich. An einem Tag wie heute möchte ich nicht mit fremden Leuten im Lokal sitzen und essen."

Während sie miteinander sprachen, schälte Julia Kartoffeln für die Beilage.

„Kannst du es glauben, dass Sophia mit Aktien gehandelt hat? Die Vorstellung ist fast schon lächerlich." Auch Julia konnte sich ihre Großmutter nur schwer als Aktionärin vorstellen.
Als das Essen fertig war, lobte ihre Mutter das Gericht. „Es schmeckt noch besser als bei deiner Großmutter." Erstaunt über das Kompliment lächelte Julia sie an.

Im Anschluss zeigte sie ihrer Mutter Fotos vom Ferienhaus und auch von der Insel. Sie erzählte ihr von ihren Nachbarn und auch von Marian.

„Du wirkst verliebt. Bist du glücklich mit ihm?", fragte Clara lächelnd.

„Ja, ich fürchte, es hat mich erwischt. Er ist sehr nett und zuvorkommend. Ich denke, du würdest ihn mögen."

„Aber wie soll das zwischen euch funktionieren? Eine Fernbeziehung ist nicht gerade einfach zu führen."
Julia hatte sich darüber noch keine Gedanken gemacht. Ihre Mutter hatte recht, aber sie wollte die Zeit mit ihm einfach nur genießen. Mit dem Geld als Puffer konnte sie noch länger auf Krk bleiben und sich überlegen, was sie in Zukunft machen wollte.

„Ich frage mich, was in dem Brief steht, den Dr. Hofer mir gegeben hat. Ich denke, ich werde ihn öffnen, wenn ich allein bin", meinte Clara nachdenklich.
„Das ist eine gute Idee. Im Moment bin ich dafür auch noch nicht bereit", antwortete Julia.

Die Neuigkeit, dass Sophia so viel Geld hatte, beschäftigte Clara sehr: „Ich kann es immer noch nicht fassen, dass ich meine Mutter jahrelang so falsch eingeschätzt hatte. Für mich war sie der Inbegriff einer Frauengeneration, die sich ihr Leben lang als Hausfrauen von der Männerwelt unterdrücken ließen. Ich konnte nie zu ihr aufsehen, weil ich sie für schwach und unselbstständig hielt. Sie war jahrelang an der Seite ihres pflegebedürftigen Mannes ohne eigene Ziele und Pläne. Nie hätte ich gedacht, dass sie in Wirklichkeit ihre Finanzen so gut im Griff hatte."

„Für mich war sie einfach immer nur meine liebe Oma, die gerne kochte, immer nach Lavendel roch und mir von der Liebe zu Opa vorschwärmte, als er noch gesund war." Da wirkte Clara plötzlich sehr erstaunt.

„Wie kommst du darauf, dass sie ihn so sehr geliebt hätte?"

„Das musst du doch wissen. Wie oft hat sie mir von der großen Liebe erzählt und wie schlimm es war, als sie nicht mehr so zusammen sein konnten, wie sie es gewöhnt waren. Dass sie aber jeden Tag gemeinsam genossen hatten, der ihnen geschenkt wurde, gab ihr Kraft."

Julia bekam eine Gänsehaut, als sie Sophias Worte wiedergab. Schon damals fand sie die Beziehung ihrer Großeltern romantisch, die durch die Gehirnhautentzündung ihres Großvaters eine traurige Wendung genommen hatte.

„Mein Vater war alles andere als ein liebenswerter Mensch. Er war herrschsüchtig und gemein. Eine Frau sollte sich seiner Meinung nach um den Haushalt kümmern, aber nicht arbeiten. Deshalb wollte er nie, dass ich den Betrieb später übernehmen sollte. Ich habe mich aber insofern durchgesetzt, dass ich studiert habe und heute sehr angesehen in meinem Beruf bin. Meine Mutter betrog er ständig mit anderen Frauen, die ihm das Geld aus der Tasche zogen. Ich habe

nie verstanden, warum sie bei ihm geblieben war. Dann wurde er krank und ich war ehrlich gesagt erleichtert, dass seine Tyrannei zu Ende war. Meine Mutter aber blieb bei ihm und kümmerte sich darum, dass es ihm gut ging.
Sie vergeudete ihr Leben an seiner Seite. Mit Liebe hatte ihre Ehe wenig zu tun, denn sie war von ihrem Vater arrangiert worden, als sie noch jung war, weil dieser bei meinem Großvater väterlicherseits Schulden hatte. Ich weiß nicht, welche Geschichten sie dir erzählte, aber das war dir Realität. Deshalb fiel es mir sehr schwer, sie zu respektieren. Ich wollte nie so sein wie sie."

Julia konnte nicht glauben, was sie soeben gehört hatte. Das konnte nicht wahr sein! Hatte sie ihr Leben lang an eine Liebe geglaubt, die gar nicht existiert hatte? Sophia hatte sie im Glauben gelassen, dass sie ihren Mann geliebt hatte. Wohl um sie vor der Realität zu schützen. Julia war sprachlos und musste die Worte ihrer Mutter erst realisieren.

Sie lag am Abend noch lange wach in ihrem Bett und dachte an ihre Großeltern. Ihren Großvater hatte sie nie kennengelernt und nach dem, was sie von Clara gehört hatte, war sie zum ersten Mal froh darüber, dass ihr dies auch erspart geblieben war.

„Oma, du hast so schönen Schmuck. Darf ich mir diese Perlenkette ausborgen?" „Aber natürlich. Du darfst sie auch gerne behalten." „Bist du dir sicher? Warum trägst du all diese schönen Sachen nie? Ich sehe dich immer nur mit deiner Kette mit dem Herzanhänger." „Diesen ganzen Schmuck habe ich von deinem Opa geschenkt bekommen. Ich möchte ihn nicht mehr tragen. An meiner Herzkette hänge ich sehr,

aber alles andere kannst du dir nehmen, wann immer du möchtest.“ „Wahrscheinlich erinnert dich der Schmuck daran, dass Opa krank ist und du jetzt allein bist, oder?“ „Du hast recht, der Schmuck erinnert mich zu sehr an deinen Großvater.“

Am nächsten Morgen wachte Julia wie gerädert auf. Sie hatte schlecht geschlafen und hoffte nun auf einen angenehmen Tag mit Andrea. Sie bereitete schon früh einen Pizzateig zu und wartete gespannt auf das Eintreffen ihrer Freundin.

Um sich etwas abzulenken, rief sie Marian an:

„Guten Morgen! Habt ihr das Boot schon in Betrieb?“

„Guten Morgen, mein Schatz! Ja, gestern habe ich mit Mateo damit eine Spritztour gemacht. Wir hatten wirklich großen Spaß und sind wie verrückt am Meer herumgedüst.“

„Das freut mich! Wie war denn die Aussprache zwischen ihm und eurem Vater? Ist alles gut verlaufen und wie geht es deiner Großmutter?“

„Mein Vater sieht tatsächlich ein, dass er Mateo mehr zutrauen muss und mein Bruder hat versprochen, sich mehr zu bemühen und nicht immer wütend zu werden, wenn etwas nicht so funktioniert, wie er möchte. Ich hoffe, es bleibt so entspannt zwischen den beiden.

Meine Oma kämpft inzwischen weiter. Die Ärzte meinten, sie sei sehr tapfer und widerstandsfähig. Wir hoffen und beten, dass sie bald das Schlimmste überstanden hat.“

„Ich drücke deiner Oma die Daumen.“

„Wie war dein Termin beim Anwalt?“

„Wie es ausschaut, muss ich mir finanziell keine Sorgen mehr machen, aber meine Mutter hat mir gestern erzählt, dass mein Großvater anscheinend ein schrecklicher Mensch gewesen sei. Sie meint, dass meine Großmutter unglücklich

mit ihm war. Ich weiß nicht, was ich davon halten soll. Aber so, wie sie es geschildert hat, muss es stimmen. Meine Mutter hat nur wenig Fantasie, darum kann ich mir nicht vorstellen, dass diese Geschichten nicht der Wahrheit entsprechen sollten. Ich bin ziemlich verwirrt wegen der ganzen Sache."
„Das tut mir leid. Nicht immer kennen wir alle Seiten der Menschen, die wir lieben. Du hast ihr sehr viel bedeutet und das weißt du. Alles andere ist nicht so wichtig."

Marian hatte es geschafft, ihre Zweifel und wirren Gedanken zu vertreiben. Auch wenn Sophia ihr vorgespielt hatte, ihren Mann geliebt zu haben, so hatte dies nichts mit ihrer eigenen Beziehung zu ihr zu tun. Julia wünschte ihm noch einen schönen Tag und versprach, sich bald wieder zu melden.

Kurze Zeit später traf endlich Andrea ein. Die beiden Freundinnen umarmten sich bei der Begrüßung und Julia merkte, wie sehr ihre Freundin ihr gefehlt hatte.

„Es tut echt gut, dich zu sehen! Komm herein, ich backe uns heute eine Pizza. Das geht schnell und ich habe viel Zeit, um mit dir zu reden." Andrea, die gerade noch beste Laune hatte, wirkte plötzlich nervös und verlegen.

„Was bedrückt dich eigentlich so sehr? Irgendetwas ist doch bei dir los!"

Andrea wich dem Thema allerdings aus: „Über mich reden wir später. Zuerst möchte ich alles von dir wissen. Was gibt es Neues?"

„Sehr viel…", sagte Julia und berichtete ihrer besten Freundin über Marians Großmutter, deren Herzinfarkt Schuld daran hatte, dass er sich nicht melden konnte und über den Abend, an dem die beiden ein Paar wurden. Sie erzählte ihr vom Tag am Strand in Punat, aber auch von den neuesten Erkenntnissen über Sophias Leben.

„Kannst du dir vorstellen, dass ich all die Jahre geglaubt hatte, sie wären glücklich miteinander gewesen und dass meine Oma diesen Erinnerungen nachhing? Es ist doch unglaublich, dass ich erst jetzt davon erfahre, was für ein gehässiger Mann mein Großvater war.

Übrigens hat sie mir nicht nur die beiden Häuser, sondern 900.000 Euro vererbt. Ich habe keine Geldsorgen mehr und muss mir nicht so schnell eine Arbeit suchen. Ist das nicht fantastisch?"

Andrea umarmte Julia innig und meinte: „Ich freue mich so sehr, dass du endlich dein Glück findest. Du hast es verdient, dass es jetzt in deinem Leben aufwärts geht. Irgendwie habe ich das Gefühl, als ob Sophia im Himmel die Fäden zieht und darauf achtet, dass es dir gut geht."

Julia musste schmunzeln, denn auch sie hatte schon einen ähnlichen Gedanken gehabt.

„Aber jetzt erzähle mir endlich, was bei dir los ist. Ich mache mir schon große Sorgen um dich. Hat es etwas mit deinem Verehrer zu tun? Seid ihr nun ein Paar oder ist doch nichts aus euch geworden?"

Andrea wurde plötzlich sehr blass. Nervös kaute sie auf ihrer Lippe und begann die Serviette, die vor ihr lag, zu zerkleinern.

„Du bist meine beste Freundin und du bist immer für mich da. Du bist eine der wichtigsten Personen in meinem Leben", begann Andrea mit feuchten Augen.

Julia wurde Angst und Bang. So hatte sie ihre Freundin noch nie erlebt.

„Andrea, du machst mir ein wenig Angst. Was ist los! Sag es bitte endlich!“

„Wie du ja weißt, habe ich mich in letzter Zeit öfters mit einem Mann getroffen. Anfangs war mir eigentlich nur schrecklich langweilig, weil du nicht da warst. Du und ich, wir waren fast täglich zusammen und plötzlich war ich allein. Also wollte ich mich ablenken und habe mich gefreut, dass ich jemanden zum Reden hatte. Wir waren abends öfters miteinander aus. Dann ist es passiert und wir haben uns ineinander verliebt. Du weißt, ich bin kein Beziehungsmensch, aber mich interessieren plötzlich keine anderen Männer mehr und ich denke immer nur noch an ihn.“

Julia verstand nicht, worin das Problem lag.

„Das ist jetzt aber kein Grund, traurig zu sein. Es ist doch etwas Schönes, wenn du verliebt bist, oder nicht?“

„Nein, es ist überhaupt nicht schön. Julia, der Mann, in den ich mich verliebt habe, ist Thomas.“

Damit hatte sie nun wirklich nicht gerechnet. Ihre beste Freundin war in ihren Exfreund verliebt. Deshalb hatte sie sich also so selten gemeldet und war derart niedergeschlagen.

„Ich denke, ich muss das erst einmal richtig realisieren. Seid ihr beiden ein Paar?“

„Das kommt auf dich an. Wir wollen nicht, dass du unglücklich bist. Wenn es dich stört, werden wir uns nicht wiedersehen.“

Julia betrachtete ihre Freundin, die mit traurigen Augen wie ein Häufchen Elend vor ihr saß und auf eine Reaktion wartete. Sie ging auf Andrea zu und nahm sie in den Arm.

„Ich finde es wirklich nicht in Ordnung von dir, dass du mir so lange nichts von euch erzählt hast. Ich mag Thomas noch immer sehr gern."

Ihre Freundin sackte in sich zusammen.

„Aber nur als sehr guten Freund. Ich möchte, dass ihr beide glücklich seid. Es ist zwar ein wenig merkwürdig für mich, aber ich werde mich schon daran gewöhnen. Wenn ihr zusammen sein wollt, habt ihr auf alle Fälle meinen Segen. Aber nur, wenn du mir versprichst, mir nie wieder etwas zu verheimlichen."

Andrea fiel ihr um den Hals und hüpfte fröhlich im Zimmer herum. Ihre Traurigkeit war schlagartig verflogen.

„Du hast keine Ahnung wie erleichtert ich bin. Ich verspreche dir hoch und heilig, dir nie wieder etwas zu verschweigen! Wir wollten erst sicher sein, dass es zwischen uns etwas Ernstes ist, bevor wir es dir sagen. Ist es für dich in Ordnung, wenn ich Thomas kurz eine Nachricht schicke? Der Arme hat heute Nacht vor lauter Sorge keine Minute geschlafen."

„Ruf ihn an und rede mit ihm. Ich bereite in der Zwischenzeit unsere Pizza vor."

Julia hoffte inständig, dass in der nächsten Zeit keine weiteren Neuigkeiten auf sie zukamen. Für den Moment hatte sie genügend Informationen erhalten, die sie verarbeiten musste. Sich Andrea und Thomas als Paar vorzustellen, war etwas eigenartig, aber sie freute sich wirklich für beide.

Kurze Zeit später leistete ihr ihre Freundin in der Küche Gesellschaft.

„Er lässt dich grüßen und ist sehr erleichtert über deine Reaktion."

Andrea strahlte über das ganze Gesicht.

„Was hältst du davon, wenn du heute hier übernachtest und Thomas morgen zu Mittag zu uns stößt. Dann kann ich mich davon überzeugen, ob ihr beide wirklich zusammenpasst. Ich koche auch wieder ein Schnitzel für ihn", schlug Julia vor.

Ihre Freundin war von dem Vorschlag begeistert.

Die beiden Frauen verbrachten den ganzen Tag damit, von den Männern zu schwärmen, in die sie verliebt waren. Wie zwei Teenagerinnen kicherten sie und freuten sich über ihr Glück.

Thomas kam pünktlich zum Mittagessen und Andrea empfing ihn aufgeregt vor dem Haus. Julia beobachtete beide heimlich vom Fenster aus. Es fühlte sich ein wenig befremdlich an, als die beiden sich küssten, aber Julia spürte, dass sie sich aufrichtig für ihre Freunde freute.

Als Thomas sie verunsichert begrüßte, drückte sie ihn und sagte: „Pass mir gut auf meine beste Freundin auf! Wenn du ihr das Herz brichst, bekommst du kein Schnitzel mehr von mir!", neckte sie ihn.

Die drei Freunde lachten erleichtert und setzten sich zu Tisch. Eigentlich war alles wie früher zwischen ihnen, nur Andrea und Thomas tauschten ab und an verliebte Blicke aus. Sie hatten einen schönen Nachmittag, der viel zu schnell verging.

Bei der Verabschiedung umarmte Julia ihre beiden Freunde: „Ihr müsst mich unbedingt bald zusammen auf Krk besuchen. Ihr könnt in meinem Gästezimmer übernachten."

„Ich möchte mich nochmals bei dir bedanken, dass du so locker damit umgehst, dass wir nun zusammen sind. Wir kommen dich sehr gerne besuchen. Dann kannst du mir deinen Marian vorstellen“, sagte Thomas glücklich.

Julia freute sich schon, die beiden hoffentlich bald wiederzusehen. Aber noch mehr freute sie sich nun auf ihre Rückreise am nächsten Tag.

Kapitel 12

Als Julia endlich wieder in ihrem Haus auf Krk angekommen war, meldete sie sich gleich bei Marian:

„Hallo, ich bin endlich wieder zurück! Die Fahrt war ziemlich anstrengend, denn ich musste zwei Stunden an der Grenze warten. Hast du heute Abend vielleicht Zeit für mich?"

„Ich bin sehr froh, dass du wieder da bist. Natürlich habe ich heute für dich Zeit. Ich würde dich sehr gerne zum Essen einladen. Passt es dir, wenn ich dich um neunzehn Uhr abhole?"

„Gerne, ich freue mich schon sehr darauf."

Julia holte ihre Sachen aus dem Auto und legte den Brief ihrer Großmutter, den sie noch nicht geöffnet hatte, in ihr Nachtkästchen. Sie goss ihre Pflanzen im Garten und ruhte sich auf ihrer Sonnenliege aus. Müde von der Autofahrt schlief sie im Schatten des Olivenbaums ein. Als sie wieder munter wurde, war es bereits kurz vor achtzehn Uhr. Hastig ging sie ins Badezimmer und machte sich für ihre Verabredung frisch. Sie zog sich eines ihrer Lieblingskleider an und wartete aufgeregt im Garten.

Pünktlich zur verabredeten Zeit erschien Marian an der Tür. Er trug eine lange, dunkelblaue Stoffhose und ein weißes

Hemd mit aufgekrempelten Ärmeln. Ohne ein Wort der Begrüßung küsste er Julia innig.

„Ich habe dich sehr vermisst“, hauchte er ihr ins Ohr.

„Ich dich auch. Wohin fahren wir heute?“

„Wenn es für dich in Ordnung ist, würde ich gerne das Auto stehen lassen und mit dir zum Hafen im Ort spazieren. Es gibt dort ein nettes Restaurant, in dem ich einen Tisch reserviert habe.“

Julia wurde gerade bewusst, dass sie Porat noch nie erkundet hatte. Bis auf den kleinen Supermarkt und ihre Wohnstraße kannte sie nichts vom Ort.

„Das ist eine sehr gute Idee. Auch wenn es ein wenig beschämend ist, aber ich muss zugeben, dass ich bis jetzt vom Dorf hier noch nicht viel gesehen habe.“

Marian gab ihr einen liebevollen Kuss auf die Wange und meinte: „Dann wird es höchste Zeit. Machen wir uns auf den Weg?“

Händchenhaltend schlenderten sie die Straße entlang. Sie gingen an Ferienappartments und Wohnhäusern vorbei. Bald schon liefen sie auf einer steil abfallenden Straße, die direkt zum kleinen Hafen führte. Hier gab es mehrere Restaurants und einen Souvenirladen.

„Es ist sehr idyllisch hier. Hätte ich gewusst, wie entzückend der Hafen ist, wäre ich wohl schon öfters hierher spaziert“, meinte Julia begeistert.

Marian steuerte ein Restaurant an, das dem Ufer am nächsten war. Als sie das Lokal betraten, begrüßten ihn die Kellner freundlich in ihrer Landessprache. Marian aber antwortete auf Deutsch, damit Julia sie verstehen konnte.

„Ich habe einen Tisch für zwei reserviert."
„Folgt mir bitte! Ich habe für euch den besten Platz gedeckt, den wir haben", sagte der Kellner zwinkernd zu ihnen.

Sie saßen am äußersten Tisch direkt am Wasser, etwas abgeschieden von den anderen Gästen. So hatten sie einen wunderbaren Blick auf das Meer und konnten ungestört miteinander reden. Marian bestellte eine Flasche Wein und Wasser.

„Die Spezialität des Hauses sind Meeresfrüchte. Wenn ihr wollt, kann ich euch eine schöne Platte für zwei Personen zubereiten lassen", schlug der Kellner vor.

Marian und Julia fanden die Idee verlockend und entschieden sich dafür.

„Du kennst wohl jeden auf Krk, oder?", fragte sie neugierig.

„Wenn man hier aufwächst, kennt man die meisten im selben Alter. Viele meiner Bekannten arbeiten in der Gastronomie, aber fast alle sind von der Insel weggezogen und wohnen jetzt in Rijeka. Dort ist außerhalb der Saison mehr los, aber ich liebe es, hier auf Krk zu leben. Außerdem haben wir ja unsere Tiere und die Oliven, um die wir uns kümmern müssen. Bei uns zu Hause gibt es immer etwas zu tun."

„Ich verstehe dich gut. Mir gefällt diese Insel immer besser."

„Liegt das vielleicht ein wenig an mir?", wollte Marian wissen. Julia antwortete ihm mit einem Kuss.

Verliebt blickte sie in seine Augen, während er ihre Hand hielt. Das Rauschen des Meeres und der Wein hatten ihre Wirkung nicht verfehlt. Sie fühlte sich beschwingt und glücklich.

„Was hast du in den letzten Tagen ohne mich erlebt?“, fragte Marian interessiert.

Sie berichtete ihm von Andrea und Thomas und dass sie sich sehr für die beiden freute.

Die Erzählungen ihrer Mutter beschäftigten Julia noch immer.

„Es ist sehr merkwürdig für mich, wenn ich daran denke, dass meine Oma immer von der großen Liebe gesprochen und sie doch nie erlebt hatte. Vielleicht wollte sie für mich eine Scheinwelt aufbauen. Sie hat mich immer schon vor negativen Erlebnissen so gut es ging beschützt. Irgendwie passt das alles für mich dennoch nicht zusammen. Ich bin mir nicht sicher, ob ich meiner Mutter glauben soll.“

Julia dachte mehr und mehr, dass es Clara immer noch nicht verkraften konnte, wie gut sich Großmutter und Enkelin verstanden hatten. Vielleicht wollte sie nun Sophia schlecht reden.

„Denk nicht so viel über die Vergangenheit nach und konzentriere dich mehr auf deine Gegenwart. Im Moment kommt nämlich unser Essen.“

Auf einem großen, silbernen Tablett wurden ihnen gemischte Meeresfrüchte serviert. Julia probierte sich durch die Garnelen, Calamari und Muscheln. Auch Krebse und Langusten waren auf der Platte. Dazu gab es köstliches, noch warmes Brot.

„Diese Platte ist fantastisch!“, schwärmte sie, während sie gekonnt das Fleisch aus einem Krebs löste.

Nach dem Essen tranken die beiden eine Tasse Kaffee und genossen die kühle Brise, die vom Meer her wehte.

„Hättest du noch Lust auf einen Cocktail in der Bar nebenan?“, fragte Marian, als er die Rechnung bezahlte.
„Sehr gerne! Zu einem Pina Colada als Nachspeise würde ich jetzt nicht nein sagen.“

Die Bar war klein und heimelig. Sie setzten sich gemeinsam auf ein Sofa und Marian legte seinen Arm um Julia. Sie fühlte sich sehr geborgen und glücklich.

Es war schon lange her, dass sie sich mit einem Mann so vertraut in der Öffentlichkeit gezeigt hatte, aber es fühlte sich sehr gut an. Sie bestellten ihre Getränke und Marian küsste sie innig.

„Hier beobachten uns alle. Vielleicht sollten wir uns das für später aufheben“, meinte Julia vernünftig.

„Natürlich schauen sie uns an. Immerhin sitze ich hier mit der hübschesten Frau der Insel. Aber wenn du möchtest, dann verspreche ich dir, dass ich anständig bleibe. Für den Moment zumindest“, antwortete er zwinkernd.
Julia fiel es schwer, ihm zu widerstehen, aber ihre Erziehung hinderte sie, ihren Gefühlen in der Öffentlichkeit freien Lauf zu lassen. Die Cocktails waren wirklich gut und Julia hielt ihr Glas fest in der Hand. So konnte sie sich selbst daran hindern, Marian ständig zu berühren.

„Wie ist es eigentlich Mateo erstmals als Alleinverantwortlicher des Bootsverleihs ergangen? Hatte er Spaß daran?“, fragte Julia, um das Thema zu wechseln.

„Ja, er hat es gut gemeistert. Solange keine Reparaturen an den Booten anstehen, ist es für ihn auch kein Problem, meinen Job zu machen. Er war mir sehr dankbar, dass ich meinen Vater dazu überredet hatte, ihn auf die Probe zu stellen. Ich habe nun etwas bei ihm gut.

Deshalb vertritt er mich morgen wieder und ich habe für dich den ganzen Tag Zeit. Damit wollte ich dich überraschen. Ich hoffe, du hast deinen Tag noch nicht verplant!"

Nun stellte sie doch ihr Glas beiseite und legte ihre Arme um seinen Hals.

„Die Überraschung ist dir wirklich gelungen. Natürlich habe ich nichts vor und wenn doch, dann hätte ich es für dich verschoben."

Marian beglich die Rechnung und sie machten sich auf den Weg zurück zum Haus. Der Mond schien hell und es war noch immer warm für diese Uhrzeit. Für den Rückweg brauchten die beiden länger als zuvor, da er nicht die Finger von ihr lassen konnte.

„So kommen wir aber nicht weit!", rügte sie ihn ein wenig gekünstelt.

„Was soll ich machen? Ich bin dir einfach verfallen", meinte er achselzuckend.

Als sie bei Julias Haus ankamen, wurde sie unsicher. Auch wenn ihr Verlangen immer größer wurde, wollte sie noch warten, bevor sie den nächsten Schritt wagen wollte. Er merkte ihre Unsicherheit und gab ihr einen kurzen Kuss.

„Darf ich mein Auto bei dir stehen lassen? Ich habe zu viel getrunken und gehe lieber zu Fuß nach Hause. Ich muss morgen früh bei den Ziegen helfen, wenn mein Bruder beim Bootsverleih ist."

„Natürlich kannst du dein Auto hierlassen. Soll ich dich morgen vielleicht abholen?"

Julia tat es leid, dass er den Heimweg zu Fuß zurücklegen musste.

„Das ist kein Problem. Ich bringe die Ziegen am Vormittag auf eine Weide ganz in der Nähe und dann komme ich zu dir. Schlaf gut, mein Schatz!"

Er küsste sie zum Abschied noch einmal intensiv und löste sich seufzend von ihr. Julia lag wenig später leicht beschwipst in ihrem Bett und träumte von Marian.

Am nächsten Morgen wachte sie bereits sehr früh auf. Die Sonne schien und Julia hatte sehr unruhig geschlafen. Im Traum hatte sie den Abend mit Marian wieder und wieder durchlebt. Sie freute sich schon sehr auf den gemeinsamen Tag und wollte ihn überraschen.

Da sie ohnehin nicht mehr einschlafen konnte, ging sie in die Küche und begann zu backen. Sie bereitete ihre Badesachen vor und wartete freudig auf ihn.

Bereits am frühen Vormittag läutete es an der Tür. Als sie ihm öffnete, sagte er erstaunt: „Hier duftet es verführerisch und das bist ausnahmsweise nicht du."

„Ich habe für dich gebacken. Komm herein! Möchtest du einen Kaffee?"

„Sehr gerne! Ich kenne diesen Geruch. Du hast doch nicht etwa…"

„Der Apfelstrudel sollte gleich schmecken wie in deiner Kindheit. Ich habe das Rezept von meiner Oma."

Julia servierte ihm ein großes Stück bestreut mit Puderzucker und eine Tasse starken Kaffee.

Als Marian den ersten Bissen probierte, schwärmte er: „Ich hätte nie gedacht, dass ich diesen Geschmack noch einmal genießen darf. Er ist fantastisch! Du bist wirklich eine Frau zum Verlieben, Julia! Du siehst bezaubernd aus, bist intelligent, witzig und kannst kochen und backen."

Er gab ihr einen kurzen Kuss und aß begeistert gleich noch ein Stück.

„Hast du heute etwas Bestimmtes geplant?", wollte sie wissen.

„Du hast gestern gesagt, dass du noch nicht viel von Porat kennst. Deshalb habe ich mir gedacht, wir könnten hier baden gehen. Es gibt einen kleinen Strand in der Nähe des Hafens."

Julia gefiel der Vorschlag sehr und so machten sie sich auf den Weg zum Strand.

Sie spazierten die Gassen entlang und kamen schon bald am Hafen vorbei. Dort schlenderten sie Arm in Arm weiter und kamen schon bald am Strand von Porat an. Hier lag man auf betonierten und terrassenähnlichen Ebenen, die zum Kiesstrand führten. Sie legten ihre Badesachen auf eine Holzbank unter einen Baum auf einer höher gelegenen Ebene und kühlten sich rasch im Meer ab. Es war ein sehr heißer Tag und sie waren über diese Erfrischung froh. Als sie wieder auf der Bank saßen, blickte Julia sich um.

Oberhalb des Strandes gab es ein verlassenes Lokal, das einsam und ein wenig verwildert wirkte. Sie konnte sich vorstellen, dass die Gäste früher von der Terrasse den Ausblick aufs Meer genossen hatten.

„Hier ist es wirklich sehr nett, aber ich finde es schade, dass das Lokal geschlossen hat. Es wäre sicher noch schöner,

wenn der Strand eine Infrastruktur hätte." Marian blickte nun ebenfalls zur geschlossenen Konoba hoch.
„Noch bis vor einigen Jahren hat der alte Stanko das Lokal hier geführt. Jetzt ist er zu schwach und hat sich zur Ruhe gesetzt. Seine Kinder sind alle nach Zagreb gezogen, wo sie geregelte Arbeiten gefunden haben. Sie wollten die Konoba nicht weiterbetreiben. Aber man kann zum nahen Hafen spazieren oder so wie ich, etwas von zuhause mitnehmen."

Marian öffnete seine Tasche und holte kühle Getränke aus seinem Rucksack. Julia bemerkte erst jetzt, dass es sich um eine Kühltasche handelte.
„Du bist mein Retter!"
Durstig trank sie die Flasche in einem Zug aus. Sie gab ihm einen Kuss und lehnte ihren Kopf an seine Schulter. So saßen sie lange da und blickten still auf das Meer.

„Ich habe ganz vergessen dir zu erzählen, dass mich Maria, Duskos Freundin, gefragt hat, ob wir am Wochenende zu ihnen nach Hause kommen möchten. Sie will unbedingt mit dir gemeinsam kochen."
„Das freut mich sehr. Sag ihnen doch bitte, dass wir gerne kommen, wenn es für dich auch in Ordnung ist. Sie wissen also bereits von uns?", fragte Julia grinsend.
„Ja, ich habe es Dusko erzählt, als du nicht hier warst. Mir war langweilig ohne dich und so habe ich ihn in seinem Restaurant besucht. Er hatte gemerkt, dass ich nicht aufhören konnte zu lächeln, also habe ich ihm von dir erzählt. Dann sage ich also für uns beide zu."

Julia war gerührt, wie offen er mit seinem Freund über sie sprach. Liebevoll blickte sie in seine braunen Augen und spürte wieder dieses vertraute Flattern in ihrem Bauch. Sie hatte sich in ihn verliebt. Zärtlich legte sie ihre Arme um ihn und begann, ihn liebevoll zu küssen. Bald schon wurde der Kuss immer leidenschaftlicher und Julia konnte ihre Lust kaum noch zügeln.

„Was haltest du davon, wenn wir unseren Badetag nun unterbrechen und zu mir nach Hause gehen?", schlug sie schwer atmend vor.

„Bist du dir sicher, dass du das möchtest?", fragte er vorsichtig und sichtlich überrascht.

„Ich hoffe nicht, dass du mich als Bettabenteuer siehst. Ich vertraue dir."

Marian hauchte ihr zärtlich ins Ohr: „Ich habe mich in dich verliebt. Ich würde dich nie verletzen."

Sein Kuss war sanft und voller Liebe.

Rasch packten sie ihre Sachen zusammen und gingen schweigend, aber eng umschlungen zurück zum Ferienhaus.

Julia schloss hinter ihnen die Tür ab und sie stellten die Taschen in den Flur. Langsam drehte sie sich zu Marian um und er nahm ihr Gesicht in seine Hände. Zärtlich bedeckte er zuerst ihre Wangen, dann ihren Mund mit Küssen. Er liebkoste ihren Hals und Julias Atmen wurde schwerer. Sie nahm seine Hand und führte ihn auf ihre Couch.

Er zog sein T-Shirt aus und seine Muskeln zuckten vor Anspannung. Zart streifte er ihr Sommerkleid ab und drückte Julia auf das Sofa. Dort legte er sich auf sie und sie spürte sein Gewicht und seine Kraft auf ihrem Körper. Sie wollte ihn in sich spüren und eins mit ihm werden. Lustvoll presste sie sich an ihn. Nun endlich legte er seine restliche Kleidung ab und beugte sich über Julia.

Langsam begann er ihren Körper mit seinen Lippen zu erforschen. Sie stöhnte vor Begierde und vergrub ihre Finger in seinem Rücken. Ihre Blicke trafen sich, als er voller Ekstase in sie eindrang. Julias Körper war voller Lust. Geduldig brachte er sie zuerst zum Höhepunkt bis er schließlich pulsierend in ihr kam. Er küsste sie zärtlich und lächelte sie an. Mit zerzausten Haaren und roten Wangen lächelte sie zurück. Noch nie hatte ein Mann sie so beglückt wie er. Sie lagen eng umschlungen nebeneinander und Marian fuhr mit seinem Finger sanft Julias Konturen nach.

„Du bist einfach wundervoll. Ich bin froh, dass ich dich gefunden habe“, hauchte er liebevoll zu ihr, während er ihren Nacken küsste.

„Ich kann mein Glück auch kaum fassen. Bleibst du heute Nacht bei mir?“, fragte sie lächelnd.

„Es gibt nichts, was ich lieber machen würde.“

Sie liebten sich in dieser Nacht wieder und wieder und schliefen schließlich eng umschlungen in Julias Bett ein.

Als sie am nächsten Morgen ihre Augen öffnete, spürte sie Marians Arm um sie gelegt. Ohne sich zu bewegen, blieb sie im Bett liegen. Sie genoss die Zweisamkeit in vollen Zügen und wollte ihn noch nicht wecken. Wie langweilig und öde ihr früheres Leben doch im Vergleich zu ihrem neuen war.

Das Gespräch mit ihrer Mutter kam ihr wieder ins Gedächtnis. Eine Fernbeziehung war sehr schwer zu führen, aber zum Glück hatte sie noch etwas Zeit, sich darüber Gedanken zu machen. Ihre Gefühle wurden von Stunde zu Stunde stärker und Marian machte sie sehr glücklich.

Da erwachte er und drückte sie noch enger an sich.

„Guten Morgen, mein Schatz! Ich hoffe, du hattest angenehme Träume?“, fragte er mit verschlafener Stimme.

„Guten Morgen! Ich habe so gut geschlafen wie schon lange nicht mehr. Was hältst du von einem Frühstück?“

„Das ist die beste Idee des Tages! Ich denke, ich brauche einiges an Energie, damit ich heute arbeiten kann. Ich bin noch immer erschöpft“, lachte er.

Julia küsste ihn auf die Stirn und ging in die Küche. Sie kochte Kaffee, backte Brötchen im Ofen auf und belegte einen Teller mit Wurst, Käse und Gemüse.

Als Marian aus dem Badezimmer zu ihr kam, fragte sie ihn: „Wie möchtest du denn deine Eier?“

„Rühreier, wenn es dir nichts ausmacht.“

Er deckte den Tisch und half ihr beim Tragen. Marian aß mit großem Appetit.

„Das liegt an dir und der letzten Nacht“, zwinkerte er schelmisch.

Bald schon musste er zu seiner Arbeit aufbrechen. Er hielt Julia fest in seinen Armen.

„Ich muss heute als Skipper mit einem Ehepaar nach Rab fahren, aber ich melde mich am Abend bei dir. Was machst du heute?“

„Ich denke, ich werde Tina mit einem Besuch überraschen. Vielleicht hat sie ja ein wenig Zeit für einen gemeinsamen Kaffee.“

Sie küsste ihn zum Abschied und schloss die Tür lächelnd hinter ihm.

Julia hoffte, dass ihre Nachbarn zu Hause waren, als sie am frühen Nachmittag mit einem Teller voller Apfelstrudel an der Glocke läutete.

Kurze Zeit später öffnete Tina erfreut die Tür: „Das ist ja eine nette Überraschung! Ich bin im Moment allein, weil Markus und Philipp gerade auf dem Tennisplatz sind."

Julia überreichte ihrer Nachbarin den gut gefüllten Teller: „Ich hoffe, ich störe dich nicht. Hast du vielleicht Zeit für einen Kaffeetratsch?"

„Natürlich! Der Strudel duftet herrlich. Ich habe gerade Kaffee gekocht, da passt er doch perfekt dazu. Setzen wir uns in den Garten?"

Die beiden Freundinnen nahmen im Schatten unter der Weinlaube Platz und genossen Julias Mehlspeise.

„Wir haben uns seit einigen Tagen nicht mehr gesehen. War deine Reise erfolgreich?", wollte Tina wissen.

„Ja, ich konnte endlich mein Erbe antreten. Stell dir vor, meine Großmutter hat mir zu den beiden Häusern ein kleines Vermögen vererbt."

„Das ist ja eine sehr gute Nachricht! Hast du denn schon eine Ahnung, was du mit dem Geld machen möchtest?"

Julia wusste noch immer nicht, wie sie ihr weiteres Leben gestalten sollte. Doch sie wollte es unbedingt mit Marian an ihrer Seite führen.

„Ich denke, fürs Erste bleibe ich noch länger hier."

Ihre Nachbarin strahlte über das ganze Gesicht und sagte begeistert: „Kann es sein, dass dein Entschluss etwas mit Marian zu tun hat? Ich habe sein Auto in deiner Einfahrt gesehen. Erzähl mir alles!“

Julia schmunzelte und begann zu schwärmen: „Da hast du recht. Wir sind nun offiziell ein Paar und ich bin ziemlich verliebt. Er ist charmant und witzig. Ich fühle mich in seiner Gegenwart sehr wohl und geborgen. Bei ihm habe ich das Gefühl, dass ich mich nicht verstellen muss und ich selbst sein kann. Wir verstehen uns sehr gut und er bringt mich zum Lachen.“

Tina klatschte begeistert in die Hände.

„Ich habe es ja gewusst! Ihr seid so ein hübsches Paar. Ich freue mich wirklich sehr für euch.“

Es war schön, sich mit einer Freundin auszutauschen. Früher hätte sie mit Andrea alle Details ihrer Liebesgeschichte besprochen und analysiert, doch diese war nun weit weg und mit Thomas und ihrer Beziehung beschäftigt. Sie fehlte Julia sehr und so war sie dankbar, Tina als Freundin gefunden zu haben.

Bald darauf kamen Markus und Philipp zurück und nahmen sich begeistert ein Stück Strudel. Julia suchte nun ein weniger intimes Gesprächsthema: „Ich war gestern zum ersten Mal in Porat baden. Es hat mir dort wirklich sehr gut gefallen, aber ich finde es schade, dass es dort keine richtige Infrastruktur gibt.“

„Das stimmt“, bestätigte Markus, „Früher hat der alte Stanko die Konoba geführt. In unserem ersten Jahr hier auf der Insel hatte er das Lokal noch geöffnet. Seine Frau arbeitete in der Küche und er stand am Grill. Leider starb sie und ihm fehlte die Kraft, allein weiterzumachen. Er war auch inzwischen zu alt für die harte Arbeit. Als er die Konoba schloss, waren wir sehr traurig. Es war wirklich schön, auf der großen Terrasse zu sitzen und auf das Meer zu blicken."

Tina stimmte ihm zu: „Seither gehen wir dort nicht mehr baden. Ich habe wenig Lust, immer zum Hafen gehen zu müssen, wenn wir etwas trinken oder essen wollen."

„Aber der Hafen ist sehr nett. In den Konobas gibt es ausgezeichnetes Essen", meinte Philipp, während er ein weiteres Stück Strudel aß.

„Es gibt wohl noch vieles, was ich auf dieser Insel entdecken kann. Ich kenne noch nicht viele Orte", stellte Julia nachdenklich fest.

„Das wird sich jetzt ja bald ändern, wo du doch einen so attraktiven Fremdenführer hast", antwortete Tina schelmisch. Markus wurde neugierig und Tina klärte ihn über Julia und Marian auf. Ihre Nachbarn waren aber dankenswerterweise nicht zu indiskret und wechselten bald das Thema.

Sie erzählten von ihren Plänen für die nächsten Tage und berichteten Julia von ihrem letzten Ausflug nach Opatija. Der Nachmittag verging sehr schnell und schon bald war es Zeit, sich zu verabschieden. Julia nahm den leeren Teller und ging wieder nach Hause.

Dort schnappte sie sich ihr Telefon und rief Andrea an: „Ich habe dir eine Neuigkeit zu erzählen. Marian hat heute Nacht bei mir geschlafen."

Sie hörte ihre Freundin aufgeregt quietschen und anscheinend hüpfte sie in ihrer Wohnung auf und ab.

„Endlich! Ich kann es gar nicht glauben, dass es ein Mann geschafft hat, dich zu erobern. Das sind die besten Neuigkeiten seit Langem. Und wie war es? Erzähl mir alle schmutzigen Details!"

Julia lachte laut auf: „Das hättest du wohl gerne. Aber im Ernst, es war überwältigend. Er ist sehr zärtlich und doch irgendwie fordernd. Ich habe mich in ihn verliebt."

Am Telefon wurde es plötzlich still.

„Ich hoffe, er ist es wert und tut dir nicht weh. Wie stellst du dir eigentlich die Zukunft vor?"

Schön langsam war Julia davon genervt, dass sich jeder um sie und um ihre Zukunft Sorgen machte.

„Bitte hör damit auf! Ich bin jung und ich habe genug Geld, um mir zum ersten Mal in meinem Leben nicht den Kopf zerbrechen zu müssen. Im Moment lebe ich in den Tag hinein und liebe es, mich treiben zu lassen. Ich denke, dass meine Großmutter genau das von mir wollte, als sie mich auf diese Reise geschickt hatte. Jetzt freu dich einfach für mich!", fauchte sie genervt ins Telefon.

So erzürnt hatte sie noch nie mit ihrer besten Freundin gesprochen, aber es störte sie, dass ausgerechnet Andrea, die früher impulsiv und manchmal auch unberechenbar, plötzlich vernünftig und langweilig war. Ihre Rollen hatten sich irgendwie verschoben.

„Du hast natürlich recht und es tut mir leid. Ich bin aber nun mal deine Freundin und darf mir hoffentlich Sorgen um dich machen. Aber ich verspreche dir, ich behalte in Zukunft meine weisen Sprüche für mich“, lenkte ihre Freundin schließlich ein.

Sie unterhielten sich noch eine Weile, doch als es bei Andrea klingelte, beendeten sie das Telefonat. Julia machte sich Gedanken, ob ihre Freundschaft einen Schaden durch die Entfernung erlitt. Sie kannte Andrea schon ihr halbes Leben lang und wollte sich nicht von ihr entfremden.

Bereits nach wenigen Minuten bekam sie eine Nachricht von ihrer Freundin: „Es tut mir leid, dass ich dich genervt habe. Sei mir bitte nicht böse. Thomas und ich würden gerne in den nächsten Wochen zu dir kommen. Gib uns bitte Bescheid, sobald du Zeit für uns hast. Du fehlst mir sehr! Deine hoffentlich noch immer beste Freundin Andrea.“

Lächelnd antwortete Julia, dass sie sich sehr über einen Besuch freue. Sie würde sich bezüglich des Termins melden. Noch wollte sie die Zweisamkeit mit Marian nutzen, um ihn besser kennenzulernen, auch wenn sie sich über den geplanten Besuch ihrer beiden Freunde aufrichtig freute.

Da klingelte erneut ihr Telefon: „Hallo, mein Schatz! Ich hoffe, du hattest einen schönen Tag!“ Marian war noch immer mit dem Schiff auf Rab.

„Unsere Kunden wollen erst bei Sonnenuntergang zurückfahren. Leider können wir uns heute nicht mehr sehen, aber ich würde gerne morgen Abend bei dir vorbeikommen, wenn es für dich in Ordnung ist.“ Diese Nachricht war nicht sehr erfreulich.

„Das ist sehr schade, aber da kann man wohl nichts daran ändern. Dann freue ich mich schon sehr auf morgen.“

Julia versuchte, sich ihre Enttäuschung nicht anmerken zu lassen. Traurig und ein wenig frustriert ging sie schon sehr früh zu Bett.

In dieser Nacht träumte sie von ihrer Großmutter. Sophia hatte das geblümte Kleid an, dass Julia im Kleiderschrank gefunden und zur Seebestattung getragen hatte. Ihre Oma spazierte im Garten des Ferienhauses und pflückte Lavendel. Julia stand auf der Terrasse und wollte zu ihr, aber sie schaffte es nicht.
Sie winkte Sophia und versuchte sie zu rufen, aber ihre Großmutter hörte sie nicht und kletterte mit einem großen Strauß Lavendel über die Steinmauer und verschwand in Marians Olivenhain.

Julia wachte schweißgebadet auf und merkte, dass ihre Wangen tränenüberströmt waren. Sie wischte sich ihr Gesicht trocken und setzte sich auf. Traurig öffnete sie die Fensterläden in ihrem Schlafzimmer und setzte sich wieder auf ihr Bett. Sie vermisste ihre Großmutter so sehr. Wie gerne hätte sie ihr von Marian erzählt.

Da fiel ihr plötzlich wieder der Brief ein, den sie bei der Verlassenschaft von Dr. Hofer erhalten hatte. Sie nahm das Kuvert aus ihrem Nachtkästchen und betrachtete den Schriftzug darauf.
Für meine geliebte Enkelin Julia stand auf dem Brief geschrieben. Langsam fuhr sie mit dem Finger über die handschriftlichen Buchstaben. Was hatte ihre Großmutter wohl gedacht, als sie diese Worte geschrieben hatte? Hatte sie geahnt, dass sie bald sterben würde?

Julia öffnete behutsam das Kuvert und zog den Brief langsam heraus. Sie entfaltete das Schriftstück und Tränen standen ihr in den Augen. Die Handschrift ihrer Großmutter zu sehen, machte sie unendlich traurig.
Als sie sich wieder beruhigt hatte, begann sie zu lesen: „Meine liebe Julia! Wenn mein Plan aufging, hat sich dein Leben in den letzten Wochen von Grund auf geändert. Ich hoffe sehr, dass du nun, da du genug Geld zur Verfügung hast, deinen leidigen Job an den Nagel gehängt hast."

Julia musste laut lachen. Wie gerne würde sie ihrer Großmutter jetzt erzählen, dass sie ihre Arbeit bereits kurz nach ihrem Tod gekündigt hatte.

„Die Welt steht dir nun offen und ich hoffe, du ergreifst die Chance, die ich dir mit dem Erbe biete. Du hast hoffentlich schon dein Ferienhaus betrachtet und ich wünsche mir von ganzem Herzen, dass du es renoviert hast und bereits für dich nutzt. Ich gehe davon aus, dass ich dich gut genug kenne und wenn ich mich nicht völlig in dir täusche, sitzt du jetzt, da du diese Zeilen liest, in Kroatien."

Eine Gänsehaut überzog Julias Körper. Niemand kannte sie so gut wie Sophia. Das hatte sie immer schon gewusst, aber dieser Brief bestätigte es nun voll und ganz.

„Ich weiß, du wunderst dich, warum ich dir nie von diesem Haus erzählt habe. Bitte glaube mir, ich hatte meine Gründe. Ich wollte dich nie belügen, aber manchmal gibt es Dinge im Leben, die man für sich behalten möchte.

Auf Krk habe ich die schönste Zeit meines Lebens verbracht und ich hatte wunderbare Menschen als Freunde. Vielleicht findest auch du dein Glück auf dieser Insel.

Ich möchte mich bei dir bedanken, dass du meinen letzten Willen akzeptiert und meine Asche im Meer vor Krk gestreut hast. Da ich dich sehr gut kenne, weiß ich, dass du mir diesen letzten Gefallen erfüllt hast. Es bedeutet mir sehr viel zu wissen, dass ich im Tod dort bin, wohin ich eigentlich immer schon hingehört habe.

Liebe Julia, ich möchte dir ein paar letzte Weisheiten auf deinen weiteren Lebensweg mitgeben. Wenn du vielleicht manchmal am Leben und an der Liebe zweifeln magst, vergiss nie, was ich dir beigebracht habe. Vertraue deinen Gefühlen und deinen Talenten und du wirst glücklich werden.

Bitte hör nicht auf deine Mutter, die dir sicher raten wird, das Haus auf Krk zu vermieten. Genieße dein Leben und nutze jede Chance auf Glück, die dir geboten wird.

Ich bin sehr stolz darauf, eine so liebenswerte und talentierte Enkelin zu haben. Du warst immer mein Sonnenschein und ich liebe dich über alles.

Trauere nicht zu sehr um mich und konzentriere dich lieber auf deine Gegenwart und deine Zukunft. Ich bin mir sicher, dass noch viel Schönes auf dich wartet. Jetzt bin ich hoffentlich im Himmel und feiere eine große Party mit den lieben Menschen, die hier bereits auf mich gewartet haben. In ewiger Liebe, deine Oma."

Mit Tränen in den Augen aber einem Lächeln im Gesicht faltete sie den Brief wieder zusammen und schob ihn zurück in das Kuvert. Sie legte das Schriftstück wieder in ihr Nachtkästchen und schrieb Marian eine Nachricht: „Ich freue mich sehr auf heute Abend. Kuss Julia."

Kapitel 13

Vor sich hin summend bereitete Julia für sich und Marian eine Lasagne vor. Sie freute sich auf den gemeinsamen Abend und deckte liebevoll den Tisch im Garten. Es war ein gutes Gefühl, für ihn zu kochen und sie hoffte, dass Marian ihr Essen schmecken würde. Kurz bevor die Lasagne aus dem Ofen kam, klingelte es an der Tür.

„Ich habe dich sehr vermisst!", hauchte er ihr ins Ohr und zog sie an sich. Er küsste sie liebevoll und ging neugierig in die Küche. „Bei dir duftet es schon wieder herrlich. Hast du für uns etwas Leckeres gekocht?", fragte er, bevor er in den Ofen blickte.

„Ich hoffe, du hast Hunger mitgebracht. Lasagne koche ich meist für eine ganze Kompanie", meinte sie lachend.

„Oh ja, ich hatte einen wirklich anstrengenden Tag. Ich habe heute noch nichts gegessen. Meine Eltern waren wieder bei meiner Großmutter im Krankenhaus, weil sie endlich von der Intensivstation auf die normale Bettenstation verlegt wurde. Währenddessen hat sich eine Ziege von uns in einem Stück Stacheldraht verheddert und verletzt. Ich musste zu Mateo und ihm helfen, das arme Tier zu befreien und es mit dem Anhänger nach Hause zu bringen.

Danach bin ich wieder zum Anlegeplatz gefahren und mein Bruder hat auf den Tierarzt gewartet. Nachdem das letzte Boot wieder zurück war, habe ich mich gleich auf den Weg zu dir gemacht."

Julia umarmte ihn und gab ihm einen Kuss. „Es tut mir leid, dass du einen stressigen Tag hattest. Aber es freut mich sehr, dass es deiner Oma endlich besser geht!“

„Ich danke dir! Ich bin wirklich sehr erleichtert darüber. Aber jetzt bin ich erstmal richtig hungrig. Wann gibt es denn Essen?“

Julia musste schmunzeln. Sie war sehr froh, dass sie sich heute einen gemütlichen Abend machen konnten.

Als sie die Tür des Backofens öffnete, strömte ein herrlicher Duft durch das Haus. Mit dampfenden Tellern setzten sie sich auf die Terrasse und genossen das selbst gemachte Essen.

„Du bist eine fantastische Köchin! Das ist die beste Lasagne, die ich je gegessen habe. Darf ich noch ein Stück haben?“

Lächelnd holte sie ihm eine große Portion und beobachtete ihn, während er auch dieses Stück bis auf den letzten Bissen aß.

Nach dem Abwasch schaltete sie das Radio ein und kuschelte sich auf der Couch an ihn. Bereits nach kurzer Zeit döste er neben ihr ein. Ohne sich zu bewegen beobachtete sie ihn liebevoll. Es freute sie, dass er sich inzwischen derart wohl bei ihr fühlte, dass er nach einem anstrengenden Tag auf ihrer Couch einschlief, auch wenn sie sich den Abend anders vorgestellt hatte.

Nach einer Weile wurde es ihr doch zu unbequem und sie drehte sich vorsichtig um. Da erwachte Marian und entschuldigte sich für seine Müdigkeit.

„Ich bin wohl eingeschlafen. Das tut mir sehr leid!“

„Du hattest einen anstrengenden Tag. Ich verstehe es, wenn du müde bist. Möchtest du dich vielleicht oben ins Bett legen und dort weiterschlafen? Es ist sicher bequemer als auf meiner Couch.“

Marian grinste sie etwas verschlafen an.

„Das ist eine gute Idee. Aber schlafen kann ich später auch noch.“

Er nahm sie an der Hand und führte sie in ihr Schlafzimmer. Seine Müdigkeit war schlagartig verschwunden. Mit dem gleichen Heißhunger wie vorhin verführte er nun Julia, die seine Wandlung kaum glauben konnte. Als er ihr voller Lust ihr Kleid vom Körper riss, achtete sie nicht auf das Geräusch von zerreißendem Stoff. Auch sie streifte sein T-Shirt von seinem muskulösen Oberkörper und öffnete seine Hose. Seine Küsse wurden immer fordernder und er presste sie gegen die kühle Wand hinter ihr. Im Stehen drang er in sie ein und liebte sie fest und wild, wie es Julia noch nie erlebt hatte. Bebend vor Begierde klammerten sich ihre Finger an seinem muskulösen Rücken fest.

Als sie schließlich beide zum Höhenpunkt gekommen waren, strich er liebevoll ihre zerzausten Haare aus dem Gesicht.

„Wo bist du nur mein ganzes Leben lang gewesen?“

Er küsste sie zärtlich und sie schliefen engumschlungen in ihrem Bett ein.

Als Julia am nächsten Morgen erwachte, war der Platz neben ihr bereits leer, aber sie hörte ein Klirren im Untergeschoss.

Verschlafen ging sie die Stufen hinab und entdeckte Marian, der gerade den Tisch deckte.

„Guten Morgen, Schlafmütze! Ich habe bereits das Frühstück fertig."

„Das sieht aber einladend aus! Ich könnte mich daran gewöhnen, so den Tag zu beginnen."

Freudig überrascht setzte sie sich an den Tisch und ließ sich von ihm bedienen. Marian stellte sich etwas unbeholfen an, was ihn noch hinreißender wirken ließ. Schmunzelnd beobachte sie, wie er versuchte, die heißen Brötchen aus dem Ofen zu bekommen.

„Soll ich dir dabei helfen?", fragte sie belustigt.

„Nein, das schaffe ich schon allein. Ich kann zwar nicht kochen, aber diese blöden Dinger werde ich ja wohl noch aus dem Ofen bekommen, ohne mir die Haare auf den Oberarmen zu versengen."

Vor sich hin fluchend hatte er es schließlich geschafft, das Gebäck aus dem heißen Ofen zu nehmen, bevor sie völlig verbrannt waren. Als Julia das erste Brötchen aufschnitt, begann sie laut zu lachen.

„Schön kross! Ich würde sagen, sie sind durch."

Marian stimmte ihr lachend zu. „Ich denke, sie waren zu lange drin. Tut mir leid. Soll ich neue machen?"

„Ich würde sagen, es ist besser, wenn ich mich darum kümmere." Sie gab ihm einen Kuss und ging in die Küche.

„Mein Vater wird heute die Abendschicht übernehmen, damit wir rechtzeitig zu Dusko und Maria fahren können. Ich hole dich um siebzehn Uhr ab, okay?", sagte Marian, als sich Julia mit frischem Gebäck hinsetzte.

„Das passt perfekt. Ich werde alle Zutaten für eine Nachspeise einkaufen, die ich ihr gerne zeigen möchte. Ich freue mich schon sehr auf heute Abend, auch wenn ich etwas nervös bin. Immerhin koche ich mit einer Profiköchin und hoffe, dass ich mich nicht blamiere."

„Du kannst hervorragend kochen und Maria ist eine sehr nette Person. Sie mag dich und weiß, dass es dein Hobby ist. Sie wird sicher genauso begeistert von deinen Künsten sein wie ich."

„Wenn du so etwas sagst, zählt es nicht. Du willst bei mir nur Eindruck schinden, weil du mit mir ins Bett willst", zog sie ihn auf.

„Das stimmt!", entgegnete er lachend, worauf sie ihn in den Arm kniff.

Er zog sie gut gelaunt an sich und küsste sie.

„Du siehst sehr süß aus, wenn du beleidigt bist. Ich meine es aber wirklich ernst. Mach dir bitte keine Gedanken und freu dich auf einen lustigen Abend zu viert. Pack bitte Kleidung zum Übernachten ein, denn ich kenne Dusko. Er wird mich zwingen, seine sämtlichen Vorräte auszutrinken."

„Du Armer kannst dich bestimmt nicht wehren und wirst dich leider für eure gute Freundschaft opfern müssen."

„Wie du merkst, bin ich ein armer und geplagter Mann, der alles tut, damit seine Freunde glücklich sind."

Als Marian gegangen war, machte Julia voller Vorfreude eine Einkaufsliste und versuchte nicht nervös zu sein. Noch nie wurden ihre Kochkünste von einem Profi beurteilt.

Pünktlich auf die Minute hielt Marian seinen Wagen vor Julias Haus. Galant nahm er ihr den Einkaufskorb ab.

„Ich liebe Kirschen! Da bin ich schon gespannt, was du uns Leckeres zaubern wirst."

Sie fuhren die kurvige Straße nach Vrbnik und Julia betrachtete die schöne, hügelige Landschaft der Insel.

Dusko und Maria wohnten in einem sehr großen Haus, das etwas außerhalb der Stadt direkt an einer steil abfallenden Klippe lag. Umringt war das Grundstück von einer schönen, steinernen Mauer und auf dem gepflegten Rasen wuchsen kleine Palmen und Feigenbäume. Ihre Freunde begrüßten sie herzlich und Maria führte Julia durch das Haus.
Sie hatten vier Schlafzimmer mit jeweils eigenen Badezimmern im Obergeschoß. Im Erdgeschoß befand sich ein geräumiges Wohn- und Esszimmer. Im Nebenraum war Duskos sogenanntes Spielzimmer mit einem Billiard–Tisch, einem Flipperautomaten und einer großen Couch samt Fernseher und Playstation.

Der atemberaubendste Raum war allerdings die Küche. Maria hatte eine voll ausgestattete Profiküche aus Edelstahl mit den besten Küchengeräten, die Julia je gesehen hatte.
„Das ist mein Reich. Ich hatte immer schon den Traum, auch zuhause eine vollwertige Küche zu haben. Aber bevor wir beginnen zu kochen, gehen wir erst noch zu unseren beiden Männern und stoßen darauf an, dass ihr bei uns seid. Ich freue mich sehr, dass Marian und du zusammengefunden habt. Ihr passt sehr gut zueinander und ich bin froh, endlich Verstärkung zu bekommen. Mit den beiden allein komme ich mir manchmal wie eine Erzieherin vor."

Maria führte Julia auf die Terrasse, wo die beiden Herren bereits mit einer Flasche Sekt auf sie warteten. Marian reichte ihr ein Glas und legte den Arm um sie.

Dusko hielt eine kurze Ansprache, bevor sie mit den Gläsern anstießen: „Es freut mich sehr, dass ihr beide heute hier seid. Julia, herzlich willkommen in unserer Clique. Auf einen schönen Abend mit lieben Freunden, der hoffentlich nicht der letzte sein wird!"

Maria hatte bereits eine Vorspeisenplatte mit Rohschinken, verschiedenen Käsesorten, eingelegten Sardellen, Oliven und frisch gebackenem Brot gerichtet. Sie setzten sich an den Tisch und begannen zu essen.

„Alles, was du hier siehst, sind regionale Produkte", erklärte Dusko, „Uns ist es auch im Lokal wichtig, dass wir die Produzenten vor Ort unterstützen."

Julia war begeistert von der Qualität und genoss das gute Essen.

„Wie schmeckt dir der Käse?", wollte Marian wissen.

„Er ist wirklich ausgezeichnet. Der Geschmack ist würzig und aromatisch, aber dennoch mild im Abgang", schwärmte Julia.

„Das freut mich sehr! Diesen Käse produziert nämlich meine Familie", sagte er stolz.

Julia war überrascht und probierte gleich noch ein Stück. Sie hatte nicht gelogen, er war von erstklassiger Qualität.

Nach der Vorspeise zogen sich die beiden Damen in die Küche zurück.

„Hast du schon einmal Surlice gekostet? Das ist eine Spezialität unserer Region." Julia erinnerte sich an den Abend mit ihren Nachbarn, an dem sie zum ersten Mal die kurzen Nudeln gegessen hatte.

„Ja, als ich mit Tina, Markus und Philipp essen war, haben sie mir diese Nudeln empfohlen. Sie haben sehr gut geschmeckt", erzählte Julia ihrer neuen Freundin.
„Gut, ich habe heute vor, sie mit dir zu machen. Sie dienen bei uns traditionell als Beilage zum Gulasch." Julia war begeistert.

Maria bereitete einen Teig aus Mehl, Eiern, Öl und heißem Wasser zu. In der Zwischenzeit schnitt Julia die Zwiebeln und das Fleisch klein.

„Du nimmst Lammfleisch für dein Gulasch?", fragte sie interessiert.

„Du hast sicher schon oft Schafe und Ziegen auf Krk gesehen, oder? Wir lieben Lamm und es kommt in vielen unserer Gerichte zum Einsatz", klärte Maria auf.

Nun brieten die beiden Frauen die Zwiebeln mit Tomatenmark und Gewürzen an und fügten das Fleisch hinzu. Maria nahm eine Flasche Rotwein und löschte alles damit ab. Den restlichen Wein füllte sie in zwei Gläser und gab eines davon Julia.

„Auf dich und Marian und auf unsere Freundschaft!"

„Auf die Freundschaft!", prostete Julia ihrer neuen Freundin zu. Der Wein schmeckte trocken und mit einer leicht fruchtigen Note.

„Bei uns zuhause wird kein Wein ins Gulasch gegeben, aber ich kann mir vorstellen, dass es gut schmecken wird", kommentierte Julia interessiert.

Nun gab Maria noch etwas Wasser hinzu und ließ das Fleisch köcheln.
„Jetzt kommt das Wichtigste. Ich zeige dir, wie man Surlice richtig dreht. Nimm dir eines dieser Holzstäbchen. Dann

legst du ein kleines Stück Teig an der Längsseite um das Holz herum. Siehst du? Nun rollst du den Teig über das Stäbchen."

Maria zeigte es erst langsam, dann schneller vor. Julia beobachtete begeistert, wie die fertige Nudel mit dem typischen Loch in der Mitte vom Stäbchen rutschte.

„Nun versuch du es!", forderte Maria sie auf.

Julia stellte sich sehr geschickt an und konnte schon bald mit den geübten Fingern der Profiköchin mithalten.

„Das machst du wirklich zum ersten Mal? Ich kann es gar nicht glauben", staunte sie anerkennend.

Es machte Julia großen Spaß und sie unterhielt sich mit Maria über verschiedene Gerichte und über die Produkte der Region.

Die Nudeln wurden nun in Salzwasser gekocht. Die beiden Frauen trugen gemeinsam die dampfenden Teller voll Gulasch mit Surlice an den Tisch. Die Männer hatten inzwischen den restlichen Sekt geleert und Dusko schenkte nun schon etwas angeheitert Rotwein ein.

„Ich wusste gleich, dass es besser ist, ich koche heute keinen leichten Fisch, sondern etwas Deftiges als Grundlage für deinen Alkoholkonsum", meinte Maria etwas streng.

„Ach, sei doch nicht eingeschnappt", entgegnete Dusko beschwichtigend. „Ich arbeite immer so fleißig und wenn wir dann mal privat Besuch bekommen, darf ich ja wohl mal ein wenig feiern, oder nicht? Immerhin ist es das erste Mal, dass Marian mit einer Freundin zu uns kommt. Du bist scheinbar etwas Besonderes, Julia!", bemerkte er anerkennend.

Marian legte seinen Arm um sie und sagte stolz: „Ja, das ist sie! Und nun sollten wir endlich essen, denn es duftet hervorragend. Ein Dank an die beiden Köchinnen!“
Das Gulasch schmeckte anders, als Julia es kannte, aber das Lamm war zart und zerfiel im Mund und die Sauce bekam durch den Wein eine angenehme Würze. Die Nudeln saugten durch das Loch die Sauce auf. Das Gericht war rundum gelungen. Julia musste es unbedingt zuhause nachkochen.

Sie half Maria, die Teller in die Küche zu tragen und bedankte sich bei ihrer Gastgeberin: „Danke, dass du mir dein Rezept verraten hast. Ich werde es auf jeden Fall in mein Repertoire aufnehmen. Wie du gesehen hast, habe ich ein paar Zutaten mitgebracht. Bei uns zuhause machen wir als Dessert oder auch oft als Hauptspeise Knödel mit den unterschiedlichsten Füllungen. Es gibt verschiedene Teigarten, wie beispielsweise aus Topfen oder Kartoffeln oder auch würzige Varianten mit Semmelwürfeln oder Gries. Ich persönlich mag am liebsten den Kartoffelteig.“

Julia kochte Kartoffeln und presste diese noch heiß durch Marias Presse.
Dann fügte sie Mehl, Eidotter, Salz und Gries zu den gepressten Kartoffeln und knetete daraus einen Teig. Sie entkernte die Kirschen und umwickelte diese dünn mit Marzipan. Dann formte sie aus kleinen Teigstücken eine Scheibe und füllte diese mit je einer ummantelten Kirsche.

„Normalerweise werden diese Knödel bei uns mit Marillen gegessen oder auch mit Erdbeeren. Kirschknödel bekommt man sehr selten, aber ich habe sie einmal in einem Restaurant gegessen und seither gehören sie zu meinen Lieblingsknödeln“, schwärmte Julia, während sie eine Kugel nach der anderen formte.

Maria machte inzwischen aus den restlichen Kirschen ein dickflüssiges Kompott mit leichter Vanillenote. „Passt die Kirschsauce so?“, fragte sie Julia und ließ sie kosten.

„Genau so hätte ich sie auch gemacht“, antwortete sie lächelnd ihrer Freundin.

„Nun lasse ich die Knödel im Wasser ziehen und danach werden sie in einem Mohn-Zucker-Gemisch gewälzt. Marillenknödel rollt man in einer Mischung aus Brösel und Zucker.“

Als die vier Freunde die Nachspeise aßen, waren alle begeistert.

„Das schmeckt großartig! Danke für das Rezept, Julia! Wir müssen unbedingt öfters zusammen kochen. Es macht großen Spaß, nicht allein in der Küche zu stehen, während sich die Herren amüsieren!“, rief Maria erfreut aus.

Julia freute sich, dass ihr doch einfaches Rezept so gut an kam. Erleichtert lehnte sie sich an Marian, der ihr zuzwinkerte.

„Ich habe dir doch gesagt, dass du sie beeindrucken wirst“, flüsterte er ihr leise ins Ohr.

Der Abend wurde noch lange und sie feierten bis spät in die Nacht. Als die beiden Männer eine letzte Runde Billiard spielten, spazierten die beiden Frauen über das große Grundstück.

„Du hast heute sehr gut gekocht. Ich habe dich beobachtet, wie du mit den Messern umgehst und welches Gefühl du fürs Kochen hast. Bei mir im Lokal haben schon einige Köche gearbeitet, die weniger Talent hatten als du. Das alles hast du wirklich von deiner Großmutter gelernt? War sie Köchin von Beruf?", fragte Maria beeindruckt.

„Ich schwöre dir, meine Großmutter war Hausfrau und ja, ich habe alles nur von ihr gelernt. Als ich noch ein kleines Mädchen war, durfte ich ihr beim Kochen helfen. Meinst du, ich bin wirklich talentiert?"

„Und wie! Solltest du einen Job suchen, dann kannst du jederzeit bei mir arbeiten. Du hantierst in der Küche wie ein Profi, auch wenn du es nicht gelernt hast. Mir ist es egal, ob du eine abgeschlossene Lehre hast oder nicht."

Das Angebot war ernst gemeint und Julia war überwältigt. Sie umarmte Maria und versprach ihr, gründlich darüber nachzudenken.

Ihre Gastgeber wiesen Julia und Marian ein Gästezimmer zu und wünschten ihnen eine gute Nacht. Als sie müde ins Bett schlüpfte, zog er sie in seine Arme und küsste sie zärtlich.

„Die beiden scheinen dich sehr zu mögen. Du hast heute wirklich gut gekocht."

„Maria ist toll und sie hat mir angeboten, bei ihr in der Küche zu arbeiten."

Marian setzte sich ruckartig im Bett auf.

„Das wäre die perfekte Lösung! Ich grüble die ganze Zeit schon, was aus uns beiden werden soll. Es ist mir klar, dass du bei dir zu Hause ein Leben hast, das auf dich wartet, aber ich möchte nicht, dass du wieder gehst. Kannst du nicht hier bei mir auf der Insel bleiben und bei Maria arbeiten?"

Er sah ihr tief in die Augen und Julia bemerkte seine Unsicherheit. Bis jetzt hatten sie noch nie über ihre Zukunft als

Paar gesprochen, aber auch er schien sich darüber Gedanken zu machen.

„Ich werde es mir überlegen“, versprach sie ihm und zog ihn zurück ins Bett.

Auch in dieser Nacht liebten sie sich, doch dieses Mal war er zärtlich, behutsam und voller Liebe.

Julia träumte wieder von ihrer Großmutter. Sophia rührte gerade mit einem Kochlöffel in einem Topf in der Küche, als Julia den Raum betrat. Ohne ein Wort zu sagen, ging ihre Großmutter aus dem Haus. Julia rannte ihr nach und rief laut ihren Namen. Doch dieses Mal lief Sophia nicht stumm vor ihr weg, sondern winkte ihrer Enkelin zu. Als Julia sie endlich eingeholt hatte, lächelte ihre Oma und überreichte ihr den Kochlöffel.

Verwirrt und etwas traurig erwachte Julia sehr früh am Morgen. Sie dachte an ihren Traum und überlegte, was er zu bedeuten hatte. Plötzlich hatte sie eine Eingebung. Nun wusste sie endlich, wie sie ihre Zukunft gestalten wollte.

Überglücklich und aufgeregt versuchte sie Marian zu wecken, der noch tief und fest schlief. Etwas unsanft rüttelte sie ihn wach. Mit tiefen Ringen unter den Augen und etwas verwirrt wurde er langsam munter.

„Ist irgendetwas passiert? Wie spät ist es?“

„Es tut mir furchtbar leid, dass ich dich aufgeweckt habe, aber ich muss dringend mit dir sprechen. Ich weiß jetzt endlich, was ich beruflich machen möchte und dazu brauche ich deine Hilfe. Bist du nun munter?“, fragte sie, während sie aufgeregt im Bett auf und ab wippte.

Marian blickte sie belustigt an.

„Jetzt bin ich gespannt, was du mir um diese Uhrzeit erzählen willst. Ich hoffe, es ist eine gute Idee."

Julia begann zu erzählen.

Nach einem ausgiebigen Frühstück verabschiedeten sich Marian und Julia von ihren Gastgebern.

„Das nächste Mal kommt ihr beiden zu mir. Ich habe zwar nicht so ein großes Haus, aber mein Gästezimmer steht euch jederzeit zur Verfügung", bot sie ihren neuen Freunden an, als sie Maria umarmte.

Während der Rückfahrt nach Porat überlegten sich die beiden, wie sie am besten versuchen sollten, Julias Plan in die Tat umzusetzen.

„Denkst du, er willigt ein? Ich kann mir jetzt schon bildlich meine Zukunft dort vorstellen, aber wenn er es nicht möchte, dann weiß ich nicht, was ich tun soll. Ich bin wirklich sehr aufgeregt." Sie konnte vor Nervosität kaum stillsitzen.

„Beruhig dich jetzt erstmal! Ich werde schon mit ihm sprechen. Warum soll er nicht einverstanden sein? Wir fahren sofort zu ihm und versuchen, ihn zu überzeugen.

Überlege dir inzwischen, wie du es ihm am besten schmackhaft machen möchtest und was du ihm genau sagen willst."

Marian kontaktierte seinen Vater, um ihm mitzuteilen, dass er um einiges später als ausgemacht zum Anlegeplatz kommen würde.

„Ich hoffe, dein Vater ist inzwischen nicht schon schlecht auf mich zu sprechen. In letzter Zeit bist du oft wegen mir nicht da."

„Er regt sich gerne darüber auf, wenn Mateo oder ich nicht arbeiten, aber meist beruhigt er sich rasch wieder. Aber ich denke, es ist vielleicht an der Zeit, dass dich meine Eltern kennenlernen. Ich bin mir sicher, dass er dir nicht böse sein kann. Er wird dich sehr mögen", schlug er lächelnd vor.

„Hoffentlich! Aber bitte konzentriere dich jetzt auf die Straße und nicht auf mich", mahnte sie ihn.

Die restliche Autofahrt saßen sie schweigend nebeneinander.

Als sie in Porat ankamen, parkte er sein Auto vor einem alten, renovierungsbedürftigen Bauernhaus. Hühner liefen frei auf dem Platz umher und es roch ein wenig nach Stall.

Marian nahm Julias Hand und versuchte ihr Mut zuzusprechen: „Sei einfach ganz natürlich und rede nicht zu schnell, dann wird schon alles gut werden."

Er klopfte an die alte Holztür und öffnete diese. Beim Betreten des Hauses, in dem es etwas muffig roch, rief Marian einige kroatische Worte. Anscheinend fragte er, ob jemand zuhause sei.

Hinter einer Tür hörten sie ein leises, tiefes „Da!". Aufmunternd zwinkerte er ihr zu und ging durch die Tür. Er begrüßte den Mann und sprach mit ihm in seiner Landessprache. Julia hätte nur allzu gerne verstanden, was er ihm sagte, doch sie vertraute ihm.

Dann wechselte er in die deutsche Sprache: „Das hier ist Julia. Sie möchte mit dir etwas klären."

„Doberdan! Stanko, ich möchte gerne mit Ihnen über ihre Konoba sprechen. Ich würde sie gerne kaufen und neu eröffnen. Es ist so schade, dass es kein Lokal mehr am Strand von Porat gibt und ich habe mich in ihre Konoba verliebt. Was halten sie davon?“

Der alte Stanko schaute Julia mit offenem Mund verwundert an und sagte kein Wort. Verwirrt blickte sie zu Marian, der sich die Reaktion auch nicht erklären konnte. Er versuchte Stanko alles auf Kroatisch zu erklären, aber der alte Mann gab immer noch keine Reaktion von sich.
„Was sollen wir jetzt tun?“, fragte Julia ihren Freund.

Da setzte sich Stanko aufrecht hin und griff zu seinem Stock. Langsam ging er auf Julia zu, aber noch immer schwieg er und musterte sie von oben bis unten. Alle Härchen ihres Körpers sträubten sich und sie fühlte sich sehr unwohl. Auch Marian empfand den Augenblick als verstörend und legte beschützend den Arm um sie.

Endlich sagte der alte Mann etwas: „Du siehst einer Frau sehr ähnlich, die ich früher gekannt habe. Sophia war eine gute Freundin meiner Familie.“ Julia konnte ihren Ohren kaum glauben.

„Das war meine Großmutter. Sie haben sie gekannt? Ich habe von ihr das Ferienhaus geerbt. Ich möchte gerne hierbleiben und auch hier arbeiten. Sie hat mir alles über das Kochen beigebracht und es wäre mein größter Traum, in ihrer Konoba für die Menschen im Ort und für Touristen kochen zu können.“

Stanko setzte sich auf seinen Sessel und zeigte mit dem Stock auf die Sitzbank gegenüber. Julia und Marian nahmen Platz und warteten auf seine Reaktion.

„Meine liebe Frau war eine gute Freundin von Sophia. Manchmal hat deine Großmutter sogar bei uns in der Küche geholfen, wenn sie Lust dazu hatte. Die beiden haben dann oft so laut gelacht, dass man es bis zum Strand hören konnte“, sagte er nachdenklich.

Mit einem Lächeln im Gesicht fuhr er fort: „Sophia konnte sehr gut kochen. Wenn du es von ihr gelernt hast, dann hast du auch eine Ahnung davon. Eigentlich wollte ich von der Konoba nichts mehr wissen, nachdem meine Frau gestorben war.“ Seine Stimme zitterte plötzlich sehr. Er wischte sich eine Träne aus den Augen und räusperte sich.

„Meine Kinder haben kein Interesse daran, das Lokal zu führen und auch meinen Hof wollen sie nicht. Sie leben in der Stadt und haben genug vom Inselleben.

Vielleicht ist es eine gute Idee, dir die Konoba zu verkaufen. Dann kann ich ihnen einen Teil des Geldes jetzt schon geben. Immerhin bleibt es bei dir ja sogar irgendwie in der Familie. Sophia war solange sie hier war, wie eine Schwester für meine Frau.“

Julia konnte ihr Glück kaum fassen und umarmte Marian. Stanko beobachtete die beiden und meinte nachdenklich: „Ihr beide seid also ein Paar? Wie das Leben manchmal so spielt. Ich hoffe, dass wenigstens euch beiden das Glück vergönnt ist.“

„Wir sollten lieber über das Finanzielle sprechen“, unterbrach Marian Stanko. Da die Konoba in keinem guten Zustand war und Julia noch einiges an Geld investieren musste, einigten sie sich auf eine annehmbare Summe, mit der alle Beteiligten zufrieden waren.

Mit einem Schnaps besiegelten sie das Geschäft und die beiden verabschiedeten sich von Stanko.

Vor der Tür fiel Julia ihrem Freund vor Glück um den Hals und bedankte sich bei ihm für die Hilfe: „Endlich habe ich einen Plan für mein Leben. Ich bin mir sicher, dass sich meine Großmutter auch darüber freuen würde. Ist das nicht ein interessanter Zufall, dass er meine Oma kannte? Sie hat mir in ihrem letzten Brief geschrieben, dass sie liebe Freunde auf der Insel hatte. Niemals hätte ich geglaubt, einen davon zu treffen und nun kaufe ich seine Konoba mit ihrem Geld. Aber was meinte er mit dieser merkwürdigen Aussage über unsere Beziehung?“

Marian stieg ins Auto und startete den Motor.

„Er ist alt und senil. Ich weiß auch nicht, was er damit meinte. Vielleicht war es seine Art, uns Glück zu wünschen.“

Als sie den Hof verließen, blickte Stanko hinter dem Vorhang auf die beiden und schaute dem Pärchen mit einem wehmütigen und traurigen Blick nach.

Zurück in Julias Haus kontaktierte sie sofort Dr. Hofers Kanzlei. Zum Glück hatte er gerade keinen anderen Termin und seine Sekretärin stellte das Telefonat zu ihm durch.

„Guten Tag, Dr. Hofer! Schön, dass Sie für mich Zeit haben. Ich habe mich dazu entschlossen, hier auf Krk zu bleiben und eine alte Konoba zu kaufen. Heute habe ich erfahren, dass meine Großmutter mit der verstorbenen Besitzerin befreundet war und sogar öfters mit ihr gemeinsam kochte. Nun brauche ich aber Ihre Hilfe. Könnten Sie einen Kaufvertrag aufsetzen und mir schicken? Ich lasse Ihnen heute noch die genauen Details zukommen."

„Es freut mich, dass es Ihnen so gut geht. Natürlich werde ich Ihnen den entsprechenden Kaufvertrag vorbereiten und alles Notwendige in die Wege leiten. Auch die Übersetzung ins Kroatische werde ich veranlassen. Ich schicke Ihnen den Kontakt eines befreundeten Notars in ihrer Nähe, der sich sicher gerne um die Beglaubigung und die Grundbucheintragung vor Ort kümmern wird. Bitte geben Sie Bescheid, wenn ich Ihnen sonst noch behilflich sein kann."

Julia schickte kurze Zeit später alle Unterlagen per E-Mail an Dr. Hofer und konnte es kaum erwarten, mit der Renovierung zu beginnen. Sie packte ihre Badesachen und schlenderte zum Strand.

Nachdem sie sich im klaren Meer abgekühlt hatte, versuchte sie, zur Konoba zu gelangen. Das Tor, das vom Strand aus zur Terrasse führte, war verschlossen, aber sie fand einen offenen Durchgang neben dem Parkplatz.

Vorsichtig stieg sie an den Disteln vorbei, die zwischen den Terrassensteinen wucherten und blickte sich um. Von hier aus hatte man einen überwältigenden Blick auf das glitzernde Meer.

Es gab einen alten, großen Grillplatz, der nach einer gründlichen Reinigung und mit neuen Grillrosten sicherlich noch brauchbar war. Marian hatte sich bereit erklärt, für sie die Kommunikation mit den Handwerkern zu übernehmen.

Er kannte viele Leute und konnte für sie günstige Konditionen aushandeln.

Wie gern hätte sie die Konoba von innen gesehen, aber die Türen waren alle verschlossen. Durch das schmutzige Glas konnte sie aber einen großen Raum erkennen, der mit alten Sesseln und Tischen vollgestellt war. Sie erblickte eine Theke und eine dahinter liegende Tür. Dort musste sich wohl die Küche, das Herzstück jedes Lokals, befinden. Voller Vorfreude sprang sie noch einmal ins Wasser.

Als sie zuhause ankam, checkte sie ihre E-Mails. Tatsächlich hatte sie bereits eine Nachricht von Dr. Hofer mit dem deutschen Kaufvertrag und dem Kontakt des Notars erhalten. Sie wählte die Nummer und machte für den nächsten Tag einen Termin aus.

Aufgeregt hüpfte sie in ihrem Wohnzimmer auf und ab. Als sie sich wieder beruhigt hatte, rief sie Andrea an und erzählte ihr in einem Redeschwall von ihrem Plan.

„Das ist jetzt nicht dein Ernst, oder? Willst du gar nicht mehr zu mir zurück?“, fragte ihre beste Freundin traurig.

Jetzt erst realisierte Julia die Schattenseiten ihres Plans.

„Du wirst mir schrecklich fehlen, aber ich bin ja nicht aus der Welt. Du kannst mich mit Thomas jederzeit besuchen! Das weißt du doch. Für euch beide habe ich immer Platz.“

„Das ist aber nicht so, als ob du hier bei mir wärst. Aber ich werde mit ihm sprechen und wir kommen natürlich und helfen dir beim Renovieren. Du und ich, wir sind ein gutes und eingespieltes Team. Den Schuppen bekommen wir auch noch schön!“, meinte sie schon etwas fröhlicher.

Julia freute sich sehr darüber. Sie erzählte ihrer Freundin alles über ihre letzten Erlebnisse und über ihre Zukunftspläne.

Kapitel 14

Mit dem deutschen Kaufvertrag und allen Unterlagen, die sie von Stanko abgeholt hatte, machte sie sich auf den Weg zum Notar. Die Kanzlei war modern eingerichtet und stark klimatisiert. Ein wenig fröstelnd begrüßte sie den Notar und überreichte ihm sämtliche Dokumente.
„Dr. Hofer hat mir in einem E-Mail vorangekündigt, mit welchem Anliegen Sie zu mir kommen. Wir werden den Vertrag ins Kroatische übersetzen lassen und sämtliche Behördenwege für Sie einleiten, wenn Sie mir diese Vollmacht unterfertigen. In wenigen Tagen sollten die Dokumente für den Kauf vorbereitet sein. Dann können Sie gemeinsam mit dem Verkäufer bei uns das Formelle abwickeln und die Konoba gehört bald schon Ihnen."

Glücklich und voller Vorfreude fuhr Julia zurück in ihr Haus. Beinahe hätte sie vergessen, ihrer Mutter von ihren Zukunftsplänen zu erzählen.

Ein wenig hatte sie vor ihrer Reaktion Angst, aber sie nahm allen Mut zusammen und rief bei ihr an:

„Hallo, Mama! Wir haben uns nun schon länger nicht gehört. Inzwischen ist einiges bei mir passiert. Ich habe mir lange überlegt, was ich mit…"

„Gut, dass du dich bei mir meldest!", fiel Clara ihr ins Wort, „Ich wollte dich ohnehin anrufen. Da du lieber in Kroatien bist, als deinen Verpflichtungen im Haus deiner verstorbenen

Großmutter nachzukommen, bin ich inzwischen hier eingezogen. Ich wohne allerdings nicht allein. Er heißt Josef und er möchte dich unbedingt kennenlernen. Wir kommen bereits morgen zu dir nach Krk und werden bei dir übernachten."

Julia war geschockt. Sie versuchte sich aber zu fassen und stammelte verblüfft ins Telefon: „Habe ich dich gerade richtig verstanden? Du bist mit einem Mann zusammen? Ihr wohnt in meinem Haus und er will mich kennenlernen?"

„Das hast du wunderbar zusammengefasst. Bravo!", sagte Clara schnippisch, „Es ist doch wohl kein Problem für dich, wenn ich mich um mein verlassenes Elternhaus kümmere, oder? Du vergeudest deine Zeit ja lieber an der Adria und lässt den schönen Garten und das Haus verkommen."

„Mama, ich war erst vor kurzem dort und um den Garten kümmert sich Magda. Aber natürlich kannst du dort wohnen. Immerhin hast du das Wohnrecht. Allerdings wundere ich mich sehr, dass du mit einem Mann zusammenlebst, von dem ich gerade zum ersten Mal höre."

Julia konnte es nicht fassen, dass ihre Mutter sie so überrumpelte.

„Wie vorhin schon erwähnt, wirst du ihn morgen kennenlernen. Bereite bitte alles für unsere Ankunft vor."

Nun wurde Julia wirklich wütend. Ihre Mutter dachte scheinbar, dass sie nichts Besseres zu tun hätte, als auf ihren Besuch zu warten.

Eigentlich hatte sie angerufen, um ihr zu erzählen, dass sie Stankos Konoba kaufen wollte, aber Clara hatte sie noch nicht zu Wort kommen lassen.

„Hör mal, ihr könnt mich gerne ein anderes Mal besuchen. Im Moment habe ich keine Zeit, weil ich mich um meine Zukunft kümmern muss. Ich habe alle Hände voll zu tun. Es geht gerade wirklich nicht, dass ich den Fremdenführer für dich und diesen Josef spiele, nur weil deine neueste Eroberung gerade Lust auf einen kostenlosen Kurztrip hat."

Julia spürte ihr Herz heftig klopfen. Es fiel ihr nicht leicht, ihrer Mutter zu widersprechen und ihr einen Besuch zu verweigern.

„Dieser Josef ist dein Vater. Wir kommen morgen Mittag bei dir an."

Mit diesen Worten hatte Clara das Telefonat beendet. Julia hielt ihr Handy immer noch am Ohr und starrte geschockt in die Luft. Ihr Atem ging schwer und sie bekam einen dicken Kloß im Hals. Sie konnte diese Information nur schwer verarbeiten. Ihr Leben lang hatte sie sich nach einem Vater gesehnt, der ihr vielleicht die Liebe und Zuneigung geben hätte können, die ihre Mutter ihr verwehrte.

Ohne ihre Großmutter wäre ihre Kindheit ohne Freude und Liebe gewesen. Oft hatte sie anderen Kindern Lügengeschichten über ihren Vater erzählt. Manchmal war er ein Astronaut, der sie vom Weltall aus beschützte oder er war der Kapitän auf einem großen Kreuzfahrtschiff und kam nur selten nach Hause und überschüttete sie dann mit den besten und teuersten Geschenken aus der ganzen Welt.

Als sie älter wurde, sagte sie sich, dass es vielleicht besser war, keinen Vater als einen schlechten zu haben. Einige ihrer Freundinnen hatten Väter, die sich betranken und gewalttätig wurden. Sie hatte zwar eine Mutter, die emotional kälter war als der Nordpol, aber auch eine Großmutter, die liebevoll und einfühlsam war.

Nun da sie endlich ein Ziel vor Augen und die Aussicht auf ein schönes und harmonisches Leben mit Marian und ihrer eigenen Konoba hatte, tauchte plötzlich ihr Vater auf und wirbelte alles durcheinander. Oft hatte sie ihre Mutter nach dem Namen ihres Erzeugers gefragt, aber sie bekam nie eine Antwort.
Nun wusste sie es. Er hieß Josef.

Marian saß mit ihr am Abend gemeinsam auf der Terrasse und hörte sich Julias Sorgen und Gedanken an. Er unterbrach sie nicht, sondern hörte ihr nur zu. Ab und an streichelte er ihr über das brünette, lange Haar und lächelte sie verständnisvoll an.

Erst als sie begann, leise zu weinen, nahm er sie in den Arm und sagte: „Sieh es einfach als Chance. Er ist wie ein Puzzlestück, das du verloren hast und schon lange nicht mehr suchst, über das du aber nun zufällig gestolpert bist. Ich kann gerne bei dir sein, wenn er kommt. Sollte er sich schlecht benehmen, werfe ich ihn für dich hinaus."

Sie drückte sich an ihn und versuchte, sich wieder zu beruhigen.

„Ich denke, ich nehme das Angebot an. Damit meine ich natürlich nur, dass du da bist, nicht dass du meinen Türsteher spielst. Obwohl mir der Film Bodyguard gut gefiel und ich immer schon meinen eigenen Kevin Costner wollte." Lächelnd blickte sie ihn an.

„Es gefällt mir besser, wenn du wieder lachen kannst. Dafür trage ich dich auch gerne auf den Händen durch eine Menschenmasse."
Liebevoll küsste er ihre Stirn und trocknete mit einem Taschentuch ihre Tränen. Sie war sehr froh, ihn an ihrer Seite zu haben. Mit Marian konnte sie auch diese Krise überstehen.

Nervös putzte Julia ihren Herd, der eigentlich nicht schmutzig war. Marian stand neben ihr und beobachtete sie.

„Denkst du nicht, dass du nun damit aufhören kannst? Der Putzlappen löst sich schon langsam auf, weil du über eine Stunde lang wie eine Verrückte damit herumschrubbst."

Langsam nahm er ihr den Lappen ab und warf ihn in den Müll.

„Ich weiß einfach nicht, was ich machen soll, bis sie hier sind. Mein Leben lang warte ich auf diesen Moment und nun ist mir übel und schwindelig."

Marian nahm sie in den Arm und führte sie in den Garten.

„Setzen wir uns hin und reden über die Konoba. Das lenkt dich ab."
Er berichtete ihr von seinem Gespräch mit Stanko. Bereits in wenigen Tagen würde Julia gemeinsam mit dem alten Mann den Vertrag beim Notar unterschreiben. Dann würde Julia den vereinbarten Betrag überweisen und noch am selben Tag die Schlüssel für das Lokal erhalten.

Marian hatte einige seiner Freunde dazu gebracht, mit ihnen gemeinsam die Konoba zu renovieren. Er hatte bereits für alles gesorgt.
„Du wirst sehen, die Jungs werden den Laden schnell auf Vordermann bringen. Die Grundsubstanz ist völlig in Ord-

nung. Ich kenne die Konoba von früher und deshalb weiß ich, dass wir sie mit neuen Fliesen, etwas Farbe und neuen Möbeln wieder top herrichten können. Du bekommst auch neue Sanitäranlagen."

Marians Plan hatte funktioniert. Der Themenwechsel verwandelte Julias Angst in Vorfreude. In ihren Gedanken sah sie sich schon bei der Eröffnungsfeier und sie überlegte, welche Gerichte sie anbieten wollte.

Da klingelte es an der Tür. Nervös sprang sie auf und sah Marian ängstlich an.

„Öffnen wir ihnen gemeinsam", schlug er vor und nahm ihre kalte Hand.

Julia konnte ihre Mutter kaum wiedererkennen. Sie trug ein lockeres Sommerkleid mit großen Blumen und einen großen Sommerhut. Der Mann an ihrer Seite trug kurze Shorts und dazu ein kurzärmeliges Hemd und dunkle Sonnenbrillen. Er kam Julia irgendwie bekannt vor.

„Sie sind dieser Biker, mit dem sich meine Mutter traf, als ich meine Sachen aus meiner Wohnung holte", stellte Julia verblüfft fest.

„Ich heiße Josef und ich denke, es ist in Ordnung, wenn wir uns duzen. Immerhin bin ich dein Vater", antwortete er lässig, ohne seine Sonnenbrille abzunehmen.

Es entstand eine unangenehme Stille und Marian versuchte, die Situation zu retten. „Sie sind also Julias Eltern. Ich heiße Marian. Herzlich willkommen auf Krk. Ich hoffe, Sie hatten eine angenehme Reise."

Josef gab ihm die Hand und bot auch ihm das Du-Wort an: „Immerhin gehörst du fast zur Familie, wenn du mit Julia zusammen bist."

Familie? Hatte Julia richtig gehört? Josef besaß die Frechheit, sie als Familie zu bezeichnen. Clara war augenscheinlich von dieser Aussage entzückt und schmiegte sich kichernd an ihn. Das war zu viel für Julia. Ohne ein Wort zu sagen, ließ sie ihre Eltern im Eingang stehen und schnappte im Garten nach frischer Luft.

Am liebsten hätte sie vor Wut geweint und geschrien, aber sie wollte sich vor ihrer Mutter und diesem Mann keine Blöße geben und ihnen zeigen, wie verletzt und wütend sie war. Sie atmete tief ein und aus und ging zwischen ihren Olivenbäumen auf und ab.

„Hier steckst du also! Was soll dieses Benehmen, Julia?", fragte ihre Mutter streng.

„Wie kannst du mir das nur antun? Dieser Mann wollte nie mein Vater sein. Er hat sich noch nie um mich gekümmert. Dann taucht er plötzlich auf und will meinen Freund in der Familie willkommen heißen. Was bildet er sich eigentlich ein? Ich hatte nie einen Vater und ich brauche auch jetzt keinen."

Clara sah sie schockiert und wütend an. „Freust du dich nicht wenigstens für mich? Ich bin endlich glücklich und du gönnst es mir nicht. Seit du auf der Welt bist, habe ich mich nur um dich gekümmert. Meine Wünsche und Hoffnungen habe ich hintenangestellt. Jetzt bin ich verliebt und du benimmst dich wie ein ungezogenes Gör. Das finde ich nicht akzeptabel!"

„Du hast dein Glück hintenangestellt? Du hast dich um mich gekümmert? Ja, ich hatte ein Dach über dem Kopf und ich durfte eine gute Ausbildung genießen. Aber es gehört mehr dazu, eine gute Mutter zu sein. Liebe und Wärme habe ich bei dir nie gefunden. Ich dachte aber immer, dass du wenigstens eine starke Persönlichkeit mit Stolz bist, aber ich habe mich wohl in dir getäuscht.
Dieser Typ schwängert dich und lässt dich allein mit mir sitzen. Jahre später taucht er auf und du verfällst ihm und führst dich auf, wie eine verliebte Teenagerin."

Wütend schlug Clara ihrer Tochter ins Gesicht.
„Rede nie wieder so respektlos mit mir!"
Julia fasste sich an die Wange. Noch nie hatte ihre Mutter sie geschlagen.
„Ich denke, wir nehmen uns ein Hotelzimmer. Hier sind wir wohl nicht erwünscht."
Clara stapfte wütend davon und ließ ihre Tochter fassungslos zurück.

Der Schock steckte ihr noch in den Knochen und sie konnte sich nicht bewegen oder reagieren.
„Sie sind weg. Was ist passiert? Ich war mit Josef im Wohnzimmer und habe ihm von unserem Bootsverleih und der Landwirtschaft erzählt, da kam deine Mutter wie eine Furie herein und schrie, dass sie in ein Hotel gehen würden. Ist alles in Ordnung mit dir?"
Noch immer hielt sie die Hand auf ihrer roten Wange und Tränen liefen ihr übers Gesicht. Marian zog ihre Hand weg und betrachtete die rote Stelle. Ohne ein Wort zu sagen, nahm er sie in die Arme und küsste vorsichtig ihre Wange, an

der kurze Zeit vorher Claras Hand zugeschlagen hatte. Er führte Julia ins Haus und schenkte ihr ein Glas Wein ein.

„Willst du mir jetzt erzählen, was passiert ist?“

Langsam fasste sie sich wieder und erzählte von ihrem Streit.

„Vielleicht war es besser, dass du das alles ausgesprochen hast. Deine Mutter nimmt wirklich keine Rücksicht auf deine Gefühle. Ich finde es gut, dass du dich endlich emanzipierst. Du bist eine erwachsene Frau und das wird sie früher oder später einsehen müssen.“

„Danke für alles, was du für mich tust. Ich bin so froh, dass du heute bei mir bist. Dich in meiner Nähe zu wissen, hat mir die Kraft gegeben, ihr endlich die Meinung zu sagen. Weißt du, sie hat mich noch nie geschlagen. Jetzt, da mein Erzeuger in ihr Leben getreten ist, hat sie auch noch diese Schwelle übertreten. Ich bin unsagbar traurig und wütend. Sie hat noch nicht einmal gefragt, welche Neuigkeiten ich ihr erzahlen wollte.“

Julia und Marian vermieden den restlichen Tag, über Julias Eltern zu reden. Sie stürzten sich in die Renovierungsplanungen und telefonierten mit Handwerkern, die mit Marian befreundet waren.

„Oma, alle meine Freunde haben eine Mutter und einen Vater. Nur ich kenne meinen Papa nicht. Warum will er mich nicht kennenlernen? War ich ein böses Mädchen?“ „Mein Sonnenschein, du warst noch nie böse. Hör auf, so über dich zu denken! Es ist nicht dein Fehler. Er wollte nicht mehr mit deiner Mutter zusammen sein. Mit dir hat das alles nichts zu tun.“ „Melanies Eltern sind geschieden, weil sie sich

nicht mehr liebhaben, aber Melanie darf ihren Papa trotzdem sehen. Mein Papa will aber meine Mama und mich nicht sehen. Dann hat es also doch mit mir zu tun.“ „Julia, weine doch nicht! Dein Papa ist einfach ein ganz dummer Mann, wenn er so einen Sonnenschein wie dich nicht kennenlernen möchte. Ich bin mir sicher, wenn er wüsste, wie toll du bist, dann würde er dich nie wieder hergeben wollen.“

Am nächsten Abend saßen Julia und Marian bei einer selbst gemachten Pizza auf der Terrasse. Als es an der Tür läutete, öffnete sie überrascht. Vor ihr stand Josef, doch dieses Mal war er allein gekommen.

„Entschuldige bitte die Störung! Ich würde gerne mit dir reden und dich besser kennenlernen. Wir werden morgen wieder abreisen und ich konnte deine Mutter dazu überreden, dass sie uns beide für ein paar Stunden allein lässt. Sie macht in der Zwischenzeit ein paar Spa-Anwendungen im Hotel.“

Julia führte ihn auf die Terrasse und bot ihm ein Glas Wein an, das er dankend annahm.

„Ich lasse euch beide lieber allein. Wir sehen uns morgen, mein Schatz.“

Marian küsste Julia zum Abschied und schüttelte Josef die Hand.

Unsicher kaute auf sie auf ihrer Lippe.

„Es ist mir klar, dass für dich die Situation merkwürdig sein muss. Deine Mutter und ich haben uns wieder ineinander verliebt und als sie mir so viel von dir erzählte, wollte ich dich unbedingt kennenlernen. Ich war dir kein guter Vater und wir haben viel nachzuholen.“

Ein kalter Schauer ging über Julias Rücken.

„Du warst überhaupt kein Vater für mich. Als Kind war es mein sehnlichster Wunsch, dich zu sehen und von dir geliebt zu werden, aber heute habe ich für einen Vater keine Verwendung. Ich komme gut ohne dich zurecht."

„Es freut mich, dass du zu einer selbstständigen Frau herangewachsen bist. Ich möchte mich bei dir aufrichtig entschuldigen. Als Clara schwanger wurde, war ich noch sehr jung. Ich hatte mein ganzes Leben vor mir und ich wollte diese Verantwortung noch nicht haben. Ich wurde nie von ihr gefragt, ob ich ein Kind wolle."

„Ich wurde auch nicht gefragt, ob ich auf die Welt kommen möchte. Mein Mitleid für dich hält sich sehr in Grenzen."

„Ich kann verstehen, dass es schwer für dich ist, aber kannst du mir wenigstens eine Chance geben? Erzähl mir doch von dir! Wer bist du und was machst du gerne? Welche Hobbys hast du und welche Musik hörst du? Deinen Freund habe ich ja schon gesehen. Du hast einen guten Geschmack und aus diesem Haus hast du ein Schmuckstück gemacht."

Er redete sehr einfühlsam und sie fand ihn irgendwie nett. Ihre Mutter hatte sich nie für Julias Hobbys interessiert und so begann sie, ihm von sich zu erzählen. Sie redeten über ihre Freunde, über ihr Passion zu kochen und auch wie sie sich in Marian verliebt hatte. Sogar vom Kauf der Konoba erzählte sie ihm.

„Das finde ich eine hervorragende Idee! Es ist schön, wenn man seinen Beruf liebt."

Josef schaffte es, Julia für sich zu gewinnen. Sie hatten einen angenehmen Abend und begannen sich immer besser zu verstehen. Sie betrachtete ihren Vater nun genauer. Er sah

für sein Alter sehr gut aus und wirkte sportlich. Sein Kleidungsstil war nicht altbacken oder spießig, sondern modern und lässig. Er hatte viel Charme und wusste anscheinend, wie man eine Frau beeindruckte.
Julia konnte ihre Mutter verstehen, warum sie ihm verfallen war. Sie war sehr froh, dass sie ihm doch eine Chance gegeben hatte. Sie konnte sich nur nicht vorstellen, was ihn an Clara reizte. Der Abend verging viel zu schnell und schon bald verabschiedete sich Josef von seiner Tochter.

„Darf ich dich zum Abschied drücken?", meinte er lächelnd.
Julia umarmte ihn kurz und begleitete ihn zur Tür.
Da drehte er sich um und bemerkte fast beiläufig:
„Es gibt da etwas, das ich noch gerne mit dir besprechen möchte, bevor ich wieder nach Hause fahre. Ich bin gerade an einer ziemlich großen Sache dran. Ein Freund hat mir ein lukratives Angebot für ein gutes Geschäft gemacht, das ich nicht ausschlagen kann. Ich komme im Moment nicht an mein Geld ran, weil es fix veranlagt ist. Deine Mutter hat mir erzählt, dass du von deiner Oma ziemlich viel Geld geerbt hast. Da ist es für dich doch kein Problem, wenn du deinem Vater etwas vorstreckst, oder?"

Mit offenem Mund schaute sie ihn geschockt an. Sie kam sich plötzlich sehr dumm vor. Kurze Zeit hatte sie wirklich gedacht, er hätte Interesse daran, ihr Vater zu sein, aber er wollte nur ihr Geld und wahrscheinlich auch das ihrer Mutter.
„Für wie naiv hältst du mich eigentlich? Verlasse augenblicklich mein Haus! Ich warne dich! Wenn du meiner Mutter

auch nur einen Cent abknöpfst, wirst du mich und auch meinen Anwalt richtig kennenlernen."

In seinem Blick erkannte sie nun, wie abgebrüht Josef wirklich war.

Er verzog keine Miene und sagte nur schmunzelnd: „Schon gut! Man wird ja wohl noch fragen dürfen. Du bist die gleiche Furie wie deine Großmutter. Die meinte auch, sie könne mit mir so reden."

Mit einem lauten Knall ließ er die Tür im Schloss zufallen. Schnell lief sie zu ihrem Telefon und wählte die Nummer ihrer Mutter, doch diese lehnte den Anruf ab.

Also schrieb Julia ihr eine Nachricht: „Bitte pass auf dich auf! Er ist nur hinter deinem Geld her. Von mir wollte er gerade welches, aber ich habe ihn abblitzen lassen und ich habe das Gefühl, er wird es auch bei dir versuchen. Gib ihm nichts!"

Kurze Zeit später erhielt sie eine Antwort: „Du gönnst mir mein Glück nicht. Das finde ich traurig. Er ist der Mann meines Lebens und das hast du zu akzeptieren. Er hat mein Geld gar nicht nötig. Deine Lügen sind schamlos. Ich bin sehr enttäuscht von dir."

Julia wusste, dass sie ihrer Mutter nicht helfen konnte. Sie rief Marian an und erzählte ihm alles, was passiert war.

„Hast du den Schock von gestern Abend schon verdaut?", fragte er am nächsten Morgen am Telefon.

„Ja, auch wenn sein Auftritt sehr heftig war. Anscheinend hat meine Oma ihm früher schon einmal die Leviten gelesen. Diese Information muntert mich ungemein auf", schmunzelte Julia.

„Ich hoffe, du hast jetzt nicht genug vom Familienleben. Meine Eltern haben dich für heute Abend zum Essen eingeladen. Soll ich es verschieben?“, fragte er unsicher.

Julia hatte zwar wenig Lust auf einen Familienabend, allerdings war ihr bewusst, dass es unhöflich wäre, abzusagen.

„Ich komme sehr gerne! Soll ich etwas mitbringen?“

„Wenn du so fragst, würde ich mich über einen Apfelstrudel freuen“, meinte er begeistert.

So fing Julia bereits am Vormittag an zu backen. Sie war über die Ablenkung froh und je länger sie in der Küche stand, desto mehr freute sie sich auf den Abend. Marians Bruder Mateo kannte sie ja schon, aber seine Mutter Ivana und seinen Vater Armin hatte sie noch nie gesehen.

Am Abend holte Marian sie ab und verstaute das Backwerk in seinem Auto.

„Du siehst hinreißend aus. Meine Eltern werden dich und den Strudel lieben“, sagte er schmunzelnd.

Marians Elternhaus lag nur fünf Autominuten von Julias Haus entfernt. Es war ein großer, alter Bauernhof, der aber renoviert und sehr gepflegt war.

„Das Haus zeige ich dir später. Alle sitzen im Garten und warten auf uns. Das Essen ist in einer halben Stunde fertig.“

Marian führte sie auf die Rückseite des Hauses. Unter dem größten Olivenbaum, den Julia je gesehen hatte, stand ein großer Holztisch mit Stühlen, an dem seine Eltern und Mateo saßen und sich lautstark unterhielten. Nervös ging Julia neben Marian zum Tisch und lächelte unsicher, aber freundlich.

„Das sind meine Eltern Ivana und Armin.“

Julia sagte ein verlegenes Hallo, aber Marians Mutter stand auf und kam auf sie zu. Ivana drückte sie fest an sich und küsste ihre Wangen.

„Herzlich willkommen in unserer Familie! Ich habe mir immer schon eine Tochter gewünscht und nun habe ich endlich eine." Auch Armin umarmte Julia, die verblüfft die Begrüßung über sich ergehen ließ. Mateo winkte ihr grinsend zu.

„Erdrückt sie bitte nicht gleich! Ich brauche sie noch länger", unterbrach Marian lachend die Situation und legte seinen Arm um sie.

Noch nie wurde sie so herzlich begrüßt und mit Tränen der Rührung sagte sie: „Vielen Dank für die Einladung! Ich habe heute einen Apfelstrudel für Sie alle gebacken."

„Wir sagen hier alle du zu einander. Dein Strudel ist angeblich der beste der Welt, wenn man Marian glauben kann. Wir freuen uns schon sehr darauf, aber jetzt trinken wir erstmal auf die Familie", antwortete Marians Mutter.

Julia fühlte sich sehr wohl und ihre Aufregung war schnell verflogen.

„Heute gibt es Oktopus im Peka gegrillt. Wenn du möchtest, zeige ich dir, was das ist", bot ihr Armin an.

Peka war ein Gefäß, das man mit Fleisch, Fisch oder eben Oktopus und Kartoffeln füllte und dann mit einem Deckel verschloss. Das ganze Gefäß wurde in die glühenden Holzkohlen geschoben und auch damit bedeckt. Erst nach drei Stunden wurde es wieder geöffnet und das Essen war fertig. Es duftete herrlich. Dazu reichte Ivana einen würzigen Blattsalat und frisch gebackenes Brot.

„Du möchtest also die Konoba vom alten Stanko kaufen? Das finde ich eine gute Idee. Hast du dir schon ein Konzept überlegt?“, wollte Ivana wissen.

Julia erzählte ihnen von ihrem Plan: „Ich möchte gerne sowohl eine mediterrane Küche kochen, aber auch das eine oder andere Gericht aus meiner Heimat übernehmen. Viele Gerichte gibt es in beiden Kulturen, nur meist mit etwas anderen Gewürzen. Ich will alles so regional wie möglich einkaufen und das kochen, was gerade Saison hat.“

„Das finde ich sehr gut. Wir können dir dabei ein wenig behilflich sein. Oliven und Käse bekommst du natürlich bei uns zu einem guten Preis und den Fisch kann dir ein Verwandter von mir verkaufen. Er ist Fischer in Malinska. Wir kennen viele Bauern und können dir bei den Preisverhandlungen helfen. Als Nichtkroatin hast du es sonst schwer, aber als Teil unserer Familie stehen dir viele Türen offen“, erklärte Armin.

Julia hatte tatsächlich bereits das Gefühl, zu ihnen zu gehören. Es tat ihr gut, nach dem gestrigen Tag mit ihren eigenen Eltern, nun hier mit Marians Familie zu sitzen und zu reden.
„Den Wein kannst du natürlich bei Dusko und Maria beziehen. Ich habe schon mit ihnen gesprochen und sie freuen sich über die Zusammenarbeit mit dir. Maria ist besonders glücklich, dass sie dich inspiriert hat, auch wenn sie dich für ihr Restaurant nicht gewinnen konnte“, erzählte Marian.

Von der Hilfsbereitschaft und dem Zusammenhalt war Julia gerührt. Mit Tränen in den Augen bedankte sie sich bei allen für ihre Hilfe. Als sie den Apfelstrudel aßen und alle ihn lobten, strahlte Marian sie an und gab ihr einen Kuss.

„Ich habe ja gesagt, dass sie dich lieben werden.“

Als es später wurde, führte er sie durch das Haus. Das Gebäude war zwar schon alt, aber liebevoll restauriert. Es strahlte viel Wärme und Liebe aus. Marians Zimmer hingegen war nur spärlich eingerichtet und ohne jede Dekoration. Julia musste schmunzeln, als sie es betrat.

„Ich bin eigentlich nur zum Schlafen in meinem Zimmer. Aber ich gebe zu, dass hier nun mal das Fingerspitzengefühl einer Frau fehlt“, merkte er verlegen an und kratze sich den Kopf.

Er küsste sie und streifte ihr das Kleid vom Körper. Liebevoll berührte er ihr Gesicht und glitt mit den Händen über ihren Hals, zu ihren Brüsten und tiefer zwischen ihre Beine. Er liebte sie sehr sanft und behutsam. Als sie eng umschlungen in seinem Bett lagen, küsste er sie zärtlich.

„Ich liebe dich, Julia!“, hauchte er in ihr Ohr.

Ein warmer Schauer ging über ihren Körper. „Ich liebe dich, Marian!“

Kapitel 15

Das Krähen des Hahnes weckte Julia bereits sehr früh am Morgen. Die Sonne ging gerade auf und auch Marian erwachte. Er zog sie an sich und küsste ihr Haar.

„Ich hoffe, du hast gut geschlafen. Heute ist ein wichtiger Tag für dich."

Ein nervöses Kribbeln stellte sich in ihrem Bauch ein.

„Kannst du mich und Stanko zum Notar begleiten? Ich bin mir nicht sicher, ob ich stark genug bin, um ihm ins Auto und wieder heraus zu helfen."

Der alte Mann konnte ohne seine Krücken nicht gehen und Julia war sehr unsicher, ob sie allein mit ihm zurechtkäme.

„Am besten fragst du selbst meinen Vater, ob ich heute später arbeiten kann. Dir wird er deine Bitte bestimmt nicht abschlagen." Seine Hände wanderten unter ihr T-Shirt.

„Ich bin viel zu aufgeregt dafür", sagte Julia und streifte ihr Shirt wieder runter.

Seufzend gab er ihr einen Kuss und begann, sich für das Frühstück fertig zu machen. Auch Julia kleidete sich an und ging mit ihm gemeinsam in die Küche. Ivana kochte bereits Kaffee und hatte den Tisch gedeckt.

„Kann ich dir irgendwie helfen?", bot Julia ihr an.

„Es wäre nett von euch, wenn ihr mir Eier für das Frühstück holen könntet?"

Marian nahm Julia an der Hand und ging mit ihr aus dem Haus. Im Stall gackerten die Hühner lautstark, als die beiden die Tür öffneten.

„Das Leben auf einem Bauernhof hat seine Vorteile. Ihr habt immer frische Eier“, stellte Julia begeistert fest, als sie drei Stück in einen Korb legte.

„Aber wir haben auch immer viel zu tun. Das alles hier funktioniert nur, weil wir als Familie zusammenhalten.“

Als Marian Julias traurigen Blick sah, legte er den Korb beiseite und umarmte sie.

„Es tut mir leid, ich wollte dich nicht verletzen. Auch wenn du mit deiner Mutter im Moment nicht sprichst, vergiss nicht, dass deine Oma dich sehr geliebt hat. Außerdem hat dich meine Familie nun aufgenommen. Meine Mama lässt dich ohnehin nicht mehr gehen. Ich habe das Gefühl, sie mag dich schon lieber als Mateo und mich“, versuchte er sie aufzumuntern.

„Sie ist wirklich sehr lieb und ich muss zugeben, dass ich Ivana auch schon ins Herz geschlossen habe. Deine Familie ist fantastisch.“

Gemeinsam gingen sie wieder zurück in die Küche, in der sich inzwischen die gesamte Familie versammelt hatte.

„Danke für die Eier. Ich gebe sie schnell ins Wasser und komme gleich zu euch. Setzt euch doch schon und beginnt zu essen“, sagte Ivana, als sie den Korb entgegennahm.

Julia und Marian nahmen Platz und griffen beherzt zu.

„Ich unterzeichne heute gemeinsam mit Stanko den Vertrag. Dann gehört die Konoba offiziell mir und ich kann beginnen, sie zu renovieren“, erzählte Julia, während sie sich Käse auf den Teller lud.

„Das freut mich sehr! Wenn du Hilfe benötigst, kannst du dich jederzeit an uns wenden“, meinte Armin mit vollem Mund.

„Um ehrlich zu sein, wäre ich sehr froh, wenn Marian mich heute begleiten könnte. Stanko braucht Hilfe beim Ein- und Aussteigen aus dem Auto und ich befürchte, dass ich nicht stark genug dafür bin.“

Julia hoffte, dass Marian recht hatte und Armin bei ihr nachgiebiger wäre.

„Das ist ja wohl klar, dass er dir dabei hilft. Es reicht vollkommen, wenn er am Abend zu mir an den Strand kommt. Den Rest schaffe ich schon allein.“

Marian zwinkerte ihr belustigt zu. Sie war sehr erleichtert und das Essen schmeckte nun gleich besser.

Wenig später holten die beiden gemeinsam den alten Mann ab und fuhren zum Notar. Dort war bereits alles für die Unterzeichnung vorbereitet. Feierlich unterschrieben sie den Vertrag und Julia fiel Stanko freudig um den Hals.

„Danke vielmals! Sie sind natürlich herzlich zur Eröffnung eingeladen“, sagte sie ihm.

Erfreut lächelte er sie an.

„Mein liebes Kind, ich bin für dich einfach Stanko. Lass doch die Förmlichkeiten! Ich komme gerne zu deiner Eröffnung und freue mich schon auf ein kühles Bier auf der Terrasse. Jetzt kann ich mich bedienen lassen und muss nicht mehr selbst arbeiten. Ich wünsche dir viel Erfolg mit meiner alten Konoba!“

Julia war gerührt.

Auch Marian gratulierte ihr: „Jetzt bist du Gastronomin. Ich freue mich sehr für dich! Aber ich gebe zu, ich bin auch

egoistisch, denn ich freue mich noch mehr für mich selbst. Immerhin bleibst du nun sicher bei mir auf der Insel."
Er drückte sie fest an sich und hob sie in die Luft. Julia konnte ihr Glück kaum fassen.

Nachdem sie Stanko nach Hause gebracht hatten, fuhren sie zum Baumarkt und bestellten das Baumaterial für die Renovierung. Mit einem Mann an der Seite, der die Landessprache sprach, kam Julia viel schneller voran als mit Andrea. Für ihr Lokal ging es nicht nur um die Optik, sondern auch um die Stabilität der Materialien. Sie musste viele Faktoren bedenken.

„Wenn du die letzten Wochen der Hauptsaison nutzen möchtest, müssen wir darauf achten, dass alles im Lager vorhanden ist. Du darfst nichts kaufen, was eine lange Lieferzeit hat", erklärte Marian.

Die Fliesen und Baumaterialien wurden gleich in Armins Lieferwagen geschlichtet und so fuhren sie voll beladen zur Konoba.

Gemeinsam trugen sie alles auf die überdachte Terrasse und Julia war froh, einen so starken Freund zu haben. Aufgeregt öffnete sie die Tür zur Konoba. Innen gab es einen großen Raum samt Theke, in dem viele alte Tische und Stühle verstaut waren. Die Toiletten waren alt und mussten komplett erneuert werden. Die Küche aber war noch sehr gut erhalten. Sie war geräumig und aus Edelstahl. Mit neuen Fliesen, neuen Lampen und nach einer gründlichen Reinigung würde sie hier sehr gut arbeiten können. Marian trat hinter sie und umarmte sie. Obwohl er vom Schleppen schmutzig und verschwitzt war, störte es sie nicht.

„Heute Abend kommen ein paar Jungs von mir und beginnen, die alten Fliesen und die Toiletten zu entfernen. Bald wirst du diese Räume nicht mehr wiedererkennen. Ich werde die nächsten Tage nicht viel Zeit für dich haben, weil wir hier arbeiten, aber dafür bleibst du für immer bei mir. Das ist es mir wert."

Julia drehte sich um und legte ihre Arme um ihn.

„Danke für alles, was du für mich tust. Dafür bekommst du immer Freibier bei mir", bot sie ihm lachend an.

„Das lasse ich mir natürlich nicht entgehen! Obwohl ich mir eine andere Belohnung erhofft habe."

„Darüber können wir gerne noch verhandeln. Aber jetzt haben wir keine Zeit, denn es gibt hier genug zu tun", stellte sie ernst fest und löste sich aus seiner Umarmung.

Seufzend begann Marian, die Sessel und Tische aus dem Raum zu tragen.

„Hallo, Andrea! Ich habe den Vertrag unterschrieben. Die Konoba gehört nun tatsächlich mir. Marian und seine Freunde entfernen heute die alten Fliesen und danach beginnen sie, die Fliesen zu verlegen und neue Toiletten und Waschbecken einzubauen. Bereits nächste Woche sollten die Arbeiten soweit fortgeschritten sein, dass wir mit dem Ausmalen und den Reinigungsarbeiten beginnen können. Kommt ihr wirklich und helft mir?", fragte Julia ihre Freundin am Telefon.

„Versprochen ist versprochen! Ich kann es kaum erwarten, dich endlich wiederzusehen. Wir reisen gleich am Wochenende an." Julia freute sich sehr auf Andrea und Thomas.

Die Tage vergingen sehr schnell, denn Julia und Marian hatten in der Konoba viel zu tun. Auch Markus, Tina und Philipp halfen mit und so kamen sie rasch voran.

Endlich war Wochenende, und Julia hörte Andreas Auto vor ihrem Haus einparken. Die beiden Freundinnen liefen auf einander zu und fielen sich in die Arme. Wie zwei Teenagerinnen hüpften sie quietschend im Kreis auf und ab. Als sie sich endlich voneinander trennen konnten, stand Thomas lächelnd neben ihnen.

„Ich bin übrigens auch hier. Hallo, Julia!“, rief er lachend.

„Dich habe ich gar nicht gesehen“, neckte sie ihn.

Freudig führte sie ihre beiden Freunde in ihr Haus und Andrea beschrieb Thomas, wie es ihnen damals bei den Renovierungsarbeiten ergangen war.

Sie brachten das Gepäck ins Gästezimmer und setzten sich gemeinsam in den Garten.

„Du hast hier ein kleines Paradies. Ich verstehe, dass es dir hier so gut gefällt und du dableiben möchtest“, bemerkte er bewundernd.

„Aber sie bleibt nicht nur wegen des Hauses hier“, kicherte Andrea, „Ich freue mich schon, deinen Marian richtig kennenzulernen. Das letzte Mal war unser Zusammentreffen nicht sehr positiv.“

Julia hatte den Moment schon wieder vergessen, als Andrea den schimpfenden Mateo angeschrien hatte und ihr jetziger Freund versuchte, seinen Bruder zu beruhigen.

„Stimmt, daran hatte ich gar nicht mehr gedacht.“

„Weißt du denn inzwischen, weshalb sein Bruder so wütend war und warum er dachte, er hätte Anspruch auf dein Haus?“

„Um ehrlich zu sein, weiß ich es nicht. Ich sollte bei Gelegenheit mit Mateo darüber sprechen. Inzwischen sind wir schon gute Freunde geworden.“

„Hat sich deine Mutter eigentlich bei dir gemeldet?“, fragte Thomas vorsichtig.

„Nein. Ich hoffe, sie gibt meinem Vater kein Geld, aber sie möchte nicht auf mich hören. Wenn er sie finanziell ausnimmt, kann ich ihr nicht helfen. Sie ist selbst schuld, wenn sie auf diesen Betrüger noch einmal hineinfällt."

Inzwischen hatte Julia sich damit abgefunden, dass ihre Familie alles andere als perfekt war.

„Wann treffe ich nun endlich deinen Marian? Ich brauche bei euch beiden dringend männliche Verstärkung", fragte Thomas, der sofort einen bösen, aber nicht ernst gemeinten Blick von Andrea bekam.

„Er kommt heute am frühen Abend vorbei. Die groben Arbeiten in der Konoba sind ja nun abgeschlossen und deshalb hat er heute für einen Grillabend Zeit. Meine Nachbarn werden auch zu uns kommen."

„Wirklich? Auf die drei freue ich mich sehr! Du wirst sehen, Thomas, das ist eine sehr nette Familie."

Julia freute sich, die Arbeit für einen Abend ruhen zu lassen und ihre Freunde als Dank für die Hilfe zu bewirten.

Im Haus duftete es nach selbst gebackenem Brot und Julia bereitete gerade verschiedene Salat zu, als Marian über die Terrasse in das Haus kam. Er küsste sie und nahm sich von den Tomaten, die sie gerade schnitt.

„Wo sind denn deine Freunde?", fragte er und blickte sich um.

„Sie machen sich gerade frisch und kommen sicher gleich zu uns nach unten."

Da klingelte es und Marian öffnete die Tür.

„Hallo! Setzt euch doch schon auf die Terrasse, während ich euch gleich etwas zu trinken bringe."

Es freute Julia, dass er sich schon wie zu Hause und als Gastgeber fühlte. Liebevoll lächelte sie ihn an, während er die Getränke einschenkte.

„Könntest du heute das Grillen übernehmen? Ich habe bereits eingeheizt. Du musst nur noch das Fleisch auf den Rost legen“, bat sie ihn, als sie sich zu ihren Nachbarn setzte.

„Das mache ich sehr gerne.“

Andrea und Thomas kamen nun ebenfalls auf die Terrasse und begrüßten alle. „Darf ich euch vorstellen, das ist mein Freund Thomas“, sagte sie stolz. Alle nahmen am Tisch Platz und Marian begann, den Grill zu belegen.

„Ich freue mich sehr, dass ihr heute alle hier seid. Ohne euch wäre die Eröffnung meiner Konoba noch in weiter Ferne, aber gemeinsam schaffen wir es noch vor dem Ende der Hochsaison mit den Arbeiten fertig zu werden. Fast täglich fragen mich Touristen und Einheimische, wann ich endlich das Lokal aufsperre. Ich möchte mich bei euch allen dafür bedanken, dass ihr mir helft, meinen Traum zu verwirklichen.“

Die Gäste klatschten und Julia wischte sich gerührt eine Träne aus den Augen. Es war schön, dass sich ihre alten und ihre neuen Freunde so gut verstanden. Marian war ein wunderbarer Gastgeber und er unterhielt sich blendend mit Thomas. Alle Männer einschließlich Philipp standen um den Grill und philosophierten über Fleischqualitäten und die verschiedenen Arten von Griller, während die Damen am Tisch saßen und über die Konoba sprachen.

„Morgen früh können wir gleich mit den Malerarbeiten beginnen. Ich bin schon sehr aufgeregt. Wenn wir in diesem

Tempo weitermachen, kann ich wirklich schon bald eröffnen. Hoffentlich wird mein Lokal gut besucht“, zweifelte Julia nachdenklich.

„Mit uns als Stammgäste kannst du auf alle Fälle rechnen. Wir suchen schon lange ein Lokal, das wir zu Fuß erreichen können und in dem das Essen gut ist“, meinte Tina lächelnd.

„Ich kenne deine Kochkünste zur Genüge und weiß somit am besten, dass du die geborene Köchin bist. Mach dir darüber keine Sorgen. Aber hast du schon Personal im Auge, denn du wirst es nicht allein schaffen können?“, überlegte Andrea.

Marian hatte Julia einige seiner Bekannten aus dem Ort als Personal empfohlen.

„Nächste Woche stellt sich ein Koch vor und ich habe bereits einige Kellnerinnen und Kellner, die laut Marian sehr zuverlässig sind. Ich benötige natürlich Einheimische, die auch gut Deutsch sprechen, damit sie mich und die Gäste verstehen können. Im Winter wird weniger los sein und dann kann ich Sprachunterricht nehmen. Natürlich muss ich Kroatisch lernen, wenn ich hierbleiben möchte.“

Julia hatte schon einen ausgefeilten Plan, wie sie sich ihre Zukunft vorstellte. Das Fleisch auf dem Grill war beinahe fertig und so begann Julia, die Beilagen aufzutischen.

Andrea ging mit ihr in die Küche und half ihr: „Marian ist wirklich entzückend. Ich habe vorhin seinen verträumten Blick gesehen, als du aufgestanden bist. Er liebt dich wohl sehr.“

Die beiden Freundinnen umarmten sich und Julia merkte, wie sehr Andrea ihr fehlte.

„Wir haben uns bereits gesagt, dass wir uns lieben. Er ist der Mann meine Träume. Ein Leben ohne ihn kann ich mir nicht mehr vorstellen."

„Das freut mich sehr für dich, auch wenn es bedeutet, dass du aus meinem Leben immer mehr verschwindest. Aber ich verspreche dir, dass du mich nicht so schnell loswirst, nur weil dein Mr. Right in Kroatien lebt."

Julia gab ihr einen Kuss auf die Wange und sagte: „Du wirst immer meine beste Freundin sein und wann immer du mich brauchst, bin ich für dich da. Hier bist du stets willkommen!"

Mit Tränen in den Augen trugen beide die Teller und Schüssel ins Freie. Thomas sah ihre Rührung und nahm Andrea in die Arme.

„Julia ist nicht aus der Welt. Das weißt du doch. Wir besuchen sie so oft du möchtest, das habe ich dir versprochen."

Schniefend gab Andrea ihm einen Kuss und nahm sich ein großes Stück Fleisch.

„Ich esse lieber schnell etwas. Ich bin hungrig und du weißt, da bin ich unberechenbar."

„Oh ja!", riefen Julia und Thomas gleichzeitig und alle am Tisch lachten.

Der Abend war sehr entspannt und verging viel zu schnell. Da sie am nächsten Tag viel Arbeit vor sich hatten, endete der Grillabend schon bald. Als Julia und Marian im Bett lagen, schaute er ihr tief in die Augen.

„Du bist die schönste und liebevollste Frau, die ich kenne. Ich liebe dich sehr!"

Sanft küsste sie seine Lippen: „Ich liebe dich auch und ich wünsche mir, dass wir für immer zusammen sind."

Marian musste am nächsten Tag bereits früh nach Punat zum Bootssteg aufbrechen, da sein Vater Armin seine Großmutter Branka endlich aus dem Krankenhaus abholte. Es ging ihr inzwischen wieder einigermaßen gut und sie durfte nach langer Zeit nach Hause. Sie war allerdings noch etwas schwach und musste die meiste Zeit im Rollstuhl sitzen, bis sie wieder voll zu Kräften kommen würde.

Julia, Andrea und Thomas machten sich nach einem ausgiebigen Frühstück auf den Weg zur Konoba. Dort führte sie ihre Freunde durch das Lokal.

„Wie ihr sehen könnt, sind die Fliesen bereits verlegt und auch die Sanitäranlagen wurden erneuert. Wir drei beginnen heute mit den Malerarbeiten."

„Das Lokal ist sehr entzückend. Ich finde, es passt gut zu dir", bewunderte Andrea die Konoba.

„Die schlimmste Arbeit ist ja schon erledigt. Das hat Marian gut organisiert. Er ist übrigens ein guter Mann und passt auch zu dir. Ich freue mich, dass auch du dein Glück gefunden hast", merkte Thomas etwas verlegen an.

Inzwischen hatte sich Julia schon an den Anblick ihrer turtelnden Freunde gewöhnt. Es freute sie, dass die Beziehung der beiden ihre Freundschaft zu dritt nicht zerstörte. Voller Tatendrang begannen sie mit den Farbrollen den großen Gastraum auszumalen. Das Wetter begann sich zu verschlechtern, aber so war die Lufttemperatur nicht zu heiß und die Arbeit fiel ihnen leichter. Sie kamen gut voran und legten zu Mittag gut gelaunt eine Pause ein. Julia hatte belegte Brote und kühle Getränke eingepackt und sie aßen ihr kaltes Mittagessen am Strand.

„An diesen Ausblick könnte ich mich gewöhnen. Ich verstehe dich immer besser", schwärmte Thomas, während er ein Brot aß.

„Wenn die Sonne scheint, ist es hier noch schöner. Von meiner Terrasse aus sieht man das Glitzern des Meeres. Es ist einfach atemberaubend."

Julia fühlte sich unendlich glücklich. Sie war angekommen und freute sich, ihr Glück mit ihren beiden Freunden teilen zu dürfen.

„Wir sollten jetzt aber lieber weiterarbeiten", mahnte Andrea vernünftig. So machten sie sich wieder an die Arbeit.

Am Nachmittag begann es in Strömen zu regnen und es wurde unangenehm windig. Julia hoffte, dass Marians Boote bereits alle zurück im Hafen waren. Sie hatte immer Angst davor, dass ein Boot in Seenot geriet und er bei diesem Wetter aufs Meer fahren müsste, um seine Kunden zu retten. Sie versuchte sich mit der Arbeit abzulenken und an nichts Negatives zu denken.

Da klingelte ihr Telefon, und Julia nahm nervös das Gespräch an: „Hallo, Marian! Dir ist hoffentlich nichts passiert?!", fragte sie verunsichert.

„Nein, keine Sorge! Es ist alles in Ordnung. Meine Boote sind rechtzeitig zurückgekommen und ich habe sie gut befestigt. Mein Auto springt allerdings nicht an und ich erreiche meinen Vater nicht. Könntest du mich bitte hier abholen?"

Julia atmete erleichtert aus. Sie hatte nicht gemerkt, dass sie vor lauter Anspannung die Luft angehalten hatte.

„Natürlich hole ich dich ab. Wir packen hier nur schnell zusammen und dann komme ich zu dir."

Andrea und Thomas hatten das Telefonat mitbekommen und reinigten bereits die Farbrollen. „Ich bringe euch schnell zu mir nach Hause und wir treffen uns später bei mir."

Sie beeilten sich mit dem Aufräumen und liefen rasch zum Auto. Inzwischen regnete es noch heftiger und über dem Meer donnerte und blitzte es. Nachdem Julia ihre beiden Freunde bei sich zu Hause abgesetzt hatte, machte sie sich auf den Weg nach Punat. Sie konnte nicht allzu schnell fahren, denn die Sichtverhältnisse wurden immer schlechter.

Als sie endlich bei ihm ankam, sprang er rasch in ihr Auto.

„Du bist meine Rettung! Das Wetter wird immer unfreundlicher."

„Das ist kein Problem. Kommst du gleich zu mir mit nach Hause?"

„Das geht leider nicht. Du weißt doch, dass meine Großmutter heute endlich heimkommt und da möchte ich den Abend mit ihr verbringen."

„Das verstehe ich natürlich. Dann bringe ich dich jetzt nach Hause."

Die Hofeinfahrt war vom Regen voller Schlamm und Julia versuchte, nah am Haus zu parken.

„Kommst du kurz mit hinein, um meine Oma kennenzulernen?"

„Ich möchte euch nicht stören. Immerhin geht es ihr noch nicht so gut und ihr wollt bestimmt mit ihr allein sein."

Marian ließ aber nicht locker. „Für einen kurzen Besuch wird sie schon fit genug sein. Wenn ich meine Retterin jetzt einfach fahren lasse, ist meine Mutter sicher beleidigt. Dann macht sie mir den ganzen Abend Vorwürfe, weil sie dich nicht sehen konnte. Sie liegt mir ohnehin dauernd in den Ohren, dass du öfters zu Besuch kommen sollst. Ihr wäre es am liebsten, wenn du gleich einziehen würdest“, meinte er mit einem verlegenen Lächeln.

Julia ließ sich schließlich überreden und so liefen sie im strömenden Regen ins Haus. Sie schüttelte ihre nassen Haare und wischte sich Regentropfen aus dem Gesicht.

„Ich ziehe mir schnell etwas Trockenes an, dann komme ich zu euch. Gehst du schon ins Wohnzimmer?“

Er gab ihr einen flüchtigen Kuss und verschwand im Obergeschoß. Julia klopfte an der Tür und trat ein. Ivana sprang auf und umarmte sie herzlich.

„Das ist aber eine Überraschung! Marian ist noch nicht zu Hause, aber er sollte bald hier sein. Setz dich doch zu uns!“

„Sein Auto ist nicht angesprungen und er hat euch nicht erreichen können, deshalb habe ich ihn abgeholt. Er zieht sich gerade oben um, weil er ganz durchnässt ist. Anscheinend hatte es bereits zu regnen begonnen, als das letzte Boot zurückkam.“

„Wir haben durch das Wetter wohl einen schlechten Handyempfang. Danke, dass du ihn hergebracht hast. Darf ich dir meine Mutter Branka vorstellen?“, sagte Armin erfreut.

Marians Großmutter saß mit dem Rücken zu Julia in ihrem Rollstuhl. Ivana ging auf Branka zu und drehte sie in ihrem Stuhl um.

Sie sprach laut und langsam auf Deutsch: „Mutter, das ist Julia! Sie ist Marians Freundin. Sie hat gerade Stankos Konoba gekauft und möchte sie eröffnen.“

Branka starrte Julia stumm an und deutete ihr, dass sie sich nähern solle. Langsam ging sie auf die alte Frau zu. Julia lächelte sie an, doch diese erwiderte das Lächeln nicht. Sie runzelte die Stirn und blickte ihr finster ins Gesicht.

„Ist alles in Ordnung, Mutter? Hast du mich nicht verstanden? Julia ist Marians Freundin."

Ivana schüttelte verständnislos den Kopf und zuckte mit den Schultern.

„Ich kenne dieses Gesicht", bemerkte die alte Frau schließlich.

Julia erinnerte sich an die gleiche Reaktion von Stanko. Anscheinend sah sie ihrer Großmutter wirklich sehr ähnlich, was den älteren Bewohnern des Ortes wohl im ersten Moment merkwürdig vorkam.

„Sie meinen wahrscheinlich meine Großmutter, Sophia. Angeblich sehe ich ihr sehr ähnlich. Vielleicht haben Sie sie gekannt. Sie hat früher hier ein Ferienhaus besessen, das ich nun geerbt habe. Ich habe das Haus renoviert und wohne seither hier. Ich habe mich in die Insel und auch in Marian verliebt und werde mir hier eine Zukunft aufbauen. Schon bald kann ich meine Konoba eröffnen. Wie Ivana schon gesagt hat, ist es das alte Lokal von Stanko am Strand."

Brankas Blick wurde noch wütender und Julia verstand nicht, was los war. Armin, Ivana und Mateo wurden sichtbar nervös und versuchten, vom Thema abzulenken.

„Möchtest du gerne einen Tee, Mutter?", fragte Ivana.

Marians Großmutter hob ihren rechten Zeigefinger und zeigte damit zitternd und verachtend auf Julia.

„Ich habe deine Großmutter gekannt. Sie war eine Schlange!"

Sie konnte ihren Ohren nicht glauben und musste vor Schreck husten.

„Wie bitte?", fragte sie geschockt.

Hatte diese Frau gerade ihre geliebte Oma als Schlange bezeichnet oder hatte sie das Wort verwechselt, weil ihr Deutsch nicht so gut war?

„Deine Großmutter war eine böse Schlange, die meinen kleinen Bruder verführt hat."

Sie hatte sich wohl nicht verhört.

„Bitte hör auf mit diesen alten Geschichten! Julia hat damit nichts zu tun", versuchte Armin zu beschwichtigen.

Nun wurde ihr schwindlig und sie musste sich festhalten. Was ging hier vor? Wovon sprach diese Frau und was wusste Armin darüber?

„Sie müssen meine Großmutter mit jemand anderem verwechseln. Sie hat bestimmt niemanden verführt. Sie war ein liebenswerter und hingebungsvoller Familienmensch."

Brankas Augen verengten sich.

„Ha, ich weiß genau, von wem ich spreche. Igor war Sophia verfallen und ist ihr nachgelaufen, wie ein dummer Hund. Sie hat ihn ausgenutzt und sich in seinem Haus breit gemacht. Dann ist sie immer wieder zu ihrem Mann zurückgefahren und hat meinen kleinen Igor traurig zurückgelassen. Ich habe ihm immer gesagt, dass er diese Schlange vergessen soll, aber er hat ihr wieder und wieder geschrieben. Jahrelang ist sie auf unsere Insel gekommen und hat ihm den Kopf verdreht. Dann ist er an gebrochenem Herzen gestorben und hat ihr vorher noch sein Haus vererbt.

Dieses Biest hat das Erbe schließlich angenommen und nun sitzt du wie eine Zecke in unserem Besitz und versuchst das Gleiche bei Marian wie Sophia bei Igor. Du bist auch eine Schlange!"

Julia konnte kaum atmen. Es dröhnte in ihren Ohren und sie hatte einen dicken Kloß im Hals.
„Hör endlich damit auf! Julia weiß doch nichts darüber und sie ist wirklich eine ganz liebe Person. Lass die alten Geister endlich ruhen. Igor hat nie schlecht von Sophia gesprochen", versuchte Armin auf seine Mutter einzureden.

Julia konnte es nicht fassen, was sie hier hörte. Armin kannte diese Geschichte und hatte es ihr nicht erzählt. Sie musste dringend mit Marian darüber sprechen. Als sie sich umdrehte, sah sie, dass er hinter ihr stand und in seinen Augen erkannte sie, dass auch eingeweiht war.

„Du hast das alles gewusst, was deine Großmutter gerade erzählte und hast mir nichts gesagt?", schrie sie ihn unter Tränen an.
„Bitte verzeih mir! Ich konnte es einfach nicht. Außerdem gibt es immer zwei Seiten einer Geschichte."

Julia konnte ihm nicht mehr in die Augen sehen. Branka hatte furchtbare Dinge über ihre Großmutter erzählt, die sie einfach nicht glauben konnte. Aber die Tatsache, dass Marian darüber Bescheid wusste und nie etwas zu ihr gesagt hatte, konnte sie nicht ertragen. Dicke Tränen liefen über ihre Wangen und er versuchte, sie in den Arm zu nehmen.
„Nein, fass mich nicht an! Ich habe mich bei dir ausgeweint und du wusstest, dass ich mir den Kopf darüber zerbrach, warum ich vom Ferienhaus nie erfahren hatte. Wolltest du es mir nie erzählen oder dachtest du, du spielst mir einfach die große Liebe vor und bekommst so vielleicht das Haus zurück?"

„Julia, wie kannst du so etwas nur sagen! Ich liebe dich und das weißt du. Du warst so traurig und ich habe es nicht über das Herz gebracht, mit dir darüber zu sprechen. Ich halte nichts von den alten Geschichten. Es ist mir egal, was deine Großmutter getan hat. Du bist mir wichtig und nicht sie oder das Haus."

Julia hatte das Gefühl, ihr Kopf würde jeden Moment explodieren.

„Meine Großmutter hat bestimmt nichts dergleichen getan, was ihr deine Oma vorwirft. Sie war die gutmütigste und liebevollste Frau auf der ganzen Welt. Das alles sind schlimme und böse Verleumdungen und wenn du sie glaubst, möchte ich dich nie wiedersehen. Verschwinde aus meinem Leben und wage es ja nicht, noch einmal schlecht über meine Großmutter zu sprechen."

Wutentbrannt stürmte sie aus dem Zimmer und ignorierte Marians Versuche, sie zurückzuhalten. Als sie aus dem Haus rannte, hörte sie die Familie schimpfen, doch sie konnte nichts verstehen, da sie kroatisch sprachen. Es war ihr auch egal, denn sie wollte einfach nur so schnell es ging weg von diesem Haus und weg von Marian. Im Rückspiegel sah sie, dass er ihr nachgelaufen war. Sie verstellte den Spiegel, um ihn nicht mehr sehen zu müssen und blickte nur mehr nach vorne. Stille Tränen kullerten über ihre Wangen und sie versuchte, sich auf die Straße zu konzentrieren. Der Regen hatte bereits ein wenig nachgelassen und sie war froh, als sie endlich am Haus ankam. Sie blieb im Auto sitzen und weinte bittere Tränen.

Noch vor wenigen Stunden war sie unendlich glücklich gewesen, doch nun hatte sie das Gefühl, in ein tiefes, dunkles

Loch gezogen zu werden. Ihre große Liebe war nur Schein und Trug. Sie war nun wieder allein. Ein Klopfen an der Scheibe riss sie aus den Gedanken. Andrea blickte besorgt durch das Autofenster.

Kapitel 16

Mit angezogenen Knien saß Julia auf ihrer Couch und drehte mit verweinten Augen ein frisches Taschentuch in ihren Händen.

„Vielleicht wäre es doch klug, wenn du dir seine Seite der Geschichte anhören würdest. Ich habe doch gesehen, wie verliebt er dich gestern Abend ansah. Ich kann mir nicht vorstellen, dass er so berechnend ist und dir seine Gefühle nur vorgespielt hat. Dein Haus ist ihm bestimmt egal. Außerdem habt ihr beide nichts mit dieser alten Geschichte zu tun. Ihr schreibt doch gerade eure eigene.“

Andrea versuchte Julia davon zu überzeugen, dass Marian ihr nicht böswillig die Vergangenheit ihrer Großmutter verschwiegen hatte. Aber alle Versuche ihrer Freundin schlugen fehl.

„Sollte es wirklich so sein, dass er keine bösen Absichten hatte, finde ich es dennoch nicht in Ordnung, dass er es mir verschwiegen hat. Er hatte viele Gelegenheiten, mich aufzuklären, oder etwa nicht?“, sagte Julia trotzig.

„Das kann ich mir leider auch nicht erklären, darum solltest du endlich einen seiner tausenden Anrufe entgegennehmen und dir anhören, was er dir zu sagen hat.“

„Und warum sollte ich das tun? Hat er denn mit mir in den letzten Wochen darüber gesprochen? Nein, hat er nicht! Jetzt möchte ich nicht mit ihm reden. Nie mehr!“

Wieder kam dieses verzweifelte Schluchzen aus ihrer Kehle. So sehr sie es auch versuchte, sie konnte sich nicht beruhigen. Marian hatte ihr Vertrauen zu tiefst verletzt. Auch die Wut, die sie Branka gegenüber fühlte, steckte tief in ihrer Seele. Die alte Frau hatte es gewagt, ihre geliebte Großmutter unter ein schlechtes Licht zu stellen.

Sie konnte und wollte nicht glauben, dass diese Anschuldigungen stimmten. Auch wenn Julia anscheinend vieles über Sophias Vergangenheit nicht wusste, kannte sie aber das liebevolle Wesen ihrer Oma sehr gut. Nein, sie war alles andere als eine schlechte Person, die absichtlich das Herz eines Mannes brach, um sich ein Erbe zu erschleichen.

Plötzlich klingelte es. Erschrocken schaute sie ihre beste Freundin an.

„Ich kann nicht öffnen. Kannst du bitte nachschauen, wer es ist?"

Andrea nickte und ging zur Tür. Bevor sie diese aber öffnete, rief ihr Julia zu: „Wenn er es ist, sag ihm, dass er mich in Ruhe lassen soll. Es ist aus. Für immer!"

Verzweifelt versuchte sie das Schluchzen, das sich wieder anbahnte, zu unterdrücken. Sie wollte sich nicht die Blöße geben und Marian merken lassen, wie verletzt und traurig sie war. Andrea betrachtete Julia, die wie ein Häufchen Elend auf der Couch saß. Dann ging sie vor das Haus und schloss die Eingangstür hinter sich. Die Minuten verrannen wie Stunden, doch Andrea kehrte noch immer nicht zurück.

„Hat jemand geläutet?“, fragte Thomas, der gerade vom ersten Stock die Stufen herunterkam. Er hatte sich aus Rücksicht zurückgezogen.

„Andrea hat geöffnet und ist hinaus gegangen. Ich denke, dieses Scheusal ist jetzt mit ihr vor meinem Haus. Bestimmt reden sie gerade über mich“, schniefte Julia beleidigt.

Er setzte sich zu ihr und legte den Arm freundschaftlich um sie.

„Es ist gut, wenn sie mit ihm spricht. Sie wird ihm erklären, dass du Ruhe benötigst. Vertrau ihr!“

Sie warteten gemeinsam auf Andreas Rückkehr. Nach einer gefühlten Ewigkeit hörten sie eine Autotür zuschlagen und ihre Freundin betrat mit einem traurigen Blick wieder das Haus.

Sie kam auf Julia zu und setzte sich dicht neben sie: „Marian sieht im Moment nicht viel besser aus als du. Er ist ziemlich durch den Wind, aber ich habe ihm erklärt, dass du Abstand benötigst. Den wird er dir nun geben.“

Zu wissen, dass es ihm auch nicht gut ging, beruhigte Julia merkwürdigerweise etwas

„Ich hoffe, du hast ihm erklärt, dass dieser Abstand für immer ist.“

Andrea antwortete nicht, sondern umarmte ihre beste Freundin. „Versuch dich jetzt auszuruhen. Morgen sieht die Welt vielleicht schon etwas besser aus.“

Julia merkte erst jetzt, wie erschöpft und energielos sie sich fühlte. Sie umarmte ihre beiden Freunde und ging ins Bad, um sich ihr verweintes Gesicht zu waschen. Ihre Augen waren geschwollen und ihre Nase war rot. Sie war froh, dass Marian sie so nicht gesehen hatte. Wenn es nach ihr ging, würde er sie nie mehr wiedersehen. Erschöpft legte sie sich ins Bett und konnte doch nicht einschlafen.

„Geht es dir heute schon ein wenig besser?“, fragte Andrea beim Frühstück besorgt.

„Ich muss nicht mehr weinen, aber ich fühle mich innerlich leer.“

Julia fehlte der Appetit und so trank sie nur Kaffee und ließ die Brötchen unberührt stehen.

„Am besten lenkst du dich mit Arbeit ab. Das hilft immer!“, schlug Thomas vor.

Er hatte recht. Es half nichts, dauernd nur Trübsal zu blasen. Julia musste sich dringend ablenken und sie hatte noch viel zu tun, wenn sie schon bald eröffnen wollte.

„Du willst also trotzdem hierbleiben?“, fragte Andrea erstaunt.

„Ja, natürlich! Dieser Idiot hat doch nichts mit meinem Traum einer eigenen Konoba zu tun. Ich habe noch nie einen Mann gebraucht, um glücklich zu sein!“, rief Julia, um sich selbst zu motivieren. „Tut mir leid, Thomas! Ich hoffe, ich habe dich jetzt nicht beleidigt. Damit habe ich natürlich nicht dich gemeint“, versuchte sie sich, bei ihrem Exfreund zu entschuldigen.

„Kein Problem! Ich habe mich gerade nicht angesprochen gefühlt“, antwortete er augenzwinkernd.

Die drei Freunde machten sich bald schon auf den Weg zum Strand und führten ihre Arbeit dort fort, wo sie sie am Vortag beendet hatten. Die Ablenkung half ihr tatsächlich und schon bald schaffte sie es, nicht ständig an ihr Unglück denken zu müssen.

Als Thomas versehentlich in den Farbkübel stieg und mit seinem großen Fuß darin steckenblieb, konnte sie mit Andrea sogar herzlich darüber lachen.

Julia hatte nicht vor, sich durch die Trennung von Marian unterkriegen zu lassen. Es würde schwer für sie werden, über ihn hinweg zu kommen, aber sie hatte ein Ziel vor Augen. Die Arbeit in der Konoba würde ihren Schmerz stillen und sie würde auch ohne ihn ihren Weg gehen.

Am Ende des Tages hatten sie es tatsächlich geschafft. Alle Wände waren gestrichen. Julia umarmte erleichtert ihre beiden Freunde.

„Ihr wisst gar nicht, wie dankbar ich euch beiden bin. Ich bin sehr froh, euch als Freunde zu haben." Wieder liefen ihr Tränen über das Gesicht. „Keine Sorge, das sind Tränen der Freude", fügte sie rasch hinzu. Aber Thomas und Andrea wussten, dass das nicht stimmte.

Marian fehlte ihr sehr und sie war zutiefst enttäuscht und traurig, dass er nicht mehr an ihrer Seite war, um sich über ihre Erfolge mit ihr zu freuen.

Am Abend grillte sie zuhause Fische und servierte Bratkartoffeln und Salat als Beilagen. Still saßen die drei am Tisch und aßen.

„Vielleicht sollten wir eine Flasche Wein öffnen?! Feiern wir den heutigen Fortschritt! Du bist viel zu jung, um ständig traurig zu sein."

Ihre Freundin holte eine Flasche Weißwein aus dem Kühlschrank und goss den Inhalt großzügig in drei Gläser.

„Auf die Freundschaft und die beste Konoba Kroatiens!", rief Andrea, als sie jedem ein Glas gab.

„Auf unsere Freundschaft!“, stimmten Julia und Thomas mit ein.

Nach einer weiteren Flasche Wein und mehreren Gläsern Schnaps war die Stimmung sehr ausgelassen. Andrea sang lautstark zur Musik, die Thomas auf seinem Handy abspielte. Julias Freunde begannen zu schunkeln und tanzten schließlich auf der Terrasse. Julia beobachtete die beiden und freute sich über ihr Glück. Doch wieder wurde ihr bewusst, dass sie ihres verloren hatte. Melancholisch stand sie auf und zog sich in ihr Zimmer zurück.

Ihre beiden Freunde hatten nicht gemerkt, dass sie inzwischen allein waren. Die Musik war zum Glück laut genug, um das leise Schluchzen aus Julias Zimmer zu übertönen. Als Andrea und Thomas zu Bett gingen, war sie längst eingeschlafen.

Früh am Morgen erwachte sie aus einem unruhigen Schlaf und konnte sich nicht mehr entspannen. Sie war rastlos und wollte nicht länger im Bett liegen bleiben. Leise schlich sie ins Erdgeschoß und begann die Spuren des Vorabends zu beseitigen. Sie kochte einen starken Kaffee und setzte sich damit in den Garten. Dort beobachtete sie die vielen Vögel, die sich in den Bäumen tummelten.

Traurig betrachtete sie den Lavendel, der in ihrem Garten blühte und dachte an die Worte ihrer Großmutter: *„Lavendel duftet für mich immer nach Liebe.“* Wehmütig sah sie Sophias Gesicht vor sich und sehnte sich so sehr nach ihrer liebevollen Umarmung.

Da erblickte sie eine Gestalt auf der anderen Seite der Gartenmauer. Zuerst befürchtete sie, es wäre Marian, doch sie erkannte Mateo, der ihr zuwinkte.

„Julia, kann ich kurz mit dir sprechen? Schenke mir bitte nur eine Minute deiner Zeit."

Marians kleiner Bruder war nie unehrlich zu ihr gewesen, deshalb hatte sie keinen Grund, seine Bitte abzulehnen. Langsam ging sie auf ihn zu.

„Guten Morgen, Mateo! Was machst du denn um diese Uhrzeit hier?"

„Ich habe die Ziegen auf die Wiese gebracht", antwortete er und zeigte auf die grasenden Tiere. „Ich habe gehofft, dich zu sehen. Es tut mir sehr leid, was zwischen dir und meinem Bruder passiert ist. Er hat das alles nicht gewollt."

„Ich möchte nicht über ihn sprechen. Was zwischen uns war, ist vorbei. Er hat mein Vertrauen missbraucht. Du hast diese Geschichte über meine Großmutter auch gekannt und warst bei unserem ersten Zusammentreffen deshalb so wütend auf mich, oder?"

Julia war bewusst, dass Mateo der Einzige war, der ihr bereits bei ihrem ersten Zusammentreffen ehrlich sagen wollte, was in der Vergangenheit ihrer Vorfahren angeblich passiert war. Er hatte immer schon die Einstellung, dass sie nicht das Recht dazu hatte, das Haus zu besitzen.

„Das war von mir nicht in Ordnung. Ich habe nur die alten Geschichten meiner Oma gekannt. Ob es damals wirklich so war, wissen weder du noch ich. Ich hätte dich nicht so anschreien dürfen. Das ist mir heute klar. Meine Großmutter kann manchmal sehr stur und uneinsichtig sein.

Zuhause hat es wegen dir einen großen Streit gegeben. Mein Vater hat meiner Oma die Leviten gelesen, aber sie hat so getan, als hätte sie wieder einen Herzinfarkt. Der Arzt musste kommen und er meinte, es wäre alles in Ordnung. Als rausgekommen war, dass sie den Anfall nur gespielt hatte, ist mein Vater richtig wütend geworden.

Meine Mutter hat geweint, weil ihr der Vorfall mit dir so leidtut. Sie sieht dich als Tochter an und verzeiht Oma nicht, wie sie mit dir umgesprungen ist. Naja, und Marian sperrt sich seither in seinem Zimmer…“, aber Julia unterbrach ihn: „Ich möchte von ihm nichts wissen! Bitte akzeptiere das. Es tut mir leid, dass ich so einen Wirbel in eure Familie gebracht habe. Das wollte ich wirklich nicht.

Aber meine Großmutter war sicher keine schlechte Person. Sie war der netteste Mensch, den ich je kennengelernt habe. Es war ihr Wunsch, dass ich dieses Haus erhalte und deshalb bleibe ich auch. Richte deinen Eltern bitte aus, dass sie wegen mir keinen Familienstreit beginnen sollen. Ich störe euch nicht länger. Danke Mateo, dass du immer ehrlich zu mir warst. Das bedeutet mir sehr viel. Jetzt muss ich aber nachsehen, ob meine Gäste vielleicht schon munter sind.“

Mit diesen Worten drehte sie sich um und ging wieder ins Haus. Sie hoffte, dass Mateo die Träne nicht gesehen hatte, die ihr über ihre Wange lief. Zum Glück war sie die Einzige, die bereits wach war und so konnte sie sich wieder beruhigen, bis ihre Freunde ins Erdgeschoß kamen.

„Du warst aber schon fleißig heute Morgen!“, sagte Thomas freudig, als er sich an den gedeckten Tisch setzte.

„Heute beginnen wir endlich mit den Putzarbeiten. Seid ihr beide bereit? Die Küche und die alte Theke müssen glänzen, bevor ich eröffnen kann.“

Julia war sehr motiviert und freute sich, auf die Arbeit.

„Zuerst brauche ich eine Kopfschmerztablette. Ich hätte die Schnäpse gestern Abend weglassen sollen. Nun brummt mein Kopf, als ob ich einen Bienenstock als Hut aufhätte“, flüsterte Andrea angestrengt und mit runzelnder Stirn.

„Ich sehe schon, du bist heute noch nicht fit. Hier hast du eine Tablette. Ihr beiden frühstückt jetzt erstmal und versucht, wieder in die Gänge zu kommen. Wir treffen uns einfach später in der Konoba. Ihr findet den Weg doch inzwischen allein, oder?“

Julia wollte nicht mehr länger warten und begann eine Jause und Getränke einzupacken.

„Macht es dir wirklich nichts aus, allein zu beginnen?“, fragte Andrea, die das schlechte Gewissen plagte.

„Nein, natürlich nicht! Ich bin euch sehr für eure Hilfe dankbar, aber ihr habt Urlaub und könnt den auch mal genießen.“

Voller Tatendrang machte sich Julia auf den Weg. Sie öffnete die Türen und Fenster ihres Lokals, um den Geruch der frischen Farbe zu vertreiben. Dann begann sie die Küche gründlich zu schrubben. Es machte ihr nichts aus, allein zu sein und hart zu arbeiten. Es freute sie, zu sehen, wie der Jahre alte Staub mit Hilfe der Reinigungsmittel und ein wenig Kraft verschwand und der Raum wieder zu erstrahlen begann. Außerdem war sie nicht allein. Das Kreischen der Möwen begleitete sie, als ob die Tiere ihr Mut machen wollten.

Als Andrea und Thomas schließlich zu ihr stießen, staunten sie über Julias gute Laune. Erfreut halfen sie ihr und am Ende des Tages glänzte die Konoba. Julia spürte wieder neue Lebensgeister in sich. Emotional gefestigter kehrten sie am Abend zurück ins Haus.

„Ich habe die alten Kisten im Gästezimmer völlig vergessen! Vielleicht finde ich dort einen Hinweis, was damals vorgefallen ist!“, rief Julia plötzlich und lief die Treppen hinauf ins Obergeschoß.

Andrea und Thomas folgten ihr und halfen, die Kisten und Mappen in das Erdgeschoß zu bringen. In den Ordnern befanden sich kroatische Dokumente. Keiner von ihnen konnte die Sprache lesen, aber es handelte sich wohl um Zeugnisse und Dokumente, wie Geburtsurkunden und Staatsbürgerschaftsnachweise von Igor. Also stimmte es, dass dieses Haus früher Brankas kleinem Bruder gehört hatte.

„Das muss nun aber nichts bedeuten“, beruhigte Andrea sie, „Es heißt nur, dass Igor früher der Besitzer war und deine Großmutter von ihm das Haus erhalten hat. Vielleicht hat sie es ja gekauft.“

Aber es war Julia bereits klar, dass Sophia es bestimmt nicht mit Geld erworben hatte. Dann hätte sie es ihr doch erzählt und sie hätte offiziell mit ihrer Großmutter ihre Urlaube hier verbringen können. Sophia hatte wohl ihre Gründe, warum sie ihren Besitz vor ihrer Enkelin verheimlicht hatte.

Gespannt öffneten sie die Kisten. Dort fanden sie viele, alte Fotos. Auf den meisten sah man einen sehr attraktiven Mann, der Marian ähnlichsah.

„Das muss dieser Igor sein“, meinte Andrea aufgeregt. „Er ist auf vielen der Fotos zu sehen. Schau mal, das war wohl sein erster Schultag und hier ist er bereits ein Teenager.“

Auf anderen Fotos war er mit einem älteren Mädchen zu sehen und Julia vermutete, dass dies Branka war.

„Auf diesem Babyfoto steht hinten der Name Igor oben. Somit ist es bestätigt, dass das seine alten Fotos sind.“

Es war ein merkwürdiges Gefühl, im Leben eines verstorbenen Menschen zu kramen, ohne ihn vorher gekannt zu haben.

Auch in der zweiten Kiste befanden sich alte Fotos, aber nichts deutete darauf hin, dass Sophia eine Rolle in Igors Leben gespielt hatte.

„Das hat doch alles keinen Sinn. Ich sollte diese Sachen vor Marians Haus stellen, damit seine Familie alles zurückbekommt“, sagte Julia frustriert.

„Gib jetzt nicht so schnell auf! Es gibt nur mehr eine Kiste“, versuchte Thomas sie zu ermutigen und hob den Deckel.

Julia konnte ihren Augen kaum trauen. Obenauf lag ein Bild in Großaufnahme ihrer Großmutter, welches sie noch nie gesehen hatte.

„Ich habe es doch gewusst!“, jubelte Andrea.

Die drei Freunde betrachteten das Bild und wurden plötzlich traurig und wehmütig. Auch Thomas und Andrea hatten Sophia gekannt und waren von ihrem Anblick gerührt. Vorsichtig nahm Julia das Bild aus der Kiste und drückte es an sich.

„Da sind noch viel mehr Bilder von ihr“, sagte Thomas, der ein weiteres Foto in den Händen hielt.

Igor und Sophia standen am Strand von Porat in Badekleidung und lachten in die Kamera. Sie wirkten glücklich und verliebt.

„Damals musste ich schon geboren worden sein, denn ich kann mich an den Badeanzug erinnern. Ich denke, ich war zu dieser Zeit etwa sechs Jahre alt und mein Großvater war noch am Leben.“

Geschockt starrte sie auf das Bild. Andrea und Thomas schwiegen, denn sie wussten nicht, was sie dazu sagen sollten.

Sie fanden noch viele Bilder, auf denen sie Sophia und Igor zusammen sahen. Auf jedem wirkten die beiden glücklich und verliebt. Anscheinend ging ihre Beziehung über viele Jahre, denn die Bilder hatten ihren Prozess des Älterwerdens aufgezeichnet. Die drei Freunde saßen auf dem Fußboden und hatten die Fotos um sich herum verteilt.

„Also wir wissen nun, dass deine Oma ein Verhältnis mit Igor hatte und sie tatsächlich deinem Großvater fremdging. Allerdings muss man dazu sagen, dass er Jahrzehnte lang ein Pflegefall war und sie war viel zu jung dazu, allein zu sein. Ich verstehe sie schon. Dieser Igor war aber auch wirklich attraktiv“, fasste Andrea zusammen.

„Du hast vergessen zu erwähnen, dass sie wohl beide sehr verliebt waren. Sophia hat ihn bestimmt nicht ausgenutzt, um an das Haus zu kommen. Vor allem ist diese Behauptung lächerlich, denn sie konnte ja nicht wissen, dass er früher sterben würde als sie. Außerdem stirbt man doch nicht an einem gebrochenen Herzen“, überlegte Thomas nachdenklich.

Julia hatte auch das Gefühl, dass ihre Großmutter mit Igor glücklich gewesen war. So strahlend hatte sie sie nie gesehen. Sie fanden auch Liebesbriefe, in denen sich die beiden ewige Treue und Liebe schworen.

„Kennst du das Paar, mit denen sie auf diesem Bild sind? Ist das nicht deine Konoba?“

Thomas zeigte ihr ein Foto, auf dem Sophia und Igor mit einem Mann und einer Frau an einem Tisch saßen. Sie erkannte ganz eindeutig im Hintergrund ihre Konoba. Da fiel es ihr wie Schuppen von den Augen.

„Das ist bestimmt der alte Stanko mit seiner Frau! Warum habe ich nicht früher daran gedacht? Seine Gattin war mit meiner Großmutter befreundet. Vielleicht kann er ja Licht in die Sache bringen!"

Julia schnappte sich das Bild und lief zum Auto.

„Ich denke, es ist besser, wenn ich allein mit ihm spreche. Haltet mir die Daumen!", rief sie ihnen zu, bevor sie das Haus verließ. Es war bereits spät am Abend und sie hoffte, dass Stanko nicht schon schlief.

Als sie vor seinem Haus hielt, sah sie erleichtert, dass im Erdgeschoß noch Licht brannte. Sie klingelte an der Tür und wartete aufgeregt, bis er endlich öffnete. Ungeduldig hörte sie das Klappern seiner Krücken näherkommen. Stanko sah Julia erstaunt an, als er sie vor seinem Haus stehen sah.

„Entschuldige bitte die späte Störung. Dürfte ich kurz hineinkommen? Kannst du mir von Igor und meiner Großmutter erzählen?"

Sie zeigte ihm das Bild und ein Lächeln verriet ihr, dass er über alles Bescheid wusste.

Sie setzte sich an den gleichen Platz, an dem sie noch vor Kurzem mit Marian gesessen hatte. Rasch versuchte sie ihre Gedanken von ihm wieder auf ihre Großmutter zu lenken.

„Wo hast du dieses Bild gefunden? Es ist sehr alt, aber ich kann mich noch gut an den Tag erinnern, als es aufgenommen wurde. Es war an meinem Geburtstag", sagte der alte Mann, als er sich langsam auf seinen Sessel setzte.

Julia begann ihm von ihrem Zusammentreffen mit Branka zu erzählen. „Um ehrlich zu sein, wusste ich bis vor Kurzem nichts von den beiden. Ich habe das Haus geerbt, ohne vor-

her zu wissen, dass meine Großmutter es besaß. Viele Wochen habe ich mich gefragt, welche Geschichte wohl dahintersteckt. Als ich Marians Großmutter Branka kennenlernte, erzählte sie mir, dass meine Oma Igor ausgenutzt hätte und er deshalb an gebrochenem Herzen gestorben sei. Vorher hätte er Sophia in einem Testament sein Haus vermacht. Ich habe mich deshalb auf die Suche nach Antworten gemacht und eine Kiste mit Fotos von den beiden gefunden. Dieses hier zeigt dich und deine Frau mit ihnen vor der Konoba, oder?
Ich konnte mich plötzlich daran erinnern, wie du mir erzählt hast, dass deine Frau und meine Oma befreundet waren. Kannst du mir vielleicht erzählen, was damals wirklich passiert ist?"

Stanko legte seine Stirn in Falten. „Branka hat in ihrem Leben viel Leid ertragen müssen. Ihre eigenen Eltern sind schon früh bei einem Sturm auf dem Meer gestorben. Sie zog ihren kleinen Bruder Igor groß und musste ihm Mutter und Vater ersetzen. Es war für sie nicht leicht, schlussendlich auch ihn zu verlieren. Sie hat jemanden gesucht, dem sie die Verantwortung für ihr Unglück geben kann. Deshalb spricht sie derart schlecht von Sophia. Aber sie tut ihr Unrecht und ich bin mir sicher, dass Branka das in Wirklichkeit auch weiß."
„Das ist sehr traurig, aber was ist damals genau passiert?", wollte Julia wissen.

„Ich beginne wohl die Geschichte am besten mit deiner Großmutter Sophia. Soweit ich mich erinnern kann, ist sie Anfang der 70er Jahre zum ersten Mal mit einer Freundin nach Krk gekommen. Damals war ihr Mann bereits ein Pflegefall. Ihre Freundin hatte sie zu diesem Urlaub überredet, da sie es nicht länger mitansehen konnte, dass sich Sophia immer nur um ihre Tochter und ihren Mann kümmerte. Sie hatte sich selbst aufgegeben und hatte wenig Freude am Leben."

„Weißt du noch den Namen dieser Freundin?", fragte Julia gespannt.

„Ja, ich denke, sie hieß Magda."

Also war die engste Freundin ihrer Oma in alles involviert gewesen.

„Sophia und ihre Freundin haben in der Nähe meiner Konoba gewohnt und waren jeden Tag bei uns am Strand. Sie haben sich sehr schnell mit meiner Frau Ani angefreundet. Sie tauschten Rezepte aus und plauderten über Dinge, über die Frauen nun mal so reden", sagte er schmunzelnd.

Julia merkte, dass ihn die Erinnerungen einholten. Sein Blick war verschwommen, und er schien in Gedanken die Zeit zurückzudrehen.

„Eines Tages kam Igor in die Konoba und brachte mir frisches Olivenöl. Wir waren schon seit der Schulzeit befreundet. Zwischen Igor und Sophia hatte es sofort gefunkt. Sie stand gerade mit Ani in der Küche und schaute ihr beim Drehen der Surlice zu, als Igor hereinkam. Diesen Moment vergesse ich mein Leben lang nicht, denn man konnte die Energie zwischen den beiden in der Luft spüren.

Natürlich hat Sophia sich anfänglich gegen ihre Gefühle gewehrt. Immerhin war sie eine verheiratete Frau und hatte ein schlechtes Gewissen. Aber Igor ließ nicht locker. Er hatte von mir gewusst, dass ihr Mann, also dein Großvater, schon lange ein Pflegefall war. Sophia war für zwei Wochen hier und täglich versuchte er sein Glück. Es war schön mitanzusehen, wie verliebt die beiden waren. Ihre Freundin Magda hatte schon längst ein kurzes Liebesabenteuer mit einem Fischer."

Julia musste lachen. Sie konnte sich Magda nur schwer mit einem Urlaubsflirt vorstellen.

„Eines Tages stand Igor mit dem größten Strauß Lavendel auf unserer Terrasse, den ich je gesehen hatte und da war es um deine Großmutter geschehen.

Am nächsten Tag erzählte sie meiner Ani, dass sie die schönste Nacht ihres Lebens gehabt und sich unsterblich in Igor verliebt hatte. Das schlechte Gewissen plagte sie dennoch so sehr, dass sie in unserer Küche saß und weinte. Ich habe ihr damals gut zugeredet, weil ich nichts Verwerfliches an ihrem Verhältnis fand. Dein Großvater lag ja nur im Bett und bekam von seiner Umwelt nichts mehr mit. Sie war eine schöne Frau im besten Alter. Für wen sollte sie sich denn aufsparen?

Als sie wieder nach Hause fahren musste, schwor sie Igor, dass sie wiederkehren würde. Das tat sie dann auch.

Sie kam so oft es ging auf die Insel. Die beiden war sehr glücklich miteinander und genossen ihre Liebe. Oft kamen sie zu uns in die Konoba und wir feierten gemeinsam das Leben und die Liebe. Ani und Sophia waren bald schon beste Freundinnen.

Branka aber war immer eifersüchtig. Sie war nun nicht mehr der Mittelpunkt in Igors Leben. Sie war zwar längst selbst verheiratet und hatte Armin geboren. Aber als sie ihr zweites Kind während der Schwangerschaft verlor, teilte ihr der Arzt mit, dass sie keine weiteren Kinder mehr bekommen konnte. Dadurch wurde sie verbittert und wollte ihre gesamte Familie um jeden Preis zusammenhalten.

Sophia war ihr ein Dorn im Auge. Igor wohnte aber in seinem Haus und sie hatte keinen Einfluss mehr auf ihn.“ „Wie ging die Geschichte mit ihnen weiter?“, wollte Julia gespannt wissen.

Stanko rieb sich mit seinen Händen über sein Gesicht. In der Vergangenheit zu wühlen, strengte ihn sichtlich an.

„Die beiden bauten sich auf ihre Weise ein eigenes Leben auf. Sophia versuchte so oft, wie es nur ging, zu ihm zu kommen. Allerdings wollte sie auf keinen Fall, dass ihr, also du und deine Mutter, davon erfährt. Sie schämte sich sehr für ihre außereheliche Beziehung. Oft hat sie mir von dir erzählt und mir sogar Fotos von dir gezeigt. Sie war eine stolze Großmutter und Igor litt darunter, dass er dir kein Großvater sein durfte. Das Tragische an der Geschichte war, dass er schon von Geburt an ein schwaches Herz hatte.

Bereits als junger Mensch wusste er, dass seine Lebenszeit begrenzt sein würde. Umso glücklicher war er, dass er Sophia gefunden hatte. Deshalb schrieb er ein Testament und vermachte deiner Großmutter sein Haus.

Als er schließlich starb, nahm sie das Erbe an und kam für ein letztes Mal auf die Insel. Wir waren alle sehr traurig, aber als sein Herz aufhörte zu schlagen, bekam auch ihr Herz einen Riss. Das konnte man sehen. Ihre große Liebe war gestorben.

Auch Branka war nicht mehr dieselbe, als er von uns ging. Sie machte Sophia dafür verantwortlich und wollte das Testament anfechten. Wir alle versuchten sie zu beruhigen, aber die Trauer machte sie rasend vor Wut. Sophia kam nie wieder zurück auf die Insel. Ich denke, sie ging Branka aus dem Weg und sie konnte es wohl auch nicht ertragen, ständig an Igor erinnert zu werden."

Als Stanko mit seiner Erzählung endete, wischte er sich eine Träne aus dem Gesicht. Auch Julia weinte. Sie trauerte um ihre Großmutter und um einen Großvater, der nie ihr Opa sein durfte. Mit liebevollem Blick betrachtete sie das Bild der vier Freunde. Da entdeckte sie die Halskette, die Sophia so gerne getragen hatte, auf dem Foto. Sie erinnerte sich daran, dass ihre Oma immer nur diese eine Kette trug und ihr der Schmuck, den sie von ihrem Mann bekommen hatte, nichts bedeutete. Sie hatte eine Eingebung.

„Kennst du diese Kette, die meine Oma auf dem Foto trägt? Sie ist aus Gold mit einem Herzanhänger", fragte Julia.

„Natürlich kenne ich sie. Sophia hat sie von Igor zum Geburtstag geschenkt bekommen und nie wieder abgelegt."

Julia bekam eine Gänsehaut. Sie wusste, wo sich dieses Schmuckstück in diesem Moment befand. Auf dem Nachtkästchen ihrer Großmutter stand ein Bilderrahmen mit getrocknetem Lavendel. Darauf hing das Kettchen mit Herzanhänger.

„Stanko, wo wurde Igor bestattet? Ich würde sehr gerne sein Grab besuchen."

„Dafür wirst du ein Boot benötigen. Seine Asche wurde ins Meer gestreut."

Kapitel 17

„Mein Gott, das ist wahrscheinlich die romantischste Liebesgeschichte, die ich je gehört habe", sagte Andrea mit Tränen in den Augen.

Julia war inzwischen wieder zu Hause und hatte ihren beiden Freunden erzählt, was sie von Stanko erfahren hatte.

„Meine Großmutter hatte also nie von meinem Großvater, sondern immer von Igor geschwärmt. Irgendwie stellt diese Information alles auf den Kopf, was ich bisher von ihr wusste. Sie war nicht die Person, für die ich sie gehalten habe. Sophia hatte ein Leben bei uns daheim und eines hier auf Krk. Igor war ihre große Liebe, um die sie trauerte. Das alles muss ich erst versuchen zu verarbeiten", überlegte Julia traurig.

Aber Thomas sah die Sache etwas nüchterner: „Sophia war einfach nur deine Großmutter, die immer für dich da war. Auch wenn sie einen anderen Mann geliebt hat, als du dachtest, war sie trotzdem die gleiche Person, die mit dir Kuchen backte und Marmelade kochte."

Er hatte recht. Natürlich änderte die Nachricht nichts daran, wie Sophia als Großmutter war, allerdings sah Julia sie nun in einem anderen Licht.

„Ich hätte Igor sehr gerne kennengelernt. Wenn ich an früher denke, fällt mir ein, dass Oma irgendwann in meiner Jugend melancholisch wurde. Ich dachte, es lege daran, dass ich älter wurde und mehr Zeit mit meinen Freunden verbrachte. In

Wirklichkeit trauerte sie wohl damals um Igor und hat ihren Kummer mit niemandem geteilt."

Julia nahm noch einmal den Aktenordner, den sie in einer der Kisten gefunden hatte, zur Hand.

„Wenn ich es richtig verstehe, ist das seine Sterbeurkunde. Er ist demnach zwei Jahre vor meinem Großvater gestorben. Sie wurde also zweimal innerhalb kurzer Zeit Witwe", stellte sie traurig fest.

Andrea gähnte und kuschelte sich an Thomas. Julia hatte nicht bemerkt, wie spät es inzwischen war.

„Wir sollten jetzt erstmal schlafen gehen. Verschieben wir unsere Überlegungen auf morgen."

Eigentlich war sie hellwach, aber sie wusste, dass ihre Freunde nur ihr zu liebe noch aufgeblieben waren und ihr Gesellschaft leisteten.

Als sie im Bett lag, stellte sie sich vor, wie ihr Leben verlaufen wäre, wenn sie von der Beziehung ihrer Großmutter gewusst hätte. In Igor hätte sie ein männliches Vorbild gehabt, dass sie so schmerzlich vermisst hatte. Ohne Vater und mit einem Großvater, der nichts von seiner Umwelt wahrnehmen konnte, hatte ihr ein wichtiger Teil im Leben gefehlt. Jemand mit dem sie einen Drachen oder ein Vogelhaus hätte bauen können.

„Oma, wieso bist du denn schon wieder so traurig? Hast du geweint?"
„Nein, mein Engel. Ich habe gerade Zwiebel geschnitten und davon sind meine Augen rot. Mach dir keine Sorgen, es geht mir ausgezeichnet. Besonders wenn du mich besuchst!" „Ach, Oma! Es tut mir leid, dass ich so wenig Zeit für dich habe. Es muss schwer für dich sein, immer nur allein zu sein. Aber ich verspreche dir, nun wieder öfters zu dir zu

kommen." „Da freue ich mich schon sehr darauf und nun umarme deine sentimentale, alte Oma ganz fest."

„Weißt du, ich finde es irgendwie schön, dass deine Oma im Tod mit Igor vereint sein wollte. Normalerweise bin ich ja nicht für solche Dinge empfänglich, aber ihre Geschichte geht mir durch und durch. Die Asche der beiden wurde der Adria übergeben. Findest du es nicht auch romantisch? Stell dir vor, du liebst jemanden so sehr, dass du auch nach dem Leben mit ihm zusammen sein möchtest", schwärmte Andrea, während sie ihren Morgenkaffee trank.

„Ich möchte das auch. Ich will für immer mit dir zusammen sein, auch wenn ich tot bin", sagte Thomas und blickte ihr dabei tief in die Augen.

Andrea ließ beinahe ihre Tasse fallen und fiel ihm um den Hals. „Das war das Schönste, das ich je gehört habe."

Die beiden küssten sich inniglich. Als sie begannen, wild aneinander rumzufummeln, räusperte sich Julia.

„Ich finde es ja sehr entzückend, dass ihr euch gefunden habt, aber bitte reißt euch nicht gleich die Kleider neben mir vom Körper", sagte sie lachend.

„Tut mir leid! Es hat mich übermannt", entschuldigte sich ihre Freundin.

„Gut, wenn ihr mit eurer Knutscherei und dem Frühstück fertig seid, könnten wir uns auf zur Konoba machen. Heute sollten wir dringend das Geschirr und die Gläser spülen und mit der Dekoration beginnen. In drei Tagen eröffnen wir bereits und bis dahin ist noch vieles zu erledigen."

Julia packte einige Dinge ein und bald schon fuhren sie zum Lokal. Sie zeigte Andrea, wie die neue Spülmaschine funktionierte, die ein Techniker vor wenigen Tagen eingebaut hatte und begann mit Thomas die neuen Tische und Stühle aufzustellen. Die Konoba wirkte nun nicht mehr alt und verlassen, sondern gemütlich und einladend.

Auf der Terrasse stellten sie große, weiße Sonnenschirme neben den neuen Möbeln auf. Als alles am richtigen Platz war, hängte Julia Bilder an die Wände. Sie hatte von Stanko einige Fotos der Konoba, wie sie früher ausgesehen hatte, erhalten. Auch Bilder von Sophia und Igor hingen bald schon auf den Wänden. Hinter der Theke montierte sie die Großaufnahme von ihrer Oma, die sie in der Kiste gefunden hatte. Zufrieden betrachteten die drei Freunde ihr Werk.

„Es sieht fantastisch aus! Also ich bin restlos begeistert", sagte Andrea und umarmte Julia.

„Ja, ich bin froh, dass uns die Renovierung so gut gelungen ist. Nun muss ich nur mehr alles für die Eröffnung vorbereiten. Ich werde eine Speisekarte erstellen und die Konoba braucht ein Namensschild", überlegte sie.

So fuhren sie wieder zurück zum Haus und Julia setzte sich mit einer Tasse Kaffee auf die Terrasse. Sie kaute an ihrem Stift und begann, Ideen für die Karte zu notieren.

„Eigentlich benötigst du uns heute doch nicht mehr, oder? Dann könnten Thomas und ich ja ein wenig an den Strand fahren und die Sonne genießen", schlug Andrea vor.

„Das ist eine gute Idee. Danke für eure Hilfe! Ich wäre ohne euch verloren gewesen. Viel Spaß am Strand!", wünschte Julia ihren Freunden und konzentrierte sich wieder auf ihre Aufgabe.

Sie versuchte, ein ausgeklügeltes Konzept für ihr Lokal zu finden. Natürlich würde sie regionale Spezialitäten anbieten, aber sie wollte sich auch ein wenig von den vielen anderen Konobas absetzen.
Auf der Insel wurden hauptsächlich Fleischgerichte, Fisch, Nudeln und Pizzen angeboten. Für den Grill sah sie ebenfalls Fleisch- und Fischgerichte vor, aber sie wollte auch andere mediterrane Einflüsse in ihrer Küche auftischen. Moussaka oder auch Paella sollten auf ihrer Karte nicht fehlen. Eine Crossover-Küche, in der jeder etwas Passendes findet, war ihr Ziel, mit etwas weniger Fleischangeboten als auf der Insel üblich. Ihre Gäste sollten satt, aber nicht übersättigt das Lokal verlassen. Auch beim Thema Dessert ließ sie sich von der Europakarte inspirieren. Marillenknödel und Apfelstrudel wie auch Tiramisu, Creme Catalana und Baklava wollte sie anbieten.

Julia entschied sich, die Speisekarten wöchentlich zu wechseln, um ihr Angebot so vielfaltig wie möglich zu gestalten. Mit viel Liebe designte sie jede Seite auf ihrem Computer und druckte sie aus. Inzwischen hatte sie sich ein kleines Büroabteil in ihrem Schlafzimmer eingerichtet und konnte von dort aus ihre Menükarten fertigen.

Zufrieden klingelte sie bei ihren Nachbarn, um mit ihnen über ihre Ideen zu sprechen. Philipp dribbelte im Garten und winkte ihr zu.

„Hast du Lust, mit mir ein paar Körbe zu werfen?“, fragte er Julia.

„Sehr gerne sogar! Zeigst du mir, wie es geht?“

Er war zum Glück ein sehr geduldiger Lehrer, denn sie stellte sich furchtbar ungeschickt an.

„Ich hätte nie gedacht, dass es so schwer ist, einen Ball in einen Korb zu treffen. Der Ständer ist ja furchtbar hoch!“, sagte sie leicht verschwitzt.

„Stell dich hierher und versuche, mit dem Ball die Ecke des Vierecks auf dem Brett zu treffen. Dann geht er immer in den Korb“, erklärte er und zeigte es mit einer Leichtigkeit vor, die Julia beeindruckte. Nach einigen Versuchen hatte sie es tatsächlich geschafft.

„Sehr gut! Probiere es gleich noch einmal! Jetzt hast du den Dreh raus“, motivierte er sie.

Es machte Julia viel Spaß, mit ihm Körbe zu werfen. Als sie lautes Klatschen hörte, drehte sie sich um und sah Markus und Tina, die ihr zusahen.

„Das schaut schon recht gut aus. Ich habe es mal geschafft, den Ball rückwärts von der Mittellinie zu treffen“, prahlte Markus. Tina und Philipp rollten mit den Augen.

„Das war Zufall, Papa! Du hast es ein einziges Mal geschafft. Willst du sagen, du bist besser in Basketball als ich? Dann beweis es mir!“, sagte Philipp provokant, worauf Markus und er sich ein heftiges Duell lieferten. Julia und Tina beobachteten sie belustigt.

„Markus hat keine große Chance gegen ihn“, stellte Julia leise fest.

„Ich weiß, aber er versucht es immer wieder“, antwortete ihre Freundin lachend. „Gehen wir hinein und trinken einen Kaffee? Von den beiden haben wir jetzt für einige Zeit unsere Ruhe.“

„Ich muss dir etwas erzählen“, begann Julia, als sie gemeinsam am Tisch saßen, „Ich habe mich von Marian getrennt.

Wir hatten einen Streit. Es ging dabei um meine Großmutter und seinen verstorbenen Onkel." Sie erzählte Tina die ganze Geschichte und ihre Nachbarin hörte aufmerksam und gespannt zu.

„Ich kann sehr gut verstehen, dass du auf ihn sauer bist. Wahrscheinlich wäre ich genauso wütend geworden wie du. Allerdings bezweifle ich, dass er es tatsächlich böse gemeint hat. Wenn ich jeden Fehler von Markus auf die Waagschale legen würde, wären wir schon lange geschieden. Das Gleiche gilt wohl umgekehrt auch, aber dir ist klar, das werde ich nie zugeben", erzählte sie schmunzelnd. „Wann hätte er dir denn von deiner Großmutter und diesem Igor erzählen sollen? Als du deine Oma bestattet hast und so traurig warst? Oder vielleicht, während er dich kennenlernte und versuchte, dir zu imponieren?"

Julia dachte darüber nach. „Nein, aber vielleicht an einem der Tage, an denen wir bereits zusammen waren. Es gab genügend Möglichkeiten für ihn."

„Da hast du natürlich recht. Aber ich denke, es war sicher nicht leicht für ihn. Er wollte dich wahrscheinlich nicht verletzen und wusste, wie wichtig dir deine Oma war. Immerhin hat sie es nicht einmal selbst über das Herz gebracht, dir die Wahrheit zu sagen. Wie sollte er es dann schaffen?"

Julia wurde nachdenklich. Tina hatte schon recht, aber sie war dennoch zu tiefst von ihm enttäuscht. Es wäre ihr lieber gewesen, diese Geschichte von ihm zuhören, als von seiner Großmutter, die Julia so wüst beschimpft hatte.

Da kamen Philipp und Markus zu ihnen ins Wohnzimmer. „Ich habe ihn vernichtet im Spiel!“, rief der junge Mann lachend.

„Ja, es ist schon in Ordnung! Du bist super und ich nicht. Was hast du denn da mitgebracht?“, fragte Markus und betrachtete die ausgedruckte Speisekarte.

„Ich wollte euch um Rat fragen. Was haltet ihr von den Gerichten? Findet ihr die Idee gut, dass ich nicht nur kroatische Speisen anbieten möchte?“

Ihre drei Nachbarn studierten die Ausdrucke.

„Das hört sich alles sehr gut an. Ich könnte mich nicht entscheiden, was ich davon bestellen sollte“, schwärmte Tina, als sie die Seiten durchblätterte.

„Oh, da werde ich mich durchkosten. Ich freue mich schon auf die Eröffnung“, meinte Philipp und sein Magen knurrte dabei laut.

Lachend nahm ihm Markus wieder das Menü ab. „Hast du dir schon überlegt, wie du die Karte präsentieren möchtest? Bitte nimm kein Klemmbrett! Das mag ich überhaupt nicht, weil man damit nur schwer umblättern kann.“

Julia versuchte sich diesen Einwand zu merken.

„Ich werde morgen nach Rijeka fahren und die restlichen Sachen kaufen, die mir noch fehlen. Mal sehen, welche Lösungen ich dafür finden werde. Ihr kommt doch hoffentlich zur Eröffnung?“

„Das lassen wir uns natürlich nicht entgehen!“, freute sich Markus.

Julia entspannte auf ihrer Sonnenliege im Garten und dachte darüber nach, was Tina gesagt hatte. Ging sie zu hart mit Marian ins Gericht? Natürlich konnte sie verstehen, dass er

ihr nicht gleich bei ihrer ersten Begegnung von Igor erzählt hatte. Er hätte aber genügend Gelegenheiten gehabt, sie aufzuklären.
Sie konnte ihm einfach nicht mehr vertrauen. Vielleicht gab es noch mehr Dinge, die er ihr verheimlicht hatte. Auch wenn sie ihn sehr vermisste, war es die richtige Entscheidung, die Beziehung zu beenden. Es war Zeit, mit diesem Thema endlich abzuschließen und vorwärts zu schauen.

Deshalb versuchte sie, ihre Gedanken wieder auf die Eröffnungsfeier zu lenken. Sie überlegte sich, welches Menü sie dafür wählen sollte. Um viele Gäste anzulocken, entschied sie sich, bei der Eröffnung nur die Getränke zu kassieren. Die Speisen sollten an diesem besonderen Tag kostenlos sein.

Nun musste sie sich Gerichte überlegen, die man gut vorbereiten konnte, denn sie wollte nicht nur in der Küche stehen, sondern auch mit ihren Gästen feiern. Der Koch, den sie eingestellt hatte, war erfahren und Julia hatte ein gutes Gefühl bei ihm. Für den Service hatte sie ein sehr junges und nettes Team zusammengestellt. Viele ihrer Mitarbeiter waren Freunde von Marian, aber daran konnte sie nun nichts mehr ändern. Sie hatte ihnen bereits den Job versprochen und es waren sehr angenehme und hoffentlich zuverlässige Mitarbeiter.

Julia entschied sich, als Vorspeise eine Fischsuppe und einen Salat mit gratiniertem Ziegenkäse zu servieren. Als Hauptspeisen würde sie Moussaka, Lammeintopf und Oktopuspeka anbieten. Für das Dessert wollte sie Apfelstrudel nach Sophias Rezept und eine Topfencreme mit Feigen zubereiten.

Nun notierte sie alles, was sie für das Menü benötigen würde und errechnete die Portionsgrößen. Die Liste wurde immer länger und Julia immer nervöser.

„Wir hatten einen wunderbaren Nachmittag am Strand. Wie war dein Tag? Bist du mit den Vorbereitungen vorangekommen?“, wollte Andrea wissen, als sie auf der Terrasse saßen und den lauen Abend genossen.

„Es freut mich, dass ihr einen schönen Tag hattet. Ich war bei meinen Nachbarn und habe ihnen meine ausgedruckten Speisekarten gezeigt. Außerdem habe ich den Menüablauf für die Eröffnung entschieden“, berichtete Julia stolz.

Auch Andrea und Thomas waren von der Auswahl an Gerichten begeistert.

„Das klingt alles sehr verlockend. Ich bewundere dich dafür, dass du dir das alles zutraust. Wahrscheinlich würde ich es nicht wagen, mich selbstständig zu machen“, gab ihre Freundin beeindruckt zu.

„Du wirst sehen, es ist gut, sein eigener Chef zu sein. Ich bereue es nicht, die Firma meines Vaters übernommen zu haben. Du wirst mit deinen Aufgaben wachsen“, machte ihr Thomas Mut.

„Ein wenig unsicher bin ich schon, aber meine Großmutter hat mir in ihrem letzten Brief geschrieben, dass ich auf meine Talente vertrauen soll. Das mache ich nun und ich hoffe, sie hat mich nicht falsch eingeschätzt.“

Natürlich hatte Julia Angst zu versagen. Noch vor einigen Monaten hätte sie diesen Schritt nie gewagt, aber sie hatte sich verändert. Der Tod von Sophia und die Erlebnisse seither hatten ihr Leben auf den Kopf gestellt. Sie war gezwungen worden, sich aus ihrem Schneckenhaus zu begeben und nun konnte sie sich kein anderes Leben mehr vorstellen.

„Hat Marian sich eigentlich noch einmal gemeldet?“, fragte Andrea ganz beiläufig.

„Nein, und das ist auch gut so. Seit er hier war und du mit ihm gesprochen hast, hat er nicht mehr angerufen.“

Ein wenig war sie darüber enttäuscht, aber sie wollte es vor ihren Freunden und auch vor sich selbst nicht zugeben. Auch wenn Julia keinen Kontakt mehr zu ihm wollte, schmerzte es sie allerdings, dass er es nicht wenigstens versuchte. Rasch wollte sie vom Thema ablenken.

„Ich habe mir überlegt, ob es klug wäre, Flyer für die Eröffnung zu verteilen. Was denkt ihr darüber?“

„Das ist eine sehr gute Idee! Wir können sie gerne für dich unter die Leute bringen, wenn du möchtest. Dann kannst du dich auf für deine Vorbereitungen konzentrieren. Immerhin musst du dich noch um die gesamten Lebensmittel kümmern“, schlug Andrea begeistert vor.

„Ich kann dir einen auffälligen Flyer designen. Du weißt ja, ich mache so etwas sehr gerne“, bot Thomas an.

Julia war dankbar für die Unterstützung und so machten sie sich sogleich ans Werk. Der Abend wurde noch lang und arbeitsreich. Erschöpft ging Julia ins Bett und konnte dennoch nicht einschlafen. Verkrampft versuchte sie das Bild aus ihrem Gedächtnis zu löschen, das ihr ständig in den Sinn kam. Kaum schloss sie ihre Augen, sah sie Marians Lächeln, kurz bevor er sie küsste. Sie musste ihn endlich vergessen. Von sich selbst genervt wälzte sie sich im Bett, bis sie schließlich einschlief und von ihm träumte.

Am Morgen wurde sie vom Lärm in der Küche geweckt. Schlaftrunken dachte sie, es wäre Marian, der vor ihr aufgestanden war und sie wieder mit einem Frühstück überraschte. Doch schnell wurde ihr klar, dass sie ihn aus ihrem Leben verbannt hatte und der Lärm wohl von Andrea und Thomas kam.

Ein wenig enttäuscht stand sie auf und gesellte sich zu ihren beiden Freunden, die bereits den Tisch gedeckt hatten.

„Haben wir dich geweckt? Wir waren beide schon wach und wollten dich zur Abwechslung mal mit einem Frühstück überraschen“, erklärte Andrea, die gerade Kaffee in Julias Tasse schenkte.

„Ihr seid wirklich entzückend. Danke!“ Sie setzte sich hin und begann zu essen. Sie hatte großen Hunger und konnte die Stärkung gut für den Tag, der ihr bevorstand, gebrauchen.

„Heute früh fahre ich nach Rijeka und besorge im Großmarkt Lebensmittel und was mir sonst noch alles fehlt. Dann fahre ich zu den Bauern und Fischern in der Gegend und vereinbare mit ihnen die Lieferung ihrer Produkte. Ich möchte direkt von ihnen kaufen und so teure Zwischenhändler umgehen.“

Andrea schaute Julia unsicher an. „Fährst du dann auch zu Marians Eltern? Du wolltest doch von ihnen Käse, Oliven und Öl geliefert bekommen.“

Daran hatte Julia nicht mehr gedacht. Allerdings hatte sie versprochen, deren Produkte zu kaufen.

„Natürlich fahre ich zu seinen Eltern. Ich habe es mit ihnen vereinbart und daran halte ich mich. Marian werde ich hoffentlich nicht sehen. Er ist am Tag ja immer in Punat.“

Wollte sie ihn wirklich nicht sehen oder belog sie sich damit selbst? Ihre beiden Freunde tauschten einen kurzen Blick und Julia wusste, dass sie durchschaut wurde.

Rasch wechselte sie das Thema: „Ihr beiden teilt heute für mich die Flyer aus, oder? Hoffentlich kommen genügend Gäste. Ich habe Angst, dass der erste Tag bereits ein Flop wird", überlegte sie unsicher.
„Es wird schon gutgehen. Wir werden die Werbetrommel für dich rühren. Sobald die ersten Gäste dein fantastisches Essen gekostet haben, werden sie immer wieder kommen. Du wirst schon sehen", meinte Thomas.

Ihre beiden Freunde nahmen einen Stapel Flyer und machten sich zu Fuß auf den Weg zu den Häusern in Porat. Julia lieh sich Thomas' Kombi und fuhr damit nach Rijeka.

Im Internet hatte sie einen Großhandel gefunden, in dem man für Restaurants und Hotels einkaufen konnte. Am Schalter im Eingangsbereich bekam sie eine Kundenkarte und mit dem größten Einkaufswagen, den sie finden konnte, ging sie von einem Regal zum nächsten. Hier konnte sie alles kaufen, was sie für ihre Konoba benötigte. Für ihre Speisekarten fand sie Mappen mit Holzeinband, die sie mit einem Lötkolben selbst beschriften und verzieren konnte.

Auch weiteres Dekomaterial und Servietten mit einem Leuchtturm am Strand kaufte sie ein. Der Wagen wurde immer schwerer und sie war froh, Thomas' Auto zu haben, um all die Dinge transportieren zu können.
Da entdeckte sie eine große Holztafel, die ihr als Namensschild für die Konoba dienen konnte. Sie packte auch diese

und passende Farbe dazu ein und schob den schweren Einkaufswagen mühselig zur Kassa.

Als sie alle Einkäufe sicher verstaut hatte, fuhr sie vorsichtig zur Konoba, wo sie alles ausräumte und am richtigen Platz verstaute. Das maritime Dekomaterial verteilte sie gekonnt im Lokal und war sehr zufrieden mit ihrer Auswahl. Julia nahm einen Pinsel zur Hand und legte die Holztafel auf einen der Tische auf der Terrasse.

Schmunzelnd malte sie mit schönen Buchstaben den Namen ihrer Konoba auf das Holz und legte es anschließend auf die Theke zum Trocknen. Sie verschloss die Türen ihres Lokals und brachte das geliehene Auto zurück. Den Autoschlüssel legte sie wie vereinbart auf den Esszimmertisch und fuhr mit ihrem eigenen Auto weiter.

Früher oder später würde sie sich von ihrem geliebten Kleinwagen trennen müssen, denn sie würde ein geräumigeres Auto für ihre Großeinkäufe benötigen.

Nun wollte sie von Hof zu Hof fahren, um mit den Bauern der Gegend Vereinbarungen zu treffen. Inzwischen war sie schon lange genug auf der Insel und kannte vom Vorbeifahren viele Bauernhöfe, die auf Schildern ihre Lebensmittel anpriesen. Bereits am ersten Hof wurde sie erfreut empfangen.

„Ich habe schon gehört, dass du die Konoba vom alten Stanko aufmachst. Es freut mich sehr, dass du mit mir Geschäfte machen möchtest. Viele Lokale kaufen lieber im Großmarkt, aber da bekommst du nicht so eine gute Qualität wie bei mir und bestimmt keinen guten Preis.“

Julia war überrascht von der Reaktion. Sie wurden sich bald schon einig und nun hatte sie einen zuverlässigen Fleischlieferanten, der ihr die Waren sogar kostenfrei zustellte.

„Ich schlachte allerdings nicht so oft, wie du es benötigen wirst. Aber ich gebe dir die Adresse von einem meiner Nachbarn. Er wird dich auch beliefern und das zum gleichen Preis. Er weiß schon Bescheid. Du musst nur noch zu ihm fahren, damit ihr euch kennenlernen könnt."

Julia bedankte sich und fuhr verblüfft zur angegebenen Adresse. Das lief alles entspannter und schneller, als sie gedacht hatte. Tatsächlich war der Bauer vorbereitet und freute sich ebenfalls über die Zusammenarbeit. Auch er wollte kostenlos liefern. Julia notierte sich in einem Notizbuch die Namen und Telefonnummern der Bauern und auch, welches Produkt sie von ihnen bekommen würde.

So kam sie von Bauer zu Bauer und überall wurde sie freudig bereits erwartet.

Nun ging ihr langsam ein Licht auf. Armin hatte sein Versprechen, ihr zu helfen, gehalten, obwohl sie sich von Marian getrennt hatte. Das schlechte Gewissen plagte sie furchtbar. Sie musste wohl oder übel als nächstes zu Marians Familie fahren und sich bei ihnen bedanken. Julia war sich nicht sicher, ob sie ihren Exfreund sehen wollte oder nicht. Keinesfalls wollte sie allerdings Branka begegnen. Darüber war sie sich im Klaren.

Mit Herzflattern fuhr sie auf den Hof und parkte das Auto vor dem Haus. Ihre Beine zitterten und hinderten sie am Aussteigen. Sie atmete tief ein und aus und versuchte sich zu beruhigen. Da klopfte es an ihrer Autoscheibe.

„Hallo, Julia! Das freut mich aber, dass du zu uns kommst!“, rief Ivana durch das geschlossene Fenster.

Nun gab es kein Zurück mehr. Langsam und mit einem künstlichen Lächeln stieg Julia aus.

Ivana umarmte sie fest und sagte: „Ich bin so froh, dass du da bist. Ich dachte schon, wir sehen dich nie wieder. Komm doch herein! Marian ist leider nicht da, aber ich kann ihn anrufen. Er wird bestimmt sofort nach Hause kommen, wenn er hört, dass du da bist.“

Julia entzog sich der festen Umarmung und wehrte sogleich ab. „Nein, ich bin nicht wegen ihm hier. Zwischen uns hat sich nichts verändert. Ich wollte mit euch wegen meiner Konoba und meiner ersten Bestellung für die Eröffnung sprechen. Außerdem wollte ich mich bedanken.

Als ich heute zu den Bauern der Gegend gefahren bin, haben mich alle schon erwartet. Ich habe wirklich sehr gute Preisvereinbarungen bekommen und ich denke, da steckt Armin dahinter. Damit hatte ich in der jetzigen Situation nicht mehr gerechnet. Danke!“, erzählte sie verlegen.

Ein dicker Kloß bildete sich in ihrem Hals und Julia versuchte, ihre Gefühle zu verbergen. Am liebsten wäre sie gleich wieder ins Auto gestiegen und davongefahren.

„Natürlich haben wir unser Wort gehalten. Ich nehme gerne deine Bestellung auf und bringe sie dir persönlich vorbei, wann immer du möchtest“, antwortete Ivana enttäuscht.

Sie notierte sich den Auftrag und steckte den Zettel in ihre Hosentasche. Mit einem prüfenden Blick betrachtete sie Julia: „Bevor du jetzt gleich wieder fährst, würde ich gerne mit dir sprechen. Setzen wir uns kurz auf die Bank?“, schlug Ivana einfühlsam und ruhig vor. Nervös blickte Julia um sich.

„Keine Angst, wir sind allein. Mateo und Marian sind in Punat und Armin ist mit meiner Schwiegermutter beim Arzt zur Kontrolle.“

Erleichtert lenkte Julia ein und setzte sich mit Marians Mutter auf die Gartenbank.

„Ich möchte mich vielmals für meine sture und verbohrte Schwiegermutter entschuldigen. Du hast keine Ahnung, was bei uns los war, als du weg warst. Sie gräbt gerne diese alte Geschichte aus und stellt sich selbst als armes Opfer dar. Es war nicht richtig, wie sie mit dir umgegangen ist“, erklärte Ivana und hielt dabei Julias Hand in ihrer.

Ihre fürsorgliche und liebevolle Art traf bei Julia einen wunden Punkt. Irgendwie erinnerte sie Ivana an eine jüngere Version ihre Großmutter.

„Ich habe inzwischen einiges herausgefunden und ich muss zugeben, dass Brankas Geschichte bis zu einem gewissen Punkt gestimmt hat. Allerdings war meine Großmutter alles andere als berechnend. Sie hat Igor über alles geliebt und war sehr traurig, als er starb. Ich denke, sie hatte das Erbe angenommen, weil sie die Erinnerung an ihn behalten wollte, hatte es aber nie über das Herz gebracht, sich noch einmal mit dem Verlust auseinanderzusetzen. Deshalb kam sie nie wieder auf die Insel.“

Marians Mutter streichelte sanft über Julias Hand. „Ich habe deine Großmutter gekannt. Sie war eine ausgesprochen nette und liebe Person und du erinnerst mich sehr an sie. Ich kann meinen Sohn verstehen, warum er sich unsterblich in dich verliebt hat.“

Julia sprang von der Bank auf und strich ihr Kleid glatt. „Danke für deine Zeit und deine lieben Worte. Ich muss nun

wirklich weiter. Heute habe ich noch vieles zu erledigen. Ich freue mich auf gute Geschäfte."
Mit diesen Worten ließ sie Ivana allein im Garten sitzen, die ihr traurig nachschaute.

Als Julia wieder zu Hause war, konnte sie die Tränen nicht mehr zurückhalten. Sie wollte nicht, dass Ivana so nett zu ihr war. Lieber wäre ihr gewesen, wenn sie ihr die kalte Schulter gezeigt hätte. Aber so fiel es Julia schwer, wütend auf die ganze Familie zu sein. Als sie Andrea und Thomas sah, die Hand in Hand die Straße entlang schlenderten, wischte sie sich die Tränen aus dem Gesicht und stieg mit einem Lächeln aus.
„Wir waren sehr fleißig. Alle Flyer sind verteilt und wir haben mit vielen Einheimischen gesprochen, die versprachen, nicht nur zur Eröffnung, sondern regelmäßig zu dir zu kommen. Alle sind begeistert, dass du die Konoba eröffnest. Sie hoffen, dass du nicht nur während der Hauptsaison offen hast. Glaub mir, dein Lokal wird ein voller Erfolg!"

Ihre beiden Freunde waren guter Dinge und steckten sie mit ihrer Freude an. Gemeinsam feierten sie ihren Erfolg und Julia vergaß beinahe, warum sie so traurig gewesen war.

Kapitel 18

„Ich fahre heute nach Vrbnik und hole den Wein für die Eröffnung. Habt ihr Lust, mich zu begleiten? Die Stadt ist etwas ganz Besonderes und wird euch bestimmt gefallen“, sagte Julia beim Frühstück zu ihren beiden Freunden.

„Das machen wir sehr gerne. Lernen wir dann Maria und Dusko kennen?“, fragte Thomas interessiert.

„Ja, natürlich! Ich bekomme von ihnen den Wein.“

Erleichtert trank sie ihren Kaffee aus. Sie hatte ein wenig Angst vor der Begegnung mit Marians Freunden, denn sie wusste nicht, wie sie nach der Trennung zu ihr standen. Mit Andrea und Thomas als Rückendeckung hatte sie ein besseres Gefühl.

So machten sich die drei Freunde am frühen Vormittag auf den Weg zum südöstlichen Teil der Insel. Bereits bei der Autofahrt kamen ihr die Erinnerungen an den gemeinsamen Abend mit Marian, Dusko und Maria wieder in den Sinn.

Um sich abzulenken, drehte sie das Radio laut auf und begann mitzusingen. Andrea stimmte mit ein und schnell verflogen die Gedanken an ihr vergangenes Liebesglück.

Thomas schüttelte den Kopf über die beiden Freundinnen, die sich wieder einmal wie zwei Teenagerinnen benahmen. So fuhr das Trio gut gelaunt nach Vrbnik. Julia parkte auf dem öffentlichen Parkplatz und spazierte mit ihren Freunden durch die engen und teilweise steilen Gassen.

„Hier gefällt es mir sehr gut. Es wirkt wie eine alte, verwunschene Stadt“, sagte Andrea, als sie von einer Aussichtsplattform auf die verwinkelte Stadt herabblickten.

Sie schlenderten zum Restaurant und Julia ging ein wenig unsicher vor. Als Dusko sie entdeckte, lächelte er und küsste sie auf die Wangen.

„Schön, dass du da bist! Maria freut sich bestimmt über deinen Besuch. Wen hast du denn mitgebracht?“

Sie stellte ihre beiden Freunde vor und ging in die Küche, während Andrea und Thomas von Dusko in Beschlag genommen wurden und mit ihm an der Bar Wein tranken.

„Hallo, Maria! Störe ich dich gerade bei den Vorbereitungen?“, fragte Julia, als sie in die Küche kam, in der bereits reges Treiben herrschte. Die Köchin stand vor dampfenden Töpfen und drehte sich um.

„Das ist aber eine freudige Überraschung! Warte bitte kurz! Ich bin gleich bei dir.“

Maria bat einen Kollegen, sie zu vertreten, wusch sich die Hände und kam auf sie zu. Sie umarmte ihre Freundin herzlich und musterte sie.

„Du hast ein wenig abgenommen. Ist das der Kummer?“

Verlegen blickte Julia zu Boden. „Du hast also bereits von unserer Trennung gehört?“

„Dusko und Marian sind seit vielen Jahren befreundet. Die beiden bereden alles miteinander und gestern war er bei uns zu Hause. Die zwei haben sich einen ordentlichen Rausch angetrunken und Marian ist schließlich wie ein Häufchen Elend auf unserer Couch eingeschlafen. Aber keine Sorge, ich rede dir bestimmt nicht ins Gewissen. Wir Frauen müssen zusammenhalten, egal was passiert. Jetzt aber zu etwas viel Wichtigerem: Bist du schon nervös wegen der Eröffnung?“

Julia war froh, dass Maria das Thema gewechselt hatte. „Um ehrlich zu sein, ich bin sehr aufgeregt. Heute und morgen muss ich noch einiges erledigen, aber ich bin schon froh, wenn ich es hinter mich gebracht habe und endlich loslegen kann. Schade, dass ihr selbst arbeiten müsst und nicht zur Eröffnung kommen könnt. Vielleicht kommt ihr ja irgendwann mal an einem eurer freien Tage zu mir zu Besuch. Es würde mich sehr freuen, wenn ich für euch kochen dürfte.“

„Erzähl mir doch, welche Speisen du anbieten wirst!“

Voller Vorfreude in ihrer Stimme beschrieb sie ihr den Plan, den sie sich zurechtgelegt hatte.

„Das Konzept wird bestimmt gut funktionieren. Ich freue mich schon, dein Essen probieren zu können. Deine Kirschknödel habe ich übrigens bereits in meine Karte aufgenommen. Sie werden von den Gästen gerne bestellt.“

Es ehrte Julia, dass Maria mit ihrem Rezept eine Freude hatte.

„Eigentlich bin ich heute hier, um den Wein zu holen. Ich werde gleich einige Kisten mitnehmen, wenn das für euch in Ordnung ist.“

„Dusko wird dir unser Lager zeigen. Dort kannst du direkt mit dem Auto vorfahren und die Kisten einladen“, schlug sie vor.

Julia verabschiedete sich und ging zu ihren beiden Freunden, die in der kurzen Zeit bereits einiges an Getränken konsumiert hatten.

„Ich würde heute gerne einige Kisten Wein für meine Eröffnung mitnehmen. Maria hat mich zu dir geschickt", erklärte sie Dusko.

„Sehr gerne! Ich lotse dich zu unserem Lager. Dort kannst du so viele Kisten mitnehmen, wie du benötigst." Gemeinsam spazierten sie zu Thomas' Auto und Julia nahm ihm den Autoschlüssel augenzwinkernd ab.

„Ich denke, es ist besser, wenn du heute nicht mehr fährst."

Dusko führte sie eine schmale und steile Gasse entlang. Sie hielten vor einem alten Einfamilienhaus.

„Hier ist euer Lager?", fragte sie überrascht.

„Das ist das alte Haus meiner Großeltern. Warum soll ich um viel Geld ein Lager bauen, wenn ich hier bereits ein vollwertiges Haus habe, das niemand mehr benötigt."

Er schloss die Tür auf und führte die drei in den Keller. Dort lagerten unzählige Kisten mit Wein. Sie trugen so viele davon ins Auto, wie im Kofferraum Platz hatten und Andrea und Thomas verabschiedeten sich leicht angeheitert von Dusko.

Als Julia ihn zum Abschied umarmte, zog er sie zur Seite und sagte: „Marian hat mir erzählt, was passiert ist. Ich habe meinen besten Freund noch nie so niedergeschlagen gesehen. Es ist mir klar, dass er Mist gebaut hat, aber ich schwöre dir, dass er dich liebt."

Wieder bildete sich ein Kloß in Julias Hals. Sie gab sich alle Mühe, um nicht zu weinen.

„Ich kann verstehen, dass du es gut meinst, aber ich bin wirklich sehr von ihm enttäuscht. Es ist einfach zu viel passiert und ich denke, es ist besser, er und ich gehen getrennte Wege. Wenn es dir unangenehm ist, mit mir weiter Geschäfte

zu machen, kann ich es verstehen. Dann suche ich mir einen anderen Weinhändler", antwortete sie traurig, aber bestimmt.
„Das möchte ich auf keinen Fall. Ich mag dich sehr gerne und Maria würde mir wahrscheinlich den Kopf abreißen, wenn ich dich jetzt abgeschreckt hätte. Bitte nimm es mir nicht übel, aber ich wollte dir einfach sagen, dass es ihm wirklich schlecht geht. Ich freue mich natürlich auf unsere Zusammenarbeit", entgegnete er und verabschiedete sich.

Julia fuhr mit dem Auto voller Wein und ihren beschwipsten Freunden zurück nach Porat. Thomas und Andrea halfen ihr, die Flaschen einzuschlichten.

„Am frühen Nachmittag kommt die Getränkelieferung mit meiner neuen Zapfanlage. Warum genießt ihr beiden nicht den restlichen Tag?", schlug sie ihren Freunden vor.

„Wir könnten doch alle unsere Badesachen holen und die Zeit hier gemeinsam am Strand verbringen, bis der Lieferant eintrifft", meinte Andrea.
Julia und Thomas waren von ihrem Vorschlag begeistert und so packten sie zu Hause ihre Sachen zusammen und fuhren zurück zum Strand. Das Wasser war angenehm frisch und Julia freute sich, wieder einige entspannte Stunden zu erleben. In letzter Zeit hatte sie viel Arbeit und noch mehr Sorgen. Mit ihren Freunden im Meer zu schwimmen, war eine angenehme Abwechslung.

Immer wieder konnte sie beobachten, wie neugierige Touristen vor dem Tor ihrer Konoba den Flyer für die Eröffnung lasen, den sie befestigt hatte. Wenn nur einige von ihnen als Gäste zu ihr kämen, bräuchte sie sich keine Sorgen um ihren Umsatz machen.

Sie legten sich in die Sonne und genossen die Wärme und Entspannung. Beinahe hätte Julia eingeschlafen, aber ein lautes Hupen riss sie aus dem Dämmerschlaf.

„Meine Lieferung ist da! Ich komme später wieder zu euch zurück!“, rief sie, während sie sich rasch ein Kleid über den Bikini streifte.

Eilig machte sie sich auf den Weg zum Haupteingang und empfing dort den Lieferanten.

„Doberdan! Hier geht es zu meinem Lager. Können Sie die Getränke bitte alle dort abstellen?“, fragte sie aufgeregt.

Der muskulöse Fahrer hob eine Kiste nach der anderen vom Laster und trug sie in ihren Vorratsraum. Auch vier große Bierfässer stellte er daneben ab. Dann schloss er die neue Zapfanlage an und erklärte ihr den Umgang damit.

Julia begann die Getränke in die Kühlschränke zu füllen und ging fröhlich wieder zu ihren Freunden.

„Was haltet ihr von einem frisch gezapften und kühlen Bier?“, fragte sie und wusste bereits die Antwort.

Thomas sprang begeistert auf und auch Andrea musste sie nicht lange bitten. Julia zapfte das Bier professionell und überreichte ihm feierlich das erste Glas.

„Du hast eine perfekte Schaumkrone hinbekommen. Das schmeckt wirklich gut! Es geht nichts über ein kaltes Bier an einem heißen Tag.“

Auch Andrea und Julia freuten sich über die kühle Erfrischung.

„Erstaunlicherweise finde ich es auch gut. Dabei trinke ich nie Bier“, bemerkte Andrea und wischte sich den Schaum von der Oberlippe.

Julia blickte sich um und zum ersten Mal wurde ihr nun richtig bewusst, dass sie schon bald ihre eigene Konoba führen würde. Lächelnd umarmte sie ihre Freunde und stieß mit einem weiteren Glas auf ihr Lokal und auf ihre guten Freunde an.

Als sie am späten Nachmittag zuhause ankam, stellte sich Julia unter die Dusche und wusch sich das Salzwasser aus den Haaren. Sie hatte es genossen, mit ihren beiden Freunden am Strand zu entspannen. Die Ereignisse der letzten Tage hatten ihr schwerer zugesetzt, als sie gedacht hatte. Noch immer versuchte sie die Wahrheit, die sie über ihre Großmutter erfahren hatte, zu verarbeiten. Sie wünschte sich, dass endlich etwas Ruhe in ihr Leben einkehren sollte.

Als sie ins Erdgeschoß kam, beobachtete sie Andrea und Thomas, die es sich auf den Gartenliegen bequem gemacht hatten. Die beiden lagen dicht nebeneinander und er streichelte sanft den Rücken ihrer besten Freundin. Inzwischen waren die beiden sehr vertraut miteinander. Es hatte sich eine innige Liebe zwischen ihnen entwickelt. Julia freute sich sehr für die beiden, aber es schmerzte sie ein wenig, da ihr bewusstwurde, dass sie keine wichtige Rolle mehr im Leben ihrer beiden Freunde spielte.

Andrea hatte nun einen neuen besten Freund. Auch wenn Julia diese Tatsache traurig machte, wusste sie, dass dies nun mal der Lauf der Dinge war. Sie wurden alle älter und reifer. Die Zeit der großen Partys würde bald vorbei sein, denn es war nun an ihnen, ein neues Kapitel aufzuschlagen.

Julia überlegte sich, wie lange es wohl dauern würde, bis die beiden gemeinsame Kinder hätten. Etwas melancholisch ließ sie ihre Freunde allein und las auf der Couch ein Buch.

Sie versuchte sich zu konzentrieren, aber als sie ein und denselben Satz fünfmal gelesen hatte, gab sie schließlich auf.

Da läutete ihr Telefon und Julia sah überrascht, dass Stanko sie anrief. Sie hoffte, dass ihm nichts passiert war und nahm verunsichert den Anruf entgegen: „Hallo, Stanko! Ist irgendetwas passiert?“

„Hallo, Julia! Nein, keine Sorge. Es geht mir gut. Aber ich würde dringend deine Hilfe bei mir zu Hause benötigen. Könntest du bitte gleich vorbeikommen? Ich habe sonst niemanden, den ich bitten kann.“

„Natürlich komme ich gerne. Ich mache mich sofort auf den Weg und bin in wenigen Minuten bei dir.“

Sie war erleichtert, dass ihm nichts passiert war und informierte Andrea und Thomas, dass sie kurz zu Stanko müsse. Den beiden Turteltauben schien es nichts auszumachen, für eine Weile allein zu sein. Sie konnte es ihnen nicht verübeln, aber es gab ihr dennoch einen Stich im Herzen. Auch wenn sie über ihre Unterstützung mehr als froh war, aber das Liebesglück der beiden erinnerte sie doch schmerzlich daran, dass sie ihre Liebe verloren hatte und nun einsam war.

Froh über die Abwechslung machte sie sich nun auf den Weg zu Stankos Hof. Neugierig, was sie nun erwarten würde, klingelte sie. Etwas dumpf hörte sie ihn aus dem Haus rufen, dass die Türe offen sei und sie einfach eintreten solle. Nun machte sie sich doch Sorgen, ob er eventuell verletzt war. Rasch ging sie ins Haus und betrat das Wohnzimmer. Als sie mitten im Raum stand, blieb sie geschockt stehen, denn Stanko war nicht allein zuhause.

„Ich wusste nicht, dass du inzwischen Besuch bekommen hast. Wenn du doch nichts brauchst, komme ich ein anderes Mal wieder."

Sie drehte sich um und wollte gerade den Raum verlassen, als Stanko mit bestimmter Stimme sagte: „Bleib bitte hier! Ich habe dich absichtlich gerufen, damit ihr beide euch aussprechen könnt. Es gibt vieles, über das ihr reden müsst und ich möchte euch helfen, eure Probleme, die ihr miteinander habt, zu klären."

Ihre Hände begannen vor Wut zu zittern. „Ich denke nicht, dass wir uns noch etwas zu sagen haben."

Julia musste sich Mühe geben, um ihre Gefühle im Zaum zu halten. Ihre Stimme drohte sie zu verraten und sie hoffte, dass niemand ihre Unsicherheit bemerkte.

Stanko wollte aber nicht lockerlassen: „Setz dich bitte zu uns! Es gibt immer zwei Seiten einer Geschichte und heute ist es an der Zeit, die zweite zu hören."

Er hatte eine besondere Gabe, Menschen zu überzeugen und so setzte sie sich an den Tisch und schaute nervös auf ihre Finger, die sie in ihrem Schoss faltete. Wie hatte er es nur geschafft, dass Branka hierhergekommen war und mit ihr sprechen wollte? Wie war sie zu ihm gekommen? Wahrscheinlich hatte Armin sie mit dem Auto zu ihm gebracht, denn sie konnte schwer mit dem Rollstuhl über die Schotterstraße fahren. Vor dem Haus hatte Julia kein anderes Auto gesehen.

„Wenn ihr beide stur seid, fange ich an zu reden", begann er ungeduldig, „Branka, du hast Julia Unrecht getan. Sie wusste nichts über die Vergangenheit und du hast sie beschuldigt, hinter eurem Besitz her zu sein. Das war nicht richtig von dir. Es ist Zeit, endlich die alten Geister ruhen zu lassen."

„Deine Standpauke vorhin hat mir schon gereicht. Du brauchst es nicht noch einmal zu wiederholen. Ich habe schon verstanden, dass du von mir enttäuscht bist", brummte Branka trotzig.

Anscheinend hatten die beiden zuvor ein langes Gespräch geführt. Julia bemerkte, dass er etwas müde wirkte. Sie betrachtete Branka nun genauer und merkte, dass auch sie erschöpft und angestrengt wirkte. Hatte sie etwa geweint oder warum waren ihre Augen so rot und geschwollen?

Stanko redete weiter: „Julia, es hilft dir doch nichts, wenn du beleidigt bist. Natürlich war es für dich niederschlagend, auf diese Art und Weise von der Beziehung zwischen Sophia und Igor zu erfahren. Das alles hat aber nicht wirklich etwas mit deinem heutigen Leben zu tun. Du kannst nicht alle von dir stoßen, die es gut mit dir meinen und die dich lieben."

„Ich weiß, auf wen du damit anspielst. Lass bitte Marian aus dem Spiel! Darüber möchte ich nicht mit dir und auch nicht mit seiner Großmutter sprechen", entgegnete Julia bestimmt.

„Gut, dann sprich mit Branka über Igor! Sie ist hier, um den Streit mit dir aus der Welt zu schaffen", sagte er erschöpft.

„Ich bin hier, weil du mich reingelegt hast", meinte Branka trotzig, „Aber ich gebe zu, dass ich mit dir sprechen sollte. Meine Familie hat mir mehr als eindringlich zu verstehen gegeben, dass ich mich falsch benommen habe. Um ehrlich zu sein, dein Auftauchen hat alte Wunden aufgerissen. Ich hatte gehofft, dass ich in meinem Alter nicht mehr an diese traurige Zeit zurückdenken müsste. Du siehst Sophia unglaublich ähnlich. Das hat mich aus der Bahn geworfen. Durch sie habe ich nämlich meinen kleinen Bruder verloren."

Julia unterbrach Branka. „Das stimmt nicht! Er ist gestorben, weil er ein schwaches Herz hatte und nicht, weil sie es ihm brach. Die beiden waren glücklich miteinander und hatten sich damit abgefunden, wie ihr Leben verlief."

Doch Branka schüttelte den Kopf. „Sie war egoistisch und hat sich nicht darum gekümmert, wie es ihm geht."

Julia wurde wieder wütend und stand ruckartig auf, sodass der Stuhl hinter ihr laut zu Boden fiel.

„Das brauche ich mir nicht anzuhören!"

Gerade wollte sie zur Tür laufen, als Branka laut und deutlich sagte: „Bleib! Ich werde dir erzählen, wie ich die Geschichte erlebt habe. Dann kannst du dir überlegen, ob du mich verstehen kannst oder nicht."

Julias Stolz wollte sie dazu bringen zu gehen, aber die Neugier trieb sie dazu zu bleiben.

Also setzte sie sich mit verschränkten Armen hin und sagte: „Gut, ich höre mir an, was Sie zu sagen haben, aber ich warne Sie: Wenn Sie noch einmal meine Großmutter beleidigen, lernen Sie mich richtig kennen. Es ist mir egal, dass Sie älter sind als ich. Ich schwöre Ihnen, dann werde ich meine gute Erziehung vergessen."

Branka schaute sie ernst an und erwiderte: „Einverstanden, ich werde mich bemühen."

Dann atmete sie tief durch und verschloss die Augen, als ob sie die Erinnerungen an einem gut versteckten Ort in ihrem Kopf wieder hervorholen musste.

„Als Kind war ich sehr gut in der Schule und mein Lehrer meinte, dass ich die Handelsschule besuchen sollte. Damals war das eine Auszeichnung für ein Mädchen aus einfachen Verhältnissen wie mich. Es hat mir viel Spaß gemacht, zu lernen und mein Traum wäre es gewesen, später Lehrerin zu werden. Unsere Eltern hatten nur wenig Geld, denn der Tourismus war damals noch nicht so intensiv, dass man davon gut leben konnte. Mein Vater war Fischer und wir hatten den Olivenhain und ein paar Tiere. Aber wir hatten ein gutes Leben und waren glücklich.

Eines Tages war der Freund meines Vaters, der mit ihm normalerweise aufs Meer fuhr, verletzt und konnte ihn nicht begleiten. Meine Mutter wollte ihn keinesfalls allein lassen und wollte mit auf das Boot, obwohl mein Vater dies strikt ablehnte. Sie war sehr stur und machte sich um ihn Sorgen, weil das Wetter an diesem Tag sehr schlecht war. Schließlich setzte sie sich durch und die beiden fuhren gemeinsam aufs Meer.

Bis heute weiß ich nicht, was genau passiert war, aber ich habe sie nie mehr wiedergesehen. Von diesem Tag an war ich nicht mehr Branka, das gescheite Mädchen, das später vielleicht die höhere Schule besuchen würde. Ich wurde die Ersatzmutter eines kleinen Buben, der immer krank und schwach war.

Ich habe Igor über alles geliebt, aber ich musste mein Leben für ihn aufgeben. Damals kümmerte es niemanden, dass eine Jugendliche allein mit ihrem kleinen Bruder lebte. Ich habe die Wäsche gewaschen, gekocht, ihn zur Schule geschickt und den Hof bewirtschaftet. Viel Geld hatten wir nie, aber wir sind irgendwie über die Runden gekommen.

Es war schwer, denn Igor war, wie gesagt, oft krank. Ich wusste damals noch nicht, dass er einen angeborenen Herzfehler hatte. Wenn wir die Ernte einholten, konnte er nur wenig helfen, weil ihm die Kraft fehlte. Aber er war ein braver und lieber Junge, mein kleiner Igor, und wir meisterten unser Leben gut.

Dann wurden wir beide älter und ich lernte meinen Mann kennen. Er wusste von Anfang an, dass es mich nur im Doppelpack gab und er hatte es akzeptiert. Als wir heirateten, ging es Igor und mir besser, denn nun hatten wir einen Helfer mehr und mein Mann begann den Hof auszubauen und kaufte neues Land dazu. Das Leben schien endlich besser zu werden.

Leider habe ich nicht gemerkt, dass Igor sich wie das fünfte Rad am Wagen fühlte. Er hatte wohl das Gefühl, uns zu stören, auch wenn es nicht stimmte. Als ich schwanger wurde, begann Igor als Bootsbauer zu arbeiten. Anfangs war die körperliche Arbeit nicht leicht für ihn, aber schon bald wurde er stärker und er liebte seine neue Tätigkeit. Ich konnte seine Faszination nicht verstehen, da wir ja unsere Eltern bei einem Bootsunglück verloren hatten. Aber Igor war noch jung, als sie starben und so hatte er keine Angst vor dem Meer so wie ich.

Also ging er nun seinen eigenen Weg. Er war sehr sparsam und schon bald konnte er einem Nachbarn ein Grundstück abkaufen. Ich war totunglücklich, aber mein Mann redete auf mich ein, ich solle ihn ziehen lassen. Igor baute gemeinsam mit Freunden sein Haus und zog zwei Jahre später aus.

Dann verlor ich mein zweites Kind und war zutiefst traurig. Ich fühlte mich leer und allein. Nun hätte ich meinen Bruder als Stütze gebraucht, aber er kümmerte sich nur um sich. Er hatte zu dieser Zeit immer wieder Freundinnen, aber keine war ihm gut genug zum Heiraten. Ich fühlte mich traurig und von ihm im Stich gelassen, aber ich zeigte es ihm nicht.

Eines Tages lernte er deine Großmutter kennen. Ich habe bald gemerkt, dass sich etwas an seiner Art verändert hatte. Wenn es um sie ging, ließ er mich nicht an sich ran. Er wollte keine Einwände hören. Aber immerhin war sie bereits verheiratet und hatte ein Kind. Ich machte mir große Sorgen um ihn, aber er wischte meine Bedenken beiseite. Immer wenn er sich aufregte, machte sein Herz Probleme und inzwischen wussten wir, dass er schon sein Leben lang an diesem Herzfehler litt. Ich versuchte ihn dazu zu bringen, mehr auf seine Gesundheit zu achten.

Doch jedes Mal, wenn Sophia auf der Insel war, wollte er nichts davon wissen. Sie tanzten durch die Nächte und tranken zu viel Alkohol. Ich versuchte, ihn zur Vernunft zu bringen, aber dieser Flirt mit deiner Großmutter war ihm wichtiger als seine eigene Gesundheit.

Sicherlich hatten sie eine schöne Zeit miteinander, aber kaum war sie wieder bei ihrer Familie, fiel er in ein tiefes Loch und war traurig und wütend. Seine schlechte Laune ließ er dann jedes Mal an mir aus. Eigentlich dachte ich, diese Beziehung würde nicht lange halten, aber Sophia kam jedes Jahr hierher. Als sie sich das letzte Mal gesehen hatten, strengte er sich einmal zu viel für sie an. Er erlitt einen Herzinfarkt, kurz nachdem sie abgereist war."

Branka wischte sich die Tränen vom Gesicht. Im Raum war es sehr still und man hörte nur das Schniefen der alten Frau, die noch einmal um ihren kleinen Bruder trauerte.

„Wusste denn meine Großmutter von seiner Krankheit?"

„Nein, er wollte nicht, dass sie es erfährt. Die ganze Zeit spielte er ihr den starken Mann vor und sie hatte ihm geglaubt.“

„Aber dann konnte sie doch nichts dafür. Sie hat ihn sehr geliebt. An ihrem Nachtkästchen hängt heute noch die Kette, die er ihr geschenkt hatte und ein Bilderrahmen mit getrocknetem Lavendel. Wissen Sie, meine Oma wurde verbrannt und es war ihr letzter Wille, dass ich ihre Asche im Meer vor Krk verstreue. So bin ich auf diese Insel gekommen. Sie wollte wenigstens im Tod mit ihm vereint sein. Igor war offenbar ihre große Liebe.

Ich denke, sie hatte Angst, dass meine Mutter von ihr enttäuscht gewesen wäre, wenn sie uns von ihm erzählt hätte. Deshalb hatte sie ihre Beziehung wahrscheinlich verschwiegen.“

Branka schluchzte auf und vergrub ihr Gesicht in ihren Händen.

„Ich wusste nicht, dass sie ihn tatsächlich so sehr geliebt hatte. Vielleicht hätte ich ihr damals sagen sollen, wie krank er war, aber Igor hatte es mir verboten.“

Julia stand auf und umarmte die alte Frau.

Branka blickte auf und sah Julia ins Gesicht.

„Ivana hat recht. Du bist ein gutes Mädchen. Vielleicht kann ich an dir das Unrecht, das ich deiner Großmutter angetan habe, gutmachen. Es tut mir aufrichtig leid, dass ich dich verletzt habe. Nun aber bin ich müde. Vielleicht kannst du einer alten, törichten Frau noch einmal verzeihen. Ich rufe Armin an, damit er mich abholt. Danke, Stanko, dass du mich hierhergelockt hast.“

Julia verließ die beiden alten Leute und fuhr nachdenklich zurück zu ihrem Haus. Dort erzählte sie Andrea und Thomas, was sie gerade erlebt hatte.

Kapitel 19

Julia hatte in dieser Nacht einen bewegenden Traum. Sie stand im Haus in ihrer Küche und bereitete einen herrlich duftenden Kuchen zu, als sie aus dem Fenster blickte. Da sah sie wieder ihre Großmutter, die im Garten stand und einen Strauß voller Lavendel pflückte. Julia rannte ins Freie und versuchte, zu Sophia zu gelangen. Ihre Oma lächelte und wartete, bis ihre Enkelin sie erreicht hatte.

„Mein Engel, was möchtest du denn? Ist alles in Ordnung?"

„Oma, ich bin so froh, dass du hier bist. Ich fühle mich sehr einsam und vermisse dich schrecklich. Geh nicht wieder weg! Bitte bleib bei mir!"

„Aber Julia, du bist doch nicht allein. Auf der Erde leben viele Menschen, die dich lieben und die für dich da sind."

„Ja, ich habe viele Freunde, aber niemand liebt mich so wie du. Ich brauche dich so sehr. Oma, verlass mich nicht!"

„Es wird Zeit, dass du aufhörst, in der Vergangenheit zu leben. Du musst beginnen, das Hier und Jetzt zu genießen und auf dein Talent und dein Gefühl zu vertrauen. Denk nicht so viel an mich. Ich bin jetzt bei meinem Igor und wir beide können endlich glücklich miteinander sein. Außerdem verlasse ich dich nicht. Ich bin immer in deiner Nähe und gebe auf dich Acht."

Als Julia erwachte, war ihr Polster von den Tränen, die sie offenbar im Schlaf geweint hatte, nass. Sie wischte sich ihr

Gesicht trocken und setzte sich in ihrem Bett auf. Ihr Traum fühlte sich sehr real an, obwohl sie natürlich wusste, dass Sophia ihr nicht in der Nacht erschienen war.
Allerdings wurde Julia nun langsam bewusst, dass es wirklich an der Zeit war, nach vorne zu blicken. Sie hatte gute Freunde, die stets für sie da waren. Julia war nicht allein und das wusste sie. Um nochmals einschlafen zu können, war sie viel zu aufgewühlt und so schlich sie leise ins Erdgeschoß, ohne ihre Gäste zu wecken.

Es war erst fünf Uhr morgens, aber sie war hellwach. Es gab noch einiges vor der Eröffnungsfeier zu tun und sie versuchte, einen Plan für alle Erledigungen festzulegen.

Julia kochte sich einen starken Kaffee und setzte sich mit einer Tasse in ihren Garten.
Auf dem großen Tisch breitete sie die Speisekarten auf und begann sie mit dem Brandmalkolben zu verzieren. Es gelang ihr richtig gut, mit dem heißen Stift geschwungene Buchstaben zu brennen. Als sie die erste Karte fertiggestellt hatte, war sie sehr stolz auf das Resultat. Die Arbeit hatte etwas Meditatives und Julia wurde sehr ruhig und entspannt, während sie eine Karte nach der anderen verzierte. Sie merkte nicht, wie rasch die Zeit voranschritt.

Erst als Andrea und Thomas auf der Terrasse erschienen und erstaunt ihr Werk bewunderten, wurde ihr bewusst, dass es bereits neun Uhr war. Ein wenig schmerzte ihr Rücken und sie stand auf.

„Hast du heute überhaupt geschlafen? Wie hast du es geschafft, so viele Speisekarten bereits fertig zu haben? Sie sehen wirklich spitze aus!“, rief Andrea begeistert.

Auch Thomas fand lobende Worte: „Sie wirken sehr professionell. Ich muss zugeben, ich war mir anfangs nicht sicher, ob du dich mit dieser Idee nicht ein wenig übernommen hast. Da habe ich dich wohl unterschätzt. Wenn dein Lokal ein Flop wird, kannst du dich mit der Brandmalerei selbstständig machen", lachte er und erntete dafür böse Blicke von beiden Frauen.

„Ihre Konoba wird dermaßen erfolgreich sein, dass jeder Neider erblassen wird. Du wirst schon sehen!", entgegnete Andrea trotzig und gab ihm einen Klapps auf den Oberarm. Thomas lachte laut und umarmte seine Freundin.

„Wenn du wütend bist, gefällst du mir gleich noch besser."

Die beiden turtelten herum und Julia begann, das Frühstück zu zubereiten.

Sie wollte ihre Freunde nicht stören und irgendwie fühlte sie sich wie das fünfte Rad am Wagen. Als sie gemeinsam aßen, besprachen sie ihre Pläne für den Tag.

„Sobald ich mit den Brandmalereien fertig bin, möchte ich gerne Blumen als Deko besorgen. Thomas, könntest du mir heute bitte das Namensschild im Lokal aufhängen?"

„Das mache ich gerne. Benötigst du sonst noch etwas?"

Julia ging im Gedanken ihre Checkliste durch, doch außer der Dekoration fiel ihr nichts mehr ein.

„Gut, dann tauschen wir am besten unsere Autos, damit du genügend Platz hast, um die Blumen zu transportieren. Wir treffen uns später in der Konoba", schlug Thomas vor.

Julia musste sich wirklich dringend um ein größeres Auto umsehen.

Nach dem Frühstück räumten ihre Freunde auf und sie konzentrierte sich wieder auf die Speisekarten. Als sie endlich die letzte verziert hatte, druckte sie die Seiten für den Innenteil auf ihrem Drucker aus. Julia fühlte ein Kribbeln in ihrem Bauch. Nun wurde sie wegen der Eröffnungsfeier immer nervöser. Vorsichtig schob sie jede Seite in die Buchhüllen und präsentierte die erste vollständige Karte ihren Freunden.

„Sie sind sehr schön! Ich kann mir jetzt schon den Geschmack deiner Köstlichkeiten vorstellen. Ich bin so stolz auf dich!", lobte Andrea Julia und armte sie innig.

Thomas packte alle Holzmäppchen in Kisten und trug sie in ihr Auto. Ihre beiden Freunde würden sie später in die Konoba mitnehmen. Julia kleidete sich an und machte sich auf den Weg in eine nahegelegene Gärtnerei.

Als sie dort angekommen aus dem Auto stieg, duftete es würzig nach südländischen Kräutern und Pinien. Sie atmete tief ein und sog den Duft auf. Mit einem Lächeln betrat sie den Laden und schon bald kam ihr eine junge Verkäuferin entgegen.

„Doberdan, ich eröffne morgen eine Konoba und benötige dafür einige Pflanzen als Deko. Können Sie mir etwas empfehlen?"

Die junge Dame war sehr bemüht und zeigte ihr viele kleinere und größere Pflanzen, die sie als passend empfand. Julia kaufte einige Heckenpflanzen und kleine Palmen, die sie auf der Terrasse in Kübeln platzieren wollte.

Für die Tischdeko hatte sie sich aber etwas Spezielles ausgedacht. „Haben sie auch Lavendel in kleinen Töpfen, die ich als Tischdeko verwenden könnte?"

Die Verkäuferin führte sie lächelnd durch das Geschäft. Noch bevor Julia die Lavendelstöcke sah, konnte sie den unverkennbaren Duft wahrnehmen. Sie suchte sich die schönsten Pflanzen aus und wählte bemalte Übertöpfe aus Ton dazu. Auch einige Kräuter kaufte sie, die sie im kleinen Hinterhof, der hinter der Küche lag, anpflanzen wollte. Das Auto war bis oben hin beladen und duftete nach den verschiedenen Pflanzen. Ihr gesamter Einkauf hatte nicht im Wagen Platz und so musste sie zweimal fahren, um alles in ihre Konoba zu transportieren.

Nach ihrer letzten Fahrt traf sie Andrea und Thomas im Lokal. Die beiden halfen ihr beim Entladen und staunten über die vielen Pflanzen.

„Ich wusste nicht, dass du einen Blumenladen eröffnen möchtest“, neckte sie Thomas.

„Hör auf mit deinen blöden Sprüchen und hilf mir lieber, alles hinein zu bringen. Auf jedem Tisch möchte ich einen Lavendelstock haben. Diese großen Pflanzen kommen auf die Terrasse und die kleineren in den Innenraum.“

Durch die Begrünung wirkte ihr Lokal noch freundlicher und einladender.

„Dein Laden wirkt nun sehr heimelig. Ich muss sagen, du hast ein gutes Gefühl für solche Dinge. Du weißt ja, bei mir geht sogar ein Kaktus ein“, lachte Andrea belustigt.

Thomas nahm eine Leiter und befestigte unter genauer Anweisung seiner Freundin das Namensschild der Konoba.

„Nun ist es offiziell dein Lokal. Es ist wirklich schön geworden“, stellte er fest, als die drei Freunde lächelnd davorstanden und das große Schild mit den geschwungenen Buchstaben lasen, die Julia mit viel Liebe gemalt hatte.

„Sophias Paradies“ stand auf der großen Holztafel.

„Sie hätte sich bestimmt darüber gefreut, dass du dein Lokal nach ihr benennst“, meinte Andrea gerührt und legte ihren Arm um Julias Hüfte.
„Das denke ich auch. Wenn ich in der Küche stehe, kann ich aufs Meer blicken und weiß, dass sie da draußen ist und auf mich aufpasst. Das hier ist wahrlich Sophias Paradies und inzwischen ist es auch meines.“

Julia wischte sich eine Träne aus den Augen und drehte sich lächelnd zu ihren Freunden.
„Wir haben es geschafft! Wir sind mit den Vorbereitungen rechtzeitig fertig geworden. Das sollten wir feiern. Morgen ist ein wichtiger Tag für mich und ich fürchte, ich werde nicht viel Zeit für euch haben, weil ich in der Küche arbeiten muss. Darum möchte ich heute gerne etwas Schönes für uns kochen und mit euch anstoßen“, schlug Julia sehr gerührt und feierlich vor.
„Das ist eine hervorragende Idee. Du weißt ja, dass wir schon bald unsere Heimreise antreten müssen. Heute Abend hast du zum letzten Mal Zeit zum Feiern.“ Andrea wischte sich über das Gesicht und drehte sich zur Seite. „Ich habe nur etwas im Auge. Ich weine nicht!“
Doch sie konnte Julia und Thomas nicht täuschen. Die drei Freunde fielen sich in die Arme und genossen einen letzten, stillen Moment zu dritt.

Während ihre beiden Freunde zurück zum Haus fuhren, ging Julia für ihr Festessen am Abend einkaufen. Sie besorgte frisches Gemüse am Markt und einen großen Fisch für drei Personen beim Händler ihres Vertrauens. Zur Feier des Tages kaufte sie auch Sekt, um mit ihren beiden Freunden auf ihren neuen Lebensabschnitt anstoßen zu können.

Julia war blendend gelaunt und sang während der Autofahrt nach Hause lautstark zur Musik, die aus dem Autoradio kam. Dort angekommen kühlte sie ihre Einkäufe ein und heizte den Griller vor. Dann ging sie ins Badezimmer und machte sich frisch.

Inzwischen war ihre Nervosität verflogen und sie freute sich, endlich ihr neues Leben beginnen zu können. Sie war froh, so gute Freunde zu haben, die ihren kostbaren, gemeinsamen Urlaub mit ihr verbracht hatten und in ihrer Freizeit mit ihr gemeinsam arbeiteten.

Wieder erinnerte sie sich an ihren Traum der vergangenen Nacht. Nein, sie war nicht allein. Julia hatte die besten Freunde der Welt und sie war glücklich und zufrieden mit ihrem Leben. Als sie sich in den Spiegel sah, stellte sie lächelnd fest, dass sie ihrer Großmutter wirklich sehr ähnlichsah. Sophia konnte ihren Traum nie verwirklichen und musste sich heimlich nach Krk stehlen. Aber Julia hatte alle Möglichkeiten und konnte sich ihren großen Wunsch erfüllen, für Menschen zu kochen und sie damit ein Stück glücklicher zu machen.

Lächelnd ging sie in die Küche und begann das Gemüse und den Fisch vorzubereiten. Mit viel Liebe dekorierte sie den Tisch und stellte den Sektkühler auf. Für diesen besonderen Anlass nahm sie die schönen Stoffservietten, die sie sich zugelegt hatte und faltete sie gekonnt. Sie stellte Kerzen auf den Tisch und verteilte Lavendel, den sie in ihrem Garten gepflückt hatte, als Deko.

Nun begann sie das Essen zuzubereiten und schon bald verströmte der Fisch gemeinsam mit dem Gemüse einen angenehmen Duft. Als sie gerade Olivenöl aus der Küche holte, kamen Andrea und Thomas die Stufen herab.

Die beiden hatten sich schön angezogen und standen nun vor ihr.

„Ihr seht ja beide sehr gut aus! Das Essen dauert noch ein wenig. Ich habe gerade einen riesigen Fisch auf den Grill gelegt. Hoffentlich habt ihr großen Hunger." Sie strahlte ihre besten Freunde glücklich an.

„Wir werden nicht mit dir essen können. Thomas hat in Krk-Stadt einen Tisch für uns reserviert. Heute Abend werden wir beide allein unseren Urlaub miteinander ausklingen lassen."

Julia konnte ihre Enttäuschung nicht verbergen.

„Ich habe euch doch heute gesagt, dass ich gerne für euch kochen möchte. Habt ihr gesehen, wie groß der Fisch ist, den ich extra für uns gekauft habe? Soll ich ihn jetzt allein essen?"

Das konnte doch nicht wahr sein! Gerade hatte sie noch gedacht, wie glücklich sie sich schätzen konnte, mit Freunden, die immer für sie da waren und nun war sie bitterlich enttäuscht worden. Julia kämpfte mit den Tränen.
Sie hatte sich sehr auf das gemeinsame Essen mit ihnen gefreut und nun wollten die beiden den Abend ohne sie verbringen. Außerdem wusste sie nicht, was sie nun mit dem Fisch machen sollte. Für sie allein war es viel zu viel.

„Sei uns bitte nicht böse. Immerhin ist unser Urlaub bald schon vorbei und wir haben noch nicht viel erlebt", meinte Thomas knapp und konnte ihr dabei nicht in die Augen sehen.

„Na gut, ich kann euch ja schlecht dazu zwingen, allerdings wäre es nett gewesen, wenn ihr mir euren Entschluss vor meinem Einkauf mitgeteilt hättet", bemerkte sie beleidigt.

Andrea gab Julia einen kurzen Kuss auf die Wange und antwortete knapp: „Du wirst schon jemanden finden, der mit dir isst. Bis morgen früh! Warte nicht auf uns."

Mit diesen Worten nahm sie ihre Handtasche und checkte noch ein letztes Mal ihr Outfit im Spiegel. Da läutete es an der Tür.

Das war bestimmt Tina. Julia überlegte erleichtert, woraus sie noch schnell eine weitere Beilage zaubern könnte, damit das Essen auch für vier Personen reichen würde. Etwas besser gelaunt, öffnete sie die Tür. Doch vor ihr stand zu ihrer Überraschung nicht ihre Nachbarin. Julia stand sprachlos an ihrer Tür und blickte in Marians braune Augen.

Andrea riss sie aus ihrer Schockstarre, indem sie Julia umarmte. Leise flüsterte sie ihr ins Ohr: „Mach etwas aus diesem Abend! Er liebt dich wirklich."

Da wurde Julia bewusst, dass ihre Freundin nie vorhatte, mit ihr zu essen.

Sie hatte es hinter ihrem Rücken eingefädelt, dass Marian zu ihr gekommen war. Das alles war anscheinend Teil ihres Planes. Thomas und Andrea verabschiedeten sich schnell und ließen die beiden allein.

Noch immer hatte keiner von ihnen etwas gesagt. Da fiel Julia plötzlich ein, dass sie den Fisch und das Gemüse dringend wenden musste, damit nichts anbrannte. Mit einem kurzen Aufschrei lief sie schnell auf die Terrasse und rettete das Essen. Erleichtert schnaufte sie durch und sah, dass Marian ihr nicht gefolgt war. Unsicher ging sie wieder zurück zum Hauseingang. Er hatte sich nicht bewegt und sah sie irritiert an.

„Ist meine Anwesenheit so schlimm, dass du schreiend vor mir weglaufen musst?“, fragte er gekränkt.

Da konnte Julia nicht anders und musste laut lachen.

„Nein, ich hatte das Essen auf dem Grill vergessen. Es wäre beinahe angebrannt.“

Nun konnte auch er lachen und das Eis war gebrochen. Mit unsicherem Blick überreichte er ihr einen Blumenstrauß, den er hinter seinem Rücken versteckt hatte.

Julia verschlug es beinahe den Atem. Er hielt den größten Strauß Lavendel, den sie je gesehen hatte, in den Armen. Mit einem dicken Kloß im Hals bedankte sie sich bei ihm und bat ihn auf die Terrasse. Die Blumen frischte sie in einer großen Vase ein.

„Wie kommt es, dass du genau jetzt hier bist?“, fragte sie ihn, während sie sich wieder um das Essen kümmerte.

„Andrea meinte, es wäre sehr wichtig, dass ich heute genau um diese Uhrzeit zu dir komme. Ich durfte nicht zu spät und nicht zu früh kommen, hatte sie mir eingetrichtert“, erzählte er Schultern zuckend.

Das sah ihrer Freundin ähnlich. Wahrscheinlich hatte sie ihren Plan bereits in der Konoba geschmiedet und Julia war ihr auf den Leim gegangen.

„Sie hat also deine Telefonnummer von meinem Handy“, stellte sie fest.

„Nein, um meine Nummer hat sie mich selbst bereits vor ein paar Tagen gebeten."

Nun verstand Julia gar nichts mehr. Mit der Grillzange in der Hand starrte sie Marian erstaunt an.

„Wann habt ihr euch denn gesehen? Wie kann das alles sein?"

„Thomas und Andrea waren vor ein paar Tagen in Punat baden und haben mich besucht. Die beiden erkundigten sich, wie es mir nach unserer Trennung geht. Natürlich war ich noch immer niedergeschlagen", stellte er verlegen fest, „Sie wollten meine Telefonnummer, damit sie mit mir in Kontakt bleiben konnten."

Sie konnte es nicht fassen, dass ihre beiden Freunde sie so hintergangen hatten. Nun erinnerte sie sich an den Tag, an dem Andrea und Thomas baden gegangen waren und Julia den Nachmittag bei ihren Nachbarn verbracht hatte. Aber die beiden hatten ihr nicht erzählt, an welchem Strand sie waren und ihren Besuch bei Marian hatten sie natürlich ebenfalls verschwiegen.

„Wenn ich dich störe, gehe ich selbstverständlich gleich wieder", sagte er und wich ihrem Blick verlegen aus.

„Hast du gesehen, wie groß der Fisch ist, den ich gerade brate? Für mich allein ist es viel zu viel. Du bist herzlich zum Essen eingeladen."

Sie legte die Speisen auf einen großen Servierteller. Als sie den romantisch gedeckten Tisch sah, wurde sie rot im Gesicht. Rasch stellte sie den Teller ab und brachte das dritte Gedeck zurück in die Küche. Zum Glück hatte sie eine Flasche Wein eingekühlt, die sie ihm anbieten konnte. Sekt schien ihr nicht das passende Getränk für ihr bevorstehendes Gespräch.

Als sie auf die Terrasse zurückkehrte, hatte Marian bereits begonnen, den Fisch gekonnt zu filetieren. Galant reichte er ihr ein schönes Filet und nahm sich ebenfalls vom Essen. Schweigsam schenkte sie ihnen Wein ein und begann zu essen.

„Es schmeckt wie immer sehr gut!", meinte Marian lobend. Doch mehr sagte er nicht und so entstand eine merkwürdige Stille zwischen ihnen. Nervös überlegte Julia, wie sie das Gespräch mit ihm beginnen solle. Schließlich rang sie sich durch.

„Warum hast du mir nichts von der Beziehung zwischen meiner Großmutter und Igor gesagt?"

Marian fixierte sein Weinglas und schwieg für einen kurzen Moment. Dann blickte er auf und sah Julia traurig in die Augen.

„Es tut mir unendlich leid, dass ich es nicht getan habe. Das musst du mir bitte glauben. Ich fand einfach nie den richtigen Moment dazu. Bei unserem ersten Kennenlernen an der Gartenmauer mit Mateo und Andrea merkte ich, dass du nicht weißt, warum mein Bruder meinte, dass das Haus ihm zustehe. Es war mir sofort klar, dass du nie etwas von Igor gehört hattest. Deine Reaktion hatte es mir verraten.

Als ich dich mit der Urne in die Bucht gebracht habe, warst du unendlich traurig. Ich hatte das Bedürfnis, für dich da zu sein. Damals hätte ich dich einfach gerne in den Arm genommen und dich gehalten. Wie hätte ich dir sagen können, dass Sophia in ihrer Vergangenheit ein Leben führte, von dem du nichts geahnt hast?!

Ich war so glücklich, als ich bei Markus' Geburtstagsfeier merkte, dass du auch etwas für mich empfindest. Da habe ich mir vorgenommen, dir erst später davon zu erzählen. Danach war unsere Beziehung noch so frisch und ich hatte große Angst, dich zu verlieren. Das war dumm von mir, denn schließlich ist genau das eingetroffen, wovor ich Angst hatte", erklärte er mit zittriger Stimme.

Julia dachte über seine Worte nach. Hätte sie ihn verlassen, wenn er ihr von den beiden erzählt hätte? Hätte sie ihm überhaupt geglaubt?

„Inzwischen habe ich viel über Igor und meine Oma erfahren. Stanko hat mir von ihrer Liebesgeschichte erzählt und gestern hat er deine Großmutter und mich mit einem Vorwand zu sich gelockt. Dort hat sie mir ihre Seite der Geschichte geschildert. Es war sehr traurig, aber ich denke, schließlich hat sie doch eingesehen, dass meine Oma ihren Bruder geliebt hat und nicht schuld an seinem Tod war."

Marian nickte: „Sie hat gestern Abend mit mir darüber gesprochen. Es tat ihr aufrichtig leid, wie sie dich behandelt hat. Sie hat all ihren Kummer in den letzten Jahren verdrängt und durch dich ist vieles wieder an die Oberfläche gekommen. Als sie dir ihre Lebensgeschichte erzählte, wurde ihr klar, dass sie deiner Oma und auch dir Unrecht getan hatte. Die Trauer hatte sie blind für die Wahrheit gemacht. Es war übrigens ihre Idee, dir heute Lavendel mitzubringen. Ich wollte Rosen kaufen, aber sie meinte, Lavendel wäre bedeutungsvoller für dich", erzählte er verlegen.

Sie war gerührt, dass Branka ihr damit zeigen wollte, dass sie ihrer Großmutter und auch Julia verziehen hatte. Es duftet nach Liebe, dachte sie, als sie den Strauß, der vor ihr stand, ansah.

„Es tut mir leid, dass du die Wahrheit nicht von mir, sondern von meiner Großmutter und Stanko erfahren musstest. Ich hätte dir gerne von Igor und Sophia erzählt, aber wenn du möchtest, kann ich es jetzt nachholen. Meine Erinnerungen habe ich mit dir noch nicht geteilt."

Julia schaute ihn überrascht an. Da fiel ihr wieder ein, dass Marian als Kind von ihrer Großmutter Apfelstrudel bekommen hatte. Er musste also die Liebesgeschichte der beiden miterlebt haben.

„Es würde mich sehr freuen, wenn du mir davon erzählst", sagte sie gespannt.

So begann er, seine Seite der Geschichte zu berichten:

„Igor war, wie du ja nun weißt, der Bruder meiner Großmutter. Ich habe ihn sehr gemocht und war so oft ich konnte bei ihm. Er war Schiffsbauer von Beruf und hatte meinem Vater alles über Boote beigebracht, was er heute weiß. Auch mich hat er oft mit seinem selbst gebauten Motorboot mit aufs Meer genommen und hat mit mir geangelt. Wenn er etwas zu reparieren hatte, durfte ich ihm helfen. Es gab immer etwas zu tun und für mich als kleiner Junge war es abenteuerlich und spannend mit ihm. Er schenkte mir sogar mein eigenes, kleines Werkzeug. Er selbst hatte ja keine Kinder und somit auch keine Enkelkinder. Ich war sein Liebling und habe viel Zeit mit ihm verbracht.

Natürlich durfte ich ihn auch besuchen, wenn deine Großmutter hier war. Sie war eine wunderbare und liebenswerte Frau, genau wie du. Igor und Sophia waren nach all den Jahren noch immer sehr verliebt ineinander. Weißt du, sie hat mir sogar von dir erzählt und mir Fotos gezeigt. Ich wusste immer, dass sie eine eigene Familie zu Hause hatte. Ich kann mich erinnern, dass ich sie einmal fragte, warum du sie nicht begleitest, denn dann hätte ich eine Spielkameradin gehabt. Aber Sophia erklärte mir, dass die Reise für dich zu weit wäre und sprach dann nicht mehr über dich.

Deshalb verstand ich erst bei der Auseinandersetzung mit Mateo, dass du nie über ihr Leben auf Krk Bescheid wusstest. Anscheinend hatte Sophia ein Doppelleben geführt. Als Igor starb, kam sie nicht mehr auf die Insel und ich habe auf einen Schlag zwei liebe Menschen verloren. Ich war sehr traurig darüber.
Den Hass meiner Großmutter konnte ich nie verstehen, denn meine Eltern und ich wussten, dass Igor und Sophia für einander bestimmt waren und sich über alles liebten."

Sie hörte seine Worte und dachte an ihre Oma. Von ihrem Doppelleben zu hören, war für Julia noch immer merkwürdig. Ob sie sich wohl jemals daran gewöhnen würde?
„Danke, dass du deine Erinnerungen mit mir geteilt hast."

„Eine Sache weißt du allerdings noch nicht: Als du mir auf dem Boot erzählt hast, welchen Zweck unsere Fahrt hat, habe ich den Platz für die Seebestattung nicht zufällig gewählt. Igors Asche wurde damals genau an diesem Ort dem Meer übergeben. Die beiden sind nun tatsächlich wieder vereint. Das habe ich bis jetzt niemandem außer dir erzählt."

Marians Augen wirkten traurig und auch Julia war sehr gerührt.

„Das finde ich wunderschön! Nun ist mir klar, warum du während der Bootsfahrt so still warst. Ich dachte, du bist einfach nur einfühlsam, aber in Wirklichkeit hast auch du getrauert. Danke, dass du sie zu ihm gebracht hast."

Sie seufzte und erzählte ihm lächelnd: „Ich hatte heute Nacht einen Traum, in dem meine Großmutter zu mir sagte, ich solle die Vergangenheit ruhen lassen und mich auf die Gegenwart konzentrieren. Ich denke, es ist nun wirklich an der Zeit, damit abzuschließen."

Sie blickte in seine tiefbraunen Augen und er erwiderte ihren Blick. Ihr Herz begann schneller zu schlagen und sie musste sich eingestehen, dass sie noch immer viel für ihn empfand.

Nervös begann sie die Teller abzuräumen und als Marians Hand versehentlich ihren Arm berührte, kribbelte ihre Haut und die feinen Härchen stellten sich auf. Gemeinsam trugen sie das Geschirr in die Küche und Marian schenkte ihnen etwas vom Wein nach.

„Bist du denn schon aufgeregt wegen der Eröffnung morgen?", lenkte er vom Thema ab.

„Ich bin ein wenig nervös, weil ich Angst habe, dass zu wenig Gäste kommen und ich auf dem ganzen Essen sitzenbleibe", gab sie zu.

Marian lächelte sie an und ihr Herzschlag beschleunigte sich wieder.

„Viele meiner Bekannten haben mir gesagt, dass sie morgen zur Eröffnung kommen werden. Es wird bestimmt ein großer Erfolg, da bin ich mir sicher", machte er ihr Mut.

Inzwischen war sie sehr froh, dass er bei ihr war und sie merkte, wie sehr er ihr gefehlt hatte. Ihren Freunden war sie wegen ihrer Finte nicht mehr böse.

„Eigentlich möchte ich keinen Wein mehr", meinte Julia, als er ihr nachschenken wollte. „Ich habe eine Flasche Sekt eingekühlt. Hättest du Lust, mit mir auf meinen neuen Le-

bensabschnitt anzustoßen?“, fragte sie ihn und lächelte ihn verlegen an.
„Das ist eine sehr gute Idee!“

Julia holte die kühle Flasche und Marian ließ den Korken knallen, der weit über ihre Olivenbäume fiel. Er schenkte ihnen ein und reichte ihr ein Glas.

„Auf den Erfolg deiner Konoba und dein neues Leben!“, rief er feierlich.
Ihre Gläser klirrten leise und Julia nahm einen Schluck der perlenden Flüssigkeit. Es kribbelte in ihrem Mund.

Verstohlen betrachtete sie Marian im Kerzenschein. Er war wirklich sehr attraktiv und sie fand ihn unglaublich anziehend. Ihr Blick blieb an seinen muskulösen Oberarmen hängen. Um sich abzulenken, trank sie ihr Glas aus und er beobachtete sie dabei schmunzelnd.

„Hast du heute Durst?“, fragte er belustigt.
Mit der Sektflasche in der Hand stellte er sich neben sie und befüllte ihr Glas erneut. Sein Duft vernebelte ihr die Sinne und Julia konnte die Spannung spüren, die sich zwischen ihnen aufbaute. Er war ihr so nahe, dass sich ihre Beine berührten. Sie zuckte nicht zurück, sondern sah ihn auffordernd an. Marian stellte die Flasche ab und nahm ihre Hand.

Er zog Julia zu sich, aber sein Mund verharrte ganz nah an ihrem. Zärtlich strich er ihr Haar aus dem Gesicht und betrachtete sie.

„Ich liebe dich und möchte für immer mit dir zusammen sein. Wenn du nicht so empfindest wie ich, solltest du es jetzt sagen.“

Julia schwieg und küsste ihn zärtlich. Sie hatte sich so sehr nach ihm gesehnt. Marian drückte sie fest an sich und sie legte ihre Arme um seinen Nacken. Ihr Kuss wurde intensiver und Julias Körper wollte mehr. Sie presste sich an ihn und Marian hob sie mit seinen starken Armen hoch.

Ohne den Blick von ihr zu wenden, trug er sie in ihr Schlafzimmer und stellte sie vor ihr Bett. Sein Kuss schmeckte nach Sekt und Julias Verlangen wurde immer größer. Er öffnete den Reisverschluss ihres Kleides und streifte es behutsam von ihr. Seine Finger glitten über ihren Körper und sie begann heftig zu atmen. Er ließ sich Zeit, sie zu entkleiden und als sie nackt vor ihm stand, betrachte er sie genau. Sie fühlte seine Blicke auf ihrer Haut und wurde noch erregter.

Endlich warf er auch sein Gewand auf den Fußboden und kam wieder näher. Sein Kuss war fordernd und Julia presste sich lustvoll an ihn. Sie wollte ihn endlich in sich spüren, aber Marian spielte mit ihrem Verlangen. Immer wieder zog er sich zurück. Als ihre Lust schier unendlich zu sein schien, gab er nach und drang in sie ein. Ihre Blicke verharrten in einander und Julia spürte ihn tief in sich.

Noch nie hatte sie einen Mann so geliebt wie ihn. Als beide schließlich zum Höhepunkt gekommen waren, lagen sie mit verschwitzten Haaren eng nebeneinander.

„Ich liebe dich!“, hauchte er in ihr Ohr und küsste sie zärtlich.

„Ich liebe dich!“, sagte Julia und legte ihren Kopf auf seine Brust. Sie hörte seinen Herzschlag und schlief mit einem Lächeln im Gesicht ein.

Kapitel 20

Als Julia am nächsten Morgen erwachte, war Marian bereits munter. Er hatte sie im Schlaf beobachtet und küsste sie, als sie die Augen öffnete.

„Wie lange schaust du mir denn schon beim Schlafen zu?“, fragte sie noch immer müde.

„Noch nicht lange genug. Ich kann mein Glück einfach nicht fassen und bin froh, dass ich hier neben dir liegen kann.“ Glücklich kuschelte sie sich an ihn und genoss den Augenblick.

„Leider habe ich heute wenig Zeit. Ich muss schon bald in die Konoba, um die Lieferungen entgegenzunehmen und mit den Vorbereitungen zu beginnen“, seufzte sie.

Im Gedanken spielte sie ihren Tagesablauf ab und stand nervös auf.

„Dieser Tag wird bestimmt erfolgreich werden. Mach dir nicht so viele Sorgen! Ich verspreche dir, dass alles gut wird“, sagte er, um sie etwas zu beruhigen.

Seufzend löste sie sich aus seiner Umarmung und stand auf. Julia ging ins Bad und machte sich frisch. Inzwischen hatte Marian begonnen, die Spuren des Vorabends auf der Terrasse zu beseitigen und bereitete Frühstück zu. Dankbar setzte sich Julia an den Tisch und kaute an einem Brötchen, das Marian dieses Mal nicht zu lange im Ofen gelassen hatte.

„Anscheinend ging mein teuflischer Plan gestern auf!", sagte Andrea, als sie sich mit einem Grinsen im Gesicht zu ihnen setzte.

Thomas begrüßte Julia etwas unsicher: „Ich hoffe, du bist uns nicht böse. Andrea meinte, es wäre die einzige Möglichkeit, dich zu deinem Glück zu zwingen. Widerworte wollte sie nicht hören. Es hat mir furchtbar leidgetan, als wir dich gestern so gemein vor den Kopf stießen."

Julia schüttelte den Kopf und sah Andrea gespielt wütend an: „So hintergehst du also deine angeblich beste Freundin?"

„Oh ja! Ich hatte übrigens meine große Freude dabei, als ich dir gesagt habe, dass wir nicht mit dir essen. Du hättest deinen Blick sehen sollen! Mein Plan war diabolisch und wie man sieht, mehr als gelungen", prahlte Andrea und aß grinsend ihr Frühstück.

„Ich gebe es ungern zu, aber du hattest recht. Danke für deine Hilfe", bestätigte Julia augenzwinkernd. Marian legte strahlend seinen Arm um sie und küsste sie.

„Oh, ihr beiden seid ein entzückendes Paar! Dann habe ich für dieses Jahr meine gute Tat vollbracht und kann mich wieder voll und ganz auf mein eigenes Glück konzentrieren!", rief Andrea lachend aus und schmiegte sich an Thomas.

„Auch wenn ich gerne noch länger mit euch plaudern würde, aber die Pflicht ruft. Ich muss mich auf den Weg zur Konoba machen. Vor der Eröffnung komme ich rasch nach Hause und ziehe mich um. Fahren wir dann alle zusammen zur Eröffnung?", fragte Julia nervös.

„Ich komme später nach, wenn es für dich in Ordnung ist. Immerhin muss ich heute auch arbeiten, aber ich werde rechtzeitig da sein. Das verspreche ich dir!", entschuldigte sich Marian. Sie gab ihm einen Abschiedskuss und eilte zu ihrem Auto.

Ihr Herzschlag beschleunigte sich, als sie vor ihrem Lokal ausstieg. Endlich war der große Tag gekommen. Mit zitternden Händen öffnete sie alle Türen und Fenster und atmete tief durch. Die salzige Meeresluft strömte durch die Räume und sie strich mit einem Lächeln im Gesicht über die Arbeitsplatte ihrer Küche.

„Guten Morgen, Julia! Ich bin bereit für die Arbeit. Sind die Lieferungen schon eingelangt?" Julias Koch Luca war gekommen, um ihr bei den Vorbereitungen zu helfen.

Gerade als sie antworten wollte, hupte ein Auto vor der Tür. „Ich denke, das ist die erste Lieferung."

Aufgeregt eilte sie nach draußen und empfing den Lieferanten.

„Das Gemüse ist ganz frisch geerntet. Wohin soll ich es für dich bringen?", fragte der junge Mann.

„Ich zeige dir gleich den Weg in unsere Küche."

Als sie ihn hineinführte, fuhr bereits der nächste Wagen auf ihren Parkplatz ein und Luca übernahm die Warenannahme. Nach und nach trafen alle bestellten Produkte ein und die beiden hatten alle Hände voll zu tun, die frischen Waren einzulagern. Dadurch hatte Julia keine Zeit mehr, um aufgeregt zu sein. Während ihr Koch Zwiebeln schälte und zerkleinerte, begann sie den Teig für den Strudel herzustellen. Sie arbeiteten gut koordiniert zusammen. Luca war schnell und jeder Handgriff saß. Sie beschrieb ihm jeden Arbeitsschritt, damit er bald schon ihre Rezepte selbstständig nachkochen könnte.

„Hallo! Ich bringe dir deine bestellte Ware!“, rief Ivana, als sie in die Küche trat. Julia strahlte Marians Mutter an.

„Könntest du den Käse bitte gleich einräumen? Meine Hände sind voller Mehl.“

Ivana öffnete den Kühlschrank und legte die Packungen hinein. Das Öl und die Oliven stellte sie auf die Seite.

Sie näherte sich Julia, damit Luca nicht hören konnte, was sie miteinander redeten. „Habt ihr euch gestern Abend ausgesprochen?“, fragte sie erwartungsvoll.

„Ja, das haben wir. Wir haben uns wieder versöhnt, wenn es das ist, was du hören möchtest“, antwortete Julia lächelnd.

Marians Mutter umarmte sie und sagte strahlend: „Das sind die besten Nachrichten seit Langem. Ich habe es mir natürlich schon gedacht, weil sein Bett heute Nacht unberührt blieb. Schön, dass nun alles wieder so ist, wie es sein soll.“

Ivana küsste Julia auf die Wange und verabschiedete sich: „;Ich störe euch nicht länger bei der Arbeit. Alles Gute für die Eröffnung!“

Mit diesen Worten verließ Marians Mutter die Küche und Julia widmete sich wieder ihrem Strudel. Sie schälte und schabte Äpfel und zog den Strudelteig von Hand dünn aus. Dann bestreute sie den Teig mit gerösteten Semmelbröseln und legte die Äpfel mit den Gewürzen darüber. Vorsichtig rollte sie einen Strudel nach dem anderen ein und schob sie in den Ofen.

Luca hatte inzwischen begonnen, das Gemüse für das Moussaka zu schneiden und anzubraten. Nun bereitete er mit gebratenen Zwiebeln und Rinderhack die Sauce zu. Er mengte Tomaten, Gewürze und Kräuter bei und ließ alles einkochen. Der Duft in der Küche war verführerisch und die beiden arbeiteten ruhig, aber schnell.

Sie harmonierten gut und Luca begann sogar kroatische Lieder zu singen, während er die Zutaten für die Suppe vorbereitete. Er filetierte den Fisch professionell und bereitete mit den Resten einen Fischfond zu. Julia war sehr froh, einen talentierten Koch mit viel Erfahrung angestellt zu haben.

„Warum wolltest du eigentlich nicht mehr in der Hotelküche arbeiten, in der du vorher beschäftigt warst?“, fragte sie interessiert, während sie das Topfenmousse anrührte.

„Im Hotel kocht man für große Massen an Gästen. Das machte mir irgendwann keinen Spaß mehr. Ich war den ganzen Tag in der Küche eingesperrt und habe die Freude am Kochen verloren. Als ich dann hörte, dass du die Konoba vom alten Stanko wiedereröffnen wolltest, wusste ich, dass ich hier arbeiten möchte. Mit Blick aufs Meer zu kochen, ist wunderschön und wenn ich eine Pause habe, kann ich ein paar Runden schwimmen und mich abkühlen“, sagte er lächelnd. Es freute Julia, dass er genauso begeistert von der Konoba war wie sie.

Vorsichtig schnitt sie die frischen Feigen klein und hob sie unter die Topfencreme.

„Darf ich kosten?“, fragte Luca, „Ich liebe Feigen und ich stelle mir vor, dass die Kombination sicher gut schmeckt.“

„Gerne, ich muss nur noch ein wenig Honig hinzufügen, dann ist es fertig.“

Sie aßen beide ein paar Löffel von der Creme und nickten sich zufrieden lächelnd zu. Das Dessert war sehr gelungen. Am Abend würden sie die Gläser vor dem Servieren nur mehr schön dekorieren. Auch die Strudel kamen inzwischen aus dem Rohr und verbreiteten einen angenehmen Duft. Luca schichtete sein Moussaka und gab es in den Ofen. Julia röstete nun Gemüse mit Tomatenmark und Knoblauch und löschte alles mit Wein ab. Der Dampf stieg auf und sie fügte den frischen Fischfond bei. Als das Gemüse bissfest war, stellte sie den Topf beiseite.

„Am Abend müssen wir nur mehr die Suppe aufkochen lassen und den Fisch kurz darin garen. Kannst du bitte die Kartoffeln für das Peka vorbereiten und dich um den Oktopus kümmern? Ich bereite inzwischen den Lammeintopf zu."

Die Fleischqualität war hervorragend und Julia schnitt es in kleine Stücke. Dann briet sie es mit Salbei und Rosmarin stark an und löschte es mit Rotwein ab. Zum Schluss gab sie noch einige von Ivanas Oliven hinzu und kostete ihr Werk.

Sie war sehr zufrieden mit ihrer Arbeit. Der Eintopf köchelte vor sich hin und Julia bereitete nach Marias Rezept Surlice zu.

Nun war sie endlich mit ihren Vorbereitungen fertig und begann die Küche zu putzen. Auch Luca hatte seinen Teil erledigt und gemeinsam schrubbten sie das Edelstahl, bis alles wieder glänzte.

„Wir sehen uns später. Ruh dich gut aus, denn heute wird es bestimmt spät werden!", sagte sie zu Luca und sie versperrte wieder alle Fenster und Türen.

Zufrieden fuhr Julia nach Hause und nahm eine erfrischende Dusche. Um sich ein wenig auszuruhen, legte sie sich auf ihre Liege im Garten und versuchte, keine Nervosität aufkommen zu lassen. Der Himmel war klar und die Vögel zwitscherten.

„Bist du bereit für deinen großen Abend?“ Andrea legte sich auf die zweite Liege und lächelte Julia an.

„Ja, alle Lieferungen sind pünktlich eingetroffen und Luca und ich haben alle Speisen bereits vorbereitet. Jetzt habe ich noch ein wenig Zeit, um mich zu entspannen“, antwortete Julia.

„Möchtest du allein sein oder ist es in Ordnung, wenn ich dir Gesellschaft leiste? Thomas ist gerade eingeschlafen. Die letzte Nacht war kurz und er ist noch müde.“ Andrea schmunzelte.

„Ich habe euch gestern nicht nach Hause kommen gehört. Wie lange wart ihr weg?“

„Wir wollten euch beide nicht stören und sind extra lange ausgeblieben.“ Sie zwinkerte Julia lächelnd an.

„Deine Aktion gestern war ziemlich extrem, aber ich danke dir dafür. Wahrscheinlich hätte ich nicht den Mut gehabt, auf ihn zuzugehen. Ich muss gestehen, Marian hat mir sehr gefehlt und ich bin froh, dass er wieder Teil meines Lebens ist. Er hat mir gesagt, dass er meine Oma sehr gemocht hat und stell dir vor, sie hatte ihm damals sogar von mir erzählt. Wenn ich so darüber nachdenke, finde ich es sehr romantisch, dass wir nun ein Paar sind und den Traum von Igor und meiner Großmutter leben dürfen.“

„Ich freue mich sehr, dass du jetzt endlich glücklich bist und bin unendlich erleichtert, dass du mir nicht böse bist. Mit dem Wissen, dass du traurig und einsam hier auf der Insel herumsitzt, hätte ich nicht nach Hause fahren können. Darum hatte ich mir vorgenommen, mich ein wenig einzumischen. Allerdings hatte ich schon ein wenig Angst vor deiner Reaktion, wenn du dahinterkommst, dass ich dich so hintergehe.

Tagelang habe ich mir den Kopf zerbrochen, wie ich euch beide zusammenbringen könnte. Als du dann vorgeschlagen hattest, für uns zu kochen, wusste ich, dass dies meine einzige Chance war. Also habe ich ihn angerufen und ihm gesagt, er müsse pünktlich auf die Minute an der Tür läuten. Wäre er zu früh gekommen, hätte ich dir nicht sagen können, dass wir nicht mit dir essen und du hättest ihn bestimmt weggeschickt. Wäre er zu spät gekommen, hättest du vielleicht deine Nachbarn zum Essen eingeladen. Ich war ziemlich nervös und habe sehr gehofft, dass mein Plan aufgeht.
Thomas lag mir ständig in die Ohren, weil er meinte, ich solle mich aus deinen Problemen raushalten und dass mein Plan zu riskant wäre. Aber du kennst mich ja. Wenn ich mir etwas einbilde, dann ziehe ich es auch durch. Jetzt kann ich morgen Vormittag ohne schlechtes Gewissen heimfahren, denn ich weiß, dass es dir gutgeht und du nicht allein auf Krk zurückbleibst."

Julia weinte vor Rührung. Andrea war wirklich eine gute Freundin und sie würde sie schrecklich vermissen.

„Hör doch bitte auf zu weinen, sonst kommen mir auch noch die Tränen", meinte Andrea schniefend.

„Du weinst doch auch schon längst!", schluchzte Julia und fiel ihrer weinenden Freundin in die Arme.

„Da lege ich mich für ein paar Minuten hin und lasse euch beiden allein, schon fließen wieder Tränen." Thomas stand verschlafen vor ihnen und schüttelte den Kopf.

„Ach, hör auf und lass dich drücken!", rief Julia und so saßen die drei Freunde auf den Sonnenliegen und Andrea und Julia wischten ihre Wangen trocken.

„Heute ist ein Tag der Freude, Julia! Du bist ab nun Gastronomin und Marian ist wieder an deiner Seite. Die Sonne lacht für dich und das meine ich nicht nur wörtlich“, bemerkte Thomas, „Aber nun solltest du endlich aufstehen. Ich will dich wirklich nicht drängen, aber ich denke, du solltest die Zeit nicht übersehen. Ich weiß ja, wie lange Andrea und du im Bad braucht.“

Als Julia auf die Uhr blickte, beeilte sie sich und ging rasch ins Badezimmer. Dort schminkte sie sich und steckte ihre langen Haare auf. Andrea stand neben ihr und versuchte ihre braune Lockenpracht zu bändigen.

„Es hat einfach keinen Sinn! Meine Haare machen, was sie wollen. Egal, was ich versuche, sie sehen immer gleich aus“, meinte sie resignierend.

„Ich liebe deine Locken. Trag dein Haar doch offen! Du siehst so hübsch damit aus und Thomas gefällst du so auch am besten.“

Julia öffnete ihren Kleiderschrank und nahm Sophias cremeweißes Kleid, dass sie vor vielen Wochen gemeinsam mit Andrea gefunden hatte, heraus. Es passte ihr wie angegossen. Als sie kurze Zeit später im Wohnzimmer stand, bewunderten ihre Freunde ihr Outfit.

„Du siehst heute sehr hübsch aus“, sagte Thomas anerkennend.

„Das stimmt! Ich finde auch, dass du atemberaubend aussiehst. Bist du fertig?“, fragte Andrea.

Julia nickte und fuhr gemeinsam mit ihren beiden Freunden in die Konoba. Sie hatten ihr versprochen, ihr bei der Einführung der Mitarbeiter ein wenig unter die Arme zu greifen.

Als sie ankamen, war Luca bereits mit zwei der Kellnerinnen vor Ort und erklärte ihnen den Ablauf.

„Hallo, meine Lieben! Seid ihr bereit?“, fragte Julia ihre Mitarbeiter. Luca nickte erfreut und machte sich sofort daran, das vorbereitete Peka unter die Holzkohle zu schieben, die er vorhin angeheizt hatte.

Nachdem auch die beiden anderen Kellner erschienen waren, wies Julia alle ein. Die Menüabfolge wurde besprochen und Andrea und Thomas übernahmen die weiteren Erklärungen.

Luca war gut gelaunt und seine Euphorie steckte Julia an. Sie sangen fröhlich Beatles-Lieder in der Küche, während sie gemeinsam die letzten Vorbereitungen trafen. Sie bereiteten für die Mitarbeiter ein Essen zu, damit diese sich vorab stärken konnten.

„Ruht euch noch ein wenig aus. Der Abend heute wird bestimmt anstrengend werden. Ich freue mich auf eine gute Zusammenarbeit. Bei Problemen kommt bitte gleich zu mir in die Küche“, erklärte Julia, während ihr Personal Moussaka aß.

Die ersten Gäste trafen ein wenig verfrüht ein und Andrea holte Julia aus der Küche. „Du musst alle begrüßen und sie willkommen heißen.“

Rasch wusch sie sich die Hände und Luca rief ihr aufmunternd zu: „Wir rocken den Laden heute gemeinsam. Du wirst sehen, wir werden viel Spaß haben.“ Sie zog ihre Schürze aus und ging lächelnd auf die Terrasse.

Ihre ersten Gäste waren österreichische Touristen, die in der Nähe des Strands in einer Ferienwohnung übernachteten. Sie nahmen an einem der Tische im Freien Platz und bestellten eine Flasche Wein und eine Flasche Wasser. Julia unterhielt sich ein wenig mit ihnen, doch schon kamen die nächsten Kunden. Das Lokal füllte sich mehr und mehr und sie hatte alle Hände voll zu tun, um jeden persönlich zu begrüßen.

„Wir sind da! Die Party kann beginnen!“, rief Markus laut, als er die Terrasse der Konoba betrat.

Julia freute sich sehr, dass ihre lieben Nachbarn gekommen waren. Andrea und Thomas hatten zwei Tische für alle Freunde reserviert und Tina, Markus und Philipp nahmen dort Platz. Julia stellte sich ein wenig zu ihnen und berichtete ausführlich, was es zu essen gab.

Da spürte sie Marian Arme um ihre Hüfte und drehte sich strahlend zu ihm um.

„Du siehst heute atemberaubend aus“, flüsterte er und küsste sie, „Ich finde den Namen Sophias Paradies sehr passend. Die Konoba ist wirklich schön geworden.“

Doch er war nicht allein gekommen. Marians Familie war ebenfalls hier und zur großen Überraschung hatte er nicht nur Branka, sondern auch Stanko mitgenommen. Die Familie nahm am zweiten Tisch Platz, doch Marian und Mateo setzten sich zu Julias Freunden.

Das Lokal füllte sich und schon bald waren nur mehr wenige Tische frei. Sogar im Inneren der Konoba waren die Plätze belegt. Die Kellnerinnen und Kellner waren ständig damit beschäftigt, Getränke zu servieren. Ein Mitarbeiter stand hinter der Theke und schenkte aus und die anderen drei bedienten die Gäste. Julia ging in die Küche und begann, die Vorspeisen anzurichten. Alles verlief nach Plan und schon bald waren sie bereit, das Essen zu servieren.

„Hallo! Wie ich sehe, hast du alles im Griff."

Julia freute sich sehr, als Maria und Dusko sie in der Küche begrüßten.

„Ihr seid wirklich gekommen! Das freut mich sehr! Aber was ist mit eurem eigenen Lokal? Müsst ihr heute nicht arbeiten?"

„Denkst du, wir lassen uns deine Eröffnung entgehen? Wir haben gutes Personal, dass uns einen Abend lang entbehren kann. Benötigst du Hilfe?", fragte Maria neugierig und schielte in die Töpfe.

„Nein, danke! Luca und ich sind genau im Zeitplan. Setzt euch hin und genießt den Abend! Heute könnt ihr euch zur Abwechslung mal bedienen lassen. Das Essen ist bald fertig. Ich kann euch den Wein empfehlen. Er schmeckt vorzüglich", erklärte Julia lächelnd.

Luca und sie gaben den Vorspeisen den letzten Schliff und Julia betätigte die Klingel als Zeichen, dass das Essen zum Servieren bereit war. Als die Teller alle bei den Gästen waren, begannen die beiden Köche, die Hauptspeisen fertigzustellen. In der Küche dampfte es und es lag eine intensive, arbeitsreiche Spannung in der Luft. Der Ton zwischen den beiden wurde ein wenig rauer, aber dennoch hatten sie alles unter Kontrolle und übersahen keinen Arbeitsschritt.

Die Vorspeisen wurden abserviert und sie hörte viel Lob von den Gästen. Nun holte Luca die fertigen Peka vom Grill und die beiden begannen, die Speisen auf den Tellern zu drapieren. Wieder ertönte die Klingel in der Küche als Zeichen für die Kellnerinnen und Kellner, die prompt erschienen und begannen, die Speisen zu servieren.

Nun konnten die beiden Köche endlich durchschnaufen. Den schwierigsten Part des Abends hatten sie geschafft.

„Obwohl du bis heute nur eine Hobbyköchin warst, hast du in der Küche wirklich geglänzt. Ich denke, wir werden eine gute Zeit miteinander haben“, lobte Luca sie anerkennend, während sie nun beide selbst etwas von ihrem Essen aßen.

„Ich bin froh, dass du bei mir kochst. Danke für deine Arbeit heute! Dein Peka schmeckt übrigens ausgezeichnet“, bedankte sich Julia bei ihrem Mitarbeiter.

Gestärkt begannen sie das Dessert anzurichten und Julia fiel ein Stein vom Herzen, als der letzten Gang serviert wurde. Luca und sie hatten es geschafft.

Sie reinigten die Küche gründlich für den nächsten Tag und wuschen die Teller, die inzwischen wieder leer zurückgebracht worden waren.

„Wenn du mich heute nicht mehr benötigst, würde ich jetzt gerne gehen“, sagte er, als die Küche wieder glänzte.

„Natürlich! Aber du kannst gerne mit auf die Terrasse kommen und mit uns feiern, wenn du Lust hast. Ich würde mich darüber freuen!“, meinte Julia, als er ihr die Hand zum Abschied gab.

„Das ist sehr nett von dir, allerdings bin ich müde und würde mich gerne zu Hause ausruhen. Außerdem ist meine Frau sicher gespannt, wie mein erster Arbeitstag verlief.“

Sie ging auf die Terrasse zu ihren Gästen. Als sie ins Freie trat, wurde sie mit Applaus begrüßt. Ihr Debüt war tatsächlich ein voller Erfolg.

Marian umarmte sie und sagte stolz: „Dein Essen war wie immer fantastisch. Ich habe auf jedem Tisch nur Lob gehört.“
Julia war gerührt und umarmte ihn erleichtert. Als sie sich zu ihren Freunden setzte, sah sie, dass inzwischen ein weiterer Gast eingetroffen war.

„Du bist auch hier? Aber woher hast du gewusst, dass ich heute meine Eröffnung habe?“, fragte Julia verwirrt.
„Andrea hat mich eingeladen. Ich gratuliere dir zu deinem Erfolg. Das Essen war ausgezeichnet“, lobte Clara sie lächelnd. Julia blickte zu Andrea, die ihr zuzwinkerte.
„Hast du noch irgendwelche Überraschungen für mich vorbereitet? Du musst in letzter Zeit ja ziemlichen Stress gehabt haben, um hinter meinem Rücken so viel für mich zu klären“, lachte Julia ihrer Freundin zu.
„Um ehrlich zu sein, gibt es da noch die eine oder andere Überraschung.“

Sie winkte Markus zu, der aufsprang und vor das Haus eilte. Da hörte Julia plötzlich laute Musik und blickte sich um. Die gleiche Band, die bei Markus‘ Geburtstagsfeier gespielt hatte, marschierte auf ihre Terrasse und begann zu spielen.
„Wir alle haben zusammengelegt und die Band für dich gebucht. Das ist unser Geschenk für dich zur Eröffnung“, klärte sie Andrea auf.
Julia war überglücklich, so liebe Freunde zu haben. Die Gäste klatschten und viele begannen zu tanzen. Immer mehr Wein und Bier wurden geordert und die Stimmung wurde immer ausgelassener.

„Burschen, spielt auf!“, schrie Markus begeistert und zog Tina auf die Tanzfläche.

Julia schaute belustigt zu Philipp, der den Kopf schüttelte und sie achselzuckend anlächelte. Marian nahm ihre Hand und führte sie auf die Tanzfläche.

Er blickte ihr in die Augen und gab ihr einen Kuss: „Bist du glücklich?“

„Ja, sehr sogar! Ohne euch alle hätte ich es nicht so weit geschafft.“ Verliebt schmiegte sie sich an ihn und wünschte sich, dass dieser Augenblick nie vergehen würde.

Als sie sich wieder zu ihren Freunden an den Tisch setzten, lobte Maria sie anerkennend: „Dein Essen war auf den Punkt gegart. Anscheinend seid ihr in der Küche ein gutes Team. Ich gratuliere dir! Wärst du nicht meine Freundin, würde ich versuchen deinen Koch abzuwerben“, meinte sie, „und dich gleich dazu.“

Julia musste lachen und umarmte Maria herzlich. „Tut mir leid, meinen Koch Luca gebe ich nicht mehr her.“

Nun forderte Dusko Julia zum Tanz auf. Beschwingt wirbelte er sie über die Tanzfläche.

Dann tanzte er etwas langsamer, um mit ihr reden zu können: „Ich bin sehr erleichtert, dass ihr beide wieder ein Paar seid. Marian war in den letzten Tagen nicht mehr er selbst. Jetzt strahlt er wieder und auch dir merkt man an, dass du wieder glücklich bist. Ihr beide gehört einfach zusammen.“

„Ich gebe zu, ich habe ihn furchtbar vermisst. Nun bleiben wir zusammen. Versprochen!“

„Können wir an einem etwas ruhigeren Ort miteinander sprechen?“, fragte Clara ihre Tochter, als der Abend sich bereits zu Ende neigte.

Julia spazierte mit ihrer Mutter an den Strand. Dort setzten sie sich auf eine Bank und blickten auf das tiefschwarze Meer. Im Hintergrund spielte die Musik und sie hörten noch leise, wie Markus die Band weiterhin anfeuerte.

„Du bist allein gekommen. Wo ist denn Josef?“, fragte Julia, während sie mit einem Kieselstein in der Hand spielte.

„Wir sind nicht mehr zusammen. Du hattest recht, was ihn betraf. Leider wurde mir dies zu spät bewusst.“ Clara seufzte und blickte starr aufs Meer.

„Um wie viel Geld hat er dich erleichtert?“

„Nach unserer Abreise war er sehr fürsorglich und tröstete mich, weil ich mich wegen dir sehr kränkte. Doch eines Tages erzählte er mir von einem Angebot, das er nicht ausschlagen könne. Ich habe ihm fünfzehntausend Euro geliehen. Er war mir unendlich dankbar und ich hatte ein gutes Gefühl. Aber wenig später meinte er, um mit seiner Investition weiterzukommen, benötige er weitere zwanzigtausend Euro. Da wurde ich misstrauisch und verweigerte ihm die Zahlung. Er wurde sehr wütend und beschimpfte mich, aber ich ließ mich nicht einschüchtern.

Als er begann, mit den Möbeln im Haus herumzuwerfen, bekam ich es mit der Angst zu tun. Magda hatte den Lärm gehört und war alarmiert. Sie stand wie vom Teufel besessen mit der Schrotflinte im Arm und drohte ihm, damit zu schießen.“

Julia war geschockt und dennoch musste sie lachen, als sie sich Sophias älteste Freundin mit Lockenwicklern im Haar und einer Schrotflinte in der Hand vorstellte.

„Er packte noch am selben Abend die Sachen und ich habe seither nichts mehr von ihm gehört. Es tut mir leid, dass ich dir nicht geglaubt habe. Das Schlimmste ist, dass ich dir eine

Ohrfeige wegen diesem Schuft gegeben habe. Kannst du deiner dummen Mutter noch einmal verzeihen?"

Tränen rannen über Claras Gesicht.

Julia umarmte sie und sagte: „Wir alle machen manchmal Fehler. Ich verstehe, dass du die Hoffnung auf ein Happy End hattest. Aber wir beide sind eine Familie und sollten immer zusammenhalten. Lass uns doch endlich normal und vernünftig miteinander umgehen."

„Ich verspreche dir, dass ich mich bessern werde. Du bist inzwischen erwachsen und das muss ich wohl akzeptieren. Eigentlich will ich immer nur das Beste für dich, aber es fällt mir schwer, es dir zu zeigen."

Clara tupfte sich mit einem Taschentuch ihr Gesicht trocken.

„Ich bin froh, dass Andrea dich eingeladen hat. Schön, dass du da bist!"

„Jetzt, da du ihren Namen erwähnst, fällt mir etwas ein. Sie hat mich gebeten, dir dies hier mitzubringen."

Clara kramte in ihrer Tasche und überreichte ihrer Tochter ein kleines Schmuckkästchen.

Als Julia es öffnete, sagte sie gerührt: „Kennst du die Geschichte zu dieser Herzkette?"

Ihre Mutter schüttelte den Kopf. Als Julia Sophias Kette umlegte, erzählte sie ihr alles, was sie über ihre Großmutter und Igor in Erfahrung gebracht hatte. Clara hörte gespannt zu und sprach kein Wort.

„Ist es nicht erstaunlich, dass sie ihre Liebe all die Jahre vor uns verheimlichen konnte?", sagte Julia abschließend.

Ihre Mutter bewegte einen kleinen Stein mit ihrem Fuß hin und her. Ohne aufzublicken begann sie zu erzählen:

„Wie du weißt, wurde mein Vater, also dein Großvater, früh ein Pflegefall. Ich war eine Jugendliche, als er krank wurde. Er war kein netter Mensch und dennoch kümmerte sich meine Mutter aufopfernd um ihn. Sie wurde immer blasser und stiller und ich kann mich erinnern, dass Magda sie irgendwann dazu überreden konnte, einen Kuraufenthalt zu machen. Ich denke, sie fuhren damals aber nicht in eine Heiltherme, sondern machten hier Urlaub. Ich kann mir vorstellen, dass es Magdas Idee war, ein wenig zu schwindeln, damit ich nicht mitkommen wollte.

Meine Mutter kam wie ausgewechselt nach Hause. Sie hatte eine gesunde Hautfarbe und lächelte wieder. In der Küche sang sie, während sie das Essen zubereitete und sie brachte auch neue Rezepte mit.

Damals hatte ich wirklich geglaubt, dass sie eine Wunderkur durchlebt hatte“, Clara begann zu lachen, „diese Kur hieß scheinbar Igor. In den darauffolgenden Jahren fuhr sie oft viele Wochen im Jahr auf Kur. Magda kochte für mich und die Pflegerin, die meine Mutter engagiert hatte, kümmerte sich um meinen Vater.

Ich war jung und freute mich über die Zeit ohne mütterliche Kontrolle. Damals lernte ich Josef kennen und war froh, das Haus fast für mich allein zu haben.

Anscheinend hatte Magda meine Mutter all die Jahre gedeckt. Als ich schwanger wurde, zog ich aus dem Haus. Danach besuchten wir deine Großmutter nur unregelmäßig.

Bestimmt konnte sie oft hierherfahren, ohne dass wir es mitbekamen. Ich kann mich daran erinnern, dass ich sie das ein oder andere Mal nicht erreichen konnte. Damals gab es noch keine Mobiltelefone und es war nichts Ungewöhnliches, dass man am Festnetz niemanden erreichte.“

Julia berührte den Herzanhänger mit ihren Fingern und schmunzelte. „Sie hat uns beide ziemlich hintergangen, aber ich hätte Igor gerne kennengelernt. Vielleicht hätten wir eine glückliche Familie sein können.“

„Mein eigener Vater war herrschsüchtig und cholerisch. Igor war anscheinend ein netter Mann, den ich auch gerne als Ersatzvater gehabt hätte. Wenn sie nur den Mut gehabt hätte, zu ihrer Liebschaft zu stehen, wäre unser Leben bestimmt anders verlaufen.“

Clara legte den Arm um ihre Tochter und küsste ihre Stirn. Das hatte sie schon sehr lange nicht mehr getan. Julia genoss den Moment mit ihrer Mutter sehr.

„Allerdings hättest du dich nicht in Marian verliebt, weil er für dich wie ein Cousin wäre. Somit kannst du froh sein, dass unsere Familiengeschichte nicht anders verlaufen ist.“ Daran hatte Julia noch nie gedacht.

„Was stand eigentlich im Brief, den Oma dir geschrieben hat?“, wollte Julia wissen.

Clara schmunzelte. „Sie schrieb mir, dass sie mich so liebte, wie ich bin. Mit all meinen Ecken und Kanten und sie wies mich daraufhin, dass ich ein bisschen weniger auf meine Karriere achten und lieber mein Glück suchen solle. Was stand in deinem?“, fragte sie ihre Tochter.

„Ich solle auf meine Talente vertrauen und genau das habe ich getan. Durch ihren Brief hatte ich den Mut, die Konoba zu eröffnen. Irgendwie hat ihr Tod mein Leben komplett auf den Kopf gestellt. Sie hat mir eine neue Chance geschenkt.“

Mutter und Tochter umarmten sich und blickten gemeinsam auf das Meer. Nach einer Weile gingen sie wieder zurück zur Konoba, wo sie von den lieben Menschen empfangen wurden, die Julia nicht mehr in ihrem Leben missen wollte. Armin forderte Clara zum Tanz auf und Julia schmiegte sich glücklich an Marian. Die anderen Gäste hatten das Lokal bereits verlassen und das restliche Personal machte gerade die Abrechnung.

Julia schickte ihr Team nach Hause und genoss die letzten Stunden gemeinsam mit ihren Freunden und der Familie. Alle halfen schließlich beim Aufräumen zusammen und Marian verbrachte die Nacht bei Julia.

„Der Abend war sehr gelungen. Es freut mich, dass du dich mit deiner Mutter aussprechen konntest."

„Das habe ich alles Andrea zu verdanken. Sie ist wirklich die beste Freundin, die man sich nur wünschen kann", sagte sie, als sie sich erschöpft im Bett an ihn kuschelte. Müde schlief sie ein und tanzte im Traum mit Marian.

„Guten Morgen! Hast du gut geschlafen?" Er küsste sie in der Früh wach.

„Ich könnte noch weiterschlafen, um ehrlich zu sein. Mir tun alle Knochen weh. Der gestrige Abend war sehr anstrengend für mich, aber heute geht es schon zu Mittag weiter. Luca hat mir angeboten, ausnahmsweise die Vorbereitungen allein zu beginnen."

Julia streckte sich und stieg mühselig aus dem Bett.

„Du hast mit ihm eine gute Wahl getroffen. Außerdem bin ich froh, dass er verheiratet ist. Ihr werdet viel Zeit miteinander verbringen und ich bin erleichtert, dass ich nicht eifersüchtig sein muss."

Julia schmiegte sich schmunzelnd an ihn. „Auch wenn er jung und ledig wäre, müsstest du dir keine Sorgen machen. Du bist der einzige Mann, der mich interessiert."

Die beiden bereiteten gemeinsam das Frühstück zu und Andrea und Thomas stießen zu ihnen.

„Ihr werdet mir unendlich fehlen! Wann macht ihr euch auf den Weg?“, fragte Julia ihre beiden Freunde traurig.

„Nach dem Frühstück packen wir und dann fahren wir los. Andrea weint seit gestern Abend beinahe durchgehend und wenn wir noch länger hierbleiben, kommt sie wohl nicht mehr mit nach Hause“, erklärte Thomas und nahm seine Freundin in den Arm. Tatsächlich hatte sie rot unterlaufenen Augen und sah sehr traurig aus.

„Was soll ich denn machen? Meine beste Freundin lebt ab jetzt auf einer kroatischen Insel. Ist das nicht zum Heulen?“, weinte sie mit triefender Nase.

Auch Julias Wangen wurden nass und die beiden Freundinnen fielen sich schluchzend in die Arme. Thomas und Marian sahen betreten zu und schwiegen.

„Es ist unglaublich, was du für mich alles getan hast. Danke, dass du hinter meinen Rücken hinterlistig die Fäden gezogen hast. Nur meine beste Freundin kann mich so hintergehen und sich in mein Leben einmischen.“

„Gern geschehen! Wenn du es brauchst, werde ich immer wieder dein Leben durcheinanderbringen. Auf mich kannst du dich verlassen!“

Die beiden Freundinnen lachten und weinten gleichzeitig.

„Vielleicht frühstückt ihr jetzt erstmal und verabschiedet euch später tränenreich“, schlug Thomas vor.

Schniefend tranken Julia und Andrea ihren Kaffee und vermieden es, sich anzusehen.

Als ihre Freunde das Auto mit dem Gepäck beladen hatten, standen die vier vor dem Haus. Die beiden Frauen lagen sich in den Armen und weinten noch immer bitterlich.

„Ihr kommt uns so schnell wie möglich wieder besuchen. Versprecht ihr mir das? Das Zimmer ist immer für euch beide reserviert", schluchzte Julia aufgelöst.

„Das versprechen wir! Im Winter kommt ihr zu uns, damit wir gemeinsam Punsch trinken können und zu Silvester machen wir bei mir eine große Party!" Andrea versuchte ihre Tränen zu unterdrücken.

„Pass gut auf unsere Freundin auf!", sagte Thomas zu Marian, „Andrea, komm jetzt! Es ist Zeit loszulassen."

Julia winkte mit feuchten Augen ihren Freunden nach. Marian hielt sie fest im Arm und versuchte sie zu trösten.

„Es ist kein Abschied für immer. Außerdem bist du nicht allein. Ich bleibe bei dir und lasse dich nie wieder gehen!"

Er küsste sie und Julia wusste, dass alles gut werden würde.

Drei Jahre später

Beinahe wäre Julia aus dem Bett gefallen, als sie durch einen lauten Knall geweckt wurde. Schlaftrunken rieb sie sich die Augen und sah auf die Uhr. Es war erst kurz nach fünf Uhr am Morgen. Vielleicht hatte sie einen bösen Traum gehabt und wurde davon geweckt. Gähnend drehte sie sich in ihrem Bett um und versuchte, wieder einzuschlafen.

Da erschütterte wieder der gleiche Knall ihr Zimmer und Julia sprang geschockt aus dem Bett. Sie schlüpfte in ihren Morgenmantel und lief die Treppe hinunter. Doch sie konnte nicht erkennen, woher der Lärm gekommen war. Was war da nur los?

Als es ein drittes Mal knallte, sah sie kurz ein Licht im Freien vor ihrem Haus aufflackern. Verwirrt öffnete sie die Tür und erschrak im ersten Moment.

„Haben wir die Braut geweckt?", schrie Markus lachend und alle Menschen, die sich vor ihrem Haus versammelt hatten, klatschten fröhlich.

„Ihr seid komplett verrückt! Das ist euch wohl hoffentlich klar!", rief sie erstaunt aus und schüttelte lachend den Kopf.

Tina umarmte sie und sagte: „Du kennst doch den Brauch, dass man die Braut am Hochzeitstag aus dem Bett schießt, oder?"

„Ja, allerdings hatte ich nicht daran gedacht, dass ihr diesen Radau hier auf Krk veranstalten werdet. Aber ich freue mich, dass ihr an mich gedacht habt."

Langsam kamen alle Anwesenden näher und Julia sah erstaunt, wer alles zum Brautaufwecken gekommen war. Andrea und Thomas hatten sich scheinbar aus dem Zimmer geschlichen, denn sie standen bereits angekleidet neben Markus und Philipp. Maria und Dusko waren ebenfalls dabei und sogar ihre Mutter und deren Freund Albert winkten ihr fröhlich zu.

„Und jetzt?“, fragte Julia in die Runde.

„Jetzt bekommen wir von dir ein gutes Frühstück“, antwortete Markus und legte seinen Arm um Tina.

Die ganze Gesellschaft marschierte ins Haus und beschlagnahmte ihre Terrasse. Es wurden ein paar Stühle aus dem Esszimmer geholt und Tina und Maria halfen Julia, ein Frühstück für alle zuzubereiten. Maria holte aus ihrem Wagen eine große Lage voller Eier und Schinken sowie frisches Brot.

„Ich dachte mir, ich nehme lieber etwas für den Fall mit, dass du unvorbereitet bist“, erzählte sie, während sie die Eier aufschlug.

„Du bist ein Engel! Sekt und Kaffee habe ich zur Genüge zu Hause, denn in letzter Zeit kamen immer wieder Nachbarn und Bekannte vorbei, die mit uns auf die Hochzeit anstoßen wollten. Allerdings habe ich bestimmt nicht genügend zu essen für alle daheim. Wahrscheinlich wäre ich einfach in die Konoba gefahren und hätte ein paar Snacks von dort geholt. So ist es mir aber viel lieber!“

Bald schon hatten sie alle mit Ham and Eggs versorgt und ihre Gäste tranken auf das Wohl der Braut. Julia freute sich, dass sie den Tag mit so vielen, lieben Menschen starten durfte. Es wurde viel gelacht und auch schon einiges getrunken.

„Wenn ich so weitermache, werde ich zum Traualtar wackeln“, meinte Julia leicht beschwipst.

„Das bisschen Sekt hast du bald schon abgebaut. Iss lieber etwas, denn heute wird ein schöner, aber anstrengender Tag. Du benötigst Energie!“, antwortete Tina und reichte ihr das Brot.

„Eine Runde Sekt schenke ich noch aus, aber dann schicke ich euch alle nach Hause. Die Braut muss sich für ihren großen Tag vorbereiten“, kommandierte Andrea streng.

„Die Trauzeugin hat gesprochen! Also dann trinken wir noch einmal auf die hübsche Braut und sehen uns später in der Kirche!“, rief Dusko feierlich.

Als alle Gläser geleert waren, verabschiedeten sich ihre Freunde und Julia räumte gemeinsam mit ihrer Mutter und Andrea das schmutzige Geschirr weg.

„Mit dieser Überraschung hatte ich überhaupt nicht gerechnet. Es war ein wirklich lustiger Start in den Morgen.“ Julia umarmte Clara glücklich. „Allerdings wundert es mich, dass du bei so etwas mitmachst.“

„Immerhin bin ich die Brautmutter! Außerdem ist es sehr schwer, Markus etwas abzuschlagen. Es war seine Idee, dich aus dem Bett zu schießen und er hat keine Widerrede akzeptiert.“

Als die Küche wieder sauber war, nahm Julia eine erfrischende Dusche und kleidete sich für den Friseurbesuch an. Andrea und Clara warteten im Wohnzimmer und unterhielten sich über den Ablauf und woran sie an diesem Tag noch denken mussten.

Gut gelaunt fuhren die drei Damen gemeinsam in einen Friseursalon in Rijeka. Sie wurden sehr freundlich empfangen und hatten den hinteren Teil des Ladens für sich allein. Dort konnten sie sich in Ruhe unterhalten und genossen die Aufmerksamkeit des Personals.

„Darf ich den Damen ein Gläschen Sekt anbieten?", fragte der Friseur freundlich.

„Nein, danke! Ich denke, wir hatten heute Morgen bereits genug. Aber eine Tasse Kaffee wäre sehr nett", antwortete Julia.

Die Mitarbeiter des Ladens schwirrten um die drei Frauen herum. Sie wurden geschminkt und die Haare frisiert und aufgesteckt. Julia genoss den Vormittag mit ihrer Mutter und ihrer besten Freundin in vollen Zügen. Zufrieden bestaunte sie das Resultat im Spiegel.

„Du bist wunderschön!", schwärmte Andrea gerührt.

„Mein kleines Mädchen!" Mehr Worte kamen nicht mehr über Claras Lippen, bevor sie zu weinen begann.

Julia half Andrea aus dem Stuhl und übernahm die Rechnung.

„Ich komme mir vor wie ein Nilpferd!", stöhnte ihre Freundin und stützte ihren Rücken mit den Händen, während sie ging.

„Dein Bauch ist inzwischen wirklich sehr groß, aber du bist hübsch wie nie zuvor. Die Schwangerschaft steht dir ungemein", munterte Julia sie auf.

„Willst du sagen, ich war vorher hässlich und als Wal findest du mich hübsch?"

„Nein, natürlich nicht! Du bist durch die Hormone wirklich empfindlich geworden. Ich finde dich immer hübsch", entgegnete Julia vorsichtig.

„Als ich mit dir schwanger war, brachte mich alles und jeder auf die Palme. Ich war sogar von mir selbst genervt. Das ist ganz normal. Besonders wenn man irgendwann seine geschwollenen Beine nicht mehr sehen kann, die man in Schuhe zwängen muss, die einem normalerweise perfekt passen. Dadurch sinkt die Laune extrem", erinnerte sich Clara.

„So geht es mir jeden Tag! Ich befürchte, dass ich irgendwann nicht mehr durch den Türstock passen werde und einfach steckenbleibe. Bis zur Geburt kann mir Thomas dann mein Essen zur Tür bringen oder die Feuerwehr muss mich rausschneiden."

Julia lachte und legte den Arm um Andrea.

„Sei doch nicht so dramatisch. Freust du dich nicht?"

„Oh, doch! Aber an so heißen Tagen wie heute kann ich es nicht erwarten, bis es vorbei ist und mein Körper wieder mir allein gehört."

Sie fuhren zurück zum Haus, wo Claras Freund Albert und Thomas bereits für die Hochzeit eingekleidet warteten. Ihre Mutter ging mit Julias ins Schlafzimmer, um ihr mit dem Brautkleid zu helfen.

Kurze Zeit später betrat Andrea den Raum und übergab ihr eine kleine Schachtel. Als Julia den Deckel öffnete, lachte sie. Darin lag ein blaues Strumpfband.

„Du kennst doch den Brauch, dass die Braut etwas Blaues, etwas Altes, etwas Neues und etwas Geliehenes bei sich tragen soll. Von mir bekommst du etwas Blaues."

Julia bedankte sich und zog das Strumpfband schmunzelnd über ihr Bein. Nun war es an der Zeit, das Kleid anzuziehen.

Andächtig hielt Clara das schwere, weiße Brautkleid für ihre Tochter bereit, damit sie vorsichtig in die Öffnung steigen konnte. Gemeinsam hoben sie es an und ihre Mutter begann, die Schnürung am Rücken zu binden. Das Kleid war ärmellos und hatte ein raffiniertes Dekolleté, das mit kleinen Steinchen und feinster Spitze verziert war.

Ab der Taille floss es in einer geschwungenen, weit ausladenden A-Linie und einer wunderschönen Schleppe zu Boden. Es dauerte einige Minuten, bis es verschlossen war.

Dann steckte sie den langen Schleier in die Hochsteckfrisur und betrachtete mit Tränen in den Augen ihre Tochter.

„Nun fehlt noch etwas Altes." Clara öffnete eine Schmuckschatulle und übergab Julia ein Collier, das aus Weißgold gefertigt und mit Diamanten verziert war.

„Dieses Schmuckstück habe ich von deiner Großmutter geschenkt bekommen, als du zur Welt kamst. Ich habe es nur selten getragen, weil es mir sehr viel bedeutet und ich nicht wollte, dass es zerkratzt oder beschädigt wird. Eigentlich war das sehr dumm von mir, denn was habe ich davon, wenn es in einer Schublade liegt. Ich möchte, dass du es behältst. Oma würde es bestimmt freuen."

Julia umarmte ihre Mutter herzlich und Clara legte ihr behutsam ihr Collier an. Die drei Frauen gaben sich Mühe, nicht zu weinen und Julia wartete, bis ihre Mutter und Andrea ebenfalls angezogen waren.

Gemeinsam schritten sie ins Erdgeschoß, wo Albert und Thomas die Braut bewunderten.

„Du bist wunderschön, Julia!", schwärmte Claras Freund. Inzwischen hatte sie sich daran gewöhnt, Dr. Hofer mit sei-

nem Vornamen anzusprechen. Seit Clara und er ein Paar waren, verstand sich Julia mit ihrer Mutter viel besser.
Natürlich hatten sie immer noch den einen oder anderen Streit, aber ihr Familienleben wurde harmonischer und ausgeglichener. Albert war der Ruhepol in der Familie. Er versuchte nicht, ein Ersatzvater zu sein, sondern nahm die Rolle eines väterlichen Freundes ein.

Da hörten sie bereits die Musiker spielen, die den Bräutigam begleiteten.

„Es ist soweit!“ Andrea kämpfte schon wieder mit den Tränen.

Endlich klingelte es an der Tür und Clara öffnete. Julia hörte lautes Stimmengewirr vor ihrem Haus. Ihre Mutter lächelte ihr zu und Julia trat vor die Tür. Das Klatschen der Gäste hörte sie nicht, denn sie konzentrierte sich nur auf Marian, der in seinem dunkelblauen Hochzeitsanzug unglaublich attraktiv war. Ihr Anblick machte ihn wiederum sprachlos. Mit offenem Mund starrte er seine Braut an, bis Dusko ihm einen leichten Schups gab.

„Du darfst sie ruhig küssen!“, lachte sein Trauzeuge.

Marian lächelte und kam auf Julia zu.

„Du bist wunderschön! Ich kann nicht glauben, dass ich so ein Glückspilz bin.“ Behutsam küsste er seine Braut und wieder klatschten und jubelten alle Anwesenden.

Nun begrüßten sie auch Marians Familie und Verwandte. Alle wollten mit der Braut sprechen und sie bewundern.

Maria und Tina kamen auf Julia zu und gingen mit ihr in eine ruhige Ecke. „Inzwischen hast du doch etwas Blaues und etwas Altes. Von mir bekommst du nun etwas Neues.“

Maria zeigte ihr kleine, mit Perlen verzierte Haarnadeln, die sie in Julias Frisur steckte. Die Braut war sehr gerührt und dankte ihr.

„Dieses bestickte Stofftaschentuch hatte ich bei meiner Hochzeit dabei. Es ist das letzte Teil, das Geliehene.“. Tina überreichte es ihr feierlich.

Nun war es Zeit, zur Kirche aufzubrechen. Marian und Dusko fuhren als erstes gemeinsam in einem Oldtimer Cabrio, den sich Dusko für die Hochzeit geliehen hatte, zur Kirche. Alle anderen Gäste folgten in ihren Autos dem Bräutigam.

Andrea hatte eine Stretch-Limousine gemietet und stieg mit Julia ins Auto. Ein Chauffeur brachte die beiden sicher zur Trauung.

„Ich bin froh, dass wir hier so viel Platz haben. Dein Kleid füllt ja beinahe den ganzen Innenraum aus und ich passe hier mit meiner dicken Kugel auch noch hinein. Das Auto ist wirklich geräumig und bequem. Nur schade, dass ich keinen Sekt trinken kann“, meinte Andrea lachend, als sie langsam der Kolonne folgten.

Alle Gäste waren bereits in der Kirche und Clara empfing die Braut und ihre Trauzeugin am Eingang.

„Andrea, du gehst zuerst, dann kommen die Braut und ich nach“, erklärte sie den Ankömmlingen.

Julia wollte ihren Vater auf keinen Fall bei der Hochzeit dabeihaben. Sie hatten sich nach ihrem ersten Treffen ein weiteres Mal gesehen, denn er war überraschend bei ihr zu Hause aufgetaucht. Doch auch bei dieser Zusammenkunft fragte Josef, ob sie ihm mit einer Finanzspritze aus der Patsche helfen könne. Seither hatte sie den Kontakt zu ihm voll und ganz abgebrochen.

Es war Julias Wunsch, von ihrer Mutter zum Altar begleitet zu werden. Die Orgel begann im Inneren der Kirche zu spielen und man hörte, dass die Gäste sich von ihren Plätzen erhoben. „Wir sehen uns drinnen", rief Andrea Julia schmunzelnd zu und schritt in die Kirche ein.

„Nun sind wir beide dran. Bist du bereit?", fragte Clara und kontrollierte, ob das Kleid und der Schleier richtig saßen.

„Ja, ich bin bereit."

Mit langsamen Schritten gingen sie in die Kirche und Julia sah sich um. Die Bankreihen waren wie auch ihr Brautstrauß mit weißen Rosen und Lavendel geschmückt. Viele ihrer Freunde konnte sie in den Sitzreihen entdecken. Luca und seine Frau lächelten ihr zu. Auch Yvonne war mit ihrer Familie gekommen. Sie hatte sich in den letzten Jahren mit der Rezeptionistin des Hotels in Malinska angefreundet. Markus, Philipp und Tina strahlten sie freudig an.

Auf der anderen Seite saßen viele liebe Nachbarn und Stammkunden der Konoba. Maria hatte neben Julias Kellnerinnen Platz genommen. Mateo, Armin und Ivana saßen in der ersten Reihe und Branka hatten sie in ihrem Rollstuhl gleich daneben geschoben. Die alte Frau lächelte sie gerührt an.

Doch nun hatte Julia nur mehr Augen für den Mann ihrer Träume. Marian stand vor dem Altar und beobachtete jeden ihrer Schritte. Er strahlte glücklich und kam die Stufen zu ihr hinab.

„Nun gehört sie voll und ganz zu dir. Pass gut auf mein Mädchen auf!“, bat Clara ihren zukünftigen Schwiegersohn und küsste ihre Tochter auf die Wange.
Marian streckte seine Hand aus und Julia ergriff sie. Er führte sie die Stufen des Altars empor und stellte sich gemeinsam mit ihr vor den Pfarrer.

Die Musik hörte auf zu spielen und der Priester begann mit der Zeremonie. Julia versuchte sich auf die gesprochenen Worte zu konzentrieren, doch immer wieder blickte sie zu Marian und betrachtete ihren zukünftigen Ehemann. Sie liebte ihn von Tag zu Tag mehr. Er war ihr bester Freund und sie wollte keinen Tag mehr ohne ihn leben. Mit ihm konnte sie weinen und lachen und sie verstanden sich auch ohne Worte. Die Zeremonie wurde auf Kroatisch gehalten.

Inzwischen beherrschte Julia die Landessprache recht gut, aber viele Worte, die der Pfarrer sagte, konnte sie nicht verstehen. Zum Glück kannte sie ihre Einsätze, in denen sie auf Fragen antworten musste. Schließlich wurden die Ringe geweiht und sie steckten sie sich als Zeichen der ewigen Verbundenheit an.

„Sie dürfen die Braut jetzt küssen!“, hatte der Pfarrer auf Deutsch einstudiert.

Julia drehte sich mit Kribbeln im Bauch zu ihrem Mann und er blickte ihr tief in die Augen. Als sich ihre Lippen zärtlich berührten, jubelten alle in der Kirche.
Marians Schulfreund sang „You light up my life“ und die beiden schritten gemeinsam als Mann und Frau aus der Kirche.

Im Freien kamen die Gratulanten auf sie zu. Claras Wimperntusche war verlaufen und sie drückte Julia vorsichtig an sich. „Ich bin sehr stolz auf dich. Du bist du hübscheste Braut der Welt!“

Auch Ivana und Armin waren gerührt und umarmten die beiden. „Nun bist du offiziell unsere Tochter!“

Andreas Augenmakeup verlief über ihr gesamtes Gesicht. „Ich umarme dich nicht, weil ich sonst bestimmt meine Wimperntusche in dein hübsches Kleid wische. Ich habe zwar kein Wort verstanden, aber es war wunderschön!“, schluchzte sie in ihr Taschentuch.

„Die Hormone geben ihr heute wohl den Rest“, flüsterte Thomas Marian zu. „Die Hochzeit war wirklich sehr schön. Ich gratuliere und wünsche euch für eure Zukunft nur das Beste!“

Dusko organisierte, dass alle Gäste in einer großen Kolonne zur Tafel fuhren. Obwohl beinahe zweihundert Gäste anwesend waren, behielt er den Überblick und die Kontrolle.

Marian nahm nun bei Julia in der Stretch Limousine Platz und sie hatten zum ersten Mal an diesem Tag Zeit, um miteinander in Ruhe zu sprechen.

„Ich kann es immer noch nicht fassen, wie wunderschön du bist.“ Er lehnte sich vorsichtig zu ihr, um ihr Kleid nicht zu zerknittern und küsste sie.

„Du siehst aber auch sehr sexy aus. Vielleicht solltest du öfters einen Anzug tragen“, meinte sie grinsend.

Die Autokolonne fuhr hupend vor das Hotel, in dem sie ihre Hochzeit feierten. Mit lautem Klatschen und Jubeln wurde das Brautpaar von den Gästen empfangen. Einige Touristen bleiben ebenfalls stehen und applaudierten.

Nachdem das Gruppenfoto geschossen worden war, zogen sich Marian und Julia für die Hochzeitsfotos zurück. Ihre Fotografin führte sie unter Olivenbäume und an den Strand, wo sie wunderschöne Bilder vom Brautpaar machte. Es war warm und anstrengend, aber sie hatten dennoch viel Spaß dabei.

Nach vielen, schönen Aufnahmen kehrten die beiden wieder zu ihren Gästen zurück. Die Terrassentüren des Saals waren entfernt worden und so war der große Raum an zwei Seiten offen. Auf der großen Terrasse, die ihnen exklusiv zur Verfügung stand, hatte man einen wunderbaren Meerblick. Die Gäste saßen auf großen, runden Tischen und es herrschte bereits eine ausgelassene Stimmung im Saal.

Das Brautpaar nahm Platz und Marian hielt eine kurze Ansprache: „Wir freuen uns, dass ihr heute diesen besonderen Tag mit uns verbringt. Vor drei Jahren habe ich meine wunderbare Frau kennengelernt und ich wusste schon sehr bald, dass mein Leben ohne sie keinen Sinn macht. Feiert heute mit uns auf das Leben und die Liebe! Viel Spaß und guten Appetit!“

Das war das Zeichen für die Kellnerinnen und Kellner, mit dem Servieren zu beginnen. Der erste Gang war ein warmer Oktopussalat, der auf der Zunge zerging. Als Zwischengang wurde eine gebratene Jakobsmuschel mit glasiertem Gemüse serviert. Als Hauptspeisen hatten Marian und Julia für ihre Gäste eine mediterran gebratene und gefüllte Hühnerbrust mit Gemüse, ein Thunfischsteak mit Erbsenpüree und

Lammkarree mit Kartoffelgratin als Auswahl gewählt. Ein leichtes Himbeer-Joghurt-Parfait rundete das Essen ab.

Andrea, die neben Julia saß, schnaufte tief durch. Sie streichelte ihren dicken Babybauch und sagte: „Jetzt sind wir endlich einmal satt geworden. Das Essen war vorzüglich!"

Julia lachte laut und antwortete: „Immerhin isst du für drei! Wie geht es denn deinen beiden Zwergen so?"

„Prächtig, sie quälen ihre Mama jetzt schon sehr gerne. Ihr liebstes Hobby ist, mich in den unpassendsten Momenten zu treten. Mit Vorliebe treffen sie meine Blase und dann muss ich schnell auf die Toilette rennen", erzählte sie belustigt.

„Weiß man denn schon das Geschlecht der Zwillinge?", fragte Marian neugierig.

„Ja, aber darüber reden wir später in Ruhe. Jetzt muss ich erstmal verdauen." Sie lehnte sich zurück und schlüpfte heimlich unter dem Tisch aus ihren Schuhen.

Die Musik begann zu spielen und Marian nahm Julia an die Hand. Zu „What a wonderful world" tanzten die beiden ihren ersten gemeinsamen Tanz als Mann und Frau. In seinem Blick lag unendlich viel Liebe und Julia schmolz in seinen Armen dahin. Er küsste sie und die Gäste jubelten lautstark im Saal.

Den nächsten Tanz widmeten sie ihren Eltern und Armin schwebte mit Julia über die Tanzfläche.

„Siehst du, wie uns alle beobachten? Sie sind neidisch, weil nur ich eine so schöne und liebe Schwiegertochter habe. Ich bin froh, dass du nun offiziell Teil unserer Familie bist."

Julia war sehr über seine Worte gerührt.

„Ich freue mich auch, euch als Familie zu haben. Ihr habt mich vom ersten Moment an herzlich aufgenommen und dafür bin ich euch ewig dankbar." Mit einem Lächeln küsste sie ihn auf die Wange.

„He, ich muss wohl besser auf meine Braut aufpassen!", rief Marian lachend und zwinkerte seinem Vater belustigt zu.

Viele Gäste wollten einen Tanz mit der Braut und so wirbelte Julia Lied um Lied durch den Saal.

„Jetzt muss ich mich aber wirklich dringend ausruhen", stöhnte sie erschöpft, als sie sich zum Tisch setzte.

„Ziehen wir uns kurz auf die Terrasse zurück?", fragte Andrea Julia und Marian. Thomas ging voraus und suchte einen ruhigen Platz für die vier Freunde.

„Wir wollten euch nicht vor allen Anwesenden das Geschlecht unserer Zwillinge verraten", erklärte Andrea verschwörerisch.

„Spann uns doch nicht länger auf die Folter!", drängte sie Julia ungeduldig.

„Also gut. Wir bekommen einen Jungen und ein Mädchen und wir möchten euch beide fragen, ob ihr die Patenschaft für die beiden übernehmen würdet."

Julia jubelte laut auf und klatschte in die Hände. Sie umarmte Andrea und Marian klopfte Thomas brüderlich auf die Schulter. „Es gibt nichts, was wir lieber tun würden! Das ist wirklich eine große Ehre, der wir uns durchaus bewusst sind", sagte er lächelnd.

„Ich wollte mich nochmal bei dir bedanken, Julia, dass wir in dein Haus einziehen dürfen. Dort werden wir genug Platz für unsere Rasselbande haben", bedankte sich Thomas.

„Das ist doch selbstverständlich. Seit meine Mutter bei Albert eingezogen ist, steht das Wohnhaus leer. Ich bin froh, wenn wieder Leben ins Haus kommt. Außerdem habt ihr dort ein Extrazimmer für die Pateneltern eurer Kinder“, meinte sie strahlend.
Sie freute sich sehr auf die Zwillinge. Andrea war wie eine Schwester für sie und es bedeutete ihr viel, Patentante zu werden.

Das Licht im Saal wurde gedämmt und alle saßen gespannt auf ihren Plätzen. Man konnte das Zischen der Partyfontänen hören und schon bald sah man die Hochzeitstorte, die in den Saal geschoben wurde.

Als die Sprühfunken erloschen, wurde das Licht wieder angeschaltet und die Gäste konnten die fünfstöckige Torte bewundern. Sie war mit weißen Rosen und Flieder verziert und sah sehr schön aus. Marian und Julia schnitten gemeinsam das erste Stück an und übergaben das Messer dem Kellner für die weiteren.

„Die Torte ist ausgezeichnet, Maria! Vielen, lieben Dank dafür!“, sagte Julia, während sie ein Stück mit Topfen und Maracuja aß.

„Das habe ich doch gerne gemacht. Ich bin froh, dass ich etwas beitragen konnte.“

„Wo habt ihr denn heute euren kleinen Fabio gelassen?“, fragte Julia. Maria und Dusko hatten inzwischen einen fünfzehn Monate alten Sohn, der sie sehr auf Trab hielt.

„Er schläft heute bei meiner Mutter. Auch wenn er mir schrecklich fehlt, freue ich mich darüber, heute ohne Kekskrümel in meinen Haaren zu sein“, erzählte sie lachend und zwinkerte Andrea dabei zu.

Die Sonne stand inzwischen schon tief am Himmel und die Luft wurde etwas kühler. Julia saß mit Andrea, Tina und Maria auf der Terrasse und sie unterhielten sich über Kinder und Geburten.
„Es tut mir leid, wenn ich das Damenkränzchen störe, aber ich muss euch meine Braut kurz entführen." Marian nahm Julias Hand und zog sie mit sich.

Sie verließen die Hochzeitsgesellschaft und gingen aus dem Hotel.
„Wohin führst du mich denn?", fragte sie neugierig.
„Das wirst du bald sehen. Ich habe etwas für dich vorbereitet."

Er nahm sie an der Hand und ging mit ihr zum Meer. Dort standen entzündete Fackeln und eine kleine Bank. Julia konnte sich nicht vorstellen, was er hier geplant hatte, aber die Atmosphäre war sehr romantisch. Zärtlich lächelte er sie an und küsste sie.

„Ich weiß, dass du in letzter Zeit sehr traurig warst, weil deine Großmutter heute nicht bei uns sein kann. Natürlich hätte ich Igor und Sophia auch gerne als Gäste auf unserer Hochzeit gehabt, aber das ist nun mal nicht möglich. Deshalb habe ich mir ein kleines Ritual ausgedacht, durch das sie dennoch Teil unseres besonderen Tages sein können."
Er überreichte ihr einen kleinen Kranz aus Lavendel und deutete auf das Meer. Gerührt umarmte sie ihn.
„Danke, dass du daran gedacht hast. Es bedeutet mir sehr viel!"

Gemeinsam gingen sie zum Wasser und legten den Lavendelkranz vorsichtig ans Ufer.

Mit Tränen in den Augen setzte sich Julia auf die Bank und beobachtete, wie die sanften Wellen langsam die Blumen aufs Meer trugen. Marian setzte sich neben seine Frau und legte den Arm um sie. Schweigend sahen sie dem Kranz nach, bis sie ihn nicht mehr sehen konnten.

„Ich bin mir sicher, meine Großmutter sitzt gerade auf einer Wolke und sieht mit Igor zusammen auf uns herunter", sagte sie melancholisch.

„Oder sie feiern gemeinsam mit Stanko und seiner Frau. Schade, dass er unsere Hochzeit auch nicht mehr miterleben konnte. Wir haben ihm viel zu verdanken. Wer weiß, wie unsere Geschichte ohne sein Zutun geendet hätte."

Stanko war ein Jahr nach der Eröffnung an einem Schlaganfall verstorben.

„Da hast du recht. Aber ich bin froh, dass deine Großmutter fit genug ist, um mit uns zu feiern. Ich habe vorhin mit ihr gesprochen und ich schwöre dir, sie hat einen leichten Schwips. Ich war geschockt, als sie dem jungen Kellner zugezwinkert hat", lachte Julia.

„Meine Oma darf man nicht unterschätzen." Auch Marian musste lachen.

„Ich habe noch eine Überraschung für dich."

Er griff in seine Tasche und überreichte ihr einen Armreifen aus Weißgold, der rundum mit Diamanten bestickt war.

„Der ist wunderschön!" Sie fiel Marian um den Hals und küsste ihn.

„Er ist nicht so schön wie du."

Sie genossen noch ein wenig die Zweisamkeit, doch bald war es Zeit, zu ihren Gästen zurückzukehren.

Nun wurden Platten mit Prsut, Käse, Oliven und eingelegtem Gemüse mit frischem Brot serviert. Man merkte der Hochzeitsgesellschaft bereits an, dass der Tag schon lange andauerte. Viele waren wieder hungrig und freuten sich über die Stärkung.

Als die Teller abgeräumt wurden, traten Armin, Ivana, Mateo und Branka sowie Clara und Albert auf die Tanzfläche. Julias Mutter hielt eine Ansprache.

„Marians Familie, Albert und ich haben uns gemeinsam überlegt, was wir euch beiden als Hochzeitsgeschenk überreichen wollen. Wir haben uns lange beraten, womit wir euch eine Freude bereiten könnten. Wir waren uns aber bald einig, dass ihr bereits alles habt, was ihr für euer Leben benötigt. Ihr wohnt in eurem eigenen Haus, Julia hat ihre Konoba und Marian hat inzwischen den Bootsverleih übernommen. Das Einzige, das euch beiden fehlt, ist Zeit."

Nun nahm Armin das Mikrofon. Mateo holte eine große Tafel mit einer Yacht hervor und zeigte sie jedem im Saal. „Wir haben für euch diese Motorbootyacht für drei Wochen gechartert. Sie ist sehr geräumig, bestens ausgerüstet und vollgetankt. Ich werde mit Mateo gemeinsam deine Arbeit bei den Booten übernehmen und Maria hat uns geholfen, einen Ersatzkoch für die Konoba zu finden. Bereits morgen Nachmittag stecht ihr in See."

Julia und Marian konnten es nicht fassen. Durch die viele Arbeit hatten sie besonders während der Hauptsaison wenig Zeit füreinander. Natürlich half er noch immer am Hof seiner Eltern und Julia schloss die Konoba nur im Dezember, um bei Andrea und ihrer Mutter sein zu können.

Nun hatten sie drei Wochen lang ohne Ablenkung und Arbeit füreinander Zeit. Das war das beste Geschenk, das sie je bekommen hatten. Sie umarmten ihre Familie und freuten sich auf ihre Hochzeitsreise.

„Danke vielmals für das großzügige Geschenk! Ihr wisst ja, dass wir eigentlich nicht vorhatten, jetzt zu verreisen. Nun können wir aber beruhigt wegfahren, wenn ihr euch um unsere Vertretung kümmert."

Der Abend neigte sich rasch dem Ende zu und die Gäste verabschiedeten sich nach und nach. Schließlich nahm Marian Julia bei der Hand und führte sie in die Honeymoon-Suite. Er öffnete die Tür und trug sie über die Schwelle. Liebevoll küsste er ihren Hals und begann, die Schnürung ihres Kleides zu lösen. Langsam streifte er das schwere Kleid von ihr und Julia war froh, die Last nicht mehr tragen zu müssen. Belustigt betrachtete er das blaue Strumpfband.

„Das hatte ich schon ganz vergessen", lachte sie.

„Es gefällt mir. Lass es ruhig oben!", meinte Marian mit einem Funkeln in seinen Augen. „Ich habe noch nie eine verheiratete Frau verführt", hauchte er, als er mit seiner Zunge ihre Brustwarzen liebkoste.

„Bitte erzähle davon ja nicht meinem Mann", scherzte Julia und öffnete seine Hose.

Sie hatten sich schon so oft geliebt, aber an diesem Abend war er zärtlich wie noch nie.

Sechs Monate später

„Du solltest dich beeilen, wenn du noch rechtzeitig fertig sein möchtest."

Julia klopfte an der Badezimmertür und versuchte Andrea anzutreiben. Nervös blickte sie auf die Uhr. Thomas saß bereits im Auto und hupte wie wild vor dem Haus.

„Sag ihm, dass ich ihm den Kragen umdrehe, wenn er noch einmal hupt!", schrie Andrea hinter der Badezimmertür.

Julia eilte vor das Haus und rief: „Hör bitte auf zu hupen! Du machst sie wahnsinnig und dadurch wird sie auch nicht schneller fertig." Dann ging sie wieder ins Haus und versuchte ihr zu helfen.

„Soll ich zu dir kommen?", fragte sie geduldig.

„Nein, ich denke, so kann ich gehen."

Ihre Freundin öffnete die Tür und hatte noch immer etwas feuchte Haare. Sie eilten nach draußen und Andrea setzte sich schimpfend in Thomas' Auto.

Julia und Marian fuhren in ihrem eigenen Wagen zur Kirche.

„Ist nun wieder alles in Ordnung?", fragte er grinsend.

„Lach nicht! Sie tut mir furchtbar leid. Da war sie endlich wieder einmal beim Friseur und hat sich für die Taufe hübsch gemacht und Leo spuckt sie kurz vor der Abfahrt voll. Ihre Haare waren komplett verschmiert. Mir wurde richtig schlecht, als ich es sah." Julia schüttelte den Kopf.

„Ich hoffe, der kleine Mann hat sich in der Kirche unter Kontrolle, wenn ich ihn am Arm halte“, fiel Marian erschrocken ein. Nun musste Julia lachen.

Etwas verspätet trafen sie in der Kirche ein. Die Gäste saßen bereits auf ihren Plätzen und Andrea und Thomas schnallten die Zwillinge von ihren Autositzen und eilten schnellen Schrittes mit den beiden Taufpaten im Schlepptau zum Altar. Die Zeremonie war sehr rührend und die kleine Luise gluckste fröhlich in Julias Armen. Marians Gesicht wurde etwas blass, als Leo Schluckauf bekam, aber zum Glück behielt er sein Fläschchen bei sich.

Bei der Tafel schliefen die Zwillinge wie kleine Engel und Andrea hatte den Zwischenfall wieder vergessen. Glückselig schaukelte sie Leo und Luise in ihrem Zwillingskinderwagen.

„Die Taufe war sehr schön und die beiden waren wirklich brav. Sie sind zum Anbeißen süß in ihren Outfits“, schwärmte Julia mit feuchten Augen.

„Danke, ihr habt euren Part aber auch sehr gut gemacht. Ein Kind passt gut zu dir!“, sagte Andrea augenzwinkernd.

Julia lächelte Marian an und er legte seinen Arm um seine Frau.

„Dann bin ich ja beruhigt. In sieben Monaten muss ich nämlich meine Mutterqualitäten beweisen.“

Andrea quietschte laut und hüpfte vor Freude. Luise und Leo fanden diese Reaktion nicht sehr schön und begannen zu weinen. Ihre Eltern nahmen die beiden in den Arm und schon bald schliefen sie selig wieder ein.

„Seit wann weißt du es?“, fragte Andrea neugierig.

„Noch nicht sehr lange. Wir wollten euch damit überraschen.“

„Das ist euch tatsächlich gelungen.“

Nach dem Essen spazierte Marian mit Julia ein wenig im angrenzenden Park des Lokals. Sie hatte durch die Schwangerschaft mit Übelkeit zu kämpfen. Die klare Luft half ihr, um sich wieder besser zu fühlen.

„Tut es dir leid, Andrea so selten zu sehen?“, fragte er, während sie ein Eichhörnchen beobachteten, das auf einen Baum kletterte.

[illegible]e Freundin fehlt mir wirklich sehr. Allerdings hat sie alle Ha[illegible]de voll zu tun.“

„Du wirst in einigen Monaten auch beschäftigt sein“, überlegte er und streichelte liebevoll ihren Bauch. Julia legte ihre Arme um seinen Nacken und küsste ihn.

„Bald schon sind wir eine kleine Familie und ich kann es kaum erwarten, bis unser Baby unser Leben auf den Kopf stellt. Ich bin mir sicher, dass du ein sehr guter Vater für unser Kind sein wirst.“ Er drückte sie sanft an sich und Julia war glücklich.